"커피는 단순한 음료가 아니다. 커피에는 정치, 생존, 지구, 수많은 원주민의 삶이 아주 깊숙이 개입되어 있다. 매일 아침 우리가 마시는 커피 한 잔에 어떤 역동적인 파노라마가 담겼는지 알고자 하는 사람들에게 『자바트레커』는 더없이 훌륭한 책이다."

리고베르타 멘추 _ 노벨평화상 수상자, 『나, 리고베르타 멘추(I, Rigoberta Menchu)』 저자

"이 작은 커피 한 잔에 월드뱅크의 계략과 원주민 인권, 제3세계 여성운동, 각종 세계화 이슈가 이렇듯 진하게 녹아들었다는 것을 누가 짐작이나 했을까? 딘 사이컨이 보여주는 커피 세계는 우리가 슈퍼마켓이나 카페에서 커피를 고를 때 과연 어떤 선택을 해야 할지 깊이 생각하게 만든다."

수잔 서랜든 _ 영화배우이자 사회운동가

"딘 사이컨은 자신의 놀라운 체험과 분석, 유머, 사람들과 끈끈한 교류를 통해 우리가 결코 알 수 없었을 수많은 이야기들이 햇빛을 받도록 해주었다. 이토록 많은 체험을 한 사람은 결코 없을 것이다."

위노나 라듀크 _ 원주민 인권운동가,

『우리의 모든 관계들(All Our Relations)』 저자

"『자바트레커』는 진정으로 훌륭한 책이다. 무엇보다도 이 책은 앤서니 보뎅 (Anthony Bourdain)이나 잭 케루악(Jack Kerouac)의 저작만큼이나 스릴이 넘친다. 하지만 딘 사이컨이 들려주는 이야기에는 많은 모험소설과 달리 깊은 영혼의 울림과 인간에 대한 사랑이 가득하다. 이 책의 중심은 커피다. 커피를 모르는 사람은 없을 것이다. 그러나 커피를 제대로 이해하는 사람 또한 거의 없다. 따라서 이 책의 잠재적 독자층은 실로 어마어마할 것이다."

스티븐 브라운 _ 『한 잔의 유혹 : 알코올과 카페인, 활력과 중독의 두 얼굴 (Buzz : The Science and Lore of Alcohol and Caffeine)』 저자

"딘 사이컨은 커피 로스터들 가운데서도 가장 독특하고 훌륭한 사람이다. 커피 로스터와 커피 수입업자들은 자신의 '제3세계' 경험에 대해 허풍 떠는 일이 많다. 그러나 딘은 '제4세계'를 여행한다. 그는 다른 커피 업자들이 발을 딛지 않는 벽지와 오지를 찾아가, 그곳의 커피 재배 원주민들과 섞여 주저 없이 땅에 뒹굴고 몸을 더럽힌다."

존 코세트 _ 로열커피

"오늘날 대안무역, 유기농, 친환경 등을 표방하는 사회적 기업 운동이 활발하게 전개되고 있다. 그러나 진정으로 생산자들의 이익을 위해 일하는 업자들은 극히 드물다."

_**빌리 피시베인** _ 커피키즈 공동설립자

자바트레커

아름다운 세상을 만들어가는
커피 순례자

자바트레커

딘 사이컨 **지음** | **최성애** 옮김

황소걸음
Slow & Steady

아름다운 세상을 만들어가는
커피 순례자

자바트레커

펴낸날 | 2009년 2월 25일 초판 1쇄
지은이 | 딘 사이컨
옮긴이 | 최성애
만들어 펴낸이 | 정우진 강진영 김지영
꾸민이 | Moon&Park(dacida@hanmail.net)
펴낸곳 | 121-856 서울 마포구 신수동 448-6 한국출판협동조합
편집부 | (02) 3272-8863
영업부 | (02) 706-8116
팩 스 | (02) 717-7725
이메일 | bullsbook@hanmail.net
등 록 | 제22-243호(2000년 9월 18일)

황소걸음
Slow & Steady
ISBN 978-89-89370-61-1 03840

다음 세대의 커피 생산자들과 커피 애호가들에게 이 책을 바칩니다.
부디 이 책이 그들이 서로서로 좀더 잘 알고,
그리하여 좀더 나은 세상을 만드는 데 도움이 되기를 바랍니다.

대안무역, 공정무역, 희망무역, 민중교역, 아름다운 거래…. 'Fair Trade'를 우리말로 부르는 이름이 단체 수만큼이나 다양하다. NGO에서 시작된 만큼 단체마다 정체성이 다르기 때문이다. 저개발국 빈곤 퇴치를 목적으로 하는 대안무역(Fair Trade)을 기업들 간의 담합이나 불공정 거래를 관리·감독하는 공정거래위원회(Fair Trade Commission)와 일반 시민들이 혼동하는 데서 비롯된 이 문제는 옳고 그름의 문제는 아니지만, 아직도 태동기인 국내 대안무역의 확산에 장애 요인이 되기도 하고 시민들의 이해를 저하시키는 요인이기도 하다.

우리나라 대안무역이 올해로 일곱 살이 되었다. 이제 흑자를 내는 단체도 있고, 국제대안무역회의를 개최할 만큼 사회적 관심도 커졌다. 우리나라에서 대안무역이 체계화되고 제대로 자리매김하기 위해서 다양한 현안이 폭넓게 논의되어야 한다.

1989년 국제커피협정(International Coffee Agreement)이 결렬됨에 따라 커피 값은 30년 전으로 돌아가고 말았다. 이 때문에 많은 커피 농부들이 피해를 보고, 도산을 했다. 20여 년 동안 유일하게 소득이 늘지 않은 집단이 전 세계 2500만 커피 농부들이다. 왜 그럴까. 세계 3대 커피 산지는 아시아, 남미, 아프리카인데 대부분 이 지역의 가장 가난한 나라에서 커피가 난다. 하지만 소비는 유럽과 미국, 일본, 한국 같은 잘 사는 나라에서 이뤄진다. 문제는 국제 커피 값이 결정되는 뉴욕 경매 시장에서 생산자들의 이해와 요구가 잘 반영되지 않는 데 있다. 가뭄으로 커피 값이 올라도 코요테(중간상인)들의 횡포와 커피가 다국적 거대 커피회사들의 대규모 플랜테이션 농장에서 계약 재배되다 보니 생산자들의 몫은 크게 변함이 없다. 국제 자유무역 커피 가격 기준으로 이윤의 99%는 거대 커피회사와 소매업자, 수출입업자, 중간상인의 몫으로 돌아간다. 소규모 커피 재배 농가 몫은 1% 미만이다. 커피를 주요 산업으로 하는 저개발국들의 자립은 부자 나라들의 힘에 좌지우지될 수밖에 없고, 그들의 빈곤 퇴치를 위한 원조금은 늘 그때뿐이었다. 저개발국의 지속적인 자립 지원과 농부들의 주도적 참여에서 출발한 무역 방식이 바로 대안무역이다.

"Trade, not aid(원조가 아닌 거래를)!" 이 모토는 저개발국의 빈곤 퇴치를 위한 또 다른 대안이 되고, 유럽과 미국에선 많은 시민들이 알고 있을 정도로 일반화된 거래 방식이다. 대안무역의 원칙은 그다지 어려운 게 아니다. 생산자에게 정당한 가격 지불, 직거래, 신뢰를 기초로 한 지속적인 거래, 건강한 노동 환경, 성 평등, 친환경. 이 원칙들은 비단 생산자들만을 위한 건 아니다. 그들의 건강한 생산품을 소비하는 우리에게도 이득이다. 정당한 거래를 통해 생산자들은 학교를 짓고, 아이들을 학교에 보내고, 병원도 만들고, 자립을 꾀할 수 있다. 정당한 거래만으로도 자립할 수 있다는 것이다.

대안무역이 과연 그들에게 도움이 될까? 물론 빈곤 퇴치의 100% 대안이 될 수는 없다. 하지만 예속 관계가 아닌 거래를 통한 상호 믿음과 교류는 분명 기여하는 바가 크다. 페루 안데스 산자락에서 커피를 재배하는 농부의 증언을 들어보자.

"지난 2001년 커피 값이 30년 전에 거래되던 시세보다 낮게 폭락했을 때 대안무역 커피를 생산하는 우리 소규모 커피 농부들은 아무런 타격 없이 안정적으로 수입을 올릴 수 있었습니다. …대안무역은 저희 같은 소규모 커피 농부들에게 더없는 축복이라 할 수 있습니다. "

보장된 가격으로 지속적인 거래를 하는 것만으로도 도움이 된다는 것은 사실이다. 하지만 우리나라 실정은 좀 멀다. 세계 11위권의 경제 대국인데도 대안무역의 시작은 겨우 7년 전으로 거슬러 올라간다. 무역 의존도가 높은 나라인데도 우리가 수입에 의존하는 저개발국 생산품에 대한 책임 있는 거래 역사는 경제 규모가 비슷한 다른 나라들에 비해 한참 뒤늦은 것이다. 그리고 아직도 국민 인지도나 규모는 미미하다. 하지만 아름다운가게의 경우를 보면 인지도가 2007년 13.3%에서 2008년 20.8%로 나아졌고(2008년 9월 아름다운가게/TNS코리아 조사 결과), 매출 성장률이 2년째 300%에 이를 정도로 인지도와 거래 규모의 증가 속도가 가파른 편이다.

국민들은 그 어느 때보다도 환경적인 먹을거리를 찾고, 점점 윤리적인 소비를 기꺼이 선택하고 있다. 가게에서 커피 한 봉지를 고를 때 "이거 대안무역 제품인가요?"라고 물어보며 물건을 선택할 날도 멀지 않았다! 대안무역 상품을 소비하는 것은 가장 작은 실천으로 세상을 바꾸는 방법이다.

'아름다운커피'에서는 대안무역을 통해 네팔과 페루에서 생산되는 유기농 커피를 판매하고 있다. '히말라야의 선물'과 '안데스의 선물'이다. 딘 사이컨처럼 생산지를 직접 방문하고 생산자들을 만나본 필자는 『자바트레커』를 읽으며 누구보다 공감할 수 있었다. 참으로 닮고 싶도록 아름다운 사람이다. 많은 독자들이 이 책을 읽고 '내가 마시는 커피 한 잔 속에 누군가의 미소가 담겼을 수도 있고, 피와 눈물이 담겼을 수도 있다'는 사실을 알았으면 좋겠다.

아름다운가게 아름다운무역사업부 팀장_ 신충섭

한국의 독자들에게

　저의 깊고 진한 커피 세계 이야기를 여러분과 함께 나누는 기회가 생긴 것을 참으로 기쁘게 생각합니다. 수많은 사람들이 매일 커피를 마시고 그 향을 즐깁니다. 하지만 정작 그 커피를 생산하는 사람들을 직접 만나고 그들의 문화를 느껴본 사람들은 극히 드뭅니다. 저는 이 책에 담은 여러 이야기를 통해 여러분의 모닝커피가(그리고 이브닝커피도!) 좀더 의미 있는 경험이 되기를 진심으로 희망합니다. 여러분의 머그잔 속에 담긴 커피, 그 본연의 원두를 재배하고 수확한 주인공들을 좀더 가까이 느낄 수 있기를 기대합니다. 그리하여 커피 농부들이 결코 우리와 다른 사람이 아니라는 것, 그들 역시 우리와 다를 바 없는 꿈과 희망이 있는 사람이라는 것, 우리가 그렇듯 자기 자신을 위해, 자녀들의 미래를 위해 열심히 일하는 사람들이라는 것을 알 수 있기를 바랍니다. 그들이 비록 우리와 아주 다른 옷을 입고(때로는 아예 아무 옷도 걸치지 않습니다!), 아주 다른 음식을 먹고, 아주 다른 언어로 말하더라도 말입니다.

　한국의 독자 여러분, 이제부터 제 커피 이야기를 한껏 음미해보십시오. 두 팔 벌려 여러분을 환영합니다.

딘 사이컨

감사의 글

고대 이집트에서는 커피 축제가 열릴 때마다 그 축제를 집전하는 베라카(beraka : 히브리어로 bracha, 즉 '축복'이라는 뜻)가 말했다. "우리 앞에 놓인 이 모든 것은 수많은 사람들의 손을 거쳐 재배되고, 수확되고, 운반된 것입니다." 이 책 역시 그러하다.

나는 우선 잉그리드 와시나와톡과 위노나 라듀크, 리고베르타 멘추에게 감사의 마음을 전하고 싶다. 그들은 1979년, 나를 원주민 커피 생산자들의 권익을 위한 국제적 활동에 관심을 갖도록 이끌어주었다. 커피키즈의 공동 설립자 데이비드 아베든과 빌리 피시베인에게도 심심한 감사를 표한다. 그들은 나를 커피의 세계로 처음 안내함으로써 나에게 일생일대의 과업과 모험에 도전할 수 있는 계기를 마련해주었다. 빌 해리스, 봉고 보브, 매트, 크리스, 조디, 모니카를 비롯한 코퍼레이티브 커피스의 동료 자바트레커들은 종전 커피 산업의 지배적인 관행에 진보적인 변화를 이뤄온 소중한 사람들이다. 스타벅스의 수 맥 렌버그와 그린마운틴 커피 로스터스의 릭 페이서는 오랫동안 나의 비판과 호통을 열린 마음과 진정성을 가지고 들어주었다.

아내 아네트, 딸 새라와 알리야는 끊임없이 되풀이되는 나의 분주한 여행을 늘 지지해주었고, 나의 손님들과 제3세계 이야기, 문신, 내가 끌고 들어온 온갖 질병들을 온정과 유머로 받아주었다. 커피 여행과 모험의 동반자 존 코세트는 커피 업계의 다빈치 코드를 해독하고자 하는 내 일념에 끝없이 도움을 주는 사람이다. 딘스빈스에서 일하는 모든 사람들은 내가 시도 때도 없이 미친 듯 출몰할 수 있도록 허락해주었고, 이 책을 쓰느라 사무실에 처박혀 있는 것도 잘 참아주었다. 그들은 한순간도 훌륭한 커피를 만들어내는 데 실패한 적이 없다.

타데세, 에스페란사, 케카스, 이기, 이데리코, 리고, 멀링, 루시아… 그 외 수백 명에 이르는 커피 생산자들에게도 가슴 깊이 감사한다. 그들은 다른 별에서 갑자기 뚝 떨어진 듯한, 이 왜소하고 흥분 잘 하는 자 바트레커에게 자기들의 집과 마음, 회계 장부를 서슴없이 내어주었다.

이 모든 이들을 위해 내 커피 잔을 높이 들리라.

차례 🫘

추천사_ 오늘은 당신을 위해, 내일은 나를 위해 • 6
한국의 독자들에게 • 9
감사의 글 • 10
프롤로그_ 커피 세계의 뒷모습 • 13

1부 아프리카
1. 미리암의 우물, 황제의 침대 그리고 칼디의 염소 (에티오피아, 2002) • 26
2. 변화는 시작되었다. 하지만 아직 빅맨을 거스를 수는 없다 (케냐, 2005) • 73

2부 남아메리카
3. 차이를 좁히며 (페루, 2003) • 120
4. 지구의 경고 : 기후 변화, 분쟁 그리고 문화 (콜롬비아, 2007) • 149

3부 중앙아메리카
5. 타오르는 자유의 촛불 (과테말라, 1993) • 184
6. 죽음의 열차를 따라 (멕시코 / 엘살바도르, 2005) • 224
7. 커피, 지뢰 그리고 희망 (니카라과, 2001) • 268

4부 아시아
8. 좋은 친구들, 차가운 맥주 그리고 물소 (수마트라, 2003) • 294
9. 300인의 행진 (파푸아뉴기니, 2004) • 326

에필로그 • 372

프롤로그_ 커피 세계의 뒷모습

맛 좋은 커피 한 잔을 마시며 느긋하게 등을 기대고 앉아 있노라면 당신은 그 깊은 향기와 맛에 흠뻑 빠져들 것이다. 당신은 그 커피의 느낌을 하나하나 온몸으로 음미할 것이다. 하지만 그 느낌은 커피의 겉모습일 뿐이다. 커피의 이면에는 수많은 문화와 관습, 환경과 정치가 거미줄처럼 얽힌 아주 복잡한 세계가 드리워져 있다. 세계화, 이주, 여성 운동, 환경오염, 원주민 인권, 자결권 등 21세기를 지배하는 주요 이슈들이 커피 한 잔을 둘러싸고 역동적으로 전개된다. 커피 무역의 규모는 엄청나다. 교역 액수로 치면 석유에 이어 세계 2위다. 또 커피 무역은 아주 복잡해서 수많은 중간상인들이 개입된다. 이 중간상인들은 50여 개국 2900만 명에 달하는 커피 생산자들과 최종 소비자인 당신의 거리를 끝없이 벌려놓는다.

커피 재배와 관련된 문화도 커피 생산지만큼이나 많다. 어느 나라에선 커피가 일상생활과 관습의 아주 큰 부분을 차지한다. 에티오피아의 커피 농부들은 커피를 작은 컵으로 세 잔 마시면서 하루를 시작한다. 그들은 커피 생두를 반드시 놋쇠 화로에 담아 숯불로 굽는 것을 철칙으로 삼는다. 이것은 커피가 그들의 삶의 중심적인 위치를 차지하고 있음을 상징적으로 보여주는 행위다. 또 어느 나라에선 커피가 작물 이상도 이하도 아닌 것으로 여겨진다. 그것도 빈곤 작물(poverty crop)에 불과한 것으로 말이다. 중앙아메리카 지역에서는 썩 괜찮은 커피 한 잔 마시기가 아주 어렵다. 음식점에선 대부분 'Nes'를 내놓을 뿐이다. Nes는 인스턴트 커피 '네스카페(Nescafé)'의 줄임말이다.

모든 커피 생산자들이 하얀 아마포 셔츠를 입고 덥수룩한 콧수염에 미소를 머금은 후안 발데스(Juan Valdez:1959년에 콜롬비아커피경작자협회가 콜롬비아 커피 광고를 위해 만든 가상의 인물로, 이후 전 세계 커피 산업의 상징적 이미지로 자리 잡았다.—옮긴이)처럼 생긴 것은 아니다. 커피 농부들은 생김새와 체구, 얼굴색이 다양하다. 남자도 있고 여자도 있다. 기독교인도 있고 이슬람교도, 힌두교도, 불교도도 있으며, 그 외에 여러 토속 신앙을 신봉하는 사람들도 있다. 우간다 커피 농부 중에는 흑인 유대인도 있다. 커피를 둘러싼 다양한 문화의 근저에는 선과 악, 공동체적 책임과 개인의 자유 등에 대한 다채로운 인식이 존재한다. 그러나 모든 커피 농부들이 공유하는 꿈과 소망이 있다. 그것은 바로 건강과 사랑, 일용할 양식, 아이들을 위한 더 나은 교육, 일상적 삶을 풍요롭게 해줄 유머 감각을 갖는 일이다.

세계 곳곳에서 나와 함께 일하는 커피 생산자들은 대부분 자국의 공식어로 말할 줄 모른다. 그들은 자기 지방의 방언이나 자기 부락이 소통할 수 있는 토속어로만 대화가 가능하다. 예컨대 라틴아메리카 커피 농부들은 스페인어를 모른다. 과테말라 농부들은 추투힐(Tzutujil), 키체(Quiche), 칵치켈(Cakchiquel) 등과 같은 고대 마야 언어를 사용한다. 페루 남부 지역 농부들은 아샤닌카스(Ashaninkas)어를, 북부 지역 농부들은 케추아(Kechua)어를 주로 사용한다. 때문에 당신이 아메리카 대륙의 커피 경작지를 방문해 농부들에게 유창한 스페인어로 말을 걸어도 그들은 전혀 알아듣지 못할 것이다. 아프리카 케냐에서는 스와힐리(Swahili)어와 영어가 공용어로 사용된다. 그러나 중앙 고원 지대에 위치한 엠부(Embu) 지역에서 내가 만난 농부들은 아캄바(Akamba)라는 언어를 사용한다. 에티오피아의 공용어는 암하릭(Amharic)으로, 그 뿌리가 히브리어와 같다. 그러나 그곳 커피 농부들은 오로미파(Oromifa)라는 언어를 사용한다. 에티오피아 커피 농부들을 처음 방문하던 날, 나는 암하릭어로 기조연설을 준비했다. 하지만 연설이 끝난 뒤 내게 돌아온 것은 농부들의 의아한 눈빛과 멋쩍은 미소뿐이었다. 그때의 당황스러움을 생각하면 지금도 이마에 식은땀이 흐른다.

커피 농부들의 옷차림 역시 동일한 지역에서조차 놀라울 정도로 다양하다. 지역사회의 문화와 전통을 굳건히 지켜나가고자 하는 곳에서는 의복이 중요한 역할을 한다. 인도네시아와 과테말라의 많은 커피 농부들은 나무에 매단 베틀로 옷감을 직접 짜서 옷을 만들어 입는다. 옷의 문양은 대부분 수백 년 동안 이어져온 그 지역 전통 문양이다. 때로는 전통 문양에 조금씩 새로운 시도를 가미하기도 하는데, 이는 그들 문화의 고유성과 유연성을 동시에 보여주는 것이라 할 수 있다. 하지만 나이키나 보스턴 레드삭스 로고가 그려진 티셔츠를 입은 농부들도 종종 눈에 띈다. 이는 그다지 의아해할 일이 아니다. 그러한 티셔츠가 세계 각지의 커피 생산지 부근에 위치한 영세 의류 공장에서 상당량 생산된다는 사실을 알고 나면 말이다. 파푸아뉴기니의 이스턴 하일랜드에 사는 커피 농부들은 거의 벌거벗고 지낸다. 뭔가를 걸치는 경우라 해도 물소 뿔을 깎아 구슬이나 청바지 조각으로 장식을 덧댄 호리병 모양의 통으로 페니스를 가리는 정도에 불과하다. 페루의 어느 원주민 커피 농부들은 색칠한 나무껍질을 몸에 걸치고 얼굴에도 색칠을 한다. 하지만 바로 옆 동네 사람들은 미국의 소도시에 사는 사람들처럼 입고 다닌다. 수마트라와 에티오피아의 이슬람교도 커피 농부들은 현대적인 서구 스타일 옷부터 전통적인 하얀 숄에 이르기까지 의복 문화가 매우 광범위하다. 여성들은 머리나 얼굴 가리개를 쓴다.

커피는 북회귀선부터 염소자리 회귀선에 이르는 넓은 지역에서 자란다. 적도를 기준으로 남북 30도에 걸친 지역이다. 열대우림 지역에서 사막까지 광범위하게 분포된 것이다. 1950년대 이후에는 대규모 단작 커피 플랜테이션과 '대농장(estates)'이라 불리는 경작 형태가 늘고 있다. 잘 관리되는 대규모 경작지도 있지만, 대부분 토양 침식과 수질오염으로 신음하는 형편이다. 대규모 경작지에서 일하는 커피 농부들은 독성이 강한 살충제도 자주 사용한다. 살충제에는 사용법이 스페인어, 영어, 독일어 등으로 쓰여 있게 마련인데, 농부들은 이를 읽지 못할 뿐만 아니라 사용법에 대해 별도로 교육받지도 않는다. 하지만 커피는 대부분 소규모 경작지에서 재배된다. 소규모 경작지에서 커피를 재배하는 농부들은 토지와 가족의 건강을 위해 땅을 어떻게 윤작해야 하는지, 토지의 생물학적 다양성을 어떻게 유지해야 하는지 잘 안다. '그늘 재배' '새들이 찾는 커피' 등은 국제 환경단체들이 커피 생산지에 관심을 쏟기 훨씬 전부터 커피 농부들에게 익숙한 용어다. 아름답고 다채롭기 그지없는 커피 경작지의 풍경도 때로는 자연의 거대한 분노에 몸살을 앓곤 한다. 지진, 산사태, 허리케인, 쓰나미 등이 밀어닥치면 커피나무와 도로와 창고들이 파괴되는 것은 물론, 많은 이들이 목숨을 잃기도 한다.

커피 생산자들의 경제 상황 또한 제각각이다. 커피 농부들에게 지급되는 대가는 그들이 들인 비용과 거의 관계가 없으며, 생계를 유지하거나 개선하는 데 결코 충분하지 못하다. 커피 값은 대체로 금융 투자자들, 은행, 뉴욕과 런던의 다국적 기업들에 좌우된다. 어느 달은 제법 합리적인 대가를 받는가 하면, 다음달에는 그 액수가 바닥으로 곤두박질친다. 그래도 농부들은 머리를 절레절레 흔들며 일을 계속할 수밖에 없다. 2000년대에 접어들어 첫 5년 동안 커피 값은 생산 비용을 밑돌았다. 때문에 커피 농부 수십만 명이 땅을 등지고 도시로 가거나 국경을 넘어 이주해야 했다. 국경을 넘다가 기차에서 떨어지거나 승합차에 갇혀 죽음을 맞는 경우도 부지기수다.

종전의 가격 시스템에 대한 윤리적 대안(예컨대 '대안무역')을 제시하고 실천하려는 개인적·국제적 노력이 전개되면서 커피 농부 수천 명이 자신의 경작지를 지킬 수 있다는 희망을 갖기 시작했다. 하지만 이러한 노력들이 거대한 커피 경제에 미치는 영향은 극히 미미하다. 시절이 좋은 때조차도 커피 생산자들은 빈곤과 질병, 식수 부족과 열악한 교육 환경에 허덕인다. 커피 재배를 통해 충분한 수입을 얻지 못하는 것은 물론이거니와, 월드뱅크와 IMF를 비롯한 국제 금융기관들이 커피 재배국 정부가 자국의 농부들을 지원하는 것을 방해하기 때문이다. '구조조정'이라는 이름 아래 커피 농부들을 위한 보건·의료, 환경, 교육 예산은 가차 없이 삭감되고 있다. 그 결과, 많은 커피 생산 농가들은 삶을 꾸려가기 위해 자구 노력에 의존할 수밖에 없는 상황이다. 마을 환경 개선 사업, 우물 파기, 보건 시설 마련 등은 소규모일지라도 커피 농부들과 그 가족의 삶에 직접적이고 즉각적인 도움을 준다.

커피 경작 지역은 종종 분쟁 지역이기도 하다. 전쟁이나 전쟁 후유증으로 이들 커피 경작 지역은 경제·문화적으로 황폐화되었다. 내가 관계를 맺고 있는 거의 모든 커피 재배 지역은 지금도ㅡ혹은 최근까지ㅡ식민 제국에서 독립과 자결권을 쟁취하기 위한 투쟁에 깊이 관여된 곳들이다. 때때로 커피 농부들이 그러한 투쟁에 직접 참여하는 경우도 있는데, 브라질의 치아파스(Chiapas) 지역 농부들이 대표적인 예다. 콜롬비아나 수마트라 같은 지역에서는 분쟁에 개입하지 않은 커피 농부들조차 그 희생자가 되어 오갈 데 없는 상황이 종종 발생한다. 총알과 포탄이 오가는 격전이 벌어지면 커피 수확은 불가능하다. 트럭에 가득 실은 커피를 강탈당해 1년 동안 땀 흘려 거둔 결실이 한순간 눈앞에서 사라지기도 한다. 자유롭게 오가던 도로가 어느 날 갑자기 봉쇄되어 '통행료'를 내지 않으면 지나다닐 수 없는 경우도 발생한다. 티모르에서는 커피 농부의 아내가 갑자기 실종되기도 하고, 과테말라에서는 한 마을 주민 모두 참혹하게 살해된 적도 있다. 니카라과의 경우처럼 수십 년 전의 분쟁 요소가 또다시 표면으로 떠올라 절망과 죽음의 회오리를 몰고 오는 경우도 있다. 땅속에 묻혀 있던 지뢰가 폭풍우 때문에 쓸려나와 농부와 아이들의 팔다리를 앗아 가기도 한다. 아군이 설치한 지뢰인지, 적군이 설치한 지뢰인지, 어느 곳에 지뢰가 남아 있는지조차 아무도 모른다. 하지만 분쟁의 땅은 때로 희망의 땅이 되기도 한다. 오랜 분쟁이 끝나고 새로운 정치적 참여의 기회가 만들어지는 경우도 있다.

우리가 마시는 커피 한 잔에는 이렇듯 다양하고 복잡한 문화와 관습, 환경과 경제, 분쟁과 희망이 녹아 있다. 이 모든 것들은 나를 끊임없이 잡아당긴다. 나는 세계 곳곳의 커피 생산지를 방문해왔다. 그 여행은 매번 용광로와도 같다. 나는 여행할 때마다 오랫동안 깊숙이 내면화해온 믿음이 도전받는 것을 느낀다. 또 내가 만난 커피 농부들 개개인의 삶에 의미 있는 변화를 만들어내는 데 조금이나마 도움을 줄 수 있는 기회를 얻은 것에 감사한다. 나는 그들을 방문할 때마다 내가 가진 기술과 진정어린 마음을 전달하려고 노력한다. 그들은 커피를 생산한다. 그 커피는 내 가족을 먹여 살릴 생계 수단을 마련해주며, 내 고객들에게 훌륭한 커피를 맛볼 기회를 제공한다. 내가 자바트레커가 된 것은 바로 이 때문이다.

어느 자바트레커의 성장

커피 로스터건 바리스타건, 커피 제조와 유통에 관련된 일을 하는 사람들 가운데 99%는 커피 생산지를 방문해본 경험이 없다. 그들이 커피 생산자들의 삶에 대해 알 수 있는 통로라고는 거대 커피 회사들이 만들어낸 광고나 이미지, 즉 후안 발데스가 전부다. 커피 생산국을 잠깐이라도 방문한 적이 있는 몇몇 커피 회사 간부나 직원들조차 커피 밭에 한두 시간 이상 머물러본 사람은 거의 없다. 커피 농부의 집에서 하룻밤 머물러본 사람은 더더욱 없다. 내가 아는 한 그렇다. 얼마 전 나는 꽤 유명한 환경운동가이자 커피 소매업자와 논쟁을 벌였다. 내가 남부 멕시코 커피 생산지 농부들의 영양 상태가 아주 열악하다는 얘기를 하자, 그 사람은 발끈 화를 내며 말했다. "내가 그걸 모를 것 같습니까? 나도 비행기로 그 지역 마을들을 돌아본 적이 있거든요!"

비록 수는 적지만, 용감하고 진정성 있는 커피 업자들이 있다. 그들에게 커피는 단순한 상품의 의미를 넘어 커피를 둘러싼 좀더 깊은 세계로 빠져들게 하는 매개체다. 그들은 이름 하여 자바트레커다. 지난 1987년 이후 자바트레킹은 내 삶이 되었다.

내가 커피 로스터로 일해온 지도 어느덧 10년이 훌쩍 넘었다. 하지만 커피 세계에 발을 내딛기까지 나는 여러 길을 우회했다. 나는 변호사이자 사회운동가였다. 한 발은 주류 법조계에, 다른 한 발은 국내외 원주민 권익 운동과 환경 운동에 담고 있었다. 나는 법이란 사회 변화를 위한 훌륭한 수단이라고 생각했다. 지금도 그 생각에는 변함이 없다. 하지만 변호사 일은 내 체질에 맞지 않았다. 나는 그 많은 서류 업무를 도저히 참아낼 수 없었다. 법조문을 이리저리 꿰며 사건을 요리하는 일도 내 성격에는 맞지 않았다. 무엇보다 돈과 권력으로 사법계를 쥐락펴락하는 대기업의 전횡을 참아내기 힘들었다.

그러던 어느 해, 몬태나 주의 포트 벨크냅(Fort Belknap) 인디언 보호 구역과 관련된 사건을 맡았다. 당시 나는 연방정부와 주정부들이 시안화칼륨(청산칼리) 침출물이 가득한 어느 금광에 환경 영향 평가 명령을 내리게 하도록 애쓰고 있었다(그 명령은 끝내 내려지지 않았다). 힘든 싸움을 치른 어느 날, 오랫동안 인디언 활동가로 일해온 찰리(Charlie)가 내게 물었다. 젊은이들을 위한 일자리가 없다면 인디언 보호 구역이 과연 언제까지 살아남겠느냐고. 그나마 일할 곳이라고는 위험하기 짝이 없고, 임금도 형편없고, 인디언 문화를 갈가리 해체해버릴 시안화칼륨에 젖은 금광뿐인데, 과연 그곳에서 일하는 게 일자리가 아예 없는 것보다 낫냐고. 그날 우리 두 사람은 기업들이 기업 운영 원칙을 근본적으로 바꾸지 않는 한 우리의 노력이라는 것은 기업의 탐욕과 무지가 내지른 화염의 극히 일부만을 겨우 끌 수 있을 뿐임을 깨달았다.

1985년, 나는 우즈홀해양연구소(Woods Hole Oceanographic Institution)에서 연구원으로 일하게 되었다. 지역 개발이 토착 원주민 사회에 어떤 영향을 미치는지 연구하고 강의하는 일이었다. 인디언 원주민들의 환경 운동과 인권 운동에 무료 법률 지원을 하는 일도 계속했다. 원주민 사회에서 나에 관한 소문이 나면서 몇몇 국가들의 토착 원주민 사회를 방문하고 그들에게 봉사할 뜻 깊은 기회도 생겼다. 1987년 어느 날, 나는 로드아일랜드 주립대학에서 열대우림 지역이 황폐화된 여러 원인에 대해 강의했다. 강의가 끝난 후, 데이비드 아베든(David Abedon) 교수가 내게 오더니 자신의 친구와 이야기를 나눠볼 생각이 없냐고 물었다. 그 친구는 커피숍을 운영하는데 커피 재배 농부들을 돕기 위한 조직을 만들고 싶어한다는 것이다. 커피 농부들이 대부분 토착 원주민이기 때문에 커피 재배 지역에서 전개되는 원주민 환경 운동과 인권 운동을 돕는 일은 내가 가진 기술이나 관심과도 잘 맞을 것이라는 생각이 들었다.

우리 세 사람은 함께 만났다. 그리고 커피 재배 마을을 돕기 위한 최초의 지역 발전 후원 단체 '커피키즈(Coffee Kids)'를 설립했다. 커피숍 주인 빌리 피시베인(Billy Fishbein)은 커피 업계를 설득해서 지원금을 얻어내기로 했다. 나는 커피 재배 마을을 방문하여 농부들과 그 가족을 만나보고, 그들에게 필요한 것을 파악하고, 프로그램을 만들고, 농부들이 토로하는 문제점들을 정리하여 전략을 짜는 일을 맡았다. 나는 뛸 듯이 기뻤다. 더없이 완벽한 직업을 얻었기 때문이다(비록 우리 모두 그 일로 한 푼도 벌지 못했지만 말이다). 우리는 과테말라와 멕시코에 여성을 위한 마이크로크레디트(빈민층과 저소득층을 위한 무담보 소액 대출 제도—옮긴이) 은행을 개설했고, 수마트라에 수도 시설 프로젝트를 전개하는 등 여러 작업을 수행했다. 그것은 민초들이 시작한 지역 개발 프로젝트다.

그러던 어느 날, 중요한 변화가 찾아왔다. 과테말라의 우물 공사 프로젝트를 계획하던 중이었다. 어느 커피 회사가 자선사업의 일환으로 우리에게 5000달러를 건넸다. 우물 짓는 데 보태라는 것이다. 그리고 여기저기 사진을 찍어대더니 자기 회사 커피 소비자들에게 자신들의 '선행'을 대단한 일인 양 떠벌렸다. 하지만 그 커피 회사는 커피 생산자들에게 여전히 지독한 헐값을 주고 커피를 사들였다. 변한 것은 아무것도 없었다. 오히려 소비자들은 커피 생산 마을들이 아무 문제없이 잘 돌아가며, 어느 커피 대기업 회장의 말처럼 커피 산업이 "커피 농부들을 잘 대우해준다"는 잘못된 인식을 가졌다.

나는 궁금했다. 커피 업자들이 커피 농부들에게 제값을 지불한다면 과연 어떤 일이 벌어질까? 커피 농부들은 아마도 자신들이 쓸 우물을 스스로 건설할 수 있을 것이다. 회사의 '자선'은 필요 없어질 것이다. 자신이 사들이는 커피를 생산하는 마을의 열악한 상황에 기업이 십분 책임을 느끼고 커피 재배 농부들의 삶에 적극적으로 개입한다면 과연 어떤 일이 벌어질까? 기업이 커피 재배 마을의 개발에 직접 나선다면? 다양한 방식으로 마을을 돕는다면? 그렇다면 풍토병처럼 계속되는 커피 재배 지역의 빈곤은 극복되고 사라질 수 있지 않을까? 동시에 기업 역시 이윤을 얻을 수 있지 않을까? 그게 가능하다면 그렇게 하지 않는 기업들은 더 이상 핑계거리가 없지 않을까? 이런 생각이 깊어지고 명료해지면서 마침내 딘스빈스(Dean's Beans)가 탄생했다.

1993년, 나는 자그마한 로스팅 기계 한 대와 커피 여섯 자루를 가지고 '딘스빈스 유기농 커피(Dean's Beans Organic Coffee) 회사'를 시작했다. 부업으로 대학 강의와 법률 관련 일도 계속했다. 나는 유기농 커피만 사들이기로 마음먹었다. 살충제를 사용하는 것이 제3세계의 환경과 농부들의 건강에 어떤 해악을 미치는지 잘 알았기 때문이다. 커피 재배에 사용되는 살충제 가운데 상당수는 미국에서 아예 사용이 금지된 것들이다. 나는 소규모 커피 농부나 협동조합에서만 커피를 구입하기로 했다. 그들은 대부분 이 험난하고 잔혹한 세상에서 자신의 문화와 존엄성을 유지하려 애쓰는 토착 원주민이다. 커피 재배 지역의 환경 친화적 개발과 커피 농부들의 적극적 참여는 그들과 내가 맺는 관계의 핵심 전제였다. 이는 국제 커피 시장의 구조와 가격이 오랫동안 불공평하게 운용되었고, 그리하여 커피 생산자들을 저개발 상태에 머무르게 했다는 인식에서 비롯되었다. 세계 곳곳의 커피 생산지와 그곳에서 일하는 사람들을 향한 나의 기나긴 사랑 여행은 그렇게 시작되었다.

딘스빈스의 사업 이념과 사용할 커피의 품질에 대한 계획은 확고했다. 우리는 천천히, 꾸준히 그리고 양심적으로 성장해갔다. 사람들은 종종 우리를 가리켜 "커피 업계의 '벤 앤드 제리'(Ben and Jerry's : 소규모 자영업으로 시작하여 초대형 기업으로 성장한 미국의 유명 아이스크림 브랜드 — 옮긴이)"라고 부른다. 하지만 벤 앤드 제리는 빠르게 성장한 뒤 결국 거대 다국적기업의 소유로 넘어갔고, 그 창업자는 돈은 많지만 불만과 좌절감에 쌓여 하루하루를 보내고 있다. 나는 그러기 싫다. 나는 '대박을 터뜨리고 대기업에 팔아넘겨 목돈을 챙기려는' 목적으로 이 사업을 시작하지 않았다. 또 '사회적 책임'을 이용해 금전적 이익을 챙기고 싶지도 않다. 꽤 많은 '사회적으로 진보적인' 기업들이 초심을 내던진 채 그 외피만 유지하며 돈을 버는 데 관심을 쏟는 것이 사실이다. 나는 새로운 사업 모델을 개발하고 입증하려고 노력했다. 타인에 대한 존중심과 도덕과 정의에 기초한 모델이 바로 그것이다. 내 가족을 부양하기 위해, 내 종업원들을 부양하기 위해, 일 자체를 즐기기 위해 그렇게 했다. 새로운 사업 모델은 또 유연해야 했다. 시간이 지나고 경험이 쌓여감에 따라 우리는 개발 프로젝트, 가격 책정, 농부들과 관계 등에 접근하는 방식을 상황에 맞게 바꿀 필요가 있었다. 이러한 모델은 주류 커피 업계에 종사하는 사람들을 거의 미치게 만들었다. 최종 수익 금액의 크기가 아니라 사업의 과정에 열중하고, 유연하게 임하는 우리의 모델은 엄격한 계획과 예측과 성장 목표에 따라 움직이는 종전 커피 업계의 사업 모델과 정면으로 충돌했기 때문이다.

　나는 커피 무역에 종사하는 몇몇 사람들과도 깊은 친분을 맺었다. 1998년, 우리 일곱 명은 '코퍼레이티브 커피스(Cooperative Coffees)'를 창립했다. 커피 로스터들이 만든 세계 최초의 협동조합이다. 우리는 이 협동조합과 관련하여 두 가지 원칙을 내걸었다. 첫째, 대안무역에 기초하여 커피 생산자들에게 직접 커피를 구입할 것. 둘째, 사업과 사회 정의 실현이라는 두 가지 사뭇 이질적인 요소를 결합시키려는 결코 쉽지 않은 이 여정에 서로 든든한 동반자가 될 것. 마침내 나는 자바트레커 동지들을 발견했다!

우리는 자바트레커로서 사업 파트너인 농부들의 투쟁에 깊이 관여해왔다. 우리는 각자 나름의 방식으로 사회 정의에 대한 신념을 실천하고자 노력해왔다. 자바트레커들은 우리 외에도 더 있다. 커피 업자들은 대부분 생산자를 자신의 이익을 위한 수단으로 간주하지만, 개중에는 진보적이고 생산자 입장에 선 중개상과 수입업자, 로스터들도 있다. 지난 10여 년 동안 커피 산업은 서서히 진보해왔고, 자바트레커들의 영향력도 조금씩 가시화되고 있다. 하지만 이 점에 대해선 다음 기회에 좀더 이야기할 것이다.

지금 나는 당신에게 커피를 한 잔 더 권하고자 한다. 첫 잔은 지금쯤 다 마셨거나 차가워졌을 테니 말이다. 커피 속 깊숙이 자리한 그 세계로 들어갈 준비가 되었는가? 나와 함께 세계 곳곳의 커피 재배지를 여행해보자. 그들의 관습과 문화와 투쟁과 희망을 경험해보자. 자바트레커 한 사람이 커피 농부들의 삶과 그들의 공동체에 어떻게 발을 들여놓을 수 있었는지 알아보자. 당신이 읽을 이야기는 때로 당신을 기운차게 하고, 때로는 슬프게 할 것이다. 때로는 유머러스하게 하고, 때로는 냉정하게 할 것이다. 그 모든 것들이 '훌륭한 여행'이라는 옷감의 씨줄과 날줄을 이룬다.

커피 한 모금을 다시 한 번 깊이 마셔보라. 앞으로 커피 맛은 예전의 그것과 사뭇 다를 것이다.

1부
아프리카

에티오피아

★
아디스아바바

케냐
나이로비
★

1

미리암의 우물, 황제의 침대
그리고 칼디의 염소

에티오피아, 2002

에티오피아에는 수도 아디스아바바(Addis Ababa)에서 시작되어 외곽으로 뻗어나가는 간선도로가 네 개 있다. 이 도로들은 각기 다른 유럽의 구호 단체들이 건설했다. 네 도로 모두 돈 안 되고, 사람들의 관심도 끊긴 지역에서 길이 끊긴다.

2002년 2월, 우리는 그레이트 리프트 밸리(Great Rift Valley)라는 어마어마하게 큰 계곡에 독일인이 건설한 도로를 따라 남하하고 있었다. 이 계곡은 에티오피아를 여러 줄기 모양으로 갈라놓는데, 그 모습은 마치 지구가 태어날 때 겪었을 극심한 산통의 증거처럼 보인다. 이곳이 바로 원숭이를 닮은 우리의 조상 '루시(Lucy)'와 수천 년 동안 그녀의 후손들이 명멸해온 '문명의 요람'이다. 그레이트 리프트 밸리는 끝없이 넓은 메마른 평원을 만들었고, 우리는 그 평원을 가로질러 달렸다. 에티오피아와 인근 케냐에 걸친 평원은 폭이 약 1600km에 달했다. 세계 최대 커피 재배지 중 하나인 이르가체프(Yirgacheffe)까지는 꼬박 열 시간을 달려야 했다. 늘 미소를 머금고 있는 운전사 아델레(Adele)는 불법 복사된 힙합 CD를 연신 틀어놓고 영어 가사를 들리는 대로 따라 읊조렸다. 그가 영어를 이해하지 못하는 것은 차라리 다행스런 일이었다. 그렇지 않았다면 '사탕가게로 날 데려가 줘~'(미국의 힙합 가수 '50cent'가 부른 'Candy Shop'이라는 노래로, 진한 성적 내용을 다뤘다.—옮긴이)라는 가사가 복음주의 기독교 신앙으로 가득 찬 그의 영혼에 적잖은 충격을 주었을 것이다. 오로미아(Oromia) 커피협동조합의 총책임자 타데세(Tadesse)는 엽총을 찬 채 무심한 표정으로 일관했다. CD에서 흘러나오는 예사롭지 않은 비트나 신음도 들리지 않는 듯했다. 타데세는 오로미아 협동조합의 설립자로 8000여 커피 농부들과 그 가족의 미래가 그의 가슴과 머리, 두터운 검은 장부에 달려 있었다.

에티오피아의 협동조합은 길고 변화무쌍한 역사를 자랑한다. 협동조합이라는 개념은 마르크스주의 데르크(Derg : '위원회'라는 뜻)가 사회주의 건설을 위한 조직화 수단으로 처음 소개했다. 데르크 군사정부는 1970년대에 하일레 셀라시에(Haile Selassie) 황제를 축출, 살해한 뒤에티오피아를 지배했다. 사회주의 체제가 국민들의 사상과 행동에 대한 통제를 강화함에 따라 협동조합은 점차 세금 징수라든가 군인 모집, 각종 정보 수집을 위한 도구로 변모되었다. 1987년 데르크 군사정부가 권좌에서 밀려나며 협동조합 역시 그 세력이 약화되고, 농부들의 관심 밖으로 사라졌다. 따라서 대학까지 마친 타데세가 1989년 일본에서 연구원 생활을 마치고 귀국하여 협동조합 운동에 다시금 불을 붙이고자 했을 때 그의 말에 귀 기울이는 사람은 거의 없었다. 타데세는 미국, 유럽, 일본 등지의 협동조합 운동 현황을 담은 20분짜리 비디오 테이프를 보여주려고 백방으로 뛰어다녔다. 마침내 누군가가 타데세에게 귀를 기울였다. 타데세는 오로미아의 커피 농부들에게 자신이 배운 기술과 지식을 시험해봐도 좋다는 말을 들었다. 오로모족은 정치적으로 가장 강하지는 않지만 수적으로는 에티오피아에서 가장 많은 부족이다. 타데세 역시 오로모족 출신이다. 그의 협동조합이 성공을 거둔다면 에티오피아 농림부에게는 강력한 일격이 될 것이었다. 하지만 실패한다면 그는 아버지와 아홉 삼촌이 공동으로 소유한 손바닥만 한 땅으로 돌아갈 수밖에 없었다.

타데세는 10년 동안 이르가체프, 시다모(Sidamo), 짐마(Jimma), 하라르(Harar) 등에 걸친 광대한 지역을 돌아다니며 조직하고 교육하고 홍보했다. 그는 외국의 토양 전문가와 농경제학 전문가를 불러들였고, 오로미아 커피협동조합 농부들을 지원하기 위해서라면 자기가 조달할 수 있는 모든 자원을 끌어들였다. 인색한 네덜란드 수입업자들을 구슬려 지원 자금을 받아내기도 했고, 오로미아 협동조합의 커피를 국제적으로 홍보하기 위해 유럽과 일본을 방문하기도 했다. 그는 모든 의견과 아이디어에 귀 기울였으며, 새로운 기술과 조직론이나 커피에 관한 책을 섭렵했다. 전 세계 커피 구매자들에게 최고급 커피 생두를 선보이기 위해 창고 관리는 물론, 커피를 따고 씻는 등의 과정도 빠짐없이 직접 감독했다.

타데세는 거구에 배도 불뚝하고, 아주 환하게 웃는 사람이다. 그가 큰 소리로 웃을 때면 오로모족 산타클로스처럼 보인다. 무엇보다 그는 아주 많은 사랑을 받는다.

그는 이동할 때마다 휴대전화에 매달려 있었다. 유럽의 수입업자들에게 주문을 받기도 하고, 농부들에게 대출을 승인하기도 하고, 자기 아이들과 대화를 나누기도 했다. 그가 휴대전화를 놓는 유일한 시간은 내 물음에 대답할 때다.

창밖을 내다보니 수백 명이 줄지어 북쪽으로 걸어가는 모습이 보였다. 내 왼편으로는 또 다른 수백 명이 줄지어 남쪽으로 걸어가고 있었다. 색색가지 천으로 몸을 가린 여인네들이 엄청 무거워 보이는 장작더미를 이고 걸어갔다. 당나귀들도 등에 작은 산만 한 이엉을 싣고 무리지어 지나갔다. 족히 400kg은 될 법한 플라스틱 물통을 싣고 지나가는 당나귀도 있었다. 꼬마들이 이 가련한 동물을 나뭇가지로 찔러대며 장난을 쳤다. 끈을 맨 당나귀의 등에는 거칠고 투박한 갈색 털이 십자가 모양으로 갈라져 있었다. 그곳 사람들은 당나귀가 등에 십자가를 지니고 다니는 것은 축복이라고 말했다. 하지만 내게는 인간에게 봉사하느라 겪는 고통의 상징으로 보일 뿐이었다.

"타데세, 북쪽으로 가는 사람들은 어디에 가는 겁니까?"

"시장에 가는 겁니다."

"남쪽으로 가는 사람들은요?"

"그들도 시장에 가죠."

"그래요? 왜 같은 시장으로 가지 않죠?"

타데세는 아리송하다는 표정으로 나를 쳐다보더니 웃음을 터뜨렸다.

"하하하! 당신 아주 재밌는 사람이군요!"

"사탕가게로 날 데려가 줘~. 거시기가 터져버릴 때까지 핥아줘~!"

아델레가 흥겹게 노래 불렀다.

난 사람들이 왜 같은 시장으로 가지 않는지 끝내 알아내지 못했다. 하지만 나중에 타데세를 미국 버몬트 주로 데려갔을 때 비슷한 방식으로 그에게 '빚'을 갚아줄 기회가 있었다. 우리는 89번 고속도로를 따라 달리고 있었다. 버몬트 주의 원시림 같은 숲길을 통과하던 중 타데세가 창밖을 내다보며 물었다.

"딘, 이곳 사람들은 대체 어디에 처박혀 있는 겁니까?"

"여기에는 사람이 없습니다. 설사 있다 하더라도 그들은 차를 타고 시장에 가지, 걸어가지 않습니다."

타데세는 미국의 인구밀도가 아주 낮다는 것을 믿기 힘들어했다. 그는 내가 거짓말이라도 한다는 듯 물끄러미 나를 바라보았다. 그러더니 고개를 끄덕이며 히죽 웃었다.

"하하하! 당신 아주 재밌는 사람이군요!"

반지의 제왕

차가 조금씩 나아가는 동안 변함없는 농촌 모습이 눈앞에 펼쳐졌다. 우리가 그렇게 차를 타고 달리는 동안 국제 커피 값은 곤두박질치고 있었다. 지구 반대편에 있는 뉴욕에서는 카페인에 흠뻑 젖은 젊은이들이 경매장을 가득 메운 채 고래고래 소리를 질러가며 에티오피아 커피의 입찰가를, 에티오피아 커피 농부들의 피와 땀의 값을 낮추고 또 낮췄다. 경매장 중간에는 일명 '반지(the Ring)'라 불리는 뉴욕무역위원회(NYBOT)의 원탁이 놓여 있다. 그곳에서 투자 기관, 은행, 금융 투기꾼들, 거대 커피 무역업자들이 커피 값을 입찰한다. 커피 업자들의 목표는 향후의 커피 값을 미리 파악하는 것이다. 이것은 농산품 판매업에 반드시 필요한 일이다. 하지만 미친 듯 흥분한 경매꾼들의 주된 목표는 그들이 지불한 선물 가격과 향후 판매 가격의 차액을 벌려 이익을 얻는 것이다. 지난 두 세기 동안 커피는 잠에 취한 시장에서나 겨우 거래될 법한 침체된 상품이었다. 하지만 10여 년 전부터 갑자기 주요 투기 상품으로 맹렬히 부상하기 시작하면서 경매장 바닥을 달구고 있다.

지금과 같은 정보 시대에 '반지의 제왕'들은 전문 컨설턴트에게서 금융, 정치, 기상 등 커피와 관련된 모든 정보를 분 단위로 제공받는다. 브라질에 서리가 일찍 내렸다고? 커피 열매가 영글려면 먼저 꽃이 피어야 하는데, 서리가 내리면 꽃이 금방 시들거나 죽어버릴 수 있다. 그런 경우 수확은 꽝이다. 공급이 뚝 떨어지고 값은 오른다. 3월 출하품을 2센트씩 올려서 입찰해. 콜롬비아에서 평화 협정이 맺어질 것이라는 소문이 돈다고? 석 달 뒤에는 출하량이 많아지겠군. 값이 떨어질 때까지 기다려. 소문과 첩보는 구매와 판매 주문으로 번역된다. 미래의 경매꾼인 말단 직원들이 주문서를 들고 이쪽저쪽으로 뛰어다닌다. 자기 회사 유니폼을 입은 말단 직원들은 전화에서, 제왕 소유의 컴퓨터에서 명령이 떨어지자마자 주문서를 움켜쥐고 원탁에 있는 전사들에게 달려간다. 그리고 전사들은 입찰가를 목청 높여 외친다. 1페니 더 붙여 팔기 위해, 혹은 1페니 덜 주고 사기 위해. 이들은 커피를 재배하고 가공하는 데 실제로 드는 비용과 아무 상관없이, 자신만의 배타적이고 폐쇄적인 시스템 아래서 커피 값을 결정한다. 커피 생산자들도 먹고살아야 한다는 것, 그들도 아이들을 학교에 보내야 한다는 것 등은 고려하지 않는다. 한 커피 무역업자가 내게 말했다. "커피 무역업자들에게 도덕이란 존재하지 않습니다. 커피 생산자들이 어떤 조건에서 사는지는 우리의 관심사가 아니죠. 우리는 돈만 보고, 돈만 좇는 사람들입니다."

우리가 이르가체프로 향하는 길을 달리는 동안 커피의 시장가격은 1파운드(약 0.453kg)당 60센트 밑으로 떨어졌다. 60센트는 커피 농부가 커피를 재배하고 수확하는 데 필요한 최소 경비다. 그날 이후 농부들은 커피를 1파운드씩 생산할 때마다 점점 더 빚더미에 올라앉았고, 그들의 당혹감과 절망감도 깊어갔다. 그 후 5년 동안 커피 재배지 사람들은 극심한 영양실조에 시달렸고, 유아 사망률도 치솟았다. 동시에 거대 커피 무역업체들의 이윤은 사상 최고치를 기록했다. 반지의 제왕들이 크게 한 밑천 잡은 것이다.

이르가체프
- 가장 가난한 사람들이 생산한 가장 맛 깊은 커피

평원이 끝나면서 고도가 서서히 높아지기 시작했다. 메마른 관목 땅이 점차 울창한 숲으로 변해갔다. 뉴잉글랜드를 연상케 했다. 콘크리트로 된 반듯한 사각형 건물들이 늘어선 아디스아바바와 달리 흙벽돌로 지은 조그만 집들이 옹기종기 모인 마을이 하나 둘 나타났다. 먼지가 풀풀 날리는 도로를 따라 염소 떼가 지나고, '택시'라 불리는 마차들이 지났다. 길거리 여기저기에 수많은 푸스볼 테이블(foosball table : 사커 테이블이라고도 불리는 것으로, 막대에 꽂힌 인형들을 이용하여 축구 놀이를 하는 게임 테이블—옮긴이)이 눈에 띄었다. 테이블마다 10대 소년들이 요란하게 소리 지르며 편을 갈라 게임을 하고 있었다. 몇 년 뒤 푸스볼 테이블은 탁구대와 경쟁을 벌인다. 그와 동시에 중국이 지구 전면에 부상하고, 그리하여 어떠한 전략적 자원도 없는 '아프리카의 뿔'(Horn of Africa : 에티오피아, 지부티, 소말리아를 포함하는 지역의 속칭—옮긴이)은 더욱더 옥죄인다.

마을들이 시야에서 사라지고 움막이나 벌집처럼 생긴 오두막들이 나타났다. 우리는 고상한 신세계 질서에서 벗어나 태곳적 땅의 모습과 리듬 속으로 접어들었다. 대각선으로 6m 정도 되는 오두막들은 튼튼한 나뭇가지로 만든 벽으로 둘러싸였다. 나뭇가지들은 갈댓잎으로 잘 묶었고, 흙을 발랐다. 지붕에는 기다란 종려나무 잎을 얹었다. 오두막 내부는 사람 키의 반쯤 되는 벽으로 나눠진다. 한쪽은 가족 침실로 사용하고, 다른 한쪽은 밤에 동물들을 들여와 재운다. 밖에서 재우면 쌀쌀한 밤공기에 동물들의 체온이 낮아지기 때문이다. 방 중앙에 놓인 화덕에서 연기가 모락모락 피어올라 지붕에 서식하는 곤충이나 다른 해충들을 없앤다. 연기가 지붕 전체를 통해 뿜어 나와 멀리서 보면 집에 불이 난 것 같다. 오두막을 둘러싼 텃밭에는 호박과 테프(tef:에티오피아에서 생산되는 곡식)가 자란다. 테프는 인지라(injira)를 만드는 데 사용된다. 인지라는 에티오피아 '국민 빵'으로 납작한 모양에 회색이며, 먹는 접시나 냅킨으로도 사용된다.

   길을 따라 좀더 달리면 숲이 우거지기 시작하는데, 예리한 사람이라면 숲 위쪽으로 듬성듬성 퍼진 커피나무들을 발견할 수 있다. 이곳 커피나무들은 잘 구획된 땅에서 반듯반듯하게 재배되지 않고 여기저기 흩어져 있다. 일부는 한군데에 모여 있기도 하고, 어떤 나무는 고고히 혼자 서 있다. 마구잡이인 듯하지만, 사실은 완전한 자연적 패턴을 보여준다. 이르가체프에서는 이런 식으로 커피를 재배한다. 이곳의 커피나무들은 아프리카의 전형적인 커피나무로 가늘고 키가 크며, 야생성을 많이 간직하고 있다. 다른 아프리카 커피들과 다른 점도 있다. 흙냄새가 좀더 나고, 레몬 맛이 깔려 있으며, 알이 꽉 찼다. 나는 커피나무들을 바라보았다. 내 옆에는 키가 190cm나 되는 오로모족 사나이 타소 게브루(Tasew Gebrew)가 서 있었다. 그는 오로미아 이르가체프 협동조합 가입 단체 중 하나인 네젤레 고르비투(Negele Gorbitu) 조합을 이끄는 사람이다.

난 커피나무와 농부의 관계에 대해 생각해보았다. 애완동물이 주인을 닮아가는 것처럼, 커피나무도 자기를 돌보는 주인의 외모를 닮아가는 것 같았다. 보라, 여기 있는 커피나무와 그 주인 모두 장대같이 크고 호리호리하면서도 강철처럼 강인하지 않은가. 반면 라틴아메리카의 커피나무들은 키가 작고 통통하다. 커피 열매는 단단하고 질긴 가지 위에서 묵직하게 아래쪽으로 늘어진 채 열린다. 그 모습은 키 작고 옹골찬 마야족과 아스텍족, 잉카족 농부들, 즉 여러 세기에 걸쳐 정치·경제적 식민지화에 맞서 싸우고, 생태계의 변화에 맞서 투쟁을 멈추지 않는 원주민 농부들을 그대로 닮았다.

나는 모여 있는 농부들 앞으로 나아가 섰다. 그들은 대부분 땅바닥에 앉았다. 몇몇 나이 든 사람들만 사무실에서 가지고 나온 의자에 앉았을 뿐이다. 우리가 모인 곳은 커피 열매를 말리는 넓은 공터다. 이곳에 오기 전, 나는 매사추세츠 주 애머스트(Amherst)에 사는 에티오피아 가족의 도움을 받아 암하릭어로 근사한 기조연설을 준비했다. 정말 열심히 준비했고, 미묘한 억양까지도 철저히 연습했다. 타데세가 그들에게 나를 소개한 뒤 열정적인 연설이 시작되었다. 나는 농부들과 그들의 땅을 칭송했고, 그들을 깊이 존경한다고 말했으며, 미래에 대한 우리의 비전을 역설했다. 나는 격한 감정에 빠져 땀이 비 오듯 흘렀다. 그리고 연설이 끝났다. 침묵이 흘렀다. 타데세가 내 쪽으로 몸을 기울이며 속삭였다. "훌륭한 연설이었습니다. 하지만 저 사람들은 당신 말을 한 마디도 못 알아들었답니다. 저들 중 암하릭어를 아는 사람은 한 명도 없어요. 오로미파 언어만 사용하는 사람들이죠." 우리는 크게 웃음을 터뜨렸다. 타데세가 자리에서 일어났다. 그리고 자기 방식대로 해석한 내 연설을 그들의 언어로 다시 연설했다. 그의 연설은 내 것보다 훨씬 짧았다. 그러나 농부들의 얼굴은 밝게 빛났고, 그들은 내게 힘찬 박수를 보냈다.

네젤레 고르비투 조합 회원들은 참으로 질문이 많았다. 작년에는 1달러를 받았는데 지금은 왜 60센트만 준다는 것인가? 올해 커피는 작년 커피와 다를 게 없고, 품질은 여전히 최고인데 왜 값을 내리는가? 은행들이 왜 올해는 추수 자금을 대출해주지 않는가? 추수할 돈이 없어서 커피 열매가 반이나 나무에서 썩어버렸다. 대체 왜 이런 일이 생기는가?

반지의 제왕들에 대해 과연 어떻게 설명해야 하나? 커피 값을 결정하는 사람들은 농부들의 생계에 관심이 없다는 것을 어떻게 설명해야 하나? 나는 처음으로 대안무역에 입각하여 커피를 구입하는 사람이며, 처음으로 이곳을 방문한 미국인 커피 구입자다. 농부들에게 나쁜 소식을 전해야 하는 상황이 내겐 결코 달갑지 않았다. 대안무역 커피 구매 역시 양동이에 떨어지는 물 한 방울 정도밖에 안 되는 미미한 역할에 그치지 않는가. 나는 커피 농부들과 거래하는 내 방식에 자부심이 있었다. 하지만 네젤레 마을 커피 농부들이 모두 대안무역 커피상과 거래하는 것은 아니었다. 이리저리 뛰어다니는 어린아이들의 불룩한 배와 불그스레하게 바랜 머리카락은 이들이 영양실조에 시달린다는 증거다. 이들은 섭생을 유일한 전분 공급원인 바나나에 거의 전적으로 의존하는 상황이다.

이르가체프 커피나무들은 활짝 꽃을 피웠다. 커피 열매 즙에 취한 아프리카 벌들이 윙윙거리며 바람을 갈랐고, 이따금 어리석게도 우리 머리에 달려들곤 했다. 꼬리와 얼굴이 하얀 콜로부스 원숭이들은 머리 위 나무 꼭대기를 건너뛰며 우리를 졸졸 따라오면서 이따금 나무 열매를 던져댔다. 비비(개코원숭이) 한 마리가 우리 앞에서 분홍빛 엉덩이를 들이대며 갈 길을 막기도 했다. 자동차 미등과도 같았다. 이곳은 잘 다듬어진, 살충제로 흠뻑 젖은 대형 커피 플랜테이션이 아니다. 손이 닿지 못할 정도로 큰 나무에서 커피 열매를 따기 위해 농부들은 끝에 고리가 달린 장대를 이용했다. 농부들은 이따금 아무 나무 앞에 멈춰 서서 연한 붉은빛이 도는 커피 열매를 찬찬히 검사하기도 했다. 그들이 오로미파 언어로 중얼거리는 소리를 나는 전혀 알아듣지 못했다. 하지만 자기들이 검사한 커피 열매에 매우 만족한다는 것은 분명히 알 수 있었다.

우리는 조합 사무실로 돌아갔다. 가로세로 3m 정도 되는 시멘트로 만든 사무실은 농부들에게 지불될 금액이 적힌 도표로 가득했다. 우리는 회계 장부를 꼼꼼히 검토하기 시작했다. 네젤레 고르비투 조합은 대출이나 지불 등 조합원들과 조합의 금전 거래 사항을 아주 치밀하게 기록했다. 그런데 작년 지불 금액이 기록되지 않은 것을 발견했다. 타소 게브루는 숨을 깊이 들이쉬었다.

"작년 수확물에 대해선 최종 지불을 할 수 없었어요. 돈이 한 푼도 없었거든요. 수확물이 상당량 썩었지만 은행 대출금은 갚아야 했고, 급하게 병원에 가거나 식량을 구입해야 하는 농부들에게 대출도 해줘야 해서 말이죠."

"게브루, 은행들이 왜 돈을 더 빌려주지 않은 거죠? 매년 돈을 빌려주잖아요. 안 그래요?"

게브루가 쓴웃음을 지었다. "그렇긴 하죠. 하지만 요즘 커피 값이 계속 떨어지잖아요. 우리가 돈을 벌지 못해 빌린 돈을 못 갚을까 봐 은행 측이 우려하는 겁니다."

타데세가 덧붙였다. "그것뿐만 아닙니다. 농부들에게서 직접 커피를 사들이는 중간상인 사브사비(sabsabi)는 대부분 은행의 주요 고객이에요. 은행의 중요한 결정을 그들이 좌지우지한답니다. 그들이 우리 협동조합의 힘을 약화하려고 수작을 벌이고 있어요. 우리가 중간상인들과 거래하지 않기 때문이죠. 그들이 은행 대출을 막아 커피가 썩도록 상황을 유도한 거예요. 그렇게 되면 자기들이 다시 이곳에 와서 높은 이자를 받으며 돈을 빌려줄 수 있을 테고, 커피도 싼값에 사들일 수 있을 거라는 계산을 한 거죠."

장부 검토가 끝난 후 우리는 조합 사무실 밖 마당에 둘러앉았다. 난 미래에 대해 낙관적으로 생각해야 한다는 중압감을 느꼈다. 하지만 커피 값이 이토록 낮은 상태가 얼마나 오랫동안 계속될지, 이 지역의 공공 보건이 재앙 상태에 빠지기 전에 과연 커피 값이 오를지 알 수 없었다. 이 지역에서 처음으로 대안무역 커피를 구입하는 미국인이지만, 앞으로 얼마나 많은 커피 제조 회사들이 나처럼 대안무역 커피 거래에 참여할지도 가늠할 수 없었다. 그러려면 타데세의 엄청난 마케팅 노력이 필요할 것이다. 하지만 나는 이 지역을 도울 다른 방법이 분명 있을 것이라 생각했다. 이 지역에 즉각적인 도움이 될 뭔가를 계획하고 비용을 댈 수 있으리라. 난 이것이 자선사업이라고 생각지 않았다. 이것은 불공정한 무역 관행 때문에 이 지역 농부들이 입은 피해를 조금이나마 만회하는 작업이다. 어떤 면에서 보면 이는 커피 값을 다른 방식으로 지불하는 것이라 생각할 수 있다.

우리는 그 지역에 가장 시급하게 필요한 것이 무엇인지에 대해 이야기했다. 여러분이 원하는 삶을 살지 못하도록 막아서는 게 무엇인가? 여러분이 현재 가장 중요하다고 생각하는 것은 무엇인가? 농부들은 이 대화에 진지하게 임했다. 그들은 지금 가장 필요한 것은 비샨 쿤쿨루(Bishan kunkulu), 즉 '깨끗한 물'이라고 이구동성으로 말했다.

한 농부가 설명했다. "이곳에서는 모든 것이 물에 의존합니다. 물은 커피나무에 영양분을 공급하고, 토양이 쓸려나가는 것을 막아줍니다. 물은 우리 몸에도 꼭 필요하죠. 물 없이는 어떤 음식도 만들 수 없습니다."

"깨끗한 물이 없으면 기도조차 제대로 할 수 없어요." 한 아낙네가 개탄했다.

우연의 일치인지, 같은 시기에 대륙 반대편에서도 또 다른 그룹이 물의 중요성에 대해 논의하고 있었다. 남아프리카공화국의 요하네스버그에서 유엔이 주최하는 '지속 가능한 발전을 위한 세계 정상회의(World Summit on Sustainable Development, WSSD)'가 열린 것이다. 우리가 네젤레의 주요 물 공급원인 냇가를 따라 걸어가는 동안 몬산토(Monsanto)와 나이키 같은 거대 다국적기업들은 새로 기안된 '밀레니엄 발전 목표(Millenium Development Goals)'에 성실하게 임할 것이라는 거창한 서약서에 서명하고 있었다. WSSD가 열린 호화로운 회의장 안은 자화자찬의 축제 분위기가 무르익었다. 회의장 밖에서는 경찰의 저지선이 시위대를 굳게 가로막으며 민중 단체들의 목소리를 차단했다. 회의장의 두꺼운 방탄유리는 거리의 소음을 안전하게 막아주었고, 샴페인 잔이 부딪히는 소리만 회의장 안을 휘돌았다. WSSD는 깨끗한 물에 대한 접근성 증대를 중요한 발전 목표 중 하나로 채택했다. 그리고 수십억 인구가 깨끗한 물을 공급받을 수 있도록 향후 20년 동안 전 세계 국가들이 노력할 것을 다짐했다. 단지 그 일을 어떻게 수행할지 논의하는 것을 잊었을 뿐이다.

냇물은 언덕에서 시작하여 이곳 도랑으로 흘러내렸다. 그 길을 따라 가축 떼와 야생동물들이 서식한다. 그리고 그 동물들의 침과 배설물에 살던 기생충이 인간의 내장으로 흘러 들어온다. 나는 여러 해 동안 편충과 이질을 비롯한 각종 기생충과 질병에 시달린 적이 있다. 하지만 나는 미국에서 제대로 된 의약품을 구입할 수 있었고, 꽤 괜찮은 의료 보험에 가입한 상태였으며, 깨끗한 물과 치킨수프와 포근한 침대가 있었다. 심각한 증세에 시달릴 때도 큰 문제없이 치료하고 쉴 수 있었다. 그러나 네젤레 농부들과 그 가족은 그런 안락함을 누릴 수 없었다. 마을로 들어오면서 우리는 남자들이 보건소를 향해 걸어가는 것을 보았다. 그들은 집에서 얼기설기 만든 들것으로 한 아낙네를 옮기고 있었다. 20km 밖에 있는 보건소 역시 충분한 의료 인력이나 장비를 갖추지 못했다. 모든 지역에 적절한 물 공급 시설을 건설하는 것은 정부의 책임이지만, 중앙정부의 정치적 의지나 자원은 수도 아디스아바바를 결코 넘어서지 못했다. WSSD의 종이 한 장짜리 선언문으로는 냇물에서 편충을 걸러내는 데 아무런 효과가 없었다.

마을 중앙으로 다가가자 지름 2.5cm 정도 되는 파이프에서 물이 똑똑 떨어지는 것을 발견할 수 있었다. 어린아이들이 파이프 주변에서 물을 받았다. 주전자 한두 개를 채워 돌아가려면 몇 시간이 걸린다. 하지만 이것을 시간 낭비라고 생각하는 주민은 한 사람도 없었다. 어차피 근처에는 아이들이 다닐 수 있는 학교 하나 없는 상황이었다.

농부들은 네젤레 마을에 필요한 물 공급 시스템에 대해 좀더 구체적으로 이야기했다. 물 저장 탱크를 설치하여 땅에서 솟아나는 물을 오염되기 전에 그 탱크에 모아둬야 한다고 했다. 파이프 시설을 설치하여 그 물을 마을 중앙이나 가까운 커피 가공소까지 끌어대야 한다고 했다. 그러면 마을 사람들도 그곳에서 물을 길어 생활용수로 사용할 수 있다는 것이다. 나중에는 파이프를 각 가정에 설치할 수 있을지도 모른다. 나는 인도네시아와 과테말라에서 이와 비슷한 프로젝트에 참여해본 적이 있기 때문에 네젤레 주민들의 계획이 훌륭하다는 것을 직감적으로 알 수 있었다. 그들은 아주 오래전부터 이 생각을 해왔던 것이다.

게브루가 자리에서 일어났다. 그의 홀쭉한 키가 하늘로 쭉 뻗었다. "돈만 있다면 말이죠."

나는 집에 돌아와 우물 건설에 대해 알아보기 시작했다. 그리고 아프리카에서 우물 건설 작업을 해본 경험이 있는 몇몇 비영리 사회단체와 접촉했다. 그들 모두 관심을 보였다. 그들은 네젤레 농부들이 생각하는 우물 시설을 만들려면 약 4만 달러가 필요할 것이라고 했다. 고작 땅에 구멍을 파고, 시멘트로 물탱크를 만들고, 파이프를 연결하는 데 4만 달러나 든다고? 그들은 필요 경비 가운데 25% 정도만 융통해 줄 수 있다고 했다. 뿐만 아니라 이 일을 하려면 외부 컨설턴트들을 마을로 불러들여야 하는데, 그들에게 일당 200달러씩 하루에 1000달러를 지급해야 한다는 것이다. 나는 수차례 사회단체들을 방문하여 상담하다가 마침내 방문을 중단했다. 대신 타데세에게 이메일을 보내 농부들 스스로 물 공급 시스템을 건설하면 어떻겠냐고 제안했다. 물론 그의 친구들에게 도움을 받아서 말이다.

타데세가 협동조합 멤버들을 움직여 '물 위원회'를 만들고, 경비를 추산하고, 어느 마을부터 우물을 건설할지 등 계획을 구체화하는 데 거의 1년이 걸렸다. 타데세가 꼼꼼히 계산해본 결과, 지역 농부들의 노동력으로 우물을 짓는 데 8000~1만 달러가 들 것으로 예상됐다. 이르가체프 농부들은 짐마 지역 농부들이 자신들보다 시급히 물 시설이 필요하다는 데 동의했다. 어쩌면 소말리아와 지부티에서 가까운 동부의 하라르 지역이 더 급하게 물이 필요한 곳인지도 모른다. 하지만 이르가체프 농부들 중 하라르 지역에 가본 사람은 한 명도 없었다.

황제의 침대

우리가 이르가체프를 떠날 때 타데세는 아주 행복해했다. 대안무역과 관련한 첫 방문자인 내가 농부들을 실망시키지 않았기 때문이다. 그에게는 몰두해야 할 새로운 프로젝트가 생긴 것이기도 하다. 그는 이 행복을 즐기고 싶어했다. 그는 내게 화려한 하룻밤을 선사하겠다고 말했다. 우리는 하일레 셀라시에 황제의 여름 별장으로 사용되던 원도 제넷(Wondo Genet)에서 묵기로 했다.

이르가체프를 방문한 지 얼마 안 된 나에게 원도 제넷은 약간 충격이었다. 번쩍이는 새 차들이 주차장에 즐비했고, 폭포수와 온천이 1950년대 식 방갈로를 에워싸고 있었다. 성장을 한 에티오피아 남녀들이 짝을 지어 여유롭게 산책하며 상대의 눈을 그윽하게 바라봤다. 타데세는 데스크로 가더니 귀한 손님을 위해 '황제 방갈로'를 달라고 주문했다. 데스크 직원이 천천히 나를 훑어보더니 알았다는 듯 어깨를 한번 움츠리고 나서 열쇠를 건넸다. 타데세가 나를 그 방갈로로 안내했다. 황제의 방갈로는 다른 방갈로와 조금 떨어진 곳에, 조금 더 높게 위치해 있었다. 타데세가 감개무량한 표정으로 문 앞에 서더니 힘주어 말했다. "황제의 침대에서 자는 것은 아주 영광스런 일입니다. 아무나 이곳에서 잘 수 있는 게 아니거든요."

난 깊이 감동받았고, 고맙다는 말을 여러 차례 되풀이했다. 우리는 먼저 곁방으로 들어섰다. 방갈로 밖에서 떨어지는 폭포 소리를 들으며 벨벳으로 장식된 방 안을 보니 구중궁궐의 가장 깊은 곳, 황제의 심장부에 서 있는 듯한 기분이었다. 타데세가 정중하면서도 빠르게 침실문을 열었다. 내 앞에 황제의 침대가 나타났다. 나무로 된 거대한 침대는 머리맡에 사자 문양이 새겨져 있고, 깃털을 넣어 만든 누비이불이 장중한 모습으로 손님을 맞았다. 그러나 침대 길이가 150cm밖에 안 된다는 것을 알아차리는 순간, 내 환상은 산산이 깨졌다. 하일레 셀라 시에 황제는 키가 아주 작은 사람이다. 165cm인 나보다 작았던 것이 다! 타데세는 싱글거렸다. 내게 근사한 선물을 주어 기쁘다는 웃음인 지, 에티오피아 농담의 의미로 웃는 것인지 알 수 없었다. 어쨌든 난 그날 근사한 잠을 잤다. (명심할 것:에티오피아에서는 절대로 킹사이즈 침대 를 사지 마라!)

다음날 아침, 우리는 아디스아바바 쪽으로 천천히 길을 달렸다. 그 리고 어느 정도 간 뒤 짐마를 향해 방향을 틀었다. 짐마는 차드(Chad) 국경에서 가까운 오로미아 변방 지역이다. 희고 검은 라스타파리안 (Rastafarian:예수와 에티오피아 황제를 모두 신으로 여기는 종파—옮긴이)과 보브 말리(Bob Marley) 음악, 마리화나 향이 물씬 풍기는 어느 마을을 통과했다. 샤샤마네(Shashamane)는 셀라시에 황제가 자메이카 등지에 서 돌아오는 자신의 지지자들을 위해 만든 마을이다. 이곳의 많은 사 람들은 황제가, 즉 유다족의 사자, 왕 중의 왕, 신이 발탁한 인간 하일 레 셀라시에 황제가 아직도 살아 있는 것으로 믿는다. 1974년에 그가 사망했다는 보도는 그에 대한 믿음을 훼손시키려는 이들이 꾸민 음모 며, 그가 묻혔다는 야트막한 무덤에 있는 뼛조각들 역시 황제의 것이 아니라는 얘기다. 에티오피아 정부는 주민들의 이러한 믿음을 내버려 두지만, 불법적인 마리화나 흡연에 대해서는 제재를 가한다. 이따금 기습적으로 색출 작업을 벌이기도 하고, 마리화나를 불태우기도 한 다. 우리는 한두 시간에 한 번 정도 차를 멈추고 마을 찻집에서 에스프 레소를 마셨는데, 나는 이 마을에서는 황제의 침대에서 하룻밤을 보냈 다는 이야기를 하지 않기로 마음먹었다. 1년쯤 지나 나의 이 방침이 아주 현명한 일이었다는 것이 입증되었다. 카리브해의 베키아(Bequia)

섬에서 만난 라스타파리안 킹 데이비드(King David)에게 이 이야기를 했는데, 그는 사흘 동안 나를 졸졸 따라다니며 그 이야기를 다시 해달라고 졸라댔다. 그가 말하기를, 나는 그가 황제의 영혼인 라스타파리(Ras Tafari)에 좀더 가까이 다가갈 수 있도록 하기 위해 운명적으로 베키아 섬에 보내진 사람이라는 것이다.

우리는 계속해서 도로를 달렸다. 유럽의 철새들과 이곳 텃새들이 대규모로 서식하는 몇몇 커다란 호수를 지났다. 노란 부리가 눈에 띄는 거대한 황새 무리가 땅에 내려와 앉았다. 펠리컨들은 호수로 배치기 다이빙을 하며 물고기를 낚았다. 열대산 코뿔새와 뿔닭들은 차도 위를 어슬렁거리거나 나무 위에 줄지어 앉았다. 저 높은 하늘에서는 수염이 독특한 독수리들이 원을 그리며 먹잇감을 기다렸다. 타데세는 호수를 물끄러미 바라보았다.

"저 새들을 보고 싶어하는 유럽의 생태 관광객을 위해 오로미아 사람들이 관광 보트를 운영하면 어떨까 생각한 적이 있습니다."

괜찮은 아이디어 같았다. 물론 엄청나게 큰 민물 악어들이 작은 보트를 얼마나 자주 공격해대는지 그가 말해주기 전에는 말이다. 주민들도 종종 악어에게 잡아먹힌다고 했다.

"큰 배라면 괜찮을지도 몰라요." 타데세가 혼잣말처럼 말했다.

짐마

에티오피아 사람들은 자기네 나라가 아프리카에서는 유일하게 어느 나라의 식민지도 아니었다는 점을 아주 자랑스럽게 여긴다. 그것은 공식적으로 사실이지만, 이탈리아가 일종의 식민지적 지배를 시도한 적은 있다. 영국과 프랑스, 독일, 네덜란드, 심지어 포르투갈까지도 아프리카에 식민지가 있었는데 이탈리아라고 가만히 있었겠는가? 이탈리아인들은 당시에 금지되던 머스터드가스를 에티오피아 상공에 뿌려대며 여러 마을을 완전히 파괴했고, 주민들에게 무차별적으로 기관총을 쏘아댔다. 하지만 그들이 얻은 것은 에리트레아(아프리카 홍해에 면한 국가—옮긴이)를 북쪽 지역으로 좀더 넓힌 것과 2차 세계대전 초반까지 에티오피아를 일시 점령한 것이 전부다. 그러나 이탈리아는 에티오피아에 지울 수 없는 유산을 남겼다. 짐마 지역의 모든 맨홀 뚜껑에는 '피사 주물공장(Pisa Foundry)'이라는 글씨가 새겨졌고, 음식점마다 스파게티를 팔며, 사람들은 "차오(ciao)"라고 인사한다.

뭐니뭐니해도 가장 중요한 유산은 에스프레소 메이커를 도입한 것이다. 에티오피아 시골 마을 곳곳에 얼마나 많은 에스프레소 메이커가 있는지 알고 나면 미국에 있는 라테 메이커들은 아무것도 아니라고 생각될 것이다. 전기가 있건 없건, 모든 부락에 최소한 한 개 이상 에스프레소 메이커가 있다. 침발리(Cimbali)나 파에마(Faema) 같은 이탈리아 유명 에스프레소 메이커 이름이 옛 마을들을 장식하고 있다. 손 펌프로 에스프레소를 뽑아내는 일은 대부분 아이들이 담당한다. 누더기 같은 옷을 입은 소년들은 닥터 일리(Dr. Illy : 자동 에스프레소 기계를 처음 발명한 사람—옮긴이)만큼이나 멋진 에스프레소를 뽑아낸다. 목동 일을 하는 여자 아이들은 매일 신선한 우유를 조롱박에 담아 배달한다. 그 우유는 신비스런 연기 맛이 나는데, 아마도 박에 달라붙은 곤충들을 죽이려고 매일 밤 석탄불에 조롱박을 쪼이기 때문일 것이다.

짐마는 옛 종교와 사회제도가 여전히, 그러나 조용히 자리 잡고 있는 지역이기도 하다. 모스크와 교회가 곳곳에 자리한 이곳에서 사람들은 아직도 쿠아유(Qallu)라는 애니미즘 신앙을 간직하고 있다. 쿠아유는 오로모 사회의 지배적인 세계관이다. 짐마에서 지내던 어느 날 밤, 우리는 야외에서 벌어지는 집단 기도회에 지나간 적이 있다. 추수를 앞둔 그 행사에서는 의식이 진행되는 동안 한 농부가 아야나(ayyaana)의 역할을 맡았다. 아야나는 쿠아유 영혼이 깃든 존재다. 영혼은 그 농부의 입을 빌려 기도하는 모든 사람들을 내세로 이끈다.

짐마와 인근 지역의 오로모 사람들은 가다(Gada)라는 고대의 통치 체제에 따라 살아간다. 가다는 이 시골 마을의 중추적인 질서로 존재한다. 부족에는 가다에 의거한 독자적인 마을과 지역 의회가 있으며, 오로모족을 대표하는 의회도 있다. 중앙의 '현대' 정부는 중앙정부에 도움이 될 경우 오로모족의 이러한 지역 체제를 용인하지만, 그렇지 않을 때는 무시한다. 중앙정부가 그것을 어떻게 보든, 가다는 오로모족의 일상생활에 중요한 역할을 한다. 가다에 따라 토지 사용이 관리되고, 결혼식이 거행되고, 주민들의 다툼이 조정되고, 업적이 포상되고, 질서 위반 행위가 처벌된다. 가다는 연령에 기초한 위계질서로, 사람들은 나이가 들수록 존중받고 책임도 커진다.

오로모 지역의 커피 재배 마을을 방문할 때마다 우리는 업무를 논의하기에 앞서 커다란 나무 밑에 앉아 가다 연장자들과 회의를 한다. 첫 회의를 할 때였다. 기조 발언을 하기 위해 내가 자리에서 일어났다. 그런데 몇몇 연장자들이 발끈 성을 냈다. 그들이 앉아 있는데 감히 내가 일어섰다는 것이다. 나는 미국에서는 발언자가 일어서는 것이 예의 바른 행동으로 여겨진다고, 일어서는 것이 겸손한 태도라고 생각하여 그렇게 한 것이라고 설명하며 백배사죄했다. 그들은 경솔함에서 비롯된 나의 모욕적 행동을 용서해주었다. 나는 그곳을 방문할 때마다 지역 가다 모임에 돈을 기부했다. 100달러 정도면 가다 모임에 참석한 어르신들이 음식을 충분히 먹을 수 있다. 더 중요한 것은 나의 기부 행위가 오로모족의 전통 질서에 대한 존중의 표시로 받아들여졌다는 점이다. 나는 가다에 대해 들어본 적이 있는 커피 업자를 이제껏 한 명도 만난 적이 없다.

이 지역은 에티오피아의 어느 지역보다 커피 문화가 뼛속 깊이 존재한다. 가정에서는 대부분 커피 세러머니로 일과를 시작한다. 타데세는 내게 커피 세러머니를 보여주기 위해 60세 정도 된 농부 하지 후세인(Hadjj Hussein)의 집으로 데려간 적이 있다. 하지 후세인은 협동조합 멤버로, 마을 중심부에서 꽤 멀리 떨어진 곳에 살았다.

많은 에티오피아 농부들처럼 그의 커피 역시 태양에 말린다. 즉 건포도를 말릴 때처럼 커피 열매를 마당에 널어놓고 햇볕으로 자연 건조시키는 것이다. 열매가 다 마르면 협동조합에서 거둬들이고, 아디스아바바로 가져가 남은 가공을 마친다. 커피 열매 세척장이 너무 멀리 있어서 수확하자마자 물에 적셔 발효시킬 수 없는 경우, 짐마나 하라르처럼 아주 건조한 지역에서는 이렇듯 자연 건조를 한다. 자연 건조 커피는 수분 처리를 통해 가공된 커피의 반도 안 되는 가격으로 팔리기 때문에 이 지역 농부들은 훨씬 더 가난하다. 하지 후세인은 자녀 15명과 손자 손녀 30명을 두었다. 나는 누가 누구인지 도저히 구분할 수 없었다.

에티오피아 농촌 지역에서는 후세인 가족과 같은 대가족이 드물지 않다. 이르가체프의 타소 게브루는 일흔 살인데, 곧 열 번째 아이를 볼 참이다. 게브루는 그 아이 이름을 토두루(Toduru)라고 지을 작정이다. 토두루는 '이웃들이 뭐라고 말할까' 라는 뜻이다. 토두루는 태어나자마자 토두루 삼촌으로도 불릴 것이다. 10대에 접어든 조카들이 일곱 명이나 있기 때문이다.

후세인의 어린 딸 레히마(Rehima)가 집 밖으로 나왔다. 갈색 체크무늬 천을 걸치고 머리에는 전형적인 이슬람교도의 흰 천을 두른 레히마는 열두 살로 나의 큰딸과 동갑이고, 순한 미소도 내 딸과 비슷했다. 레히마의 다른 자매들은 땅에 향모를 뿌렸고, 우리 주변의 공기를 정화하기 위해 유황을 태웠다. 열네 살 미나(Minah)는 작은 석탄 화로에 불을 땠고, 한 살배기 자나(Janna)는 그 화로 옆에 위험스러울 정도로 가까이 앉았다. 레히마는 까맣게 변한 주전자를 화로에 올려놓고 초록색 커피 생두를 몇 움큼 집어 주전자 안에 넣었다. 그러고는 나무 숟가락으로 커피 생두를 계속 휘저었다. 잠시 후 연기가 피어오르며 커피 생두가 팝콘처럼 톡톡 튀어 올랐다. 커피가 거의 익었다는 첫 신호다. 레히마는 커피 생두가 거의 검게 변할 때까지 능숙하게 주전자 안을 저었다.

"커피가 닭 눈 색깔처럼 되어야 다 익은 겁니다." 후세인이 흡족한 듯 말했다. 나는 그 집 마당에 뛰어다니는 닭들의 눈을 들여다보려고 몇 분간 쫓아다녔지만 허사였다. 닭들은 너무 빨리 뛰었다.

레히마가 커피 원두를 나무로 된 절구에 쏟아 붓더니 절굿공이로 리드미컬하게 빻기 시작했다. 빻는 내내 콧노래를 흥얼거렸다. 빻은 커피는 진흙을 구워 만든 커피 주전자 자바나(jabana)에 넣었다. 자바나는 에티오피아 커피의 상징이기도 하다. 에티오피아의 커피 마을 입구마다 거대한 모조 자바나가 서 있을 정도다. 레히마는 끓는 물을 자바나에 붓고 1분 정도 흔들었다. 레히마의 자매들은 사기로 된 찻잔이 담긴 쟁반을 가져왔다. 중국음식점에서 볼 법한 잔들이다.

"짐마 시장에서 산 거예요. 저 멀리 중국에서 만든 것이라는군요." 후세인이 자랑스럽게 말했다.

레히마가 커피를 따랐다. 찻잔에서 15cm 정도 떨어진 높이에서 커피를 따르기 시작하여, 잔이 거의 채워질 무렵에는 자바나를 거의 1m

높이까지 들어올렸다. 한 잔 한 잔 따를 때마다 검은 액체가 춤을 추는 듯 느껴졌다. 우리는 각자 잔을 받았다. 이것은 첫 번째 순배로, 아볼 (abol)이라 불린다. 우리는 재빨리 커피를 들이켰다. 그리곤 "부나가리 (Buna gari)!"('good coffee'라는 뜻)라고 말했다. 토나(tonah)라는 두 번째 순배가 돌았다. 그리고 베라카(beraka)라는 세 번째 순배가 이어졌다. 베라카는 암하릭어로 '축복'이라는 뜻인데, 그 어원이 히브리어에 있다. 시바 여왕과 초기 셈족 이주자들이 에티오피아에 들여온 말로 추정된다. 오로모족은 셈족이 아니다. 오로모족은 수 세기 전에 이 지역으로 이주해 온 아프리카 흑인 유목민으로, 오랫동안 암하릭족에게 '내부 식민지화'되었다. 하지만 적어도 커피 세러머니를 하는 시간만큼은 그러한 일들이 거론되지 않는다. 부나가리! 세러머니가 끝나고, 일과가 시작되었다.

나는 작은 커피 잔이 가득 담긴 쟁반을 자랑스럽게 들고 있는 레히마의 모습을 카메라에 담았다. 이 사진은 훗날 대안무역 운동의 아이콘이 되었다. 나는 사진을 찍게 해준 보답으로 나중에 레히마의 고등학교 학비를 부담했다. 어느 날, 타데세에게서 레히마가 고등학교를 졸업한 뒤 사우디아라비아에 가정부로 보내질 것이라는 말을 들었다. 후세인의 가족은 레히마를 계속 공부시킬 돈이 없을뿐더러, 짐마에는 그녀가 얻을 마땅한 직장도 없기 때문이라는 것이다. 나는 후세인을 찾아가 레히마의 대학 등록금과 생활비를 대주겠노라고 했다. 난 여전히 레히마의 사진을 사용하지 않는가. 4~5년 사이에 후세인은 많이 늙었지만 특유의 위엄과 기품은 여전했다. 나는 그에게 수년 전에 찍은 레히마의 사진을 건넸다. 노인은 거의 눈물을 쏟을 뻔했다. 그리고 레히마의 대학 학비를 내겠다는 나의 제안을 수락했다. 이어진 간략한 커피 세러머니 중에 후세인은 나를 레히마의 '두 번째 아버지'로 임명했다. 레히마는 사우디아라비아에 가지 않을 것이다. 커피 세러머니가 끝난 뒤 우리는 열일곱 살이 된 레히마에게 갔다. 당시 그녀는 근처에 있는 언니 집에서 기거했다. 통역자 마스가부(Masgabu)가 레히마에게 아버지가 나의 제안을 수락했으며, 그녀는 에티오피아에 남을 수 있다는 말을 전했다. 레히마는 희미한 미소만 지어 보였다. 하지만 우리가 집 안으로 들어간 순간, 레히마가 두 팔로 나를 꼭 껴안았다.

"아저씨를 저의 두 번째 아버지로 받아들이겠어요. 사랑해요, 사랑해요." 레히마는 힘주어 속삭였다. 바닥에 앉아 커피를 마시는 내내 레히마는 내 손을 놓지 않았다. 나는 100명이 넘는 이슬람교도가 모인 마당 한가운데서 레히마가 외국인에게 자신의 감정을 드러내는 것이 결코 편치 않았으리라는 것을 깨달았다. 레히마는 영어를 배워야 했다. 에티오피아의 모든 대학은 수업이 영어로 진행되기 때문이다. 그녀는 컴퓨터를 배우고 싶어했다. 두 달 뒤 나는 새 딸이 보낸 첫 영어 편지를 받았다. 편지는 '사랑하는 아빠'로 시작하여 '제게 주신 순수한 선물, 감사합니다. 당신의 딸, 레히마'로 끝났다.

커피가 이 세상에 등장한 것은 칼디의 염소 때문(아마도)

에티오피아는 커피 세러머니에 열중하는 유일한 나라다. 커피의 탄생지가 에티오피아로 알려진 것은 그리 놀라운 일이 아니다(일부 예멘 사람들은 예멘이 커피의 탄생지라고 주장한다). 1500여 년 전에 바로 이곳 짐마 외곽의 숲속에서 커피가 처음 발견되었다고 전해진다. 타데세는 그 성스러운 숲속으로 나를 안내했다. 전해 내려오는 이야기에 따르면, 칼디(Kaldi)라는 염소치기가 어느 날 자기 염소들이 미친 듯 몸을 떨며 춤추는 것을 목격했다. 원인을 살피던 중 염소들이 근처에 있는 식물의 불그스레한 열매를 먹고 나서 춤을 추기 시작했다는 것을 알았다. 칼디는 그 열매를 마을 수도원에 가져갔다. 당시 수도사들은 존경받는 과학자들이기도 했다. 수도사들은 과연 그 열매를 먹었을까, 아니면 열매를 끓여 그 물을 마셨을까? 붉은 열매의 껍질을 벗기고 그 안에 있는 생두를 꺼내 그것이 부드러운 벨벳 색깔을 띠며 기름을 뿜어낼 때까지 한참을 볶았을까? 구전되는 이야기들은 이렇게 자세한 내용까지 담고 있지는 않다. 하지만 이름 없는 수도사들은 마침내 이 열매가 사람을, 염소를 흥분시킨다는 사실을 알아내고야 말았다(이름 없는 수도사라니! 칼디만 모든 명망을 얻지 않았는가).

또 다른 이야기도 있다. 콥트교도(Coptic : 이집트의 정통 그리스도교─옮긴이)와 복음교회 사람들이 주장하는 좀 의심스러운 이야기다. 천사 가브리엘이 나타나 칼디가 커피를 발견한 바로 그 장소에 축복을 내렸다는 것이다. 흥미로운 이야기지만, 천사 가브리엘이 에티오피아의 뚝 떨어진 숲속 염소 무리 가운데에 홀연히 나타났다는 것은 종교적 계시라기보다는 그리스 희극에 가깝다.

숲속 끝 부근에서 우리는 아예네(Ayene)를 만났다. 아예네는 오로모 족 노인으로, 이 성지를 관리하는 책임자다. 고색창연한 커피 숲속을 걸으며 나는 곧 칼디랜드(KaldiLand)에 도달한다는 흥분에 휩싸였다. 커피의 탄생지인 만큼 거대하고 화려한 커피국립공원이 있을 줄 알았다. 코 묻은 어린아이들이 성스러운 커피나무에서 열매를 따먹지 못하도록 유니폼을 입은 경비원들이 엄중히 지키고 있을 줄 알았다. 디즈니랜드나 그랜드캐니언 같은 테마 공원과 비슷한 것들을 볼 수 있으려니 했다. 하지만 숲 꼭대기에서 우리를 기다리는 것은 텅 빈 언덕뿐이었다. 천사도, 날뛰는 염소도, 인형 하나도 없었다. 아무것도 없었다.

나는 아예네에게 칼디 이야기를 다시 한 번 해달라고 부탁했다. 그러고 나서 그에게 말했다. 어떤 사람들은(분명 예멘 사람들이리라!) 칼디 이야기가 미국의 커피 업자들이 꾸민 이야기라고 말한다고. 후안 발데스나 닥터 마커스 웰비(Dr. Marcus Welby:1970년대 미국에서 방송된 유명 TV 드라마의 주인공—옮긴이)처럼 완전히 꾸며진 이야기라고. 아예네는 당혹스럽고 충격 받은 표정이었다. 그는 수염 난 턱을 긁어대며 말했다. "닥터 얘기는 모릅니다만, 칼디 이야기는 아주 어릴 적부터 우리 할아버지에게서 들었답니다. 할아버지는 그 얘기를 당신의 할아버지에게서 들었다고 했고요."

에티오피아 1점, 예멘 0점.

하지만 예멘 사람들 얘기도 직접 들어봐야 공평할 것이다. 어쨌든 두 나라는 누가 커피를 세상에 처음 들여놓았는가 하는 문제로 신경전을 벌이고 있다. 뉴욕 양키스와 보스턴 레드삭스의 신경전을 능가한다. 이 신경전은 아주 오래되었고, 지독히 쓰다. 오하이오 주 고속도로의 트럭 주차장에서 맛볼 수 있는 커피만큼이나.

두 나라의 주장을 뒷받침하는 학술 서적만 해도 엄청나다. 하지만 자바트레커로서 그 진원지에 가보는 것은 의무가 아닐까. 고백하건대 나는 예멘에 가본 적도, 예멘에 가본 적이 있는 사람을 만난 적도 없다. 하지만 나에겐 중요한 정보원 '디 아랍(the Arab)'이 있다. 그는 케냐의 몸바사(Mombasa) 사람으로, 희귀 물품 판매상이다. 동전, 지도 등을 비롯해 출처가 사뭇 의심스러운 온갖 옛 물건들을 판다. 나는 케냐의 엠부를 방문하고 나서 잠깐 몸바사를 여행한 적이 있다. 옛 물건을 파는 상점들을 그냥 지나칠 내가 아니다. 그곳에 어떤 보물이 숨어 있는지 누구도 모르는 것 아닌가. 길거리 치기배가 걸어오는 말을 받아넘기면서 한 시간 정도 걸어가야 했다("오사마 빈 라덴이 몸바사에 살 때

숨어 지내던 곳을 보고 싶지 않으세요?" "옛 포르투갈 요새 아래 있는 지하 토굴로 안내해드릴게요. 거기에 가면 옛날 대포도 살 수 있다고요!"). 마침내 몸바사의 옛 아랍 구역에 도착했다. 거리는 동네 이름과 잘 어울렸다. 좁고 미로 같은 길이 이어졌고, 베일을 쓴 여자들이며 기도 시간을 알리는 고함은 카이로나 다마스쿠스를 연상케 했다. 디 아랍의 집에 들어서려는 순간, 엄청나게 큰 나무 대문이 눈에 띄었다. 조각이 새겨진 쇠사슬이 대문을 둘러싸고 있었다.

나무랄 데 없는 영국 귀족 발음의 영어가 들렸다. 그 목소리는 깊고 부드러웠다. "제 조상들은 노예상이었습니다. 당시에는 그것이 큰 자랑거리였지요. 그래서 노예상의 집 대문에는 노예의 상징인 쇠사슬이 걸려 있었답니다."

키가 크고 마른 디 아랍은 흰 천으로 몸을 감싸고, 카피야(khaffiya) 두건을 쓰고 있었다. 또 그는 예멘 사람이다! 나는 그의 옛 동전 컬렉션을 꼼꼼히 들여다보았고, 물담뱃대도 빨아보았다. 물론 콜라도 마셨다. 콜라가 없는 곳이 어디 있겠는가. 그러고 나서 마침내 그에게 물었다. "당신들은 왜 에티오피아가 아니라 예멘에서 처음 커피가 등장했다고 생각합니까?"

그가 자부심에 가득 찬 모습으로 말했다. "우리나라 모카(Mocha)라는 곳이 최초의 공식적인 커피 무역항입니다. 에티오피아에서 커피가 처음 등장했다고 칩시다. 그렇다면 그 커피를 대체 어디에 팔았죠? 왜 아무도 모르죠? 안 그래요?"

예멘 1점. 디 아랍의 말이 맞다. 지부티 항에서 커피가 수송되었다는 이야기는 들어보지 못했다. 사실 에티오피아 어느 해안에서도 커피가 교역된 적이 없다. 비록 지금은 소말리아와 지부티가 그 해안을 다스리고 에티오피아는 내륙 지방에 갇힌 형국이 되었지만, 칼디가 살던

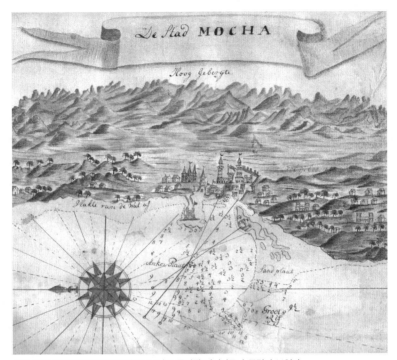
모카 항을 그린 18세기 해도에 항구 도시를 둘러싼 커피나무가 뚜렷이 보인다.

시절에는 그 지역 전체를 아비시니안 제국이 다스리지 않았는가. 따라서 에티오피아가 커피를 지구상에 처음 소개한 것이라면 어떤 식으로든 역사적 기록이 있어야 한다.

"아아, 제 이야기를 입증할 증거가 있습니다."

타고난 세일즈맨임에 틀림없군. 디 아랍은 베일을 쓴 루벤스풍의 젊은 여인을 불렀다. 그리고 그녀에게 짧게 몇 마디 지시했다. 그녀는 종이 상자 하나를 들고 돌아왔다. 디 아랍이 그 상자를 여는 순간 내 눈은 튀어나왔다.

"이것이 바로 모카 항의 옛 지도입니다. 1700년대 초에 네덜란드 동인도회사의 얀 자케리아스 나우만(Jan Zacherias Nauwman) 선장이 그린 거죠. 항구 주변을 둘러싼 언덕을 보세요. 작은 커피나무들이 보이죠? 선장이 직접 그렸다니까요."

맞다. 그 네덜란드 선장은 항구 주변과 정박장, 마을의 첨탑들을 그렸다. 그리고 주변 언덕에서 자라는 커피나무들도 그렸다. 동인도회사 선장들은 이런 비밀 지도를 그려야 했다. 그 지도들은 당시로서는 가장 뛰어난 해상 기록으로 알려졌다. 이런 지도는 여간 희귀한 게 아니며, 따라서 무척 비싸다. "물담배좀 더 주시죠." 나는 디 아랍이 운전하는 스쿠터를 타고 그 동네에서 하나뿐인 ATM으로 갔다. 그리하여 그 지도는 내 것이 되었다. 오랜 세월 번성한 동인도회사가 발행한 동전 몇 개와 짧은 시간에 운을 다한 영국의 동아프리카회사에서 발행한 동전 몇 개도 구입했다. 사람들은 16세기부터 18세기까지 화폐가 대부분 개인 회사에서 발행되었다는 사실에 깜짝 놀라곤 한다. 하지만 내게 이 동전들은 신용카드의 미화된 전령으로 여겨질 뿐이다. 신용카드가 무엇인가. 정부가 아닌 민간 기업에서 발행하고 조종하는 대중적 화폐 아닌가.

근사한 지도 하나를 손에 넣긴 했지만, 그렇다고 쉽게 설득될 내가 아니다. 난 예멘이 커피의 발상지라는 주장을 받아들일 수 없었다. 보라, 에티오피아의 가장 작고 보잘것없는 마을에서조차 걸인들이 당신에게 다가와 이렇게 애걸하지 않는가. "커피 한 잔 마시려는데 한 푼만 보태줍쇼." 앤서니 와일드(Anthony Wild)는 『암흑의 역사(Dark History)』에서 예멘이 커피의 발상지라는 주장을 지지했다. 그는 '만일 에티오피아가 커피를 발명했다면 에티오피아의 시바 여왕이 자신을 방문한 왕들에게 환영 선물로 커피를 주었다는 것이 왜 성경에 언급되지 않았는가?' 라고 문제를 제기했다. 이 주장에 타데세는 얼굴이 시뻘

게질 정도로 분개했다.

"미스터 딘, 이걸 반드시 당신 책에 기록해야 합니다. 커피를 발견한 사람들은 에티오피아인이 아니라 오로모 사람이라고요. 그래서 성경에 쓰이지 않은 겁니다. 시바 여왕은 오로모 사람이 아니라 암하릭 사람이에요. 오로모 사람들은 에티오피아나 아비시니안이 만들어지기 훨씬 전부터 커피를 마셔왔단 말이죠. 우리는 버터에 커피 생두를 튀겨 그것을 입 안에 넣은 채 밤을 새워 가축 떼를 돌보곤 했어요. 물이나 음식 없이도 커피 생두로 온종일 버틸 수 있었죠. 커피나무 잎은 차로도 마시고, 갈아서 상처에 바르기도 했어요. 당신 말이죠, 반드시 그 와일드인지 뭔지 하는 사람 생각을 고쳐줘야 합니다."

최근에는 과격한 수정주의자들까지 나서서 칼디의 신성한 숲을 훼손하기도 한다. 심지어 인도가 커피의 진정한 발상지라고 주장하는 사람들도 있을 정도다. 인도의 고고학 발굴지에서 숯으로 변한 커피가 발견되었다는 것이다. 하지만 칼디 이야기는 오로모족에게 너무나 소중하게 여겨지는 민간 전승 지식이다. 인도가 커피의 발상지라는 이야기는 이탈리아계 미국인들에게 바스크인, 바이킹 혹은 중국인이 콜럼버스보다 먼저 미국에 왔다고 설득하려는 것만큼이나 가당치 않은 말이다.

커피 끓일 물처럼

오로미아 물관리위원회는 첫 수도 시설을 건설할 장소로 짐마에 있는 하로(Haro) 협동조합을 선정했다. 우리는 그것을 위한 자금 대출 계획을 마련했다. 그 계획은 색달랐고, 처음에 농부들은 이해하기 어려워했다. 우선 오로미아에 8000달러를 지원한다. 오로미아는 그 돈을 회원 조합 한 곳에 빌려준다. 그 조합은 수도 시설을 건설하고 관리해야 하며, 빌린 자금은 수확한 커피 1파운드당 1페니를 오로미아에 상환하는 방식으로 갚아나간다. 이자는 없다. 대출금이 모두 상환되면 그 돈을 다른 회원 조합에 다시 대출한다. 그렇게 하여 수도 시설을 계속 확대해나간다. 우리는 이 프로젝트를 '미리암의 우물'이라고 명명했다. 미리암은 성경에 나오는 예언자로, 사막을 여행하며 가는 곳마다 물을 발견했다고 한다. 많은 에티오피아인들이 구약성서를 믿는 기독교인이기 때문에 미리암의 우물이라는 이름은 아주 효과적인 상징성을 나타냈다. 조합의 이슬람교도 회원들조차 그 이름을 지지했다. 미리암은 결국 그들의 옛 친척이기도 하니 말이다.

2006년 11월, 첫 수도 시설이 완공된 것을 축하하기 위해 하로 협동조합을 방문했다. 나는 둘라(dula)라는 지팡이를 가지고 갔다. 그 지팡이는 연장자들만 지닐 수 있는 것으로, 하로를 처음 방문했을 때 선물받았다. 둘라는 물소 뿔을 색깔별로 잘라 은 고리로 연결한 것인데, 무척 아름다웠다. 당시 마흔여덟 살이던 나는 연장자로 여겨지는 것이 의아했다. 그러나 유엔의 통계에 따르면 에티오피아 남성의 평균수명은 46세에 불과했다. 원래 좋지 않던 무릎 상태가 점점 나빠지는 참이었기 때문에 나는 실제로 둘라를 짚고 다녔다. 하지만 너무 길어서 15cm 정도 잘라내고 끝에는 고무 덮개를 씌웠다. 오로미아 협동조합의 회원들이 짧아진 둘라를 보더니 왜 끝을 잘라냈냐고 물었다.

"오래된 유대인 전통을 따른 겁니다." 내가 웃으며 말했다.

나의 농담이 이해되기까지 몇 초가 걸렸다. 그리고 모두 큰 소리로 웃음을 터뜨렸다. 그때부터 그곳 사람들은 나를 '둘라 맨'이라 불렀다.

우리는 안타깝게도 애초의 계획대로 축하연을 열 수 없었다. 내가 도착하기 일주일 전쯤 레히마가 사는 작은 마을에서 기독교 청년들이 트럭을 타고 지나가던 이슬람교도를 난사하여 몇 사람이 죽는 일이 발생했다. 모스크 하나도 불에 탔다. 짐마 사람들은 이 지역에서 처음 발생한 종교 갈등에 무척 긴장하고 있었다. 기독교인 대통령은 그 지역으로 경찰과 군대를 보냈고, 대다수 이슬람교도의 눈에는 이들 모두 기독교 세력으로 보이는 게 당연했다. 갈등을 가라앉히기 위해 경찰과 군대가 한 일은 아무것도 없다. 닷새쯤 지나자 타데세가 이제는 마을로 들어가도 안전할 것이라고 말했다.

수도 시설의 디자인은 애초에 이르가체프 농부들이 구상한 그대로였다. 우리는 고색창연하고도 구불구불한 커피 숲을 따라 2km 정도 언덕 아래로 내려가 수원지인 우물에 도착했다. 그곳에서는 어린 소녀들이 열심히 물을 통에 담고 있었다. 산 반대편에 있는 집으로 가져갈 물이다. 그들은 하로 협동조합의 회원들이 아니다. 하지만 하로 농부들은 깨끗한 물은 모든 사람을 위한 선물이라 생각했고, 인근 지역의 3000여 주민에게 그곳의 물을 사용하도록 허락했다. 커다란 시멘트 탱크는 샘물을 2000ℓ 정도 담을 수 있었다. 지름이 약 5cm 되는 철제 수도 파이프가 탱크와 연결되어 숲속을 지나 멀리 하로 마을까지 물을 날라주었다. 마을 사람들은 커피 숲을 따라 손으로 도랑을 파서 이 파이프를 설치했다. 어떤 곳은 3m 깊이로 도랑을 파야 했다. 파이프가 가급적 수평을 이뤄 일정한 압력을 유지할 수 있도록 하기 위해서다. 우리는 다시 언덕 위로 올라갔다. 걸어가면서 아낙네들과 얘기를 나눴다. 나는 어떻게 18kg이나 되는 물통을 등에 지고 나를 수 있냐고 물었다. 내 질문에 그들은 당황했다. 다른 뾰족한 방법이 없는 상황에서 그렇게라도 하여 가족에게 물을 먹이는 것이 당연하지 않냐는 표정이었다. 여섯 자녀를 둔 마르디야 겔라예(Mardiya Gelaye)가 말했다. "이제 마을에서 물을 얻을 수 있으니 멀리 가지 않아도 된답니다. 덕분에 시간이 좀 남아 남편의 커피 농사를 도울 수 있죠. 밥 짓는 것도 훨씬 수월해졌고요."

그녀의 친구가 덧붙였다. "우리 마을은 지금 훨씬 행복해졌어요. 기도하기 전에 손발을 씻을 수 있으니 말이죠. 하루에 일곱 번 모두요!"

마을 중앙에 다다르자 여자 아이들의 달콤한 목소리가 들렸다. 우리를 환영하는 목소리다. 마을 사람들 수백 명이 모였다. 깨끗한 물을 쓸 수 있도록 도와주어 감사하다는 표시를 하기 위해서다. 우리는 먼저 마을 광장으로 갔다. 수도꼭지 네 개가 달린 시멘트 물탱크에서 물이 똑똑 떨어졌다. 다음에는 근처 밭으로 행진했다. 어린아이들이 더 큰 목소리로 환영의 노래를 불러주었다. 나는 마을 어르신들과 함께 천막 아래 앉았다. 그리고 커피 석 잔을 마시는 커피 세러머니를 치렀다. 내 오른쪽에 있는 노인은 의자에 깊숙이 앉은 채 눈물을 글썽였다. 나는 그의 손등을 부드럽게 토닥이며 말했다. "비스말라 라맨 알 라힘 (Bism'allah rachman al rachim : 신은 인정 많고 자비롭다)." 코란의 첫 구절이다. 그는 천천히 나를 바라보며 미소 짓더니 고개를 끄덕였다. 그리고 이번에는 그가 내 손등을 토닥였다. 몇몇 조합원과 마을 유지들이 환영과 감사의 연설을 했다. 그들은 내게 하얀 모슬린으로 된 숄을 걸쳐주며 이맘(imam)어로 축복을 빌어주었다. 나는 영어로 답사를 했다. 그들을 즐겁게 해주려고 이따금 오로미파 단어를 넣기도 했다. 타데세는 내 오로미파 말솜씨에 무척 기뻐하며 "여섯 달 안에 완벽한 오로미파어를 구사하겠는데요!"라고 치켜세웠다.

축제는 가가호호 방문으로 이어졌다. 나는 여러 농부들, 그 가족과 자리를 함께 했다. 나는 새 수도 시설이 그들에게 어떤 의미인지, 그것으로 그들의 삶이 어떻게 달라졌는지 물었다. 그들은 마을 사람들의 건강 상태가 좋아진 것이 가장 눈에 띄는 변화라고 했다. 설사나 복통이 줄었고, 멀리서 물을 길어 나르지 않아 아낙네들과 아이들의 허리 통증도 현저히 줄었다는 것이다. 비교적 젊은 농부 담투(Damtew)는 이번 커피 농사가 잘 되어 조합에 빨리 대출금을 갚을 수 있기를 바란다고 했다. 다른 조합도 하루빨리 '신의 선물'을 누릴 수 있기를 바라기 때문이라는 것이다.

아디스아바바로 돌아오는 길에 타데세는 내게 '아주 특별한' 것을 보여주고 싶다고 했다. 우리는 시멘트로 된 다리 위에 차를 세웠다. 다리 아래는 갈색이 도는 강물이 느릿느릿 흐르고, 강 한편에는 작은 초소 하나가 있었다. 초소는 아바 디가(Aba Diga)라는 장교가 지키고 있었는데, 낡아 빠진 유니폼을 입은 모습이 마치 낡은 궁전을 지키는 위병 같았다. 타데세가 그에게 뭐라고 말하자 늙은 장교가 다리로 올라왔다. 그는 두 손을 모아 입에 대고는 카랑카랑한 목소리로 소리쳤다. "로비! 로비!" 그러고는 강물 쪽을 바라보며 몇 분을 기다렸다.

그때 20m쯤 떨어진 강물 속에서 갑자기 뚱뚱한 머리통에 귀가 아주 작은 뭔가가 튀어나왔다. 하마다! 늙은 장교가 하마를 불러낸 것이다! 우리는 기뻐하며 아이들처럼 발을 굴렸다. 장교는 만족스러운 듯 환하게 미소 지었다. 그가 로비에게 몇 마디 따뜻한 말을 해주자 로비는 다시 물속으로 들어갔다. 우리는 장교에게 고맙다고 인사한 뒤 그곳을 떠났다.

일곱 시간 후, 우리는 아디스아바바의 셰러턴호텔에 들러 다음주 내가 귀국할 비행기를 예약했다. 호텔 로비와 커피숍은 구호단원과 컨설턴트들로 북적였다. 셰러턴호텔의 하룻밤 숙박료는 에티오피아 커피 농가의 1년 수입과 맞먹는다. 그들이 우물 시설 하나를 짓는 데 4만 달러가 필요하다고 한 이유를 알 것 같았다. 우리는 하룻밤에 8달러인 아틀라스호텔로 이동했다. 호텔 접수원이 내게 미소 지으며 속삭였다. "저를 미국으로 데려가 주세요. 평생 당신의 아내가 될게요."

호텔 복도에는 매춘 여성들이 바닥에 누워 자고 있었다. 우리는 밖에서 방문을 열지 못하도록 트렁크를 문 앞에 놓은 뒤 깊은 잠에 빠져들었다.

하라르

에티오피아는 아주 넓은 나라다. 아디스아바바에서 정 동쪽에 위치한 하라르로 가려면 또다시 열 시간을 달려야 한다. 낡고 부서져가는 벽들로 둘러싸인 하라르는 13세기에 무역의 중심지였다. 이 도시에는 분주하고도 값싼 물건으로 가득 찬 전형적인 제3세계 형 시장이 즐비하다. 우리는 유목민 아파르(Afar)족 무리를 지나쳤다. 그들은 흰 모슬린으로 몸을 감싸고, 한 손에는 2m가 넘는 창을, 다른 손에는 총을 들었다. 나이 든 남자들은 2차 세계대전 때 쓰이던 벨기에산 라이플이나 프랑스산 보병총을, 젊은 남자들은 AK-47 자동소총을 들었다. 모두 수제품으로 보이는 투박한 단검을 허리춤에 찼다. 아파르족은 대부분 나뭇가지나 풀로 지은 작은 오두막에서 생활한다. 오두막은 높이가 150cm를 넘지 않으며, 고대 이스라엘 사람들이 살던 수콧(sukkot) 천막집과 비슷하게 생겼다. 우리 옆을 지나치는 아파르족 사람들은 낙타 떼를 길 아래쪽으로 몰고 가는 중이었다. 나는 걸음을 멈추고 낙타들을 찍었다. 그런데 한 남자 아이가 튀어나오더니 내게 소리 질렀다.

"사진을 찍으면 안 된다고 하는군요." 데살렌(Dessalegn)이 통역해주었다. 데살렌은 오로미아 협동조합에서 재정 관리를 맡고 있으며, 이번 하라르 여행에 동참했다.

"알았어요. 사진 찍는 대가로 돈을 주면 안 될까요? 사람을 찍는 게 문제라면 낙타만 찍을게요." 어쨌든 난 지금 여행객이 아닌가.

데살렌이 아이에게 전했다. 아이는 팔을 휘두르고 나서 창으로 낙타 등을 치며 길을 재촉했다. 사진 찍을 기회 또한 사막 저편으로 사라졌다.

"사진을 찍으면 사진이 낙타의 피를 다 뽑아 가서 낙타가 곧 병들어 죽을 거라는군요."

"내가 카메라로 낙타의 영혼을 담아 갈 거라는 얘깁니까?" 그것은 예전에 많은 원주민들이 두려워하던 것이기도 했다.

데살렌이 의아한 듯 나를 바라보았다. "영혼이 아니죠. 어떻게 카메라가 영혼을 담겠습니까? 제가 방금 말씀드렸다시피, 피를 다 뽑아 갈 거라는 얘기죠."

데살렌은 분명 내가 아주 무딘 사람이라고 생각했을 것이다. 말을 한 번에 못 알아들으니 말이다. 하지만 우리는 여러 해를 서로 알아왔고, 그는 이해심이 깊은 사람이다. 다행히 거리에는 다른 낙타들이 차고 넘쳤다. 그 후 며칠 동안 나는 용케도 낙타 사진을 몇 장 찍을 수 있었다. 물론 피 한 방울 묻지 않은 사진이다.

우리는 소말리아 목동들과도 마주쳤다. 에티오피아의 이 지역은 소말리아 국경과 가까운 곳이다. 에티오피아 사람들은 북부 소말리아를 '더 위대한 아비시니아(Greater Abyssinia)' 라고 부르며, 소말리아 사람들은 남동부 에티오피아를 '더 위대한 소말리아' 라고 부른다. 원래 이런 주장은 결코 끝나지 않는 법이다. 국경을 향해 엄청난 소음을 내며 구 러시아제 T-54 탱크를 몰고 가는 견인트럭 한 부대가 우리 곁을 지나갔다. 2006년 11월이었는데, 당시 에티오피아는 이슬람 세력의 공격을 받는 소말리아 과도정부를 지원하는 국제연합국의 일원이었다. 뿐만 아니라 에티오피아는 소말리아 과도정부를 지원한다는 명분 아래 군대를 파견한 유일한 연합국이기도 했다. 소말리아인들에게 이는 소말리아 땅을 집어삼키려는 야욕으로 보일 수밖에 없었다. 전쟁 발발은 시간문제였다. 뿐만 아니라 이 지역에는 가난이나 정치적 억압을 피해 도망친 소말리아 난민들이 대규모로 흘러 들어오고 있었다. 따라서 아파르족과 오로모족, 소말리아족의 긴장이 나날이 고조되는 상황이었다. 모든 사람들이 완전무장한 채 거리를 지나다녔고, 장터는 수시로 싸움터가 되곤 했다. 우리는 이 지역에서 커피 마을 방문을 조금 줄이기로 했다.

우리는 다 타버린 영국제 탱크 하나를 지났다. 1990년대 초반에 발발한 에리트레아 전쟁의 잔재다. 나는 데살렌에게 허락을 받고 차에서 내려 그 탱크에 'Make Coffee Not War(전쟁 대신 커피를)!'라는 스티커를 붙이고 사진을 찍었다. 우리 옆에서 낙타를 몰고 지나던 소말리아인들이 이런 나를 물끄러미 바라보았다. 나는 탱크 망루 안으로 들어가 탱크를 앞으로 모는 듯한 포즈를 취했다. 소말리아인들은 크게 웃더니 데살렌에게 몇 마디 말을 건넨 뒤 다시 걸음을 재촉했다. 그들은 머리를 절레절레 흔들며 내 바보 같은 포즈를 흉내 냈다. 차가 다시 출발할 때 데살렌에게 뭐라고 말했냐고 물었다. 그가 씩 웃었다.

"탱크 안이 독사로 가득하다는 걸 모르는 사람이 없는데, 당신은 굉장히 용감한 사람이라고 하더군요. 독사들이 햇볕을 피해 그 안에 들어가 있거든요."

완전무장한 일제 트럭들이 아디스아바바로 향하고 있었다. 운전사들은 모두 정신이 반쯤 나간 사람들처럼 보였다. 헤 벌어진 그들의 입 안은 카트(qat)를 씹으며 생긴 거품으로 가득했다. 카트는 에티오피아와 소말리아 전역에서 나는 야생 관목으로, 중독성이 약한 마약이다. 내가 들은 바에 따르면, 소말리아 사람들은 가구 소득의 무려 65%를 이 초록색 이파리를 씹는 데 허비한다고 한다. 자신과 가족의 미래를 문자 그대로 씹어 없애는 셈이다. 트럭 운전사들은 아디스아바바까지 그 길고 지루한 여정을 견디기 위해, 1분 1초라도 운전을 빨리 끝내기 위해 하루 종일 카트를 씹는다.

하라르 부근의 마을들은 카트 덕분에 번창했다. 아낙네들이 길가에 앉아 카트 나뭇가지와 이파리 다발을 묶어놓고 파는 모습이 끝없이 이어졌다. 카트는 쉽게 자라고 쉽게 팔렸다. 굳이 힘들게 노동할 이유가 어디 있겠는가? 많은 에티오피아 농부들이 커피 재배를 포기하고 카트 재배를 택했다. 카트는 세계시장의 변덕에도 영향을 받지 않는다. 카트 수출 또한 붐이라고 했다. 정부 관리들과 그 부인들이 카트 무역을 좌지우지하면서 막대한 이득을 챙긴다는 것이다. 그중 으뜸으로 알려진 사람은 어떤 고위 관료의 부인 수라(Sura)다. '카트 퀸'으로 불리는 그녀를 '로빈 후드' 정도로 치켜세우는 사람들도 있다고 했다. 벤츠를 타고 다니며 거리에 있는 가난한 사람들에게 돈을 뿌리기 때문이라는 것이다. 하라르 지역에 사는 사람들 치고 수라에 대한 이야기를 하지 않는 사람이 없었다. 이야기가 옮겨질 때마다 수라는 더 크고, 더 뚱뚱하고, 더 돈이 많으며, 더 야비하고, 더 자비로운 사람으로 바뀌었다. 그날 밤 나는 호텔에서 비교적 윤택하게 사는 어떤 가족을 만났다. 나는 그들의 10대 딸에게 나중에 자라서 무엇이 되고 싶은지 물었다. 의사? 엔지니어? 그 아이는 아버지가 그 자리를 뜰 때까지 기다렸다가 대답했다.

"저는 유럽에 카트를 수출해서 돈을 아주 많이 벌고 싶어요. 우리 아버지한테는 말하지 마세요."

산악 지대의 농부들을 만나러 가기 전에 나는 옛날 동전을 구하기 위해 하라르의 잡화 시장을 뒤졌다. 구 하라르 지역의 거리는 미로 그 자체다. 자갈로 포장된 좁고 구불구불한 길 양옆에는 높은 흙벽이 있다. 길 잃은 여행객 같은 내 모습 때문에 행인들에게 많은 도움을 얻었다. 나는 그들에게 파투마(Fatuma)가 어디에 사는지 물었다. 파투마라는 여자가 옛날 동전을 많이 가지고 있다는 얘기를 들은 적이 있기 때문이다. 카키색 옷을 입은 군인같이 생긴 남자가 나서더니 파투마의 집으로 가는 '쉬운 길'을 알려주었다.

"이 길을 따라 쭉 가면 문둥이 여자 걸인을 만날 겁니다. 거기에서 왼쪽으로 꺾어지세요. 그리고 계속해서 왼쪽으로 가다 보면 이슬람교도 시장이 나오죠. 파투마는 그 근처에 삽니다. 사람들에게 물어보면 알려줄 거예요."

20분쯤 지난 뒤 나는 완전히 길을 잃었다. 2m가 훨씬 넘는 진흙 벽 외에는 아무것도 보이지 않았다. 문둥이 여자 걸인은 보이지 않았다. 몇몇 아이들이 내 뒤를 쫓아오며 뭐라고 소리 지르며 손가락질했다. 그들을 피하려고 뒷골목으로 숨었다. 아이들은 사라졌다. 발밑을 보고 아이들이 왜 소리를 지르며 나를 이쪽으로 오지 못하게 했는지 깨달았다. 이 뒷골목은 하라르 사람들과 낙타들이 볼 일을 보는 일종의 공중변소다. 나는 한 손으로 코를 잡고, 다른 한 손은 길게 뻗어 몸의 균형을 잡으며 발끝으로 조심조심 걸어 '오물 지뢰밭'을 빠져나왔다. 그러자 이슬람교도 시장이 눈앞에 나타났다!

파투마가 어디 사는지 아는 사람은 아무도 없었다. 하지만 이슬람교도 아낙네 여러 명이 내 귀고리를 사고 싶다며 다가왔다. 그들은 이제껏 귀고리 한 남자를 본 적이 없었다. 덕분에 나는 그 거리에서 잠시 인기를 한 몸에 받았다. 마침내 파투마가 나타났다. 그녀는 몸집이 매우 크고, 피부가 아주 검었다. 나는 그녀의 집으로 따라갔다. 어찌나 복잡한 미로를 따라 걸었는지 나중에 돌아가려면 빵 부스러기라도 떨어뜨려야 하지 않을까 싶은 생각까지 들었다. 파투마의 집은 유목민 문화를 집결시킨 비공식 민속박물관 같았다. 벽에는 각종 칼과 방패가 가득 걸렸고, 바닥에는 우유를 담는 호리병박과 바구니가 널렸으며, 벼룩이 득실거리는 강아지들이 낮잠을 자고 있었다. 파투마가 가져온 동전함에는 지난 50년 동안 하라르를 방문한 이탈리아인과 독일인들이 지녔던 동전들이 가득했다. 아뿔싸! 나는 실망을 금치 못했다. 이 동전들은 내가 원하는 것이 아니다. 파투마의 집까지 따라온 구경꾼 중 한 명이 나서서 이 사람은 아주 옛날 무역상들이 사용하던 동전을 구하고자 한다고 설명해주었다. 하라르는 한때 아프리카 남부와 아랍 북부 사이를 잇는 주요 무역 기지였다. 동쪽으로는 예멘, 서쪽으로는 수단까지 이어지는 지역이다.

　파투마는 실로 짠 작은 주머니를 가져오더니 은쟁반 위로 주머니 속에 있는 것을 모두 쏟아냈다. 빙고! 지름이 1.5cm 정도 되는, 아랍어와 히브리어가 가득 새겨진 은 동전과 구리 동전들이 쟁반에 수북이 쌓였다. 나는 그중 여섯 개를 골랐다. 그리고 30분 동안 이제껏 만나본 사람 중에 가장 거칠고 까다로운 여인네와 서로 매섭게 노려보며 흥정을 했다. 파투마는 미국에서 이혼 전문 변호사로 일하면 제격일 사람이다. 그녀는 내가 가진 돈을 거의 전부 손에 넣었고, 나는 겨우 동전 몇 개만 가질 수 있었다. 하지만 나는 뛸 듯이 기뻤다. 이 동전들은 무엇을 사고파는 데 사용되었을까? 총검을 사고파는 데 쓰였을까? 노예와 낙타를 사고파는 데 쓰였을까? 얼마나 먼 거리를 여행했을까? 얼마나 많은 사람들의 손을 거쳤을까? 지금 나는 어떤 인연을 손에 쥔 것일까?

농부들의 집에 도착하기까지 또다시 네 시간을 달려야 했다. 하라르 지역을 둘러싼 산악 지대를 올라가는 동안 주변 생태는 급격하게 변했다. 그 흔한 테프도 더는 찾아볼 수 없었다. 땅이 거칠어 수수 외에는 자랄 수 없기 때문이다. 수수나무는 잔뜩 화가 난 옥수수 줄기처럼 생겼다. 줄기 꼭대기에는 무시무시한 붉은 왕관이 놓였다. 마른 땅에 서식하는 관목조차 없고, 몇몇 야생 선인장과 유카만 눈에 띄었다. 그 사이사이에는 자그마한 초록 풀과 양치식물들이 살아남기 위한 사투를 벌이고 있었다. 뉴잉글랜드 출신인 나의 눈에 그 모습은 다윈주의자의 악몽과도 같아 보였다. 나는 이런 느낌을 데살렌에게 말했다. 하지만 데살렌에게 그 모습은 억척스러운 생명에 대한 축복이었다.

우리는 아와레(Aware) 마을을 가로질러 지났다. 데살렌에 따르면 아와레 지역은 아디스아바바에 이어 에티오피아에서 두 번째로 큰 금융 지역이다. 하지만 마을은 진흙으로 된 오두막과 천장이 없는 축사로 가득할 뿐이었다. 이 축사들은 'UNHCR(유엔 고등 판무관)'이라는 글자가 찍힌 방수포로 만들어졌다. 이 지역에서 남동쪽으로 조금 떨어진 곳에 유엔이 세운 소말리아 난민 캠프가 있는데, 방수포는 바로 그곳에서 빼돌려진 것이다. 벽이 철판으로 둘러쳐진 축사도 있었다. 양철 통조림통을 납작하게 펴서 만든 철판인데 깡통마다 'USAID Food Aid:Gift of the People of the USA(미국국제개발처 지원 식량:미국인의 선물)'라는 글씨가 쓰여 있었다. 아와레 마을은 거대한 카트 시장 이상도, 이하도 아니었다. 데살렌에 따르면 이 지역 커피 농부들은 커피를 카트로 대체했을 뿐만 아니라, 대안무역 커피에서 아이디어를 차용해 카트 재배 협동조합을 만들기도 했다고 한다.

우리는 정오쯤 되어서야 일릴리 다라르투(Ilili Darartu) 협동조합의 본부에 도착했다. 진흙 벽돌로 만든, 한 칸짜리 사무실 두 개로 된 건물이었다. 사무실은 갓 배달된 아연으로 만든 기와를 나르는 마을 사람들로 북적였다. 학교 건물 지붕을 새로 덮을 기와다. 이 마을 사람들은 모두 무척 가난했지만, 대안무역을 통해 얻은 소득을 개별적으로 나눠 쓰지 않고 학교를 지었다. 이 학교는 이 지역 최초의 학교다. 우리는 조합 장부를 검토하고 환영사를 나눈 뒤 학교로 향했다. 멀리서부터 사투리가 아주 심한 영어가 들려왔다. "나는 오늘 달걀 두 개를 얻었다. 내일 또 하나의 달걀을 얻을 것이다…."

스무 살 난 여선생 다리아(Daria)가 우리를 학교 안으로 안내했다. 작고 어두컴컴한 교실은 학생들로 가득 찼다. 초등학교 3학년과 4학년 교실이었다. 나무 책상이 세 줄로 놓였고, 의자는 긴 벤치 타입이었다. 맨 뒷줄에 앉은 학생들은 15세나 16세쯤 되어 보였다. 저렇게 나이 많은 아이들이 왜 이 교실에 앉아 있느냐고 다리아에게 물었다.

"우리는 나이가 아니라 지적 수준을 기준으로 학년을 구분해요. 저 뒤에 앉은 아이들은 한 번도 제대로 된 교육을 받아본 적이 없어요. 때문에 초등학교 3학년 수준 정도 된다고 봐야죠. 이것은 저 아이들에게 아주 소중한 기회예요. 아이들은 하루도 빠짐없이 등교한답니다." 다리아는 뒷줄 아이들을 향해 웃음을 지어 보였다.

나는 아이들이 수학을 어느 정도 하는지 보고 싶다고 했다. 다리아는 칠판에 몇 가지 문제를 적었다.

"7 더하기 1은?"

스무 개나 되는 손이 일제히 위로 올라갔다. 다리아는 어린 여자 아이를 지목했다. 여자 아이는 칠판 쪽으로 걸어 나와 분필을 잡더니 비뚤비뚤한 글씨로 '8'이라고 썼다. 다리아가 반 아이들을 향해 이 답이 맞느냐고 물었다. 아이들이 "맞아요!"라고 합창했다. 뒤이어 세 문제가 순조롭게 풀렸다. 그러나 네 번째 문제를 푼 남자 아이가 틀린 답을 썼다. "틀려요!" 아이들이 고함을 질렀다. 고함이 지나치게 큰 듯했다. 나는 그 남자 아이가 안쓰러웠다. '미국'에서 온 손님 앞에서 창피를 당했으니 말이다. 나는 다리아에게 문제 하나를 더 내달라고 부탁했다. 내가 맞히겠노라고 하면서 말이다. 다리아가 칠판에 쓰면서 말했다. "자, 6 더하기 3은?" 내가 손을 번쩍 들었다. 다리아가 나를 지목했다. 나는 칠판 앞으로 나가 곰곰이 생각했다. 그리고 커다랗게 '8'이라고 썼다.

"틀려요!" 아이들이 교실이 떠나갈 듯 소리 질렀다. 모두 싱글벙글한 표정이었다. 다리아는 누가 내 답을 고치겠냐고 아이들에게 묻더니 조금 전에 틀린 답을 쓴 남자 아이를 지목했다. 아이는 천천히 교실 앞으로 걸어가더니 아주 단호하게 '9'라고 썼다. 너무 힘을 준 바람에 분필이 쪼개졌다.

"맞아요!" 아이들이 외쳤다. 나는 그 학생을 향해 박수를 보냈다. 자리로 돌아가 앉는 아이의 표정에는 안도감과 자신감이 넘쳤다.

우리는 밖으로 나가 추가로 건설 중인 학교 건물 두 채를 지났다.

"하나는 가로 5m, 세로 6m고요, 다른 하나는 가로 7m, 세로 8m예요." 조합 관리자 아베레(Abere)가 말했다. 조합 회원들은 아이들이 다닐 학교를 만드는 일에 아주 신명 나 있었다. 나는 대안무역을 통해 일릴리 다라르투 마을에 어느 정도 공헌을 했다는 것이 뿌듯했다. 그러나 아직 너무나 많은 아이들이 학교에 가지 못한 채 거리에서 시간을 보내는 것을 생각하면 그 뿌듯함도 곧 사라지곤 했다. 에티오피아 어디를 가도 학교 교육을 거의, 혹은 전혀 받지 못하는 아이들이 넘쳐난다. 그들 모두 농부가 될 수는 없을 것이다. 그렇다면 대체 그들은 앞으로 무엇이 될까?

하라르의 커피 재배지는 에티오피아 다른 지역의 커피 재배지와 완전히 다르다. 이곳의 커피나무들은 칼디 시대 이후로 산속에서 다른 나무들과 섞여 재배되지 않았다. 대신 산에서 멀리 떨어진 밭에서, 적당한 그늘 혹은 아무 가리개 없이 태양 아래서 재배된다. 농부들은 우리를 **빽빽**이 줄지어 선 커피나무 밭으로 데려갔다. 나무들은 족히 180cm는 됐고, 푸른 잎과 붉은 열매들로 가득했다. 커피나무 밑동마다 덮개가 씌워져 있었다. 비가 잘 오지 않기 때문에 수분을 뺏기지 않도록 하기 위해서다. 나는 덮개 아래로 손을 넣어봤다. 축축한 느낌이 전해졌다. 우리 주변을 맴도는 메마른 공기와 크게 대비되었다. 커피밭에는 콩과 호박 같은 식용식물도 많이 재배되었다. 이러한 채소들은 농부와 그 가족들이 먹기 위한 것 이상의 용도가 있다. 채소들은 땅의 수분을 유지할 뿐만 아니라, 메마른 땅에 여러 영양분을 공급한다.

이곳의 커피 생두는 모두 자연 건조된다. 수분 처리 가공을 하기에는 물이 절대적으로 부족하며, 마실 물조차 거의 없는 형편이기 때문이다. 마을 광장에 있는 수도 시설은 쓸모없어진 지 오래다. 아베레의 말에 따르면 그 수도 시설은 몇 년 전에 정부가 만든 것인데, 지금은 뭔가가 막히거나 부러져서 쓸 수 없다고 한다. 정부에서 사람을 보내 이 시설을 고쳐줄 가능성은 없다. 아베레는 아마도 몇 km 떨어진 수원지 부근에서 수로가 바뀌었을지 모른다고 조심스레 추측했다. 우리는 물 문제의 심각성을 이야기하며, 지름이 7~8cm 되는 수도관을 따라 걸어갔다. 400m쯤 걸어갔을 때, 두 아낙네가 수도관의 연결 마디에서 새어나오는 물방울을 받는 것을 발견했다. 물방울은 고통스러울 정도로 천천히 떨어졌고, 아낙네들은 얕은 플라스틱 그릇을 그 밑에 대놓았다. 15분 정도 지날 때마다 플라스틱 그릇에 담긴 물을 좀더 커다란 들통에 부었다. 나는 아낙네들에게 가족이 하루에 사용할 물을 담아 가려면 몇 시간이나 이렇게 물을 받아야 하느냐고 물었다. 아낙네들은 나와 이야기하는 것을 꺼리는 듯했다. 아마도 나를 정부에서 나온 사람으로 알거나, 그들이 물을 도둑질하는 것으로 생각하리라고 여기는 것 같았다. 데살렌이 내 대신 이 지역 물 문제의 심각성을 알아보려는 것뿐이라고 설명해주었다. 장차 내가 어떤 도움을 줄 수 있을지 모른다고도 했다.

"세 시간이오." 그들이 짤막하게 대답했다.

하라르에서 보내는 마지막 밤이었다. 우리는 '하이에나 맨'이라 불리는 유세프(Yussef)를 만나러 갔다. 유세프는 하라르의 북쪽 변방 너머에 사는 사람으로, 야생 하이에나들에게 먹이를 주는 것으로 유명했다. 그 지역에서는 야생 하이에나들이 밤마다 언덕 아래로 내려오곤 했다. 이상하게도 하이에나들은 개는 잡아먹으면서도 고양이는 입도 대지 않았다. 하이에나에게 먹을거리를 주는 사람이 있다는 것은 여행객의 흥미를 끌 만했다. 나는 유세프를 만나러 가는 버스는 독일이나 이탈리아에서 온 관광객으로 가득 찼을 것이라 짐작했다. 하지만 하라르에 머무는 동안 서양인은 한 명도 보지 못했다.

택시 운전사는 어둠이 내린 직후에야 우리를 유세프의 집 앞에 내려주었다. 그는 차의 전조등을 그대로 켜두었다. 우리가 유세프를 좀더 잘 보도록 하기 위한 배려다. 관광객으로 북적거릴 것이라는 내 예상은 완전히 빗나갔다. 그곳에 있는 사람은 유세프의 어린 조카 세 명뿐이었다. 검고 야윈 쉰 살의 하이에나 맨은 땅바닥에 앉았고, 그 옆에는 고기 찌꺼기가 가득 담긴 들통이 있었다. 그는 들통을 톡톡 두드리며 어둠을 향해 하이에나들의 이름을 불렀다. 구부정한 털북숭이 하이에나 여섯 마리가 자동차 전조등 주변으로 살금살금 기어 나왔다. 이럴 수가! 하이에나가 이렇게 큰 동물이라니! 내가 생각한 하이에나는 디즈니 만화영화에 나오는 홍역에 걸린 듯한 개라든가, 뉴잉글랜드 지역에 이따금 밤에만 몰래 나타나는 코요테 정도의 모습이었다. 그런데 지금 내 눈앞에 나타난 이 짐승들은 황소 마스티프(털이 짧고 덩치가 큰 맹견—옮긴이)만큼 크고 우람했다.

하이에나들은 불빛에 어느 정도 적응이 된 듯, 유세프에게 천천히 다가왔다. 유세프가 들고 있는 30cm 정도 되는 막대 끝에는 고깃덩어리와 물렁뼈 조각이 매달려 있었다. 하이에나들은 막대를 슬슬 건드려보다가 일단 고깃덩어리를 낚아채면 잠시 뒤로 물러났다. 이따금 두 마리가 고깃덩어리 하나를 두고 경쟁하기도 했다. 그럴 때면 대체로 덩치가 좀더 큰 녀석이 다른 녀석에게 으르렁거리거나 한 번 물어뜯을 듯 공격하여 제압했다. 유세프는 막대 길이를 차츰차츰 짧게 쥐더니 나중에는 3cm 정도 되도록 잡았다. 그러고는 하이에나가 막대에 접근하는 순간, 막대 끝을 자기 입으로 가져갔다. 펄쩍 뛰어오르며 막대 끝의 고기를 덥석 무는 하이에나의 입이 유세프의 입과 거의 맞닿는 듯했다.

나는 마치 최면에라도 걸린 듯 정신이 멍해졌다. 하라르 사람들은 하이에나와 모종의 신비한 관계를 맺고 있다는 글을 읽은 적이 있다. 지금 이곳에는 아주 야생적인 어떤 힘이 지배하는 것 같았다. 나는 후들거리는 다리로 유세프에게 다가갔다. 그가 내게 좀더 가까이 오라고 손짓하더니 막대를 건네주었다. 나는 들통에서 고깃덩어리를 하나 꺼내어 막대 끝에 끼웠다. 그리고 막대를 쭉 내밀었다. 제일 덩치가 큰 하이에나가 한 발 또 한 발 다가왔다. 그의 눈은 고기가 아니라 내 눈을 응시하고 있었다. 그때 나조차도 이해할 수 없는 일이 발생했다. 내가 막대를 조금씩 끌어당기고 있었던 것이다. 거의 내 얼굴에 닿을 정도로! 고깃덩어리는 내 입술에서 불과 5cm 떨어져 있었고, 내 몸은 완전히 얼어붙었다. 날카로운 이빨과 털 뭉치가 잠깐 내 눈앞을 스치는가 싶더니, 하이에나는 어느새 낚아챈 고기를 들고 저만치 물러나 있었다. 하이에나는 고깃덩어리를 찢으며 나를 뚫어지게 바라보았다. 나는 불현듯 꿈에서 깬 느낌이었다. 유세프에게 동전 몇 닢을 쥐여주고는 서둘러 택시가 기다리는 쪽으로 갔다. 택시 운전사가 내 등을 철썩 때리더니 웃으며 말했다. "댁도 하라르 사람만큼 미쳤구먼요."

2006년 말, 국제 커피 값은 다시 급등했다. 오로미아 커피협동조합의 회원 조합은 35개에서 거의 100개로 늘었다. 8만 명이 넘는 농부들이 에티오피아에서 가장 규모가 크고 가장 성공적인 이 협동조합에 가입했다. 2006년 한 해 동안 그들은 컨테이너 90개 분량에 달하는 대안무역 커피를 팔았다. 타데세는 에티오피아 대안무역 커피 운동을 담은 다큐멘터리 영화 '검은 황금(Black Gold)'의 주인공이 되었을 뿐 아니라, 미국과 유럽 각지에서 대안무역에 관한 연설을 했다. 네젤레 고르비투와 일릴리 다라르투의 농부들은 대안무역을 통해 얻은 이익으로 초등학교를 여러 개 더 지었다. 네젤레 고르비투에서는 병원도 신축 중이다. 미리암의 우물 프로젝트에 따라 일릴리 다라르투에서는 새로운 수도 시설 건립이 계획 중이다. 농부들은 커피의 탄생지인 그곳에 커피박물관을 세울 계획인데, 내게 그 디자인을 도와달라고 부탁했다. 한편 '밀레니엄 발전목표'는 기업의 사회적 책임에 대해 수많은 '윤기 흐르는' 보고서를 작성하고 있다.

2

변화는 시작되었다.
하지만 아직 빅맨을 거스를 수는 없다

케냐, 2005

똑딱, 똑딱, 똑딱···. 협동조합 개발부(Ministry of Cooperatives Development) 대기실 벽에 걸린 영국제 시계가 무겁고 규칙적인 소리를 냈다. 우리는 그곳에서 한 시간 반째 앉아 있었다. 대기실은 근사한 케냐 미술품과 골동품으로 잘 꾸며져 건물 밖 거리의 빈곤한 삶과 대조를 이뤘다. 우리는 기다란 나무 벤치에 앉았다. 내 왼쪽에는 프란시스 쿄코(Francis Kyoko)가, 오른쪽에는 알렉시아 발다시니(Alexia Baldascini)가 있었다. 쿄코는 미국에 사는 중년의 케냐인으로 성격이 매우 강직하며, 케냐대안무역자협회(Kenya Fair Traders, KFT) 창립자 중 한 사람이다. 발다시니는 유엔식량농업기구(FAO) 로마 사무소의 프로젝트 관리자로, 나와 함께 1년 넘게 일한 적이 있다.

키가 훤칠하고 비쩍 마른 감독관이 헐렁한 셔츠에 넥타이 차림으로 장관 집무실을 이따금 들락거렸지만 우리에게는 눈길 한 번 주지 않았다. 무관심한 척하는 그의 표정 뒤에는 일종의 거만함과 거들먹거림이 깔려 있다. 장관 집무실에서는 헛기침 소리나 신문지 넘기는 소리 외에는 어떤 소리도 들리지 않았다. 장관은 우리가 도착하기 전부터 집무실에 있었고, 대기실에는 우리 외에 아무도 없었다. 청원하러 온 사람들에게 '권력의 위세'를 보여주려는 전형적인 관료주의적 허세가 분명했다.

미국에서 종종 시간은 효율성을 해치는 방해꾼으로 간주된다. 그러나 지금 이곳에서 시간은 권력의 도구다. 권력의 도구로 쓰일 때 시간은 무한정 늘어질 수도, 주물러질 수도, 조작될 수도 있다. 우리는 그들의 의도를 충분히 알아차렸다. 쿄코는 매우 불편한 모습이었다. 그는 전에 이곳에 와서 해야 할 일에 대해 목청 높여 이야기했지만, 지금은 양처럼 온순하게 앉아 있을 수밖에 없었다. 아프리카 여러 국가에서 일한 적 있는 노련한 유엔 사무관 발다시니는 차분하게 평정을 유지하고 있었다.

15분 정도 더 지나자 피터 은드위가(Peter Ndwiga) 장관이 우리를 불러들였다. 그는 검은색 새빌(고급 양복점들이 모여 있는 런던의 거리—옮긴이) 양복과 실크 넥타이를 흠잡을 데 없이 말쑥하게 차려입었다. 그것은 나의 꽃무늬 셔츠나 발다시니의 골반 청바지와 더할 나위 없이 강렬한 대비를 이뤘다. 장관은 악수와 미소로 우리를 맞이한 후, 장장 일곱 페이지에 달하는 연설을 말 그대로 책을 읽듯 읽어 내려갔다.

1.0. 환영합니다.

1.1. 당신들이 케냐를 방문한 것에 대해 저는 우리 정부와 부처, 케냐의 협동조합 운동을 대표해서 기쁨을 표하는 바입니다.

30분쯤 지난 후, 장관은 케냐의 커피 산업과 협동조합 운동에 대한 자신의 소견을 다음과 같이 마무리했다.

5.0. 결론

케냐 정부는 강력한 협동조합 운동이 농부들의 신용을 개선하고, 시장을 확대하고, 부가가치를 더 높이는 생산 과정을 정착시킴으로써 커피 농부들의 수입을 극대화할 것이며, 그리하여 우리 국민들의 빈곤 상황을 개선할 것이라 믿어마지 않습니다.

따라서 우리 부처는 우리나라 커피 농부들에게 이익을 가져다주는 모든 공동 사업을 환영하는 바입니다.

감사합니다.

오케이. 은드위가는 장관이자 새로 정권을 잡은 케냐 레인보우 정치 연합(National Rainbow Coalition) 소속 국회의원이다. 레인보우 연합은 1963년 독립 이후 케냐 정부를 독식해온 빅맨(Big Man : 부패한 케냐 독재 정권의 수장을 일컫는 말—옮긴이) 정권의 종식을 약속하며 결성된 정당이다. 새 정부의 모든 건물 로비에는 '부정부패 신고함'이 설치되었고, 구 정부의 인사들 상당수가 조사를 받는 상황이었다. 새 정부는 오랫동안 환경운동가로 일해온 왕가리 마타이(Wangari Maathai)를 환경부 차관으로 임명했으며, 케냐의 악명 높은 부정축재 관행을 척결하겠노라 굳게 약속했다. 우리는 그들이 케냐의 커피 산업 개선을 위한 대안적 사업 방식을 모색하는 데 도움을 주기 위해 이곳에 온 것이다.

그 프로젝트는 아주 우연히 시작되었다. 나는 FAO의 한 그룹에서 발다시니와 함께 산악 지대 원주민 마을을 도울 방법을 모색하고 있었다. 케냐는 우리 그룹이 가장 관심을 기울이는 국가 중 하나였다. 같은 시기에 내가 속한 코퍼레이티브 커피스의 일부 멤버들은 케냐의 한 단체와 이야기를 나누고 있었다. KFT의 창립자로서 대안무역에 지대한 관심을 보이던 쿄코는 그 단체의 일원이었다. KFT는 케냐의 대안무역 커피를 최초로, 그리고 독점적으로 세계시장에 내보내기 위한 프로젝트에 대해 은드위가 장관에게 승인을 받아냈다.

나는 케냐에서 우리가 과연 무엇을 할 수 있을지 회의적인 입장이었다. 케냐에는 유기농과 대안무역을 위해 애쓰는 훌륭한 단체들이 있었지만, 어느 단체도 별다른 성과를 거두지 못했기 때문이다. 어떤 불가피한 이유가 있는 것이 분명했다. 그런 가운데 케냐에 새 정부가 들어섰고, 그 정부는 변화와 투명성을 기치로 내걸었다. 그리고 은드위가 장관이 우리를 초대했다. 나의 염려는 흥분으로 바뀌었다. 하지만 장관을 직접 만나기 전에는 코퍼레이티브 커피스가 케냐에서 커피를 구입하지 않도록 조치를 취했다. 직접 만나 상황을 이해해야 케냐 정부의 독특한 '관 주도' 시스템을 통해 케냐 협동조합의 커피가 어떻게 유통되는지 파악할 수 있고, 우리가 지불한 돈이 커피 생산자들에게 투명하고 고르게 분배되는지 추적하고 확인할 수 있기 때문이다.

그러나 내가 케냐로 출발하기 일주일 전쯤, 코퍼레이티브 커피스는 KFT에게서 커피를 한 컨테이너 분량이나 사들이고 말았다. 내가 케냐에 도착할 무렵이면 그 컨테이너를 실은 배는 미국을 향해 항해하고 있을 것이며, 비용 역시 지불 완료될 것이었다. 낭패감이 들었다. '이런…. 할 수 없지. 적어도 추적 가능한 매매 서류는 있을 테니 그나마

다행으로 생각하자.'

장관은 우리의 여행 일정을 아주 빡빡하게 짜놓았고, 자신의 유능한 비서이자 그 못지않게 옷을 잘 빼입은 저스투스 키아고(Justus Kiago)에게 우리를 수행하도록 했다. 장관은 우리의 방문 예정지 목록을 검토했다. 이 목록은 케냐 커피 산업이 얼마나 효율적으로 꾸려지는지 잘 파악할 수 있도록 짠 것이다. 우리는 커피 처리 시설과 경매장을 방문하고, 구매와 관련된 모든 서류와 회계 장부를 검토할 예정이다. 또 우리가 앞으로 커피를 구매할 리안자기(Rianjagi)와 가쿤두(Gakundu) 지역의 생산자 협동조합을 방문하여 농부들을 만나볼 계획이다. 마지막으로 장관과 함께 좀더 규모가 큰 농민 단체를 방문하는 일정도 잡혀 있다. 그 농민 단체 사람들을 만나 대안무역에 대해, 우리와 그들이 맺을 새로운 관계에 대해 충분히 이야기할 것이다.

"당신은 곧 농부들의 손에서 커피 열매가 흘러나오고 돈이 그들의 주머니 속으로 들어가는 것을 볼 것입니다." 은드위가 장관이 위풍당당하게 말했다.

나는 그때까지 현지 정부를 거쳐 커피를 구입해본 적이 없었다. 그래야 하는 것이 달갑지도 않았다. 하지만 키아고는 영세 농가들의 어려움에 대해 진정으로 염려하는 듯했다. 또 짜인 일정대로라면 우리에게 필요한 모든 자료와 상황 인식이 가능할 것 같았다. 나는 키아고를 1년 전 미국 스페셜티커피협회(Specialty Coffee Association of America, SCAA) 총회가 열린 애틀랜타에서 처음 만났다. 그는 코퍼레이티브 커피스와 KFT의 회의에 참석했다. 그 후 나는 FAO 로마 사무소에서 발다시니가 조직하여 열린 기획회의에 키아고를 초청했다. 장시간 회의를 마친 후, 키아고와 나는 우간다 농민 대표로 참석한 조세프(Joseph)와 함께 시내 번화가에 있는 클럽으로 춤을 추러 갔다. 조세프와 나는 손을 맞잡고 몸을 흔들어댔다. 클럽에 있던 다른 아프리카 남자들이 그렇게 춤을 추어 따라 한 것이다. 수줍음을 많이 타는 키아고는 뒷전에 서서 벽에 몸을 기대고 있을 뿐이었다. 잠시 후 나는 말쑥한 양복에 넥타이를 맨 키아고가 상당히 어색한 미소를 띠며 어쩔 줄 몰라 한다는 것을 알아챘다. 남자들이 그에게 다가가 치근덕거렸다. 그제야 난 그 클럽이 게이 바라는 걸 깨달았다.

나는 비정부 환경 단체, 농민 단체와 별도로 회의를 하고 싶다고 말했다. 이것은 애초 계획에 없던 일정이지만 은드위가 장관은 바쁜 일정 속에 그 회의를 끼워주었다. 우리는 예정보다 두 시간이나 지나 장관의 사무실에서 나와 케냐농업협동조합(Kenya Planters Cooperative Union, KPCU) 본부가 있는 나이로비(Nairobi) 중심가로 향했다.

케냐의 소농들은 협동조합 가입이 법적으로 의무화되어 있다. 그들이 생산한 커피는 모두 협동조합을 통해 판매해야 한다. 농부들은 수확한 커피 열매를 조합의 1차 처리 공장으로 가져온다. 그 공장에서는 우선 열매의 껍질을 벗기고, 추출한 커피 생두를 사흘 동안 물에 담가 둔다. 전 세계에서 소비되는 커피는 대부분 하루 동안 물에 담그지만, 케냐 커피는 그보다 세 배나 더 물탱크 속에서 발효시키는 것이다. 케냐 커피가 훌륭한 산도로 높이 평가되는 것은 바로 이 때문이다. 물기가 빠진 커피 열매는 KPCU 등급이 매겨진 후 자루에 담겨 국가가 운영하는 경매장으로 옮겨진다. 경매장에서 커피가 팔리면 KPCU는 정부에 지불하는 일정액과 공장에서 필요한 가공비 등을 제한 나머지를 조합의 은행 계좌로 넣는다. KPCU는 커피를 가공하는 것 외에도 경매장에서 몇 안 되는 허가된 경매자 중 하나로 구실 한다. 이따금 KPCU는 커피를 구입하여 창고에 보관했다가 나중에 되파는 일도 한다. KPCU는 원칙적으로 협동조합을 이용하는 모든 농부들의 소유지만,

실제로는 농부들의 책임을 벗어나 독립된 실체로 움직였다. 과거에는 특히 그랬다. KPCU 관리자들은 농부들이나 협동조합이 아닌 정부에서 정략적으로 임명하곤 했다. 그들은 농부들의 돈을 훔치고, 비용을 과다 징수하고, 대금을 체불하고, 커피를 잃어버리곤 했다. 살인을 제외한 모든 범죄 행위를 일삼았다는 말도 전해진다. 폭력도 서슴지 않았다고 한다. 그들의 근사한 사무실이 늘어서 있는 와쿨리마 하우스 (Wakulima House)로 다가가며 나는 영화 '캐리비안의 해적'에 나오는 기괴한 캐릭터들로 가득 찬 커다란 회의실을 떠올렸다.

사무실에 해적은 없었다. 적어도 '조합원 복장 수칙'에 따르면 그랬다. 회의실은 잘 차려입은 행정관과 예의 바른 관료들로 가득 차 있었다. 위원들을 비롯한 모든 참석자들에게 우리 일행이 소개되었다. KPCU 관리들은 우리를 만난다는 데 잔뜩 흥분한 것 같았고, 자신들이 농부들에게 아주 정직하고 투명한 서비스를 제공한다는 것을 우리에게 과시하고 싶어하는 눈치였다. 다음 몇 시간 동안 우리는 KPCU의 모든 시설을 둘러보았다. 제일 먼저 둘러본 곳은 커피 수합장이다. 각 조합에서 납품한 커피는 우선 이 수합장에 도착하여 무게가 측정되고 목록이 작성된다. 그 다음에는 커피 가공장을 둘러보았다. 3층에서는 모든 커피의 샘플이 분석되고 등급이 정해진다. 마지막은 경매장으로 향할 때까지 커피 생두가 보관되는 창고다. 우리는 각각의 장소를 둘러볼 때마다 관련 서류도 함께 검토했다. 서류는 감탄을 자아낼 정도로 완벽했다. 서로 다른 커피 생두가 뒤섞이거나 등급이 잘못 매겨질 염려는 거의 없었다. KPCU 측은 우리의 시찰을 서둘러 끝내려는 듯 보였다. 빨리 우리를 보내고 업무에 복귀하고 싶은 마음에서 그랬을지도 모른다.

회의실로 돌아오자 그들은 KPCU 시설에 대한 나의 의견을 물었다.

대안무역에 대해서, 그것이 농부들에게 좀더 많은 수익을 줄 수 있는 지에 대해서도 질문했다. 나는 KPCU 프로그램이 훌륭해 보인다고 칭송한 뒤 대안무역에 대해 상세히 설명했다. 그리고 지난밤 내가 겪은 에피소드를 들려주었다.

전날 저녁 나는 아주 희한한 저녁 파티에 초대되었다. 이번 여행 중에 나는 미국국제개발처(USAID)가 기금을 지원하는 어느 프로젝트에 대해 알게 되었다. 케냐의 소규모 사업 활성화를 위한 프로젝트다. 이 프로젝트의 책임자는 데이비드(David)라는 29세 하와이 출신 미국인이다. 그는 이메일로 자신의 프로젝트에 대해 설명했고, 나이로비에 오면 꼭 방문해달라고 부탁했다. 나는 택시를 타고 미국 영사관 근처의 고급 주택가에 있는 데이비드의 아파트로 갔다. 그의 아파트는 값비싼 아프리카 가구와 고급 와인으로 가득 차 있었고, 어여쁜 케냐 가정부도 있었다. 난 속으로 생각했다. '젠장! USAID 인간들, 전 세계 가난한 사람들을 돕는답시고 엄청 많은 돈을 벌어들이는군.'

데이비드는 나를 미국에서 온 어느 부부(남편이 영사관에서 근무한다고 했다)와 야쓰오(Yasuo)라는 28세 월드뱅크 컨설턴트에게 소개했다. 영사관에서 근무한다는 남자는 마치 유령 같았다. 말투도 이상하고, 영사관에서 그가 맡은 업무가 무엇인지 알면 도저히 그렇게 생각하지 않을 수 없었다. (나는 이 책에서 그의 본명을 밝힐 수 없다. 연방법 위반으로 체포될 것이 분명하기 때문이다.) 야쓰오는 좀더 괜찮은 일을 하는 듯했다. 그는 커피 산업에 대한 '가치 사슬 분석(value chain analysis)'을 하고 있다고 했다. 커피 산업의 비효율성과 구조적 문제점을 찾아내어 월드뱅크에 그 대안을 제시하는 일이다. 월드뱅크가 그의 분석을 받아들이면(야쓰오는 틀림없이 받아들일 것이라 자신했다) 케냐 정부에 그의 제안이 권고 형식으로 전달되는 것이다.

"케냐 정부가 당신의 의견과 월드뱅크의 권고를 받아들이지 않으면 어떻게 됩니까?"

"월드뱅크는 케냐를 위해 7500만 달러에 이르는 차관을 확보했습니다. 권고를 받아들이지 않으면 그 돈도 날아가는 거죠."

나는 '산업 구조조정'의 실체와 얼굴을 맞닥뜨리고 있는 셈이었다. 스물여덟 살 난 애송이 하나가 '국제 돈줄'을 미끼삼아 케냐 정부를 상대로 감 놔라 대추 놔라 하며 권력을 휘두르는 것이다.

"그래서 지금까지 어떤 것을 파악했나요?"

"글쎄요… 비효율적인 측면이 아주 많습니다. 우선 위나 아래나 부정부패가 만연해요. 장관실부터 조합 관리자에 이르기까지 말이죠. 농부들이 돈을 지불받는 방식에도 문제가 있습니다. 커피를 조합에 넘기는 시점과 그들이 궁극적으로 대금을 지불받는 시점 사이가 너무 길어요. 6개월 이상 걸리는 경우가 허다하죠. 그동안 농부들은 소득이 전혀 없습니다. 우리는 그것을 '기아 지체(hunger lag)'라고 부르죠."

나는 야쓰오와 논쟁할 수 없었다. 그는 놀라울 정도로 똑똑하고 박식한 젊은이다. 케냐에서 제대로 조사한 것은 분명했다.

"그래서 어떤 권고를 할 생각인가요? 관료주의 척결? 대금 거래의 투명성?"

야쓰오는 담배를 깊이 한 모금 빨아들이면서 고개를 좌우로 흔들었다. 그리고 담배 연기를 천천히 내뿜었다. 연기로 얼굴이 가려진 채 그가 말했다.

"협동조합 시스템을 폐지하자는 내용이 저의 주된 권고 사항이 될 겁니다. 물론 KPCU도 없애고요. 농부들이 개방된 시장에서 자신들이 원하는 사람에게 직접 커피를 팔게 하자는 것이죠."

"지금 농담하시는 거죠? 협동조합 시스템에 문제가 없는 것은 아니지만, 조합만이 시장의 상어 떼에게서 소농들을 보호해줄 수 있습니다. 조합을 없앤다는 것은 더 큰 문제를 불러들이는 일이라고요. 농부들은 그들을 위협하는 세력에 대항할 아무런 힘도 갖지 못합니다."

야쓰오는 또다시 담배를 깊이 빨아들였다. 그의 얼굴에는 어떤 감정도 드러나지 않았다.

"미스터 딘, 조합이야말로 가장 큰 문제입니다. 시대착오적인 시스템이죠. 이제 조합이 설 자리는 없습니다. 조합은 부패했고, 애초에 의도한 서비스나 보호를 해줄 수 없습니다. 조합은 척결되어야 합니다. 저는 KPCU의 모든 서류와 컴퓨터 자료를 검토했습니다."

나는 국가가 주도하는 동아프리카 조합과 농부들이 자율적으로 운영하는 조합이 다르다는 것은 인정했다. 에티오피아의 사례는 그것을 잘 보여준다. 하지만 시스템의 한두 가지 결점 때문에, 혹은 관리들이 부패했다는 이유만으로 조합을 완전히 없애버린다고? 목욕물을 버리면서 아이까지 버린다더니, 이게 바로 그런 경우가 아닌가. 야쓰오는 조금도 흔들리지 않았다.

분노가 치밀었다. '진정하자, 진정하자. 숨을 크게 들이마시고, 불교의 가르침을 생각하자. 화내지 말자. 화내지 말자.'

"조합은 과거의 유물입니다. 효율성은 없고 부패가 만연했을 뿐이죠." 야쓰오는 소파 등받이에 몸을 깊숙이 기대며 혼잣말하듯 중얼거렸다. 영사관에서 근무한다는 유령이 우리를 쳐다보았다. 아무 생각도 없는 표정이었다. '차라리 유령이 낫군.' 데이비드는 우리와 조금 떨어진 곳에서 예쁜 가정부와 정답게 수다를 떨었다.

"농부들의 삶에 대해서, 조합 시스템에 대해서 그들과 직접 이야기해본 적이 있습니까? 농부들도 조합을 없애야 한다고 생각합니까?"

'진정하자, 딘.'

야쓰오는 나를 바라보며 눈을 끔벅이더니 크게 웃었다. "하하하, 제가 왜 그래야 하죠?"

그는 스스로 좀더 나은 삶을 일구고자 하는 제3세계 민중의 희망과 노력을 일축해버렸다. 경제학적 효율성 분석에서 민중의 삶과 희망은 측정 불가능하며, 불필요한 변수로 주변화되고 만다. 동시에 경영대를 갓 졸업한 이 거만한 풋내기는 연봉 20만 달러를 챙긴다. 시카고학파를 신봉하는 애송이가 제3세계 국가로 흘러드는 주요 국제 기금을 좌지우지하는 것이다. 선과 도덕을 재정립하려는 민중의 싸움이 타산적이고 이기적인 권력에 쓰나미처럼 쓸려 내동댕이쳐지는 느낌이 몸속 깊숙이 스며들었다. 이 작자들은 학교에서 역사를 배우지 않을까? 악덕 자본가라든가 자유시장의 횡포 따위에 대해 한 번도 들어보지 못했을까? 월드컴(WorldCom)이라든가 엔론(Enron)처럼 부정을 일삼는 대기업에 대해 늘어본 적이 없을까? 끓어오르는 분노는 '사교적 예의'를 지키려는 내 인내심의 마지노선을 위협하고 있었다.

나는 점잖게, 그러나 아주 단호하게 말했다. "야쓰오, 그런 식으로 말하지 마십시오. 저는 수년 동안 세계 각지의 협동조합들과 일해왔습니다. 농민들의 삶에 큰 변화를 가져온 훌륭한 조합들도 많습니다. 내가 존경하는 농민들과 그들이 이루는 진정한 변화를 무시하는 말을 한 마디라도 더 내뱉는다면 나는 즉각 이 테이블을 뛰어넘어 당신의 모가지를 비틀어버리고 말 겁니다."

야쓰오를 비롯해 그곳에 있던 사람들 모두 경악을 금치 못했다. 데이비드는 성급히 와인 잔을 내려놓았고, 야쓰오는 재떨이에 털썩 주저앉았다. '에구머니, 이 형편없는 파티 예절이란.' 영사관에 근무하는 유령은 의심에 가득 찬 눈초리로 나를 쳐다보았다.

"우리 화제를 좀 바꾸는 게 어떨까요?" 내가 붙임성있게 말하자, 야쓰오가 짤막하게 대답했다. "어… 그렇게 하죠."

KPCU 관리들과 함께 한 회의에서 나는 다음과 같이 발언을 마무리했다.

"여러분도 아시다시피 지금 가장 중요한 것은 협동조합 시스템이 아주 투명하고 책임감 있게 운영된다는 것을 보여줄 수 있어야 한다는 겁니다. 그렇지 않으면… 여러분 모두 실직자가 될 것입니다."

회의실에 모인 사람들은 아주 조용했고, 생각에 잠긴 눈치였다. 하지만 어느 누구도 불편한 표정이나 걱정하는 기색을 보이지 않았다. 나는 KPCU와 그들의 경매 과정을 통해 리안자기와 가쿤두 농부들에게 구매한 커피 생두가 코퍼레이티브 커피스로 전달되는 과정을 직접 면밀하게 추적, 검토한 뒤에야 그들의 협동조합 시스템을 지원할 최선의 방법을 모색할 수 있을 것이라고 설명했다. 그 과정이 완료되면 농부들과 KPCU는 대안무역 레지스트리에 가입 신청을 할 자격이 생기고, 그때부터 대안무역의 혜택을 누릴 수 있다.

KPCU의 인적자원부 행정관 무니(Munyi)는 나의 노력에 감사하다며 내가 원하면 언제라도 KPCU의 서류들을 검토할 수 있다고 말했다. 또 코퍼레이티브 커피스와 거래하는 데 필요한 서류를 그날 오후에 넘기겠다고 했다. 그는 자신이 일하는 KPCU 시스템이 얼마나 충실히 운영되는지 남들에게 보일 수 있는 기회가 생긴 것에 무척 들뜬 것 같았다. 그는 품질관리 책임자 존 카루루(John Karuru)와 마케팅 책임자 실베스터 코스(Sylvester Koth)에게도 서류 준비에 만전을 기하라고 당부했다. 회의실에 있는 모든 사람들이 웅성거리며 동의를 표했다. 키아고는 미소를 지으며 내 등을 토닥였다. 회의 중 한 마디도 하지 않던 쿄코 역시 흡족한 표정이었다. 우리 모두 커피를 마셨다.

그날 오후 우리는 나이로비의 교통체증을 뚫고 키암부(Kiambu)로 향했다. 나이로비 외곽에 위치한 키암부에서는 커피 가공장이 건설되고 있었다. 키아고는 은드위가 장관이 우리가 그곳을 꼭 방문하기 바란다고 말했다. 정부가 농부들을 위해 얼마나 열심히 일하는지 보여주는 증거기 때문이라는 것이다. 나는 고맙긴 하지만 앞으로 우리와 거래할 농부들이 그 공장을 이용하는 것이 아니기 때문에 사실상 나의 방문 목적과는 상관없는 일정이라고 말했다. 뿐만 아니라 키암부는 나이로비 북쪽이라 환경 단체나 유기농 단체들과 중요한 미팅을 할 남쪽 지역과 너무 멀다. 벌써 오후 1시가 넘었고, 그 단체들과 회의는 3시로 잡혀 있어 키암부에 가면 회의 시간에 맞추기 어려울 것 같았다.

"걱정 마십시오, 딘. 30분 안에 키암부 공장에 도착할 거예요. 시간은 충분합니다." 키아고가 보름달같이 부드러운 미소를 지으며 말했다.

우리는 한 시간이 흐른 뒤에도 여전히 도로 한복판에 있었다. 나는 점점 더 안절부절못했다.

"키아고, 얼마나 더 가야 합니까?"

"몇 분이면 됩니다."

30분이 더 지나자 쿄코와 발다시니의 표정도 일그러졌다. 지금 방향을 돌려도 제 시간에 회의에 도착할까 말까였다. 몇 분만 더 기다려보자… 조금만 더 가보자….

"차를 멈춥시다, 키아고. 아무래도 이제 돌아가야겠습니다." 내 말투는 무례하기 짝이 없었을 것이다. 하지만 우리를 기다리는 사람들을 바람맞힐 수는 없는 일이다. 그 회의는 장관이 아니라 우리가 계획한 회의고, 우리에게 아주 중요한 회의다.

"하지만 장관님이! 장관님은 당신이 꼭 그 공장을 보았으면 하십니다. 여기 일정표에 있지 않습니까? 지금 공장에서 여러 사람들이 기다린다고요!" 키아고가 애원조로 말했다.

"차를 멈추세요. 돌아갑시다." 나는 약간 미안한 생각이 들었다. 하지만 내게는 우리의 프로젝트에 충실해야 할 책임이 있다. 여러 연대 세력을 확보하고, 농부들을 위한 기술적인 자원을 모색하는 것이 이번 프로젝트의 최대 과제다. 코퍼레이티브 커피스와 농부들의 거래가 이번 방문의 초점이다. 우리와 관계없는 공장이나 농부들을 만나는 것이 우선이 아니다. 새로 짓는 공장은 없어지는 것이 아니니 다음번에도 방문할 수 있다. 장관이 불쾌해하더라도 어쩔 수 없는 일 아닌가. 키아고는 절망적인 표정으로 머리를 가로저었다. 그는 상관에게 불복하고 싶지도, 손님들을 거역하고 싶지도 않았을 것이다.

우리가 나이로비 교외의 기기리(Gigiri)에 위치한 CABI(CAB International : 정부간 비영리 연구 단체—옮긴이)에 도착한 것은 한 시간 반이나 늦은 시각이었다. 영국에 본부가 있는 CABI는 지난 90년 동안 동아프리카에서 연구 프로젝트를 진행해왔다. 회의실에 있는 사람들은 모두 언짢은 기색이었다. 그들은 각종 농민 단체와 국제 컨설턴트, 농업 관계자를 대표하여 참석한 사람들이다. CABI, KIOF, ICRAF, CANET, KOAN, KET, FAO 등 여러 단체가 참석했다. 나는 그들에게 정중히 사과했다. 너무 욕심을 낸 나머지 일정이 마구 엉켜버린 탓이라고 설명했다. 키아고는 내가 공개적으로 장관이나 자신을 탓하지 않은 것에 안도하는 모습이었다.

각 단체들이 자기소개를 했다. 단체들은 서로 전혀 몰랐으며, 함께 일해본 적도 없었다. 실망스러웠지만 그리 놀랄 일도 아니다. 대규모 국제단체들은 소규모 풀뿌리 단체들과 거의 교류하지 않는다. 같은 지역에서 동일한 이슈로 활동하는 경우조차 그렇다. 이는 국제사회에서 아주 흔한 일이다. 단체들은 자원과 기금을 다른 단체들과 나누지 않으려고 빗장을 단단히 잠그는 경우가 허다하다. 예전에 과테말라의 자그마한 마을에서 국제 개발 단체 네 개가 활동한 적이 있다. 나는 이 단체들을 모아 협력 관계를 구축하려 했다. 함께 일하면 좀더 많은 일을 이룰 수 있지 않은가? 하지만 난 순진한 몽상가였을 뿐이다. 네 단체 중 어느 하나도 다른 단체와 공동으로 작업하려 하지 않았다. 돈, 관할권, 홍보…, 사사건건 갈등을 불러일으켰다. 내가 바보였다. 나는 그 단체들의 최우선 목표가 지역민을 돕는 것인 줄 알았다.

우리는 두 시간에 걸쳐 케냐의 대안무역과 유기농 인증 시스템 관련 정책 마련을 위해 모든 단체들이 협력하는 방안에 대해 의견을 나눴다. 회의실은 열기로 가득했다. 적어도 돈 문제가 거론되기 전에는. 단체들은 재단에서 특정 프로젝트에 대한 기금을 지원받아 운영되는 경우가 대부분이었다. 그들에게는 방금 우리가 토론한 프로젝트를 추진할 재원이 없었다. 내가 경영하는 딘스빈스나 코퍼레이티브 커피스가 그 재원을 제공할 수 있을까? 꿀꺽. 목이 말랐다. 우리는 프로젝트를 여러 부분으로 나눠 기금을 마련할 방법에 대해 논의했다.

대안 작물이나 토양 보호 기술 연구 프로젝트에는 FAO가 기금을 지원할 수 있지 않을까? CABI에서 일하는 찰스(Charles)와 발다시니가 기금을 확보하는 데 함께 나설 수 있을지도 모른다. 딘스빈스는 유기농 검사관 훈련에 드는 비용을 지원할 수 있으리라. 초기 지원만 하면 나중에는 검사 비용을 받아 자체 운영이 가능할 것이다. KIOF(Kenyan Institute for Organic Farming, 케냐유기농연구소)를 창립한 존 은조로지(John Njoroge)는 훈련 책임을 맡길 적임자다. 10년 넘게 자신이 세운 풀뿌리 농민 조직에서 농부들을 훈련해왔기 때문이다. 우리는 다음날 은조로지의 훈련생 한 명을 만날 계획이었다. KOAN(Kenyan Organic

Agriculture Network, 케냐유기농네트워크)의 코디네이터 존 마투라(John Matura)는 이 프로그램에 관심이 있는 농부들을 끌어 모으는 일을 담당하겠다고 나섰다. 커피 병충해 예방을 위한 기금을 비축한 CABI가 그 기금 중 일부를 이번 프로젝트에 지원할 수 있지 않을까? 많은 아이디어와 에너지가 오갔다. 누구도 케냐 정부에 기금을 요청하자고 제안하지 않았다. 그것이 얼마나 어리석은 생각인지 모두 경험했기 때문이다. 키아고는 바이오가스(biogas:소똥으로 만드는 대체에너지)에 큰 관심을 보였다. 그러나 자신이 일하는 부처를 대신하여 어떤 코멘트나 약속도 할 수 없었다. 우리는 열기 속에서 회의를 마쳤다. 모든 사람들이 각자 과제를 맡았다. 키아고 역시 장관에게 이 회의에 대해 보고할 임무가 있었다. 일정은 순조롭게 진행되었다. 다음날 아침에는 경매장을 방문할 예정이었다.

회의가 끝난 후, 키아고는 KPCU에 전화를 걸어 코퍼레이티브 커피스와 거래 관련 서류가 모두 준비되었는지 물었다.

"아, 시간이 너무 늦었군요. 다들 집에 돌아갔답니다. 내일 아침 경매장으로 가는 길에 들러서 받도록 하겠습니다."

다음날 아침, KPCU에 도착한 우리는 위층에 전화를 했다. 그러나 카루루는 아직 서류를 다 수합하지 못했다며 우리가 경매장을 방문하고 난 오후에는 반드시 준비해놓겠다고 했다. 큰 문제는 아니었다. 경매장을 방문해 우리의 거래에 대해 좀더 많은 정보를 얻으면 서류를 검토하는 데 도움이 될 것이다. 하지만 우리는 오후에도 서류를 받지 못했다.

케냐 커피 경매장(Kenya Coffee Auction)은 아주 근사한 경매 절차를 자랑한다. 경매장은 조용하고, 모든 입찰은 컴퓨터를 통해 진행된다.

경매인은 아주 조용한 목소리로 다음 입찰가를 부르고, 역시 아주 조용한 목소리로 입찰 종료 사실을 알린 뒤, 최종 낙찰가와 낙찰자의 이름을 부른다. 허가받은 구매자들에게만 입찰 자격이 주어지는데, 그 수는 아주 적다. 주로 거대한 국제 커피 로스터나 브로커들이다. 우리가 방문한 날, 입찰자 가운데 흑인이라고는 KPCU 측 입찰자 한 사람밖에 없었다. 충격적이었다.

나는 그날의 경매 상품 목록을 받았다. 목록에는 상품별로 산지가 어디며 열매 껍질은 어느 가공소에서 벗겼는지, 출고 날짜와 입고 날짜는 언제인지 등이 기록되었다. 말하자면 이런 식이다. Lot no. 129. 1303005/KIANJEGE/XAD/007/F07. 프로그래밍 룸에서 경매 데이터 뱅크를 볼 수 있었다. 나는 당직 근무를 하는 프로그래밍 기술자 사이먼(Simon)에게 코퍼레이티브 커피스에 대한 판매 데이터를 프린트해줄 수 있냐고 물었다. 열흘 전에 판매된 것이니 데이터를 쉽게 찾을 수 있으리라 생각했다. 사이먼은 KPCU에서 판매한 커피에 대한 정보만 알면 쉬운 일이라고 말했다. 그 정보를 알아야 리안자기와 가쿤두 협동조합이 KPCU에 납품한 커피의 입찰 목록을 찾아낼 수 있다는 것이다. 경매장에서 우리를 맞은 KPCU 관리들은 "문제없다"며 KPCU 사무실에 물어보면 된다고 했다. 사이먼에게 그 정보를 주자. 그래야 구체적인 거래 데이터를 인쇄해줄 것이다. 그러면 우리는 곧 또 다른 퍼즐 조각을 찾아낼 수 있으리라.

경매는 군더더기 없이 진행되었다. 판매 가격은 파운드당 약 1.3달러였는데, 그 정도면 꽤 괜찮은 가격이다. 당시 국제 커피 값은 평균 80센트 정도였다. 케냐 커피는 확실히 높은 값을 받았다. 협동조합을 대표하는 판매자 KPCU는 그 가격에서 가공 과정에 든 비용과 여타 서비스 비용을 제하고 남은 금액을 조합에 전달한다. 불행히도 케냐의 가공비는 세계에서 가장 비싸다. 유럽연합 보고서에 따르면, 케냐의 커피 가공비는 콜롬비아보다 5배, 코스타리카보다 1.3배가 비싸다. 그러나 케냐 법률에 따라 KPCU는 가공비와 기타 비용으로 낙찰가의 20퍼센트 이상을 뗄 수 없다. 최소한 80퍼센트는 협동조합에 지불하도록 되어 있는 것이다. 협동조합은 그 돈에서 다시 소요 경비를 제하고 나머지를 개별 농부들에게 지급한다. 경매장에서 파운드당 1.3달러에 팔렸다면 1달러 정도가 농민의 주머니에 들어가는 것이다. 애틀랜타에서 열린 회의에서 케냐 정부는 대안무역이 그 의미를 충분히 살리기 위해서는 농부들이 얻는 수입이 지역 시장가격으로 팔 때보다 훨씬 많아야 할 것이라는 점을 분명히 강조했다. 코퍼레이티브 커피스는 파운드당 1.85달러를 지불하는 데 동의했다. 그중 10센트는 소요 경비와 역량 강화 비용으로 KFT가 가져가고, KPCU가 커피의 이송, 가공, 기타 경비로 다시 일부를 가져가고 나면 리안자기와 가쿤두 협동조합은 약 1.6달러를 받는다. 종전의 비유기농 커피 대안무역 가격인 1.26달러에 비해 훨씬 높은 액수다. 협동조합이 필요한 비용을 제하고 농부들에게 최종적으로 지급하는 돈은 파운드당 1.35달러로, 지역 시장가격으로 판매한 경우보다 35센트가 많다.

우리는 현지 조합에서 직접 커피를 구매하고 싶었지만 당시에는 그것이 법적으로 불가능했다. 코퍼레이티브 커피스가 KPCU에서 커피를 산 것은 그 때문이다. 우리는 KPCU가 경매를 통해 커피를 팔 때의 가격과 우리가 KPCU에게 지불한 가격의 차액은 고스란히 농부들에게 돌아갈 것이라고 생각했다. 나는 경매장 보고서를 검토해보면 KPCU가 각 조합에 얼마를 지불했는지 알 수 있을 것이고, 따라서 농부들에게 얼마가 돌아갔는지 알 수 있을 것이라고 믿었다. 앞으로 5일 동안 농부들을 방문할 예정이니 돈의 흐름이 얼마나 투명하고 합리적으로 이어지는지 알 수 있을 것이라 생각했다. 내 생각은 틀렸다.

점심식사를 한 뒤 우리는 KPCU 사무실로 갔다. 코퍼레이티브 커피스에 판매된 커피와 관련된 서류를 갖고 있는 사람은 아무도 없었다. 쿄코와 나는 실망을 넘어 절망이 엄습하는 것을 느꼈다. 살짝 마스카라를 한 발다시니의 눈썹이 위로 치솟았다. 키아고는 슬퍼 보일 정도였다. 카루루는 관련 서류를 찾으려고 백방으로 노력했지만, 그 파일이 어디에 있는지 도저히 알 수 없다고 말했다. 나는 그 서류 없이는 판매된 커피와 판매 대금을 추적할 수 없으며, 우리가 구매한 커피의 구체적인 상품 정보도 알 수 없다고 설명했다. 카루루는 미안해했고 무척 당황스러워했다.

"오늘 오후 선생님이 리안자기로 출발하기 전에는 반드시 찾아놓겠습니다. 약속합니다." 하지만 오후가 되어도 서류는 없었다.

우리는 사방이 콘크리트로 둘러싸인 나이로비를 벗어나 리안자기로 향했다. 메마른 도로를 따라 저 멀리 얼룩말들이 뛰어다녔다. 나이로비국립공원도 지나갔다. 도시 끝부분은 동물 보호 구역이다. 어미 하마와 새끼 하마가 진흙 속에서 뒹굴었다. 하늘에는 점보제트기가 날아갔다. 언덕에 오르자 표범 한 마리가 장대 같은 풀숲을 살금살금 기어 일본인 여행객들에게 다가가는 모습이 보였다. 그들은 얼룩말 사진을 찍으려고 규정을 무시한 채 차에서 내린 것이다. 우리의 차는 끔찍한 순간을 목도하기 전에 그곳을 벗어났다.

엠부 지방으로 향하는 간선도로에 들어서자 화려한 의복을 차려입은 원주민 소년 소녀들이 가축 떼를 몰고 분주한 사거리를 지나고 있었다. "이 도로는 유목민들이 전통적으로 이용해오던 길입니다. 그들이 계속 이 길을 이용하도록 법적으로 허용하고 있죠. 읍내는 물론이고 사유지도 통과할 수 있습니다. 우리가 전통을 얼마나 존중하는지 잘 보여주는 예죠." 키아고가 설명했다.

　수많은 촌락을 지났다. 촌락마다 시멘트로 지은 1층 건물들이 다닥다닥 들어섰고, 갖가지 페인트로 벽에 푸줏간이며 빵집이며 농약상 등의 글씨를 써놓았다. 마을 사람들은 너무나 슬프고, 가난에 찌들어 보였다. 케냐의 농촌은 그야말로 엉망진창이었다. 커피는 1970년대에 수출 1위 품목이었으나, 지난 몇 년 동안 생산량이 3분의 2나 줄었다. 커피 값이 급락하고 가공비는 치솟자 많은 농부들이 커피 농사를 포기했다. 커피 산업의 부정부패도 커피 생산이 줄어드는 데 한몫했다. 케냐인들은 대부분 '1인당 하루 1달러'라는 국제 빈곤선 기준에 못 미치는 생활을 하고 있었다.

　우리가 탄 차는 남쪽을 향해 달리며 산간 지대를 올라갔다. 기온은 섭씨 30도를 웃도는데 저 멀리 케냐 산(Mount Kenya) 정상에는 여전히 눈이 쌓여 있었다. 신기했다. 그때 쿄코가 이 길은 리안자기로 가는 길이 아니라고 말했다. 키아고는 은드위가 장관이 리안자기로 가는 도중에 장관 가족 소유의 커피 농장을 방문하기를 희망했다고 대답했다. 장관의 커피 농장은 언덕 꼭대기에 있었다. 그곳에서 내려다본 전원 풍경은 더할 나위 없이 아름다웠다. 장관의 현대식 석조 주택은 밝고, 시원하고, 놀랄 만큼 근사했다. 화장실을 쓰겠다고 하자, 작고 현대적인 게스트 룸을 여러 개 지나 집 한쪽 끝으로 안내했다. 화장실의 배수 시설 역시 최신식이다. 키아고는 휴대전화로 장관에게 우리가 이곳에 도착했다고 알렸다. 농장 감독이 우리를 농장으로 안내했다. 그는 최신 화학비료를 먹고 자란 통통한 커피 열매들을 한껏 자랑했다. 이상하게도 농장에는 감독 이외에 아무도 보이지 않았다. 집 안에서도 마찬가지였다. "장관님은 주말에만 이곳에 오십니다." 키아고가 당연하다는 듯 말했다. 우리는 농장 감독에게 감사하다고 인사한 뒤 다시 길을 떠났다.

장관은 우리를 위해 아이작 월튼 호텔에 숙소를 잡아두었다. 유명한 동식물학자의 이름을 딴 호텔이다. 불행히도 쓸 만한 방은 모두 수리 중이고, 얇디얇은 벽에 베니어판 문이 달린 방만 이용할 수 있었다. 스위스 치즈박람회에서 가져온 낡은 모기장이 천장에 드리워져 있었다. 나는 월튼 가 사람들에게 그들의 이름이 붙은 이 호텔이 어떤 꼴골인지 알려야 한다는 생각에 간단한 메모를 작성했다. 뷔페는 냐마초마 (nyama choma)를 좋아하는 사람에게는 그럭저럭 괜찮았다. 냐마초마는 케냐의 대표 음식인 염소 바비큐 요리로, 아주 질기다. 먹다 보니 잇새에 철조망이라도 걸린 것 같았고, 끝까지 씹을 수 없어 통째로 삼키며 무사히 식도를 빠져나가기만을 빌어야 했다.

야외에 있는 로비는 공사 중이긴 했지만 제법 쾌적했다. 아침이 되니 손님방에 신문 몇 부가 전달되었다. 이스트아프리칸스탠더드(East African Standard) 1면에는 '장관들이 토지세 탈세를 공모하다' 라는 기사가 실렸는데, 그 주인공이 바로 피터 은드위가 장관이었다. 은드위가 장관은 "엠부 지방 최적의 농장 지역에 수백만 실링이 넘는 플랜테이션을 소유하고 있으며", 그 농장을 담보로 케냐 농협은행(이 은행은 은드위가 장관이 책임자로 있는 협동조합 개발부 관할이며, 농부들의 돈을 보관하는 바로 그 은행이다!)에서 4000만 실링(60만 달러)을 대출받았고, 재무부에서 토지 구입세 600만 실링(9만 달러)을 면제받았다는 내용이었다. 협동조합 개발부는 장관의 행위에 어떤 부절적한 점도 없었다고 대응했다.

"저놈들은 뭔가 잘못됐다는 주장이 제기될 때마다 주제넘은 자들이 지껄이는 헛소리로 치부한단 말이지!" 쿄코는 목청 높여 정부의 부정부패를 성토했다.

비즈니스위크(Business Week)는 전년도에 KPCU가 농민들에게 커피 900톤(약 130만 달러 상당)을 사들였으나 정작 농민들은 한 푼도 지급받지 못했다는 기사를 실었다. 그 기사는 한 커피 상인의 말을 인용하여 협동조합 운동이 농민들에게서 돈을 훔쳐 간다고 덧붙였다. 협동조합이 어떻게 운영되는지 전혀 모르는 농민들을 손쉽게 갈취한다는 것이다.

"자, 농민들이 왜 그렇게 가난한지 이제 확실히 아실 겁니다!" 쿄코가 소리쳤다. 그러나 키아고가 로비에 들어서자 쿄코의 목소리는 낮아졌다. 그는 신문 기사에 대해 더는 언급하지 않았다.

KIOF의 존 은조로지가 우리와 함께 리안자기로 가기 위해 때맞춰 호텔로 찾아왔다. 그는 지역 농민들에게 유기농법을 가르치는 일을 하는데, 우리의 방문을 기회로 삼아 리안자기 농민들에게도 유기농 시스템에 대해 알리고 싶어했다. 은조로지는 유기농법의 열렬한 옹호자다. 그의 단체는 지난 수년 동안 유럽의 연대 단체들과 코퍼레이티브 커피스의 지원금을 받아 알뜰살뜰 운영되었다.

우리가 차에 올라타려 하자 키아고가 일정표를 흔들며 말했다. "우선 엠부 시장을 만나러 가야 합니다. 시장은 아주 존경받는 사람인데다 농민들을 도우려는 선생님의 프로젝트에 관심이 많습니다." 시청은 분홍빛 능소화가 늘어선 중앙 도로 아래쪽에 있었다. 유감스럽게도 '관심 많은' 시장은 집무실에 없었고, 아무도 그가 어디에 있는지 몰랐다.

갈색 엠부 언덕 아래로 한참을 내려가 리안자기 협동조합에 도착했다. 리안자기 협동조합 중앙위원 15명이 성장을 한 채 나와 있었다. 정치꾼 분위기를 풍기는 껑다리 넬슨 음와니키(Nelson Mwaniki) 조합장이 반갑게 우리를 맞았다. 뒤이어 콜라와 환타가 대접되었다. 조합장은 리안자기 협동조합의 연혁과 고도(해발 1500m), 회원 수(1167명), 지난 5년 동안 생산량 등 자잘한 사항들에 대해 보고했다. 위원들과 손님들이 박수를 보내자 음와니키 조합장은 리안자기 협동조합이 지난해에 '최고 경영 공장상'과 '최고 청결 공장상' 등 국가 표창을 받았다고 자랑했다.

나는 그들에게 리안자기 커피를 컨테이너 한 개 분량이나 구매한 코퍼레이티브 커피스 대표로 소개되었다. 나는 음와니키 조합장에게 리안자기 협동조합을 방문하게 해준 것에 대해 감사를 표하고, 경매장에서 리안자기까지 커피의 이동 경로에 대해 꼼꼼히 살필 수 있기를 희망한다고 말했다. 그래야 농민들이 정당한 몫을 받는지 확인할 수 있기 때문이라고 설명했다. 위원 중 한 사람이 커피 구매자를 직접 만난 것은 이번이 처음이며, 지금까지 누가 자신들의 커피를 사고, 그 커피가 어디로 가는지 전혀 알지 못했다고 말했다. 협동조합 총무 비처 키우라(Beecher Kiura)는 어떤 돈이 어떤 판매품에서 나온 것인지 알 수 없다고 했다. KPCU 송금 보고서에 관련 정보를 모두 기록하는 것이 원칙이지만 실제로는 그렇지 않은 것이다. 키우라는 모든 기록을 적은 두꺼운 회계 원장에 손을 올린 채 서 있었다. 그 장부에 손을 대는 것 자체가 자신의 말을 입증이라도 하는 듯한 모습이었다. 이어서 그는 조합의 재정 상황을 보고했다. 각 농민은 조합에 납품한 커피 열매 1kg당 19.15실링을 받았다고 했다. 전자계산기를 꺼내 그 숫자를 파운드와 달러로 환산해보니 1파운드당 12센트인 셈이었다. 리안자기 조합원 1인당 평균 수확량은 1000kg이 조금 안 되는데, 1년에 두 번 수확하는 것을 기준으로 계산하니 가구당 연평균 소득은 480달러에 불과했다. 국제 빈곤선 기준인 '1인당 하루 1달러'에 훨씬 못 미치는 액수다.

키우라가 각종 통계를 읊어나가는 동안 나는 일꾼들이 언덕 아래서 돗자리에 널린 커피 생두를 솎아내는 것을 보았다. 불량 생두를 제거하는 중이었다. 나는 키아고에게 회의가 끝난 후 저 농부들과 이야기하고 싶다고 속삭였다.

"그럴 시간이 없습니다. 오늘 일정이 아주 빡빡하거든요. 내일 농부들 모임에서 이야기하시면 될 겁니다."

발다시니가 우리의 대화를 들었다.

"키아고, 이곳을 뜨기 전에 저 사람들과 잠깐이라도 이야기해봐야 합니다. 딘스빈스 커피를 생산하는 사람들이 바로 저들 아닙니까?"

중앙위원들은 내가 일꾼들과 대화하고 싶어한다는 데 깜짝 놀랐다. 키아고는 한숨을 내쉬며 항복했다. 회의가 계속됐다. 먼저 은조로지가 유기농에 대해 말했고, 중앙위원들은 유기농법을 통해 그들의 소득과 커피의 품질과 환경을 개선할 수 있는지 물었다. 그들은 회의적인 태도를 보였다. 화학약품을 쓰지 않으면 수확량이 줄어들 것이다, 병충해가 만연할 것이다 등 예상한 각종 반론이 쏟아져 나왔다. 은조로지는 반론에 대해 하나하나 차분하게 대답했다. 위원 중 한 사람이 유기농법의 중요한 요소인 간작(intercropping : 한 작물이 생육하는 이랑이나 그루 사이에 다른 작물을 심어 재배하는 것―옮긴이)은 케냐에서 불가능할 것이라고 말했다.

"커피 밭에 다른 식물을 심으면 이웃 마을 사람들이 우리가 아주 가난하다고 생각할 거예요. 우린 절대로 그렇게 할 수 없어요. 이웃 마을 사람들이 커피 밭에 옥수수를 함께 심었다고 해보세요. 그건 그들이 식량 살 돈이 없기 때문이라고요."

은조로지는 절대로 커피와 함께 경작되어선 안 될 작물이 바로 옥수수라고 말했다. 옥수수는 토양 속에 있는 질소와 수분을 모조리 먹어

치워 커피를 아주 허약하게 만든다는 것이다. 나는 세계 여러 지역에서 커피 경작지의 토양을 비옥하게 만들기 위해 간작을 한다는 것, 간작은 농가 소득과 식탁의 반찬 수를 늘려주기도 한다는 것 등을 열심히 설명했다. 라틴아메리카 농부들은 12가지, 아시아 농부들은 20가지가 넘는 농작물을 커피와 함께 경작한다. 기후와 토질에 따라 생강, 바닐라, 과실수, 콩류, 구아바 등은 물론 각종 열대 과일이 재배되는 것이다. 나는 지역의 문화를 존중해야 하는 것은 사실이지만, '가난한 농민들이 간작을 하는 법'이라는 생각은 겉모습만 중시함으로써 사실상 농민들을 더욱더 가난하게 만들 수 있다고 힘주어 말했다. 고루한 생각은 이제 내던질 때가 되었다고.

은조로지는 중앙위원들을 모두 존 카부디(John Kabudi)의 가족 농장 샴바(shamba)로 초대했다. 카부디는 언덕 너머에 사는 농부로, KIOF에서 교육받은 뒤 공인 유기농업자가 되었다. 그곳을 견학하면 중앙위원들도 유기농법의 이점을 눈으로 볼 수 있을 것이다. 뒤이어 나는 대안무역에 대해 설명하며 그것이 농민들에게 소득 증가는 물론, 커피 거래의 투명성을 제고해줄 것이라는 점도 강조했다. 청중 가운데 한 명이 분실된 KPCU 커피에 대해 불만을 토로했다. 하지만 그녀는 곧 옆에 있는 사람들에게 제지당했다. 몇몇 발언이 더 이어지고 콜라가 한 잔씩 더 돌려진 후 우리는 언덕 아래 커피 솎는 일꾼들에게 내려갔다. 키아고는 조합 로비에서 장관에게 전화를 걸어 우리 일정이 조금 늦어진다고 보고했다.

협동조합들은 일반적으로 동네 아낙들을 고용하여 커피 열매를 솎아내는 작업을 맡긴다. 하지만 이곳 리안자기에서는 남녀 커피 농부들이 직접 그 일을 했다.

"식구들을 먹여 살리려면 부업이 필요해서요. 커피 재배만으로는 모자라죠." 조세프라는 농부가 말했다. 그는 이번에 커피 500kg을 수확했다고 했다.

"kg당 19실링을 받으셨을 테니 1만 실링 정도 벌었겠네요?" 그렇다면 반년 수입으로 145달러를 벌어들였다는 얘기다. 그 기준이라면 1년에 290달러를 번 셈이다. 은드위가 장관이 입는 양복 한 벌 값도 안 되는 액수다. 혼자 속으로 이런 계산을 하고 있을 때 조세프가 언덕 위쪽을 흘깃 바라보며 나지막이 말했다. "원래는 19실링을 받아야죠. 하지만 그렇게 받지 않습니다."

"왜죠, 조세프?"

"저도 몰라요. 우리는 대출금 때문에 협동조합에 많은 돈을 내야 합니다. 게다가 비료다 뭐다 해서 이것저것 내는 돈이 너무 많아요." 그는 커피 열매 솎는 일을 잠시 멈추고 손가락을 몇 번 굽혔다 폈다 했다. "제가 아는 것이라곤 19실링을 받지 않는다는 것뿐입니다. 제 돈이 다 어디로 가는지 도대체 알 수가 없다니까요. 제게 남는 돈으로는 식구들을 먹여 살릴 수가 없어요. 그래서 이 일도 하는 거고요."

"항상 그런 식이었나요?"

"아니오. 예전에는 커피 재배만으로도 먹고살았죠. 아이들 학교에도 보내고요. 그런데 지금은 월사금도 못 내는 형편이에요. 월사금이 있다손 치더라도 아이들 신발이나 책을 살 돈이 없습니다. 아이들은 신발도, 책도 없이 학교에 가려 하지 않아요." 조세프가 커피 열매를 솎는 다른 농부들을 둘러보며 말했다.

"그러면 아이들은 하루 종일 뭘 합니까?"

조세프는 말없이 어깨를 움츠리기만 했다.

"갑시다, 그만 가자고요!" 키아고가 애걸했다. 언덕 위로 걸어가는 동안 내 머릿속에는 의문이 꼬리를 물었다. 도대체 그 돈은 어디로 갈까? 어떻게 해야 그 돈의 행방을 추적할 수 있을까? 우리가 지불한 돈이 확실히 농부들에게 전해지려면 어떻게 해야 하나?

우리는 픽업트럭과 자동차 몇 대에 나눠 타고 카부디의 농장 샴바로 향했다. 카부디는 리안자기 협동조합의 회원이지만, 조합 중앙위원 중 카부디의 유기농 경작에 대해 아는 사람은 하나도 없는 것 같았다. 케냐에는 유기농이라는 개념이 공식적으로 존재하지 않기 때문에 카부디와 그의 아내 아그네스(Agnes)는 자신들이 재배한 커피를 더 비싼 값에 판매하지 못했다.

카부디와 아그네스는 목재로 만든 자그마한 집으로 우리를 따뜻하게 맞아들였다. 집의 한쪽 벽은 외양간과 붙어 있고, 외양간에는 건강한 소 두 마리가 여물을 먹고 있었다. 아그네스는 직접 재배한 영양가 있는 채소를 소에게 먹인다고 했다. 뿐만 아니라 영양제로 EM(Enhanced Microorganisms:자연계에 존재하는 미생물 중에서 사람과 가축에게 유익한 미생물을 조합, 배양한 것—옮긴이)을 먹인다고 했다. EM은 일본에서 개발한 박테리아로, 특히 아프리카에서 크게 주목받고 있다. 나는 미국에 있는 일종의 뉴에이지 농민 단체를 통해 EM에 대해 들어본 적이 있다. 그런데 이곳에서는 EM을 모르는 농부들이 없는 것 같았다. 아그네스가 EM의 효능을 알게 해주겠다며 내게 한 잔 권했다. 그것을 마시면 장 기능이 놀랍도록 좋아질 거라고 했다. 그날 아침 나는 전날 먹은 냐마초마 때문에 심한 설사를 했다. 대장에서 전쟁이라도 난 것 같았다. 소에게 먹인다는 이 영양제가 과연 냐마초마의 충격을 없애줄까? 나는 갈색 액체가 담긴 컵을 받아들었다. 아마존 강물처럼 진득한 액체였다. '오케이. 원샷 하는 거야. 난 할 수 있어. 내 창자가 평화를 찾을 수만 있다면.'

우리는 샴바 이곳저곳을 돌아보았다. 이렇게 그늘이 많은 농장은 케냐에서 처음 보았다. 거대한 마카다미아나무 그늘이 커피나무들을 감싸 안고 있었다. 마카다미아나무들은 땅속에 질소를 생성시킬 뿐만 아니라, 그 자체로도 유용한 환금작물이다.

"마카다미아 열매 1kg에 70실링을 받습니다. 커피의 네 배 가까운 금액이죠." 카부디가 겸손하게 웃으며 말했다. 커피나무와 땅 사이는 호박이며 콩 줄기로 뒤덮였다. 곳곳에 있는 아보카도나무에서는 젖 모양의 탐스런 열매들이 땅을 향해 고개 숙이고, 사람 엉덩이보다 큰 호박들이 길을 막아서곤 했다. 은조로지는 이러한 유기농 방식이 얼마나 바람직한지 끊임없이 설명했고, 카부디와 아그네스는 뿌듯한 표정으로 우리를 따랐다. 중앙위원들은 입이 딱 벌어지도록 놀랐다. 은조로지의 역할이 아주 컸다. 우리가 샴바를 떠나려 할 때 카부디 부부는 그들이 KIOF에서 받은 유기농 인증서를 들고 함께 기념 촬영을 하자고 제안했다. 아그네스는 온종일 커다란 가지치기 칼을 들고 다녔는데, 나는 그녀가 칼로 내 목을 위협하는 장면을 연출한 사진을 몇 장 찍었다. 사진을 찍은 뒤 몸집이 곰처럼 커다란 그녀는 내게 따뜻한 포옹을 선사했다. "나쿠펜다!(Nakupenda, I love you)" 그녀가 환하게 소리쳤다.

다음날 우리는 가쿤두 협동조합을 방문했다. 커피 농장은 방문하지 않고 곧장 마냐타(Manyatta) 마을에 있는 조합 본부로 향했다. 벽돌로 지은 조합 건물에서 중앙위원들이 우리를 기다렸다. 가쿤두 협동조합은 리안자기 조합보다 회원이 세 배나 많았다. 하지만 농부들에게 지급하는 커피 값은 kg당 16실링(파운드당 10센트)에 불과했다. 리안자기 조합보다 훨씬 적은 액수다. 위원장 존 무추리(John Muchuri)는 몇 년 전 '최고 협동조합 경영상'을 수상할 때 부상으로 받은 컴퓨터 시스템을 자랑스럽게 보여주었다. 모든 장부를 컴퓨터로 관리해 KPCU가 가쿤두 협동조합에 지불한 금액을 한눈에 볼 수 있었다. '바로 이거야!

이제 농부들이 왜 그렇게 적은 돈을 받는지 파악할 수 있겠군.'

회계 담당 조세프 음은티무(Joseph M'nthimu)가 지난번 수확물에 대해 KPCU가 지급한 명세서를 보여주었다. 장부에는 모든 소요 경비 항목이 자세히 적혀 있었다. 법률 비용, 운송비, 가공비, 세척비, 분류비, 포장비, '관리비', 중개비 등 수많은 항목이 있었고, 항목마다 KPCU가 조합에 지급한 커피 판매 대금의 일부가 빠져나갔다. 판매한 커피의 평균 경매가는 파운드당 1.3달러였다. 그러나 KPCU의 지급 명세서에 따르면 위의 모든 비용을 제하고 협동조합에 최종 지급된 돈은 총 판매 금액의 75%에 불과했다. 법이 규정한 하한선 80%에 못 미치는 것이다. 음은티무에게 그 이유를 물었다.

"글쎄요…." 그는 자기 귀를 만지작거리며 생각에 잠겼다. "KPCU가 그렇게 비용을 계산한 것이어서…. 그건 우리가 관여할 사항이 아니거든요. 우리는 KPCU가 지급하기로 결정한 돈만 받습니다."

나는 키아고를 바라보았다. 그는 낙심한 듯 고개를 가로저었다. 쿄코는 얼굴이 거의 보랏빛으로 변한 채 침착하려 애쓰는 모습이었다. 나는 KPCU가 어떻게 그런 식으로 일할 수 있냐고 키아고에게 물었다. "장관님이 반드시 이 일을 조사하실 겁니다."

음은티무는 또 다른 보고서를 컴퓨터 창에 띄웠다. 당해 연도의 협동조합 장부. 조합이 KPCU에게서 수령한 금액의 12%가 또다시 사라졌다. 결과적으로 농부들에게 돌아간 돈은 최초 경매가의 63%다.

"저기 저 공제는 어떤 항목에 대한 거죠? 액수가 아주 큰데요." 이 괴이한 거래를 이해하기도 벅찬 상황에서 실링을 달러로, kg을 파운드로 환산하느라 또다시 머릿속이 복잡해졌다.

"그것은 대출금 상환 비용입니다. 1996년에 커피 열매 가공 공장을 신설했는데 비용이 1200만 실링(18만 달러)이나 들었습니다. 그래서 농협은행에서 대출을 받아야 했죠." 음은티무가 대답했다. 농협은행은 케냐 '농민들의 은행'이다. 나는 그 은행이 유럽연합에서 연 5% 이자로 차관을 받았다는 이야기를 어디에선가 읽은 적이 있다. 농민들을 위한 프로젝트에 사용하는 것이 차관의 핵심 목적이었다. 나는 그것이 사실이냐고 음은티무에게 물었다.

"글쎄요…. 원래 이자는 5%였다고 합니다만, 농협은행이 우리한테 이자가 15%로 올랐다고 공지했죠. 그런 지 벌써 몇 년 됐는데요." 음은티무가 한숨을 쉬며 말했다.

"보시다시피 은행은 우리가 커피를 파는 즉시, 등 뒤에서 우리를 기다리고 있습니다. 우리가 이렇게 적은 돈을 버는 것이 바로 그 때문입니다." 무추리가 옆에서 한 마디 보탰다.

"정말 기막히게 높은 이자군요! 농부들이 그걸 어떻게 갚을 수 있죠?" 내가 물었다.

"사실 우리는 이자를 20% 내고 있습니다. 대출금을 제때 갚을 수 없으니까 이자도 더 높아지고 벌금도 늘어났거든요."

"왜 제때 갚을 수 없죠?"

"글쎄요…." 무추리가 불안한 듯 실내를 한 바퀴 둘러보았다. "우리는 커피를 KPCU에 납품하고 대여섯 달이 지날 때까지 한 푼도 받지 못합니다. 때로는 1년이 걸리기도 하죠. 3년 전, 커피위원회(Coffee Board)가 우리 계좌를 담당했을 때 우리 돈을 1300만 실링이나 잃어버렸어요. 그 해는 정말 힘들었죠. 농부들에게 kg당 1실링도 못 주었거든요." 그가 키아고를 보며 웃음 지었다. "하지만 지금은 새 정부가 들어섰고, 형편도 나아졌습니다."

"하지만 돈이 여러 달 동안 농협은행의 KPCU 계좌에 있는 거라면 당신 조합은 최소한 그 이자라도 받아야 하는 게 아닙니까?"

음은티무는 무표정하게 나를 바라보며 대답했다. "안 받습니다."

"가만, 가만. 제가 정리 좀 해보겠습니다. 농협은행이 당신 조합의 이름이 기재된 KPCU 계좌에 6개월 동안 돈을 넣어둔다, 그런데도 조합은 이자를 전혀 받지 않는다, 하지만 그동안 당신들은 그 은행에서 대출받은 돈에 대해 이자를 내고 벌금까지 낸다, 이 말입니까?"

"그렇습니다."

혼돈의 구렁텅이에 빠진 느낌이었다. 발다시니와 나는 당혹스러운 표정으로 바라보았다. 붉으락푸르락 얼굴이 달아오른 쿄코는 화가 폭발하지 않도록 안간힘을 쓰고 있었다. 키아고는 무표정했다. 경쾌한 표정인 것처럼 보일 정도였다. 그는 장관과 통화하기 위해 수시로 들락날락했다. 무추리를 비롯한 가쿤두 조합 위원들은 조용히 우리의 대화를 듣기만 할 뿐, 아무 감정도 드러내지 않았다. 왜 농부들이 들고 일어나지 않을까?

"작년에 리코(Riko) 협동조합 사람들이 이 문제를 왕가리 마타이 지역의 은예리(Nyeri)에서 열린 공식 회의에서 제기했습니다." 조합 사무장 제임스 음보고(James Mbogo)가 말을 꺼냈다.

"그래요? 듣던 중 반가운 얘기군요. 그래서 어떻게 됐죠?" 내가 잔뜩 화가 난 투로 물었다.

"깡패들한테 엄청 두드려 맞았죠. 그들 중 몇몇은 집이 불타고, 커피나무가 뽑혔습니다. 경찰은 구경만 했고요."

음은티무가 컴퓨터에서 다음 창을 열었다. KPCU에서 받은 돈이 농부들에게 어떻게 지급되었는지 보여주는 명세서들이 떴다. 농부들이 KPCU에게 납품한 커피의 양, kg당 16실링 기준으로 그들이 지급받아야 할 액수 등이 기록되었다. '선불금'이라는 항목에는 kg당 12실링으로 계산하여 농부들이 선불로 받은 금액이 기록되었다. 농부들이 갓 수확한 커피를 조합 공장에 납품할 때 받은 돈이다. 나는 음은티무에게 조합이 그 선불금을 어디에서 조달하는지 물었다.

"농협은행에서 5% 이자로 대출을 받습니다." 하지만 이자로 나간 돈을 계산해보니 20%에 가까웠다.

'총 부채' 항목으로 창을 옮겼다. 묻기 무서웠지만, 어떤 항목인지 묻지 않을 수 없었다.

"이 항목은 조합이 농부들에게 대출해준 돈입니다. 비료를 산다든가, 인부를 쓴다든가 하는 데 돈이 필요하니까요. 조합은 그들에게 15% 이자를 물립니다. 농부들에게 각각 지급할 돈을 계산한 뒤 그들이 선불로 받아 간 돈을 제하고, 나머지 돈의 50%를 조합이 갖습니다. 조합에서 빌린 대출금을 그렇게 상환하도록 하는 거죠."

나는 몇몇 농부들의 기록을 살펴보았다. 무니 은디아(Munyi Ndia)라는 농부는 커피 549kg을 수확했다. 124달러어치다. 그는 선불로 98달러를 받았다. 나머지 26달러의 반은 그가 조합에서 빌린 빚 120달러 가운데 일부를 갚기 위해 제한다. 그리하여 농부 은디아가 받은 돈은 선불금과 13달러다. 적은 수확과 높은 이자율을 고려할 때 그가 빚을 다 갚는 날은 도저히 올 것 같지 않았다.

해리엇 기쿠쿠(Harriet Gicuku)라는 농부는 상황이 훨씬 나았다. 그녀는 커피 1965kg을 수확했고, 조합에 빚도 없었다. 반년 동안 그녀의 총 소득은 450달러다. 조합원 소득 목록에서 본 것 중 최대 소득으로, 하루에 2.25달러를 번 셈이다. 나는 그 돈으로 아이들을 몇 명이나 키우는지 물어보지 못했다.

케냐 커피 농부들의 상황은 열악했다. 케냐의 협동조합들은 내가 거래하는 다른 나라의 커피협동조합만큼 강력하지 못했다. 조합들은 갖가지 명목으로 농부들의 피와 살을 쥐어짜는 시스템이었다. 은행은 농부들에게 바가지를 씌웠고, 조합들이 뭉쳐 만든 커피 가공업체이자 판매 대리 조직인 KPCU 역시 그들을 벗겨 먹지 못해 안달이었다. 나와 언쟁을 벌인 월드뱅크 컨설턴트 야쓰오가 말한 바에 따르면, 협동조합 관리자들은 그들이 챙길 수 있는 건 모조리 챙긴다. 나는 이 모든 것을 키아고와 함께 목격했다. 그는 내가 직접 은드위가 장관에게 이 모든 것을 보고해야 한다고, 장관은 내가 어떻게 생각하는지 알고 싶어할 거라고 했다. "이제 이곳을 떠나야 할 시간입니다. 엠부 커피협회에서 회의가 있는데, 장관이 그곳에서 우리를 기다리실 겁니다. 늦으면 곤란합니다."

조합을 떠날 때 농부들이 우리에게 손을 흔들었다. 그들은 우리가 탈 자동차 옆에서 한 노인을 중심으로 빙 둘러앉았다. 중앙위원들 중 하나가 내게 그들을 무시하고 떠나라고 했다. 키아고는 빨리 차에 타라며 나를 다그쳤다. "회의에 가면 수백 명에 이르는 농부들을 만날 겁니다." 키아고가 애걸하듯 말했다.

농부들에게 걸어가서 내 소개를 하자 저스투스 음와티(Justus Mwathi)라는 노인이 말했다. "당신이 누구인지 알고 있습니다. 우리에게 더 많은 돈을 주고 커피를 사 갈 바로 그 사람이죠?" 70 평생 커피 농사를 지었다는 노인은 얼룩지고 구겨진 갈색 양복 차림이었는데, 그 자태는 놀랍도록 위엄 있었다. 나무 의자에 앉아 몸을 조금 기울여 빅토리아풍 지팡이를 짚은 그는 학급이 하나뿐인 학교의 선생님과도 같은 분위기를 풍겼다. 그의 회색 눈은 맑게 빛났다.

"대안무역에 대한 글을 읽은 적이 있지요. 당신에게 묻고 싶은 것이 몇 가지 있습니다." 10m쯤 떨어진 곳에서는 키아고가 계속 차에 오르라고 독촉했다. 나는 노인과 마주볼 수 있는 자리를 잡아 농부들 틈에 앉았다. 그는 내게 대안무역에 대해 좀더 설명해달라고 했다. 특히 대안무역 가격이 어떻게 정해지는지 알고 싶어했다. 나는 1980년대 말 유럽에서 개최된 일련의 회의들에 대해 말해주었다. 그 회의는 농부와 구매자들이 모여 생산자에게 의미 있는 가격을 책정하려는 목적으로 열린 것이었다. 나는 '생활 바구니 접근법(the basket of goods approach)'에 대해 설명했다. 생활 바구니 접근법은 농부들이 자신의 가족을 먹여 살리고, 공과금을 내고, 전반적인 삶의 질을 향상시키기 위해 필요한 최소한의 소요 비용을 정하기 위해 사용된 방식이다. 이어서 나는 코퍼레이티브 커피스가 농부들에게 지불하는 커피 값에 대해, 그렇게 함으로써 이곳 엠부 지역 농부들이 얼마나 많은 소득을 올릴 수 있을지에 대해 이야기했다. 노인은 시종일관 미소를 띤 채 내 이야기를 들었다. 나는 왠지 함정에 빠져든다는 느낌을 받았다.

"아주 흥미롭군요, 선생님. 하지만 당신의 '국제적으로 인정된 대안무역 가격'이 실제로 이곳 케냐에서 아이들을 학교에 보내고 식구들을 먹여 살리기에 충분하지 않다면, 그것을 진정 '대안'이 된다고 볼 수 있을까요?" 노인은 지팡이로 땅 위에 이것저것 계산하기 시작했다. 내가 조금 전에 컴퓨터를 보며 하던 바로 그 계산들이다. 코퍼레이티브 커피스가 지불한다는 가격은 소득을 몇 푼 더 올려줄지언정, 결코 이곳 엠부 지역 농부들의 삶을 크게 개선시키지는 못하리라는 점을 보여주는 것이었다.

농부들이 나를 물끄러미 바라보았다. 노인의 얼굴에는 승리의 표정이 감돌았다. 노인이 말을 이었다. "내가 당신에게 한 방 날린 것 같군요, 젊은 선생. 당신의 시스템이 이곳에는 맞지 않는다는 것을 지적하고 싶어서 그랬답니다. 이곳 농부들에게는 다른 나라의 농부들보다 높은 값을 지불해야 합니다."

우리는 엠부 커피협회 회의로 향했다. 내 마음은 혼란으로 가득 찼다. 진정 '대안'이 될 수 있는 가격은 얼마일까? 간단하면서도 보편적인 계산법을 만들 수는 없을까? 케냐 사람들은 월드뱅크의 구조조정 정책 때문에 다른 아프리카 국가들에 비해 훨씬 비싼 교육비와 사회 서비스 비용을 지불해야 한다. 케냐 정부가 월드뱅크에 무릎을 꿇은 것 때문에 우리가 케냐의 비싼 학비를 고려하여 커피 값을 책정해야 하나? 음와티 노인은 그래야 한다고 했다. 그렇다면 부정부패와 관료주의에 따른 소모비용도 계산하여 커피 값을 책정해야 하나? 농부들이 법정 기준인 80%가 아닌 판매 금액의 63%를 받는 지금, 우리가 그 손실액까지 감안해 더 높은 가격을 지불해야 하나? 사회 정의란 대체 무엇인가? 자국의 정부와 관료들에게 인질로 잡힌 농부들의 몸값까지 지불해야 사회 정의에 충실한 것인가? 대안무역 업자들은 이런 이슈들에 대해 생각조차 해보지 않는 경우가 대부분이다. 그저 대안무역 라이선스 요금을 내고 커피 봉지에 대안무역 라벨을 붙이면 끝이다.

학교 강당은 300명이 넘는 농부들로 가득 찼다. 우리는 무대에 앉아 은드위가 장관을 기다렸다. 30분쯤 그렇게 있다가 나는 청중석으로 내려가 농부들과 이야기하기 시작했다. 키아고는 경악을 금치 못했다. 나는 농부들에게 가장 큰 문제점이 무엇인지 물었다. 몇몇은 커피 값이라 했고, 또 몇몇은 정부의 부정부패라고 했다. 어떤 농부들은 아무 말도 하지 않았다. 키아고는 무대로 돌아오라고 계속 나를 다그쳤다. 나는 30분쯤 지난 뒤 무대 위로 돌아왔다.

은드위가 장관이 도착했다. 엠부 지역 커피협동조합연합회(Embu District Coffee Union Cooperative Society) 관계자 한 명이 사회를 보았다. 그는 청중에게 우리를 소개했다. 쿄코는 KFT가 어떠한 방식으로 엠부 농부들과 미국 커피 업자들의 대안무역 관계를 수립하고자 하는

지 설명했다. 나는 투명한 회계 관리의 필요성에 대해, 농부들은 반드시 약속된 커피 값을 지불받아야 한다는 것에 대해 말했다.

은드위가 장관의 발언 순서가 되었다. 그는 청중에게 긴 박수갈채를 받았다. 어찌 됐건 그곳은 엠부 지역이고, 그는 엠부 지역을 대표하는 국회의원이 아닌가. 장관은 청중에게 박수를 멈추라는 손짓을 했다. 그는 농부들이 더 많은 소득을 올려야 할 필요성에 대해 역설했다. 청중은 그의 연설 중간 중간에 열렬히 박수쳤다. 그는 커피 경매가와 실제로 농부들이 지급받는 대금이 왜 그렇게 차이가 나는지에 대해 아무런 언급도 하지 않은 채, 국제 커피 시장의 불리한 상황과 낮은 커피 시세만을 강조했다. 케냐 커피의 경매가는 다른 국가나 대륙의 커피 경매가보다 높은데 케냐의 농부들은 그 사실을 몰랐다. 물론 은드위가 장관도 그 점에 대해 전혀 언급하지 않았다. 그는 나를 가리키며 엠부 지역 농부들을 돕기 위해 이곳을 방문해주어 감사하다고 말했다.

"미스터 딘은 여러분에게 좀더 많은 돈을 주기 위해 이곳에 오셨습니다. 그는 엠부 지역 커피를 대안무역 가격으로 사들이겠다는 제안을 했습니다. 그의 계획대로라면 여러분의 조합이 납품하는 커피는 1.45달러를 받을 것이고, 그 외에도 각종 기술 지원과 새로운 시장 개척을 위한 도움을 받을 것입니다."

'이런 구체적인 사항들을 이 자리에서 얘기할 필요까지야…. 하지만 적어도 장관은 내 제안을 지지하는 모양이군.' 나는 청중을 향해 웃어 보였다. 장관은 손가락으로 나를 가리키며 더욱 격앙된 목소리로 말했다.

"하지만 그것으로는 부족합니다. 나는 그가 여러분에게 반드시 1.65달러를 지급하도록 하고야 말 것입니다!" 청중은 환하게 웃으며 박수갈채를 보냈다. 장관은 계속 말을 이었다. "이제 어느 누구도 우리 엠부 지역 농부들을 등쳐 먹지 않을 것입니다. 그는 더 높은 값을 지불할 것입니다. 제가 보증합니다!"

나는 경악했다. 저 사람이 지금 대체 무슨 짓을 하는 거지? 우리는 그 가격에 동의한 적이 없다. 게다가 농부들을 등쳐 먹는 집단은 우리가 아니지 않은가! 나는 그제야 사태를 파악했다. 장관은 나를 문제의 표적으로 삼기로 한 것이다. 나는 엠부 농부들에게 훨씬 더 높은 커피 값을 지불할 책임을 떠안았을 뿐만 아니라, 농부들의 터무니없이 적은 소득이 온갖 부정한 채널을 통해 돈을 빼낸 부패 관리들 때문이 아니라 바로 나 때문이라는 비난을 뒤집어쓰고 말았다. 우리가 종전에 지불하던 대안무역 가격 이상으로는 지불할 수 없다고 말했을 때, 리안자기와 가쿤두 농부들이 코퍼레이티브 커피스가 지불한 커피 값을 한 푼도 받지 못했을 때 은드위가 장관이 농부들에게 무슨 말을 했을지 짐작이 가고도 남았다. 약속만 늘어놓고 실천은 하지 않는 거짓말쟁이 미국인들을 믿지 말라고, 그런 망할 놈의 미국인들에게서 여러분을 구해주겠노라고. 장관은 우리에게 더 높은 값을 지불하도록 요청한 적이 있다. 우리가 그것을 거절하자 이렇게 한 방 날린 것이다. 그 쥐새끼 같은 놈이 우리를 함정에 몰아넣은 것이다!

내가 발언할 기회가 왔다. 나는 이번 방문을 통해 파악한 이곳 협동조합 시스템에 대해 솔직하게 말하지 않을 수 없었다. 그리고 우리가 하려는 일과 그 목적에 대해 직설적으로 말했다. 나는 농부들과 이런 식으로 대화하는 데 아주 익숙했다. 나는 장관이 교묘히 책임을 회피하는 것을 보고만 있지 않을 생각이었고, 농부들에게 더는 실망을 안겨주지 않을 생각이었다. 질의응답 시간이 되었다. 나는 농부들이 우리의 프로젝트에 대해 좀더 상세하게 질문하리라 기대했다. 혹은 장관에게 구체적으로 어떤 방식으로 더 많은 돈을 받아낼 것인지 묻겠거니 생각했다.

첫 번째 농부가 자리에서 일어났다. "장관님, 신문에 난 토지세 탈세 사건에 대해 말씀해주시겠습니까?"

장관은 그 사건과 관련된 복잡한 상황에 대해 지역 구민에게 상세히 설명하고 싶으며, 실상 자신은 언론과 야당의 정치적 공격의 희생양에 불과하다는 것을 구체적으로 말하겠다고 했다. 그러더니 그는 외국에서 온 방문객들이 이런 골치 아픈 일에 대해서까지 들을 필요가 있겠냐며 갑자기 엠부 지방 토착어로 이야기하기 시작했다. 쿄코는 엠부 토착어를 몰랐다. 그리하여 우리는 그 문제에 대한 장관의 핏발 선 열변을 한 마디도 알아들을 수 없었다. 나는 10여 분 동안 종이에 더 할 말에 대해서 요점을 정리했다. 나는 모든 것을 가급적 분명하고 일목요연하게 말하고 싶었고, 이곳 농부들이 협동조합의 운영 상황에 대해 정확히 파악하도록 돕고 싶었다.

장관이 갑자기 말을 멈췄다. 우레와 같은 박수가 터져 나왔다. 그가 연단에서 물러났다. 키아고가 만족스런 표정으로 내게 말했다. "회의가 끝났습니다." 나는 청중석을 바라보았다. 농부들이 웅성대며 강당을 빠져나가고 있었다.

"안 됩니다, 안 돼요. 농부들과 하고 싶은 말이 더 있습니다. 당신은 이번 여행 내내 우리 일정을 촉박하게 밀어붙였습니다. 그러면서 매번 오늘 이 회의에서 농부들과 충분히 이야기할 시간이 있을 거라고 하지 않았습니까? 전 아직 할 말이 많다고요!" 키아고는 또다시 특유의 처량한 표정을 지었다.

"장관님이 아주 중요한 업무 때문에 방금 자리를 뜨셨습니다. 장관님이 떠나면 회의도 끝난 겁니다. 죄송합니다." 그는 우리를 보며 문을 향해 팔을 뻗었다. 밖에는 장관의 벤츠가 기다리고 있었다. 차창이 조금 열렸다. 키아고가 차로 가더니 몸을 차 안으로 기울였다. 그리곤 고개를 끄덕이더니 내게로 돌아왔다.

"장관님께서 선생님을 호텔까지 태워주시겠답니다."

"저는 이곳에 좀더 남아 농부들과 이야기를 나누겠습니다."

"장관님과 함께 가셔야 합니다. 장관님과 이야기할 수 있는 마지막 기회입니다. 장관님은 선생님을 아주 좋아하시고, 선생님의 의견을 존중하십니다." 나는 쿄코와 발다시니에게 호텔에서 만나자고 말했다. 장관에게 할 말을 해야겠다고 결심했다.

나는 벤츠 뒷좌석에 장관과 나란히 앉았다. 에어컨을 틀어놓아 시트 가죽이 서늘했다. 땀에 젖은 등이 어쩐지 오싹해졌다.

"당신이 한 말씀 해주신 것에 감사하게 생각합니다. 이번 방문을 통해 당신이 우리가 현재 직면한 문제를 잘 이해하셨기를 바랍니다. 농부들은 먹고살기 위해 더 많은 돈이 필요합니다." 장관이 부드럽게 말했다.

'이 작자가 지금 농담하는 건가? 방금 회의장에서 벌어진 일을 내가 파악하지 못했다고 생각하는 건가?'

"글쎄요, 이 말씀을 드리지 않을 수 없군요. 사실 전 장관님의 말씀에 무척 놀랐습니다. 장관님도 아시다시피, 우리는 이곳 농부들이 그동안 받아오던 것보다 훨씬 높은 가격을 지불했습니다. 그 돈은 충분한 액수입니다. 농부들 손에 제대로 들어가기만 한다면 말이죠."

'딘, 공손해야 해. 지금 너는 엄청난 권력을 휘두르는 장관과 함께 있다는 걸 잊지 마. 이 차가 어디로 향할지 어떻게 알겠어?'

"코퍼레이티브 커피스에 납품된 커피와 관련한 서류들을 KPCU에게 아직 받지 못했습니다. 저희가 지불한 돈의 행방이 묘연합니다. 먼저 상황을 파악해야 우리 일을 진행할 수 있습니다." 나는 유쾌하게 미소 지었다.

장관의 얼굴이 일그러졌다. "아직 서류를 못 받으셨다고요? 당신이 나이로비에 도착하는 즉시 그 서류를 볼 수 있도록 조치를 취해놓겠습니다. 누구도 농부들의 돈을 가로채선 안 되죠."

이건 단순히 문화가 다른 데서 오는 오해가 아닐 것이다. 그와 나는 같은 세계에 살지 않는 것이 분명했다. 도대체 이자의 꿍꿍이속은 뭐지? 광신자와 근본주의자, 사기꾼, 대다수 정치꾼에게는 한 가지 공통점이 있다. 목소리에 엄청난 진지함이 깃들었다는 것이다. 나는 광신자와 근본주의자, 사기꾼, 정치꾼을 두루 만나봤지만 아직도 알 수 없는 게 한 가지 있다. 그들이 과연 자신들이 하는 말을 실제로 믿는지, 자신은 믿지 않지만 다른 사람들이 믿도록 술수를 부리는 것뿐인지 도저히 분간할 수가 없다.

"그건 그렇고, 제 농장을 둘러보신 소감은 어떻습니까?" 그가 갑자기 대화 주제를 바꿨다.

"아, 예…. 아주 잘 관리되고 있더군요. 화장실도 아주 깨끗하고요."

"다행이군요. 제 농장에서 생산되는 커피는 최고죠. 제 커피를 구매하실 의향은 없습니까? 협동조합 커피보다 품질이 월등히 뛰어나다는 건 제가 보장하죠. 제 커피를 언제 납품할까요?"

'이건 또 무슨 수작이지? 자신의 지역구 농민들을 배반하려 들지 않는가!'

호텔에 도착했다. 차에서 내린 나는 그날 먹은 것을 다 토하고 말았다. 뻔뻔스럽기 짝이 없는 부정부패 때문일까, 농부들을 꽁꽁 묶어둔 끔찍한 현실 때문일까, 아니면 벤츠의 에어컨 때문일까? 나는 1980년대 중반 바하마 제도에서 열린 장관 회의에서도 토한 적이 있다. 내게는 장관 알레르기가 있는 모양이다. 당시 나는 난파된 유명한 보물선

인양 작업에 참여하고 있었다. 나와 내가 속한 그룹은 보물만 챙기고 나면 그만인 통상적인 보물 사냥꾼이 아니었다. 우리는 선박 보존에 필요한 장비를 제공하고, 바다 박물관을 세우는 것을 돕겠다고 제안했다. 현지 정부를 도와 관광객 유치에도 힘쓰겠다고 했다. 문화유산을 보존하고, 일자리 창출과 지역 경제도 활성화하자는 취지였다. 회의에 참석한 장관들은 침묵만 지켰다. 커피 브레이크 동안 나는 내 옆에 앉았던 바하마 변호사에게 물었다. 참석한 장관 네 명이 열심히 듣는 것 같기는 한데, 왜 별다른 반응이 없냐고.

"그들은 기다리고 있습니다."

"무엇을요?"

"당신이 돈 봉투 돌리기를 기다리는 겁니다. 허가를 얻으려면 그렇게 해야 하니까요."

나는 격분했다. 자기 나라에게 유익한 제안을 하는데, 정작 장관들은 자기 호주머니 채울 궁리만 하는 것이다. 당시 나는 '바하마 제도에서나 있는 일이겠지' 생각했다. 하지만 뇌물이라는 '예절'은 전 세계 어디에서나 통용되는 모양이다. 이 예절은 중동에서는 바크시시(baksheesh), 브라질에서는 헤이토(jeito), 서아프리카에서는 프티카도(petit cadeau), 멕시코에서는 레프레스코스(refrescos), 케냐에서는 키티카로고(kitikarogo)라고 불린다. 미국에서는 뇌물 형태를 상당히 정화시켜 지금은 주로 자문료, 부동산 헐값 구매, 친인척 취직 알선, 기부금 등의 모양을 띠고 있다. 그렇다고 직접적인 현찰 수수가 사라진 것은 아니다. 뭔가 선하고 올바른 일을 하려는데 자기 이익만 챙기려는 사람과 기관들로 사방이 꽉 막혔을 때, 그 깊은 절망과 슬픔은 겪어 보지 않으면 모른다.

우리는 KPCU에게 서류를 받기 위해 나이로비로 갔다. 서류는 없었다. 그들은 우리에게 어떤 커피를 판매했는지 모를 뿐만 아니라, 은행의 농간으로 코퍼레이티브 커피스가 지불한 돈도 받지 못했다. 커피 대금의 행적을 추적할 길은 없었다. 나는 너무 화가 나서 은드위가 장관이 소유한 애완동물 농장을 이틀간 방문하기로 한 일정을 취소해버렸다. 그 농장은 엠부 지역에 있는 것도 아니고, 커피 농부들과 아무 관련도 없었다. 발다시니와 나는 몸바사 해변으로 날아가 휴식을 취하기로 했다. 그곳에서 옛 동전이나 찾아보고, 오사마 빈 라덴의 옛 은신처나 구경하기로 했다.

한 달 뒤, 뉴올리언스에 커피 컨테이너가 도착했다. 코퍼레이티브 커피스는 도착한 커피 샘플을 검사했다. 선적하기 전에 우리가 본 커피는 분명 양질의 '84' 등급이었지만, 도착한 커피는 형편없는 '76' 등급이었다. 우리 측 검사원은 방금 도착한 커피는 원래의 커피와 같은 품종이 아니라고 보고했다. KPCU가 커피를 바꿔치기 한 것일까?

나는 장관실, KPCU, 농부들, KFT 담당자 등 이번 거래에 관련된 모든 사람들에게 이메일을 보냈다. 모두 이 사태에 관해 아는 게 없다고 답했다. 우리가 받은 커피의 출처를 확인할 서류는 도저히 찾을 수 없었다. 우리가 지불한 돈의 행적 역시 마찬가지였다. 우리가 지불한 돈에서 농부들이 받은 금액은 도대체 얼마란 말인가? 어떤 커피를 받은 건지도 모르는 상황에서 더 알 수 있는 것은 없었다. 우리는 어떤 농부들이 재배했는지도 모르는 열악한 커피에 파운드당 1.86달러를 지불한 셈이다. 농약을 잔뜩 뿌린 커피는 아닐까? 케냐에서는 어린이 노동력을 착취하는 일이 종종 있다던데, 혹시 이 커피가 어린이 노동력을 이용해 경작된 커피는 아닐까? 알 수 없다. 대안무역을 위해 실험적으로 구입한 이번 케냐 커피는 시장에서 흔히 볼 수 있는 여느 케냐 커피와 전혀 다르지 않았다. 오히려 품질이 더 떨어졌다. 나는 KPCU와 장관실을 더 재촉해보았다. 협박도 하고 구슬리기도 하고 애걸도 했다. 효과는 없었다.

그러던 와중에 KPCU 직원들에게서 존 카루루를 비롯해 우리를 도우려 애쓴 몇몇 KPCU 관계자들이 해고되었다는 소식을 들었다. 그들은 조합의 돈을 훔치고 회계 장부를 조작했다는 혐의를 받았다고 했다. 도저히 믿을 수 없는 혐의다. 그들은 장부에 접근하거나 커피 운반에 직접 관여할 위치에 있는 사람들이 아니기 때문이다.

얼마 후 카루루가 보낸 이메일을 받았다. 그를 포함한 여러 '신참 직원'들이 우리의 커피뿐만 아니라 또 다른 커피에 대해서도 절도 혐의를 받았다고 했다. 그는 자신들 같은 말단 직원들이 무려 120톤이나 되는 커피를 관리자들과 경비원들의 눈을 속여 KPCU 창고에서 빼내는 것은 불가능하다며, 고위 관계자들이 관련된 것이 분명하다고 했다. 나는 그자들이 그 전해에도 커피 900톤을 누워서 떡 먹듯 빼돌렸을 것이라고 짐작했다. 카루루는 일주일 뒤 미국의 KFT 사무소에 몇 가지 서류를 보내겠다고 했다. 그 서류를 보면 우리가 받은 커피가 어디에서 왔는지, 혹은 어디로 갔는지 조금이나마 파악할 수 있을 것이라고 했다. 웬걸. 그 서류 역시 어디에선가 누구 손에선가 사라졌고, 난 지금 이 순간까지 어떤 서류도 구경조차 하지 못했다. 마침내 나는 또 다른 KPCU 해고 근로자가 보낸 이메일을 받았다. 우리가 받은 커피는 리안자기 커피도 가쿤두 커피도 아니며, KPCU 창고에 남아 있던 각종 재고품을 몽땅 쓸어 담은 것이라고 했다. 때문에 커피 생두의 품질과 크기가 제각각이라는 것이다. 이 말이 사실인지, 아니면 분개한 해고자의 근거 없는 모함인지 누가 알 수 있겠는가?

이렇게 하여 코퍼레이티브 커피스는 유기농도 아니고 대안무역도 아닌, 그저 그런 케냐 커피를 대형 컨테이너 하나 분량이나 떠안고 말았다. 코퍼레이티브 커피스 회원 누구도 그 커피를 사용할 수 없었다. 우리는 그 커피를 살 만한 일반 커피 무역업자가 있을까 찾아보았지만 허사였다. 질 낮은 케냐 커피를 한 컨테이너씩이나 사려는 사람은 아무도 없었다. 결국 우리를 구해준 것은 조물주다. 우리가 거래한 지 1년쯤 뒤 허리케인 카트리나가 뉴올리언스를 강타했다. 그곳에 있던 우리의 창고도 완전히 물에 잠겼고, 보관 중인 커피 모두 못 쓰게 됐다. 보험사에게서 전액 피해 보상을 받았다.

케냐를 여행하는 내내 나는 끊임없이 자문했다. 너무나 많은 사람과 기관들이 꿍꿍이가 다른 상태에서 과연 좋은 의도로 하는 일이 성공할 수 있을까? 좋은 의도를 갖고 성실하게 노력하면 제도화된 부정부패와 이기주의를 이겨낼 수 있는 날이 올까? 음와티 노인이 제기한 질문이 아직도 머릿속을 떠나지 않는다. '대안'이란 무엇인가? 그것을 가늠하는 기준은 무엇인가? 그것은 정해진 가격과 규칙에 불과한가? 혹은 각 국가들의 밑바닥 현실을 인식하고 그것에 대처해가는 모종의 과정일까?

케냐에도 살며시 변화의 바람이 불고 있다. 내가 방문한 뒤 일련의 변화가 있었다. 1년이 넘게 걸리긴 했지만, 케냐 의회가 마침내 칼을 뽑아 농부들에 대한 KPCU의 권력을 무너뜨렸다. 케냐 의회가 마련한 방침은 야쓰오와 월드뱅크의 '협동조합 폐지'와 나의 '협동조합 강화'라는 입장의 중간쯤 되는 것이었다. 케냐 정부는 KPCU가 각 협동조합의 커피를 독점적으로 가공, 판매할 수 없게 했다. 하지만 협동조합 제도 자체는 폐지하지 않았다. 케냐 정부는 또 협동조합이 자율적으로 시장을 개척하고 구매자를 물색할 수 있도록 했다. 하지만 거래는 반드시 경매를 통해서 하도록 못 박았다. 그렇게 하면 더 높은 가격을 부르는 구매자들이 나설 수 있고, 농부들의 소득도 높아지기 때문이다.

현재 케냐 협동조합들은 에티오피아 협동조합을 벤치마킹 하는 중이다. 에티오피아 협동조합은 경매 제도를 통하지 않고 대안무역 시장에 커피를 판매할 수 있다.

다이내믹한 변화인 듯 보이지만, 이것은 아주 작은 움직임에 불과하다. 부조리한 제도에서 벗어나 스스로 시장을 개척할 기술과 자원을 갖춘 협동조합들은 아직 극소수에 불과하다. 나는 우리에게 직접 커피를 팔고자 하는 케냐의 농민 단체들에게서 수많은 전화와 이메일을 받는다. 하지만 품질관리, 샘플링, 시장 개척, 수출 작업 등을 비롯한 복잡하기 짝이 없는 절차와 수고에 대해 충분히 이해하는 단체들은 별로 없다. 그들이 필요한 기술을 훈련 받고, 세계시장에 자신들의 생산품을 내놓을 수 있는 역량을 갖기까지는 여러 해가 걸릴 것이다. 그때까지는 월드뱅크라는 구세주를 등에 업은 크고 작은 자유시장주의 업자들이 케냐의 소농들을 애덤 스미스(Adam Smith)의 '보이지 않는 손'으로 계속 밀어붙일 것이다.

하지만 도전을 멈출 수는 없다. 우리는 대안무역이라는 라벨을 붙이는 데서 벗어나, 관계에 대한 새로운 비전을 일구고 나눠야 한다. 그래야 우리가 진정으로 '대안'이 된다고 말할 수 있을 것이다.

존 은조로지가 유기농 검사원 자격을 따기 위해 2008년 초 미국에 올 예정이다. 내가 QAI(Quality Assurance International : 미국에 있는 국제 유기농 인증 기구—옮긴이)와 맺은 협약에 따라 QAI는 KIOF가 국제적으로 독립적인 인증 부여 단체로 인정받을 때까지 은조로지와 KIOF에게 동아프리카 유기농 검사 책임을 부여하기로 했다. FAO와 CABI는 농부들이 마카다미아를 비롯한 여러 간작 작물을 재배함으로써 농가 소득을 올리도록 계속 운동을 펼치고 있다. KPCU를 탈퇴한 두 협동조합이 대안무역 업체로 인증을 받았다. 하지만 두 조합 모두 아직 유기농 인증은 받지 못했다. 은드위가 장관은 여전히 토지세 탈세에 대한 책임을 요구받지 않고 있다. 내가 이야기를 나눈 케냐인들은 대부분 부정부패 척결을 위한 개혁의 필요성에 대해 심드렁한 태도를 보였다. 아직도 풀어야 할 과제가 많다.

2부
남아메리카

★ 보고타
콜롬비아

페루

★ 리마

3

차이를 좁히며

페루, 2003

보스턴 하인즈컨벤션센터에서 마주친 페루 농부 세 명은 마치 다른 세계에서 온 사람들 같았다. 세 사람 중 여자는 한 명인데, 그 여자가 내게 말을 걸었다. 그녀는 유리와 철강으로 지은 높은 천장에 압도되어 더욱 작아 보였다. 그녀가 손에 든 작은 비닐봉지에는 아직 볶지 않은 초록색 커피 생두가 가득 담겨 있었다. "부탁입니다, 선생님. 저희 커피 좀 맛보시지 않겠습니까?"

미국스페셜티커피협회(SCAA) 총회는 매년 4월 열리는데, 해마다 개최지가 바뀐다. 이 총회는 스페셜티 커피와 관련된 각계각층의 사람들이 함께 모일 수 있는 유일한 기회다. 커피 로스터, 수출입업자, 바리스타, 농부, 커피점 경영자 수천 명이 수백 개나 되는 부스를 설치해놓고 자신의 커피나 커피 관련 상품을 홍보한다. 최신식 커피 가공 기계부터 초고속 커피메이커, 신품종 커피에 이르기까지 그 종류는 너무나 다양하다. 브라질산 신제품 에스프레소 메이커 홍보대 앞에서는 활기차고 명랑한 브라질 여인들이 몰려든 사람들에게 에스프레소를 한 잔씩 권하느라 정신이 없다. 참가자들은 대부분 커피 산업 종사자들과 관계망도 넓히고, 옛 친구를 만나 회포도 풀 겸해서 이 회의에 온다.

하지만 전 세계 영세 커피 농부들에게는 이곳에 오는 것 자체가 도박이나 다름없다. 그들은 대부분 웬만한 농부의 1년 치 수입에 맞먹는 비용을 들여가며 자기 지역 생산자 대표로 이 총회에 온다. 혹시라도 꾸준히 커피를 사들일 괜찮은 구매자를 만나 조금이라도 빈곤에서 벗어날 수 있지 않을까 하는 희망에서다. 이들 독립 소농들은 정부의 지원을 받는 대규모 농장이나 단체들과 달리 이곳 총회에서 근사한 홍보 부스 하나 차려놓을 형편이 못 된다. 대신 그들은 지금 내 앞에 있는 페루 농부들처럼 자기 옷장에 있는 제일 말쑥한 옷을 입고 전시관을 돌아다니며 구매자를 물색한다. 그들은 최근에 수확한 커피 샘플과 자신들의 농장이나 협동조합을 소개하는 거칠게 인쇄된 홍보지를 들고 있다. 사람들은 대부분 커피 샘플을 한 줌 집으며 고맙다, 나중에 연락하겠다고 말하고 돌아선다. 아주 전형적이고 진정성 없는 대답이다.

총회가 끝난 후 손님들이 떠난 호텔방에는 버려진 커피 샘플과 홍보지만 여기저기 굴러다니고, 잠시나마 꿈과 희망을 담아둔 비닐봉지는 쓰레기통에 던져질 뿐이다. 농부들은 자신들의 노력을 입증해줄 아무 성과도 없이 고향으로 돌아간다. 잠재적 구매자들과 찍은 사진 몇 장, 턱없이 비싼 숙박료와 식비, 항공권 영수증만 그들과 동행할 뿐이다.

"제 이름은 에스페란사(Esperanza:스페인어로 '희망'이라는 뜻—옮긴이)입니다. 페루 사티포(Satipo) 지역에 있는 팡고아(Pangoa) 협동조합에서 총무로 일하죠. 선생님, 제발 우리 커피를 맛보시지 않겠습니까?" 세월이 휩쓸고 간 그들의 얼굴은 기대와 걱정으로 가득했다.

나는 그녀가 건넨 비닐봉지를 열었다. 신선한 흙냄새와 함께 달콤한 향이 내 코를 기분 좋게 자극했다. "훌륭하군요. 이 샘플을 로스트해서 맛본 뒤 연락드리겠습니다." 얼마나 쉬운 대답인가. 그것은 그날 내가 받은 열 번째 커피 샘플이다. 더구나 그날은 총회 첫날이다. 성의 없는 내 반응에 에스페란사는 금방 움츠러들었다. '나 참, 더는 이 짓을 못 하겠군.'

"에스페란사, 사실 저는 페루 커피가 필요하지 않습니다. 이 샘플을 정말 관심 있는 사람에게 주십시오. 게다가 저는 대안무역 협동조합을 통해서만 커피를 구입합니다. 원하신다면 당신의 협동조합이 대안무역 레지스트리에 가입 신청을 할 수 있도록 도와드릴 수는 있습니다."

"감사합니다만, 우리 조합은 3년 전부터 대안무역 레지스트리에 가입한 상태입니다. 유기농 인증도 받았고요. 하지만 대안무역 판매는 한 번도 성사되지 못했습니다. 그래서 일반 커피 시장에서 팔 수밖에 없는 형편입니다." 에스페란사는 아주 강인한 여성으로 보였다. 그러나 여러 해 동안 실망을 거듭해온 탓인지 그녀의 어깨는 한없이 처져 있었다. 그녀의 동료들 역시 의기소침한 건 마찬가지였다. 대안무역은 종전 시장보다 훨씬 높은 가격을 약속한다. 그러나 대안무역 판매 자격을 갖춘 커피 가운데 20퍼센트만 실제로 그렇게 팔릴 뿐이다. 나머지 수확물은 농부들이 각자 알아서 팔아야 한다. 품질 좋은 대안무역 인증 커피를 지역 중간상인에게 헐값으로 팔아 엄청난 잠재적 수입을 날리는 경우도 허다하다.

내 안에 페루 커피 농부 세 명에 대한 연민이 솟아나기 시작했다. 그 연민은 어느덧 나의 상업적 이해관계를 밀어내고 있었다. 뿐만 아니라 나는 에스페란사가 무척 마음에 들었다. 그녀는 커피 세계에서 찾아보기 힘든 원주민 여성 지도자다. 그녀는 작고 동그란 얼굴에 경쾌한 인상을 풍기지만, 사업에 관한 한 아주 강인하고 합리적이었다. 나는 모험을 하기로 결심했다.

"알겠습니다, 친구들. 이렇게 합시다. 당신들의 첫 대안무역 거래가 성사되도록 제가 도와드리겠습니다. 이 샘플을 가져가서 시음해보죠. 맛이 지금 이 향만큼 좋다면 반드시 구매자를 물색해드리겠습니다."

컨테이너 하나 분량의 커피 무게는 약 2만 kg이다. 그것은 아주 많은 양이고, 생산자들에게는 그야말로 가슴 벅찬 약속이다. 우리는 페루 커피를 그렇게 많이 사용하지 않는다. 때문에 나는 별도의 작업을 해야 한다. 에스페란사는 깜짝 놀랐다. 그녀가 눈물을 글썽이며 내 손을 와락 잡았다. 그녀 뒤에 서 있던 두 농부도 환히 웃었다.

나는 회의장 여기저기를 뛰어다녔다. 나와 함께 이 징신 나간 모험을 할 사람을 찾아보기 위해서다. '뉴욕에서 온 저 수입업자는 어떨까? 너무 보수적인 사람이지. 우리의 코퍼레이티브 커피스는? 커피 생산자들에 대한 정보가 너무 없어. 페루산 커피는 별로 쓰지 않고.' 나는 진보적인 소규모 수입업자들 몇 명이 홀 한쪽에 서성이는 것을 보았다. 하지만 그들은 페루 쪽 사람들과 거래망이 있다. 마침내 나는 로열커피(Royal Coffee)의 존(John)을 발견했다. 캘리포니아 출신 수입업자들은 개방적이고 모험적인 편이다. 우리는 이따금 커피 생산지 여행담이나 정보를 주고받기도 했고, 나는 그들에게 출처가 불분명한 커피를 산 적도 있다.

"존! 자네한테 딱 좋은 물건을 발견했네."

존은 의구심과 장난기 어린 눈으로 나를 바라보았다. "수마트라에서 또 다른 물소 떼가 도착했나?"

나는 팡고아 커피에 대해 설명하며 그에게 커피 샘플을 보여주었다. 로열커피 부스에는 여러 나라의 커피 샘플이 처량하게 놓여 있었다.

존은 미안하다는 표정으로 머리를 가로저었다. "지금 페루산 커피가 시장에 넘쳐나지 않은가. 또 다른 페루산은 필요 없다네."

나는 라스베이거스 도박꾼들이 하는 것처럼 단호하게 패를 던졌다. "자네가 컨테이너 하나 분량을 사면 내가 그 반을 사겠네." 존이 대답 대신 눈썹을 치켜 올렸다. "그리고 나머지 커피도 자네가 제대로 팔지 못하면 내가 사지!"

"진심이야? 그건 보통 결심이 아닌걸. 자네가 정 그렇게 나온다면야 못 할 건 없지. 물론 커피 맛이 좋다는 걸 전제로 하고 말이야."

팡고아 농부들은 놀라 자빠질 지경이었다. 에스페란사는 6월에 출하 가능한 커피가 있긴 하지만, 7월 수확물까지 기다려달라고 부탁했다.

"우리는 매달 조금씩 더 높은 산에 있는 커피를 수확한답니다. 맨 꼭대기에 있는 커피가 가장 품질이 좋아요. 선생님께 가장 좋은 커피를 보내고 싶습니다. 그러니 7월까지 기다려주세요. 그런 다음 팡고아를 꼭 한 번 방문해주세요. 함께 축하해야 하니까요. 우리가 어떻게 사는지, 살아남기 위해 어떻게 일해왔는지 꼭 보셨으면 좋겠습니다."

커피는 순조롭게 도착했다. 큼직한 커피 생두를 보니 정성을 다해 고르고 다듬은 모습이 역력했다. 최상품 페루 커피와 마찬가지로, 팡고아 커피 생두 역시 부드러운 산도와 크림 빛깔이 눈에 띄었다.

나는 그들을 방문하기 위해 사티포와 팡고아 지역에 대한 조사에 착수했다. 온라인 일간지 엘코메르시오(El Comercio)도 읽고, 모든 관련 단어로 인터넷 검색도 했다. 하지만 정보가 별로 없었고, 그나마 찾은 정보도 그다지 긍정적인 것은 아니었다. 그 주에 엄청난 홍수와 산사태가 나 마을 하나를 삼켜버렸고, 사티포와 산간 지대를 잇는 주요 교각도 무너졌다. 예전에는 수단, 인도, 브라질 등지에서만 발견되던 모래파리(sandfly:모기와 유사한 흡혈성 곤충—옮긴이)가 아마존 유역의 페루 지역에 출몰하여 지난 아홉 달 동안 사망자가 140명이나 발생하기도 했다. 그 전해에는 마오이스트 게릴라들이 사티포 지역에 머물며 정부 헬리콥터를 격추한 사건도 있었다. 방문하기에 썩 좋은 시기는 아닌 것 같았다.

'이곳엔 아무 문제가 없습니다. 모든 게 다 괜찮습니다.'

나의 염려에 대해 그들은 이렇게 이메일 답신을 보냈다. 물론 그들에겐 괜찮을 수 있다. 내전과 각종 전염병, 자연재해 등을 쉴 새 없이 겪어온 그들이 아닌가. 하지만 나는 계속 망설였다. 그러던 어느 날 에스페란사가 내게 미끼를 던졌다.

'우리 협동조합 회원 중에 아샤닌카스라는 부족 농부들이 있습니다. 그들은 아마존 유역 산간 지대에 사는데, 선생님이 원하시면 함께 방문하죠. 그 농부들은 지금까지 커피 구매자를 만나본 적도, 미국인을 만나본 적도 없습니다.'

흠… 내 마음 한편에는 전쟁과 질병, 홍수가, 다른 한편에는 원주민과 축하 파티, 모험이 어른거리며 서로 씨름하고 갈등했다. 항공 마일리지로 충분히 다녀올 수 있는 곳이다. '좋아, 가자고!'

비행기는 새벽 1시에 리마(Lima)에 도착했다. 에스페란사와 다른 농부 두 명이 게이트에서 나를 기다렸다. 에스페란사가 조합 관리자 돈 플로르(Don Flor)와 돈 에바리스토(Don Evaristo)를 소개했다. 우리는 열렬한 포옹과 악수를 나누며 반갑게 인사했다. 근처 호텔에서 짧은 하룻밤을 보낸 뒤 사티포를 향해 열 시간에 이르는 드라이브를 시작했다. 우리가 탄 자그마한 렌터카가 덜컹거리며 분주한 리마 시내를 기분 좋게 빠져나갔다. 북동쪽으로 달리며 리마의 빈민가와 광대한 미네랄 광산을 지나갔다. 뒷자리에 앉은 나는 피곤에 지쳐 잠이 들었다. 그러던 중 갑자기 차가 멈췄다. 흐릿한 눈을 떠보니 차창 밖으로 흰 눈이 보였다.

"일어나시죠, 미스터 빈스! 이곳은 세계에서 가장 높은 고도에 있는 포장도로입니다. 사진이라도 찍으시지 않겠어요?" 그들은 그 포장도로를 무척 자랑스럽게 생각하는 것 같았다. 난 오로지 의무감으로 차 밖으로 나왔다. 꽃무늬 가득한 반소매 셔츠로는 살을 에는 추위와 바람을 막기에 역부족이었지만, 잠을 깨우는 데는 안성맞춤이었다. 머리가 어질어질하고, 숨 쉬기가 힘들었다.

"아, 그건 고도 때문이에요. 코카 차(coca tea) 한 잔 드려야겠네요. 그러면 머리도 맑아지고 균형 감각도 되찾을 겁니다." 에바리스토가 미안한 표정으로 말했다.

'오케이! 드디어 모험이 시작되는군!'

부드러우면서도 씁쓸한 코카 차는 확실히 내 균형 감각을 되찾아주었다. 하지만 윙윙 소리는 들리지 않았다. 나는 왜 귀에서 그 소리가 들리지 않는지 단도직입적으로 물었다. 팡고아 사람들은 껄껄 웃었다.

"그 증상은 나중에 생길 겁니다. 들에서 코카 잎을 따서 씹어 먹을 때 생기는 증상이거든요. 차는 진정 효과만 있을 뿐이죠." 플로르가 삼척동자도 아는 사실이라는 듯 말했다.

언론은 코카에 대해 지극히 부정적으로 보도한다. 물론 독성 가득한 화학물질과 섞여 코카인으로 만들어지는 것은 결코 좋은 일이 아니다. 농부들이 총칼의 위협 앞에서 할 수 없이 커피나무를 뽑고 코카를 심어야 하는 상황도 큰 문제다. 그러나 코카는 장점도 많다. 그것은 잉카신들이 내려준 작물이다. 그 잎을 씹으면 순한 자극제가 되어 고도가 높아 산소가 부족한 지역에 사는 농부들이 일하는 데 큰 도움이 된다. 뿐만 아니라 코카는 단백질과 비타민 함량이 많은 작물로, 안데스 산맥 지대에 사는 사람들에게 중요한 건강식이다. 코카 재배가 금지된 지역에서 현지인들의 영양실조가 만연한 것도 그 때문이다.

산을 오르내리며 몇 시간을 더 달리자 자동차와 트럭이 길게 꼬리를 물고 늘어선 곳에 이르렀다. 어느덧 해가 저물고 있었다. 홍수로 무너진 교각에 도착한 것이다. 철골 구조물이 45도로 휘어졌고, 다리는 중간이 뚝 끊겼다. 불어난 물살 바로 위에 널빤지로 만든 좁다란 임시 다리가 설치되어 사람들이 걸어서 오가는 모습이 보였다. 강 건너편에서 농부들이 우리를 알아보고 손을 흔들었다. 젊은이들 몇 명이 우리의 짐을 들어주겠다고 자청했다. 다리 아래에는 '위험! 건너지 마시오' 라는 표지가 있었다.

다리 아래에는 커다란 트럭 몇 대가 서 있었다. 나는 에스페란사에게 트럭으로 무얼 하는지 물었다.

"우리는 커피를 이런 식으로 강 건너편으로 옮겨요. 농부들의 생필품을 읍내에서 실어 오기도 하고요."

다리 아래 강가에 커다란 카누 두 대가 있었다. 카누 앞쪽은 세찬 물살이 흐르는 강 위를 향하고 있었다. 기다란 널빤지가 두 카누를 가로질러 걸쳐져서 플랫폼 역할을 했다. 짐을 가득 실은 중간 크기 트레일러 한 대가 플랫폼 위로 들어가기 시작했고, 양쪽 카누에서는 사람들이 서로 다른 방향을 가리키며 소리쳤다. 트럭을 실은 카누는 거대한 엔진 소리를 내며 앞으로 움직이기 시작했다. 물살이 너무 세서 카누가 거의 움직이지 않는 것처럼 보이지만 천천히 강 건너편으로 향하는 것이 분명했다. 강 건너편에 도착하자 트럭이 내렸고, 또 다른 트럭이 카누에 실려 다시 강 반대편으로 향했다. 나는 매일 아침 내가 마시는 커피 한 잔에 다시 한 번 깊은 고마움을 느꼈다.

"페루식 기술이죠." 에스페란사가 환하게 웃었다.

우리는 깜깜한 밤이 되어서야 사티포에 도착했다. 마을 호텔에 여장을 풀자마자 나는 기절하듯 곯아떨어졌다. 얼마 후, 깨진 창문 유리를 통해 아침 햇살이 쏟아져 들어왔다. 조합 관리자가 노크하며 사람들이 밖에서 나를 기다린다고 했다. 얼음처럼 차가운 물로 재빨리 샤워한 뒤 창밖을 내다보았다. 픽업트럭 네 대에 사람들이 가득 올라타 입추의 여지가 없을 정도였다. 모두 나를 향해 손을 흔들었다. 에스페란사는 첫 번째 트럭의 운전석 옆자리로 나를 안내했다. 우리는 조합 사무실을 향해 떠났다. 마을 가장자리에 콘크리트 블록으로 된 창고 건물에 도착하자, 또 다른 농부 수십 명과 그 가족들이 우리를 맞이했다. 빈 창고 내부와 시멘트로 된 커피 건조대를 잠깐 둘러본 뒤 2층에 있는 사무실로 올라갔다. 넓은 사무 공간이 있고, 그 옆 작은 방에는 윙윙거리는 소리를 내는 낡은 컴퓨터 한 대가 보였다. 빽빽이 모여든 사람들은 이곳저곳에 겹겹이 자리를 잡았다. 자부심과 기대에 가득 찬 그들의 얼굴은 모두 나를 향했다.

에스페란사가 몇몇 노인들을 소개했다. 그들은 협동조합 창립자로, 농부들에게 많은 존경을 받는다고 했다. 알프레도(Alfredo)와 닌포(Ninfo), 피델(Fidel)의 손은 평생 밭일을 놓지 않았음을 보여주듯 거칠고 굵었다. 가죽 같은 얼굴에 새겨진 굵은 주름살만 보더라도 그들의 나이를 충분히 짐작할 수 있었다. 세 노인은 인사말과 함께 조합의 역사, 전쟁을 겪은 고충과 투쟁, 정부의 무관심, 빈곤, 악화되는 기후, 지역 중간상인들의 횡포 등에 대해 각자 짤막하게 발언을 했다. 그리고 에스페란사의 발언이 이어졌다. 그녀는 그들이 얼마나 오래, 얼마나 열심히 일해왔는지, 자신을 비롯한 조합 지도자들이 유기농 대안무역 커피를 생산하자고 처음 제안했을 때 농부들이 얼마나 깊은 신뢰를 보내주었는지에 대해 열변을 토했다. 가난에서 벗어나기 위해, 중간상인들의 착취에서 벗어나기 위해 얼마나 많은 시간과 노력과 돈을 투자해왔는가. 에스페란사의 연설을 들으면서 청중은 울컥했고 흥분했다. 그녀는 그들의 이 모든 노력이 드디어 대가를 받게 되었고, 그들이 피와 땀으로 일군 커피의 진정한 가치를 알아주는 사람을 마침내 만났다고 했다. 그녀는 우리가 지불한 대안무역 가격(파운드당 1.46달러)을 그해에 다른 곳에 판 커피 값과 비교했다. 뉴욕의 한 브로커에게는 파운드당 80센트에 팔았고, 리마의 한 수출업자에게는 53센트에 팔았다. 나이 많은 농부들 몇 명이 손으로 얼굴을 가린 채 흐느끼기 시작했다.

"이제 미스터 딘 빈스가 여러분에게 말씀하시겠습니다." 나는 내 이름(Dean)과 내 회사 이름(Dean's Beans)이 다르다는 것을 사람들에게 지적해주는 일을 포기한 지 오래다. 나는 '딘' '미스터 딘' '미스터 빈스' '미스터 딘 빈스' 등 아주 다양한 이름으로 불린다. 이따금 훨씬 더 색다르게 불리는 경우도 있다. 예전에 뉴질랜드의 한 부락 사람들과 이런 식으로 일한 적이 있다. 어느 날 부락 전체 사람들과 큰 축하연을 열었는데, 마오리족 노인이 연단에서 말했다. "우리 모두 그레그(Greg) 씨에게 심심한 감사를 표합니다. 그레그 씨는 우리를 위해, 그리고 우리와 함께 너무나 열심히 일해주었습니다."

나는 초대해주어 감사하다며 에스페란사와 청중에게 인사했다. 그리고 커피 두 봉지를 꺼냈다. 로스트 과정을 거치고, 초록색 포일 봉투에 담겨 포장까지 마친 팡고아 커피다. 봉투 겉면에는 '팡고아의 자랑(Pangoa's Pride)'이라는 라벨이 붙었다. 커피 농부들이 대부분 그렇듯 팡고아 농부들 역시 자신들이 재배한 커피를 완제품 형태로 본 적이 없었다. 물론 완제품을 맛본 적도 없었다. 그들은 밭에서 갓 수확한 붉은 커피 열매를 조합에 납품할 뿐이다. 자신들이 직접 가공한다 해도 약간 건조하는 정도에 지나지 않는다. 우리는 완제품 커피 두 봉지를 사무장 베아트리세(Beatrice)에게 주어 커피를 끓이도록 했다.

나는 청중에게 비록 우리 회사가 팡고아에서 아주 멀리 떨어진 북쪽에 있지만, 우리 회사 사람들 모두 여러분이 어떤 사람인지 잘 알며, 또 여러분을 존경한다고 말했다. 우리가 할 수 있는 존경의 한 표현이 바로 대안무역 가격의 지불이라고 했다. 이어서 나는 1200달러가 든 봉투를 꺼냈다. 우리는 파운드당 6센트씩을 '이익배당금' 몫으로 떼어 농부들에게 지급하며, 여러분의 조합은 이 돈을 필요한 일에 쓸 수 있다고 말했다. 대안무역 가격으로 얻은 이익과 이익배당금 수익을 다른 조합들이 어떻게 사용하는지에 대해서도 간단히 설명했다. 조합의 사업을 확대하기 위해 쓰는 경우도 있고, 농부들의 의료비 지원과 도로 개선, 아이들 등록금 등으로 쓰이는 경우도 많다고 했다. 끝으로 나는 여러분의 놀라운 의지와 훌륭한 커피에 대해 진심으로 축하를 보낸다고 말했다.

향기 그윽한 팡고아의 자랑이 사무실 안으로 배달되면서 커피 브레이크가 시작되었다. 사람들은 웅성거렸고, 조합 지도자들과 회원들은 이익배당금 1200달러를 어떻게 쓸지 논의했다. 휴식 시간을 이용해 조합 사무실을 둘러보던 중 나는 미국식품의약국(FDA)에서 온 공문 한 통을 발견했다. 생화학 테러에 대응하고자 마련된 새 규정에 따라 모든 수출입 선적물을 일일이 등록해야 한다는 내용이었다. 공문에는 그 작업을 대행해줄 회사를 추천했는데, 선적물마다 대행비 400달러를 지불해야 한다고 쓰여 있었다. 공문을 자세히 들여다보니 미국 정부가 아니라 FDA라는 민간 기업에서 보낸 것이다. 공문의 디자인까지 식품의약국과 유사하게 만들어, 그것을 잘 구별할 수 없는 농부들에게 별것 안 되는 선적 등록지 한 장에 엄청난 비용을 치르도록 속임수를 쓴 것이다. 나는 우리 측 수입업자들이 선적물 등록을 담당해줄 것이며, 로열커피와 내가 알아서 처리하겠다고 에스페란사에게 말했다. 그녀는 낙담한 표정으로 벌써 첫 번째 선적물에 대해 그 회사에 돈을 지불했다고 했다.

조합 사무실에서 모임을 마친 후 모든 참석자들은 다시 트럭을 나눠 타고 첫 번째 커피 재배 마을로 갔다. 거의 네 시간이 걸렸다. 가는 동안 나는 이곳 사람들에 대해 많은 것을 알 수 있었다. 에스페란사는 1980년대 초, 페루 커피 업계 최초의 여성 농업경제학자로 일했다고 한다. 내가 당시 온통 남자들인 커피 농부들과 일하는 것이 어렵지 않았냐고 물었다.

"아뇨. 그들은 제 말에 귀를 기울이지 않을 수 없었어요. 제가 그들보다 아는 것이 많았으니까요." 그녀는 단호하게 대답했다. 에스페란사는 테러가 휩쓸던 시기에도 협동조합과 일했다. 당시 샤이닝 패스(Shining Path) 지역에서 활동하던 마오이스트 반군은 마을 사람들을 마구 살해했을 뿐 아니라, 반군을 충원한다며 농부들의 아들과 형제를 강제 징집했다. 1970년대와 1980년대는 페루 농민들에게 지옥과도 같은 시기였다. 혁명 반군의 폭력과 그에 대한 정부의 폭력적 대응으로 피해를 입지 않은 마을이 거의 없었다. 커피 값이 폭락하던 시기, 경험이 일천한 관리자들의 경영 실책까지 겹쳐 조합이 50만 달러를 빚진 적도 있다. 에스페란사는 조합이 그 위기를 헤쳐 나가는 데 결정적인 도움을 주었다. 1993년, 그녀는 마침내 남자들로만 구성된 조합 위원회에서 만장일치로 조합장에 추대되었다.

우리는 낡은 나무 교각을 여러 개 건넜다. 트럭이 지날 때마다 교각은 무섭게 삐걱거렸다. 트럭 짐칸에 빽빽이 들어앉은 농부들은 그래도 연신 즐겁게 노래를 불렀다. 유난히 삐걱거리는 다리를 지나자 그들은 놀이동산에 온 꼬마들처럼 비명을 질러댔다. 트럭 운전석 옆에는 나와 에스페란사를 비롯해 두 노인이 옴짝달싹 못하고 앉아 있었다. 나는 앞으로 비행기를 탈 때 반드시 이코노미 클래스를 이용해야겠다고 생각했다. 트럭의 1등석보다 비행기의 이코노미 클래스가 훨씬 더 공간적 여유가 있다는 것을 깨달았으니 말이다. 널찍한 들에 접어들자 트럭이 멈췄다. 들의 가장자리에는 나무로 지은 한 칸짜리 집들이 여기저기 흩어져 있었다. 농부들이 사는 집이다. 그들의 커피 밭은 마을을 빙 둘러싼 언덕 위쪽에 있었다. 농부 10여 명과 그 가족들이 집에서 나오는 것이 보였다. 그들은 누더기를 입었고, 피부는 적갈색이다. 그들이 다가와 열렬히 환영해주었다. 내 어깨는 큰 쇠망치 여러 개로 얻어맞는 것 같았고, 내 손은 강철 막대들로 조이는 느낌이었다. 흥분한 칠면조들과 잔뜩 신이 난 아이들이 여기저기 뛰어다니는 가운데 우리는 간단히 소개말을 했다.

파코 모레노(Paco Moreno) 씨의 커피 밭에 가기 위해 우리는 엄청나게 가파른 언덕을 거의 기다시피 올라가야 했다. 숲은 우람한 나무와 덩굴로 뒤덮였다. 나무 꼭대기에서는 새들인지 곤충들인지 찌리리 쪼르르 노래했고, 나무 아래쪽에서는 딱정벌레와 개구리, 그밖에 수백만 가지 보이지 않는 곤충들이 똑똑 딱딱 갖가지 타악기 소리를 냈다. 반쯤 올라가자 가뜩이나 좋지 않는 무릎에 통증이 느껴졌고, 숨도 가빴다. 농부 한 명이 수풀 속에서 이파리 몇 개를 따더니 내 입에 넣으며 삼키지는 말고 씹기만 하라고 했다. 난 그것이 코카 잎이라는 것을 바로 알았다. 그 숲에는 코카가 지천으로 널려 있었다. 몇 분 뒤 나는 다시 힘이 났고, 우리는 계속 언덕을 올랐다. 45분 정도 지나자 갖가지 꽃으로 가득 찬 작은 숲이 눈앞에 펼쳐졌다. 이게 현실일까 싶은, 너무나 황홀한 색채의 잔치였다. 꽃의 수술들은 길게 밑으로 처진 채 벌과 새들이 꽃가루를 털어주기를 기다리는 듯했다. 우리가 지나는 좁은 길 양옆에는 갖가지 화려한 꽃들이 고개를 숙인 채 늘어섰는데, 그 모습이 마치 무도회에 온 아가씨들을 영접하는 의장대 같았다.

　숲 여기저기에는 톱날처럼 생긴 커피나무 잎들이 초록색 점처럼 모습을 드러냈다. 커피나무들은 아주 건강했고, 수확을 기다리는 열매의 무게에 눌린 가지들이 고개 숙이고 있었다. 우리는 모레노의 커피 가공소를 돌아보았다. 티 하나 없이 깨끗한 증기 퇴비통과 그물망으로 층층이 만든 커피 건조대가 있었다. 커피 농부들은 주로 시멘트나 흙 바닥에서 커피 열매를 말린다. 나는 나무로 만든 그물 건조대의 세련된 모습에 깜짝 놀랐다. 『파퓰러 미케닉스(Popular Mechanics)』(1902년에 창간된 미국의 과학기술 잡지—옮긴이)에 실릴 법한 작품이었다. 에스페란사는 자신들의 조합은 가능한 한 모든 현대식 방법을 도입하고자 하며, 팡고아 농부들 역시 새로운 기술이나 방법을 기꺼이 받아들인다고 했다. 모레노는 내게 보여줄 것이 아직도 많다고 자랑스럽게 말했다.

　하지만 우리는 먼저 작은 축하 파티를 하기로 했다. 20ℓ들이 양철통과 갖가지 플라스틱 컵이 등장했다. 끈적끈적한 흰색 액체가 양철통 주둥이 속에서 출렁거렸다. 모레노는 우리 모두 치차(chicha)로 축배를 들자고 말했다. 치차는 옥수수로 만든 순한 발효 음료로 과거 잉카인들이 축하연에서 마시던 것인데, 지금은 농부들이 모임을 가질 때 주로 마신다. 발효 과정은 아주 간단하다. 여자들이 옥수수를 씹다가 뱉어 발효되도록 놔두는 것이다. 치차를 마시는 데는 법도가 있다. 컵에 가득 따른 치차를 한 번에 다 마신 뒤 다시 가득 부어 옆 사람에게 건넨다. 잔이 스무 번 돌고 나니 양철통 하나가 비었다. 나는 갑자기 토하거나 오줌을 싸버릴 것 같았다. "코카 잎을 씹으면 속이 금방 나아집니다." 옆에 앉은 농부가 걱정스러운 듯 말했다.

우리는 산을 더 올라 인공 연못이 여러 개 있는 곳으로 갔다. 연못 주변은 벌 떼 소리로 요란했다. 이곳의 주인 프레데리코(Frederico)가 이 연못에서 틸라피아(아프리카산 온대 담수어—옮긴이)를 기른다고 말해주었다. 연못 안을 자세히 들여다보니 등이 붉고 흰 물고기들이 어두운 연못 속을 유유히 헤엄쳐 다녔다.

"이 물고기들을 사티포 시장에 내다 팝니다. 비가 와서 연못이 넘치면 그 물이 저 아래 모레노네 커피나무들 쪽으로 흘러가 천연 비료가 되기도 하고요. 뿐만 아니라 저 꿀벌들은 커피나무의 꽃가루를 수정시키는 데 큰 역할을 합니다. 하지만 아직 저 꿀을 어떻게 팔아야 할지 잘 모르겠어요." 프레데리코가 말했다.

난 벌집 쪽을 쳐다보았다. 협동조합 사업 확대 업무를 담당하는 카를로스(Carlos)가 벌집과 아주 가까운 곳에 있었다. 나는 벌집 입구에 그렇게 서 있는 건 위험하니 빨리 자리를 옮기라고 소리쳤다. 벌들은 벌집 입구가 막히면 흥분하는 경향이 있기 때문이다.

내 목소리가 닿기도 전에 두 벌집 안에서 성난 벌 떼가 윙윙거리며 쏟아져 나왔다. 벌들은 카를로스에게 달려들었고, 우리의 머리 위를 시커멓게 가로막았다. 우리는 근처 언덕의 작은 바위 밑으로 달려갔다. 벌들은 우리를 사정없이 공격하다가 자기 집이 안전하다는 것을 확인했는지 마침내 물러갔다. "코카 잎을 씹으면 통증이 사라질 겁니다." 한 농부가 말했다.

다음날 아침, 우리는 트럭 세 대에 나눠 타고 산 반대편으로 넘어갔다. 아마존 강 쪽 산간 지대였다. 그 산은 어마어마한 아마존 강 본류를 따라 펼쳐지다가 브라질과 에콰도르로 흐르는 지류와 다시 연결된다. 그쪽으로 가는 길은 아주 험했고, 마을들은 작고 남루했다. 우리는 아샤닌카스 부족 60여 가족이 사는 보카 키아타리(Boka Kiatari) 마을로 향했다. 우리의 트럭에는 협동조합 관리자들과 사무실 직원, 마을 주민 여러 명도 함께 탔다.

"조합 관계자들이 모두 함께 방문하니 참 좋군요." 내가 말했다.

"보카 키아타리는 우리도 처음입니다. 아무도 와본 적이 없어요." 에스페란사가 대답했다.

"조합원들의 농장을 방문하지 않았다고요? 너무 멀어서요?"

"그게 아니라 아샤닌카스 사람들이 우릴 못 오게 해서요. 초대하지도 않았는데 그냥 갔다간 총 맞아 죽을 수 있거든요. 30년 전에 콜로노스(colonos)가 정부의 묵인 아래 이 지역을 침략해서 쑥대밭으로 만들었어요. 그자들은 오래된 나무를 베고, 강에는 댐까지 세웠죠. 아샤닌카스 사람들 중 상당수가 샤이닝 패스 반군을 지지하는 게 다 그 때문이에요. 좀 위험한 곳입니다."

첫 번째 원주민 마을로 접어들자 작고 통통한 남자 열 명이 길에 서 있는 것이 보였다. 그들은 맨발에 붉은빛이 감도는 황토색 보자기 같은 것을 걸쳤다. 얼굴 아래쪽은 검붉은 물감으로 칠했고, 검고 뻣뻣한 머리는 새의 깃털로 뒤덮였다. 몇몇은 라이플을, 다른 이들은 활과 화살을 들었다.

첫 번째 트럭에 탄 나는 에스페란사, 에바리스토와 함께 차에서 내렸고, 다른 사람들은 그대로 차 안에 남았다. 에스페란사는 나이가 가장 많아 보이는 남자에게 손을 흔들어 인사하더니 마을 지도자 돈 냐코(Don Nyako)라고 소개했다. 냐코 노인은 다정하게 내 어깨를 두드리며 아샤닌카스에 온 것을 축하한다고 말했다. 그리고 그의 아들 프레디(Fredi)와 아돌포(Adolfo), 다른 남자들을 소개했다. 노인은 트럭을 한참 동안 바라보았다. 뭔가 살피는 눈길이었다. 긴 침묵이 흐른 뒤, 노인은 안심했다는 듯 고개를 끄덕이고는 마을 안쪽으로 발길을 돌렸다. 에스페란사는 트럭에 탄 사람들한테 이제 나와도 좋다고 말했다. 트럭에서 쏟아져 나온 팡고아 사람들은 아샤닌카스 남자들 뒤를 따라 말없이 마을로 걸어갔다. 마을에는 삼각형 오두막 열 채가 반원 모양으로 늘어서 있었다. 오두막의 벽과 지붕은 나뭇가지를 밧줄로 엮어 만들었고, 벽은 또다시 짐승 가죽이며 새 깃털, 활과 화살 등으로 장식했다. 그중 한 오두막 안에서는 아낙네 다섯 명과 소녀들 몇 명이 커다란 쇠솥을 가운데 두고 일하는 모습이 보였다. 쇠솥 아래서는 장작불이 이글이글 타고 있었다. 냐코 노인이 가장 나이 많은 아낙네를 부르자 그녀는 머뭇머뭇하며 노인에게 다가갔다. 그녀 역시 적갈색 옷을 입었고, 얼굴 아래쪽은 검붉게 칠했다. 검은 눈동자는 장작불의 열기로 불타는 듯했다.

협동조합 사람들과 아샤닌카스 사람들은 삼삼오오 이야기를 나누며 서로 조금씩 알아가고 있었다. 이따금 박장대소하기도 했고, "아무렴, 아무렴" 하며 소리치는 소리도 들렸다. 카메라가 등장했고, 우리 모두 기념사진을 찍기로 했다. 협동조합 관리자 중 하나인 뚱보 아르만도(Armando)가 냐코 노인을 덥석 잡아끌어 자기 옆에 세우려 했다. 노인은 거의 자빠질 뻔했고, 그 순간 아샤닌카스 젊은이들이 날카로운 눈으로 아르만도를 노려보았다. 자칫하면 경을 칠 뻔한 상황이었다. 하지만 냐코 노인이 껄껄 웃으며 너그럽게 넘겨 큰일은 벌어지지 않았다. 기념 촬영이 끝나자 노인이 사람들을 전부 불러 모았다. 공식적인 환영회를 하기 위해서다. 그는 에스페란사에게 첫 번째로 발언해달라고 부탁했다. 에스페란사는 협동조합의 힘겨운 투쟁의 역사에 대한 이야기로 시작하여, 미스터 빈스와 첫 대안무역을 하게 되었다는 기쁜 소식으로 발언을 마무리했다. 그녀는 팡고아의 자랑 라벨이 붙은 초록색 봉지를 건네 사람들이 돌려보도록 했다. 아샤닌카스 사람들은 봉지를 사랑스러운 듯 만져보기도 하고, 가스 구멍에서 나오는 향긋한 냄새도 맡아보았다. 에스페란사는 봉지에 쓰인 내용에 대해 설명해주었고, 사람들은 미소 지으며 고개를 끄덕였다. 그녀는 내가 이익배당금을 별도로 가져왔으며, 그 돈은 커피 농부들을 위한 프로젝트에 쓰일 것이라는 말도 덧붙였다.

이어서 냐코 노인이 발언했다. 그는 아샤닌카스 부족의 역사에 대해, 스페인 식민주의자들과 투쟁한 것에 대해, 자신들의 문화를 지금까지 지켜온 과정에 대해 이야기했다. 지난 수십 년간 계속된 토지 침략과 그 피해에 대해서도 말했다. 그는 이제 새로운 날이 시작되었다는 것, 콜로노스와 아샤닌카스 부족이 역사상 처음으로 힘을 합하게 되었다는 것을 강조하며 발언을 끝냈다. 노인은 아내를 바라보며 한마디하라고 청했다. 그녀는 땅바닥을 향해 머리를 떨군 채 고개를 가로저으며 뭔가 알아들을 수 없는 말을 짧게 내뱉었다. 노인은 다시 한 번 부탁했다. 세 번째 부탁을 받고야 그녀는 발언을 하겠노라고 승낙했다. 그녀는 중앙으로 걸어오더니 내 옆에 섰다. 나는 그녀에게 미소를 지었다. 그녀는 사람들의 얼굴을 하나하나 천천히 바라보았다. 우리는 잠자코 기다렸다. 깊은 심호흡을 한 번 하더니 마침내 그녀가 입을 열었다.

용광로처럼 붉은 그녀의 입에서 폭발하듯 말이 쏟아져 나왔다. "당신들은 우리의 땅을 훔쳐 갔습니다! 이제는 커피까지 훔쳐 가려고 이곳에 나타났습니다! 여기서 당장 나가세요! 당장 여기서 나가란 말이에요!" 그녀는 나를 똑바로 바라보며 소리치더니 팔짱을 낀 채 남편을 노려보았다.

청중은 말 그대로 놀라 자빠졌다. 에스페란사가 싱글벙글한 표정으로 내게 말했다. "이제 선생님이 말씀하실 차례입니다."

냐코 노인의 부인이 내게 쏟아 부은 강도 높은 비난에 몹시 당황하긴 했지만, 나는 그녀가 옳다는 것을 알았다.

"여러분, 부인의 말씀이 옳습니다. 과거에 많은 사람들이 이곳에 와서 땅을 빼앗고 부족민들을 괴롭혔습니다. 그리고 지금 우리는 이곳에 와서 앞으로는 달라질 거라고 약속을 하고 있습니다. 저는 도나 냐코(Dona Nyako) 부인에게 간청하고 싶습니다. 우리가 하는 말이 아니라 우리가 하는 행동으로 우리를 판단해주십사 하고요."

도나 부인은 나를 한참 동안 바라보았다. 그러고 나서 중얼중얼 혼잣말을 하더니 부엌으로 뛰어갔다. 냐코 노인이 부드럽게 미소 지으며 말했다. "아내가 당신을 무척 좋아하는군요."

모두 안도의 한숨을 내쉬었다. 축구공이 등장했고, 부족민들이 만든 술이 몇 순배 돌았다. 아이들 몇 명이 30cm 정도 되는 막대기에 달린 자그마한 동물 머리뼈를 가지고 나왔다. 그들은 내게 그 머리뼈를 막대기 끝에 세우는 방법을 가르쳐주었다. 나는 다섯 번이나 시도했지만 결국 실패했고, 달아나는 나를 아이들은 좋아라 소리치며 뒤쫓았다. 나는 부엌 근처를 돌아보았다. 도나 부인이 젊은 아낙네들을 지휘하며 30명이 먹을 파티 음식을 준비하고 있었다. 여섯 살 정도 되어 보이는 두 여자 아이는 화덕의 불을 쏘시며 장작을 집어넣었다. 나는 솥 안을 들여다보았다. 족발같이 생긴 것이 펄펄 끓는 물의 힘에 밀려 오르락내리락했다.

우리는 마을에서 가장 큰 오두막의 담벼락에 등을 기대고 앉았다. 냐코 노인이 내게 첫 번째 접시를 건넸다. 마을 사람 한 명이 일주일은 족히 먹을 수 있는 양인 듯했다. 바나나 잎으로 된 접시에는 커다란 얌 여러 개와 옥수수 두 개, 묽은 회색 죽, 이름을 알 수 없는 채소, 문제의 족발이 있었다.

"아르마딜로(띠 모양 딱지가 등을 덮은 포유류—옮긴이)입니다." 냐코 노인이 경쾌한 목소리로 말했다.

나는 에스페란사를 바라보았다. 사람들은 나를 바라보았다. 기름진 아르마딜로 다리 국물이 접시에서 흘러내려 내 무릎으로 떨어졌다. 난 최선을 다해 그것을 먹었다. 아르마딜로 다리를 조금씩 베어 물고는 입 안에 있는 침을 모아 함께 삼켰다. 그리고 제발 무사히 소화되기를 마음속으로 빌고 또 빌었다. 다행히 신은 그 기도를 들어주었다.

프레디가 커피 밭을 둘러보자고 했다. 커피 밭은 바나나나무, 탄젤로나무, 파인애플나무, 온갖 잎 넓은 식물들 밑에 숨어 있었다. 좀 전에 먹은 음식의 소화를 도울 겸 가는 길에 코카 잎을 따서 씹기도 했다. 프레디는 커피 밭을 지나 구불구불한 산길로 안내했다. 한 발 한 발 옮길 때마다 부족민들과 만나면서 느낀 긴장, 잔치의 소음이 조금씩 사라져갔다. 우리는 어마어마하게 큰 나무 앞에서 걸음을 멈췄다. 프레디가 한 손으로 나무를 만지며 말했다.

"이건 토르니요(tornillo)라는 나무인데, 우리는 할아버지라고 부릅니다. 콜로노스 사람들이 할아버지들을 엄청 많이 베어버렸지요. 하지만 이 할아버지만은 살아남았습니다. 할아버지가 우리에게 자신의 씨를 선사하면 우리는 그것을 이 계곡에 뿌리죠. 할아버지는 앞으로 많은 후손을 얻을 겁니다."

프레디는 지금 마을의 치료사로 훈련받는 중이라고 했다. 여섯 살 때부터 줄곧 이 산으로 와 온갖 약초와 그 효험에 대해 배웠다고 한다. 수천 가지 약초를 어떻게 배합해서 쓰느냐에 따라 효능이 아주 다르기 때문에, 그것을 다 배우려면 평생이 걸릴 것이라 했다. 그는 몸을 굽혀 작은 이끼 같은 것을 조금 뽑았다.

"이건 아호마초(ajomacho)예요. 뿌리를 씹으면 위통이 사라지죠."

우리는 한두 시간 더 숲속을 걸었다. 프레디는 이따금 걸음을 멈춰 이 약초는 어디에 쓰이고 저 약초는 어디에 쓰이는지 설명했다. 또 그는 벌목 회사와 콜로노스 사람들이 아샤닌카스 땅을 훔치는 과정에 정부가 개입했다는 이야기, 오늘날 아샤닌카스 사람들이 땅을 되찾는 데 협동조합이 아주 많은 도움을 준다는 이야기, 팡고아 사람들이 아샤닌카스 조합원들에게 의료와 교육 지원을 해주는 이야기 등을 들려주었다. 나는 프레디에게 그가 입은 보자기 옷에 대해 물었다. 에콰도르 아마존 강 유역 원주민 코판족(Cofan)이 비슷한 옷을 입은 것을 본 적이 있다. 그 옷의 색깔과 모양이 사람들과 숲의 영적 관계를 상징하는 것일까? 프레디는 놀랍다는 표정으로 나를 보더니 보자기를 벗었다. 그러고는 활짝 웃으며 말했다.

"예전에는 숲에 오면 옷을 다 벗었죠. 그런데 200년쯤 전에 예수회 사람들이 와서 못 벗게 했어요. 그게 그냥 굳어져 내려온 것 같아요."

마을로 내려오자 에스페란사가 서둘러 우리를 맞았다. 이익배당금을 어떻게 사용할지 회의가 벌어졌다. 조합 지도자들은 그 돈을 팡고아의 다섯 부락이 고르게 나눠 갖기로 결정했다. 또 아샤닌카스 사람들은 황폐화된 숲을 회복시키기 위해 토르니요를 좀더 심는 데 그 돈을 쓰기로 결정했다. 그들은 토르니요가 생태계의 중심이라고 믿었다. 아샤닌카스 사람들에게 숲의 회복은 그들과 상처받은 땅의 관계 회복을 의미하며, 땅의 관리자로서 자신들의 지위 회복을 의미하는 것이기도 했다. 에스페란사는 아샤닌카스 사람들이 관리만 잘한다면 회복된 숲은 미래를 위한 '사회보장 기금'과도 같다고 말했다. 조합 지도자들은 아샤닌카스의 이 프로젝트를 위해 물자 운송과 기타 기술 지원을 해주기로 결정했다. 도나 부인이 내게 몇 마디 투덜거리듯 말했다. 하지만 그것은 친근한 제스처로 보였다.

우리는 다시 트럭을 타고 보카 키아타리 지역에 위치한 아샤닌카스 부족의 중심 정착지로 갔다. 오두막 30여 채가 널따란 공터를 빙 둘러싸고 있었다. 이 공터는 때로는 축구장으로, 때로는 활주로로 쓰인다고 했다. 마을은 우리가 도착하기도 전에 환영식을 시작한 듯했다. 그들은 내가 트럭에서 내리자마자 한쪽 구석으로 끌고 가더니 보자기 옷으로 갈아입혔다. 깃털이 잔뜩 달린 나무껍질 모자도 씌웠다. 환영식 주최 측이 나를 활쏘기 시합장으로 데려갔다. 아샤닌카스 부족과 콜로노스 부족의 시합이었다. 한 젊은이가 나무로 된 활을 내 손에 쥐여주더니 30m 앞에 있는 표적을 가리켰다. 나는 활을 이리저리 살펴보았다. 아버지가 활을 사용하는 사냥꾼이었기 때문에 나는 어릴 때 자주 활을 쐈다. '난 할 수 있어.' 그 젊은이는 이번에는 길고 뾰족한 화살을 내게 건넸다. 그 화살에는 활고자가 없었다. 활시위에 살짝 걸칠 수 있도록 화살 끝에 작은 틈새 하나가 있을 뿐이었다. 화살의 방향을 이끌어줄 깃털도 없었다. 나는 속으로 중얼거렸다. '이 친구들, 이로쿼이족(Iroquois : 북미 대륙에 국가를 이루고 살던 인디언 부족—옮긴이)에게 활 만드는 법 좀 배워야겠군.' 나는 다른 젊은이들이 활 쏘는 것을 유심히 보았다. 그들은 손가락 끝을 이용해 화살을 활시위로 잡아당겼다. 화살은 표적 근처에도 가지 못했다. 화살을 어찌나 느리게 쏘는지 슬로모션처럼 보일 정도였다. 내 차례가 되었다.

'좋아, 활고자는 없지만 있을 때처럼 활을 잡아야지.' 나는 활을 높이 치켜들었다가 천천히 내렸다. 그러면서 활시위를 잡아당겼다. 연극 공연에서나 볼 수 있음 직한 모양새였을 것이다. 구경꾼들은 숨을 죽였다. 나는 표적을 바라보며 활을 아치 모양으로 들어 올렸다. '자, 넌 화살이고, 넌 표적이야.'

난 모든 집중력을 동원해 화살을 쏘았다. 그리고 화살이 날아갈 방향에서 눈을 떼지 않은 채 그대로 포즈를 유지했다. '헉, 대체 화살이 어디로 간 거지?' 구경꾼들은 배를 잡고 거의 떼굴떼굴 구르다시피 웃어댔다. 뾰족한 화살은 내 발 앞에 있었다. '좋아, 다음번엔 이 사람들이 하는 식으로 해봐야겠군.'

게임이 몇 번 더 이어졌다. 우승자 두 명이 결정되었다. 아샤닌카스 젊은이 한 명과 콜로노스 젊은이 한 명이 그나마 표적 근처에 화살을 쏜 것이다. 그들에게 상품으로 번쩍이는 플라스틱 벽시계와 새끼 아르마딜로가 수여되었다. 나는 형편없는 내 활쏘기 실력에 감사했다.

해가 저물기 시작할 무렵, 마을의 피리 연주자들이 우리를 위해 흥겨운 연주를 해주었다. 그 다음엔 조합에서 온 두 여자가 일어나 스페인어로 사랑가를 불렀다. 치차가 돌면서 환영 행사는 '페루비안 아이돌' 공연으로 바뀌었다. 한 사람 한 사람 노래를 부를 때마다 나머지 사람들은 자리에서 일어나 제멋대로 몸을 흔들어댔다. 나는 후안 루이스 게라(Juan Luis Guerra)의 '사랑의 물방울'이란 노래를 불렀다. 내가 "나는 한 마리 물고기가 되고 싶다네. 내 코를 당신의 어항에 부비며 사랑의 물방울을 뿜어내고 싶다네. 그렇게 당신과 밤을 보내고, 당신의 곁을 맴돌고 싶다네~"라며 노래하자, 옆에 있던 아낙네들이 거의 비명을 지르다시피 하며 좋아했다. 물고기를 기르는 프레데리코가 꿈을 꾸듯 미소 지었다. 자신의 연못에서 노닐고 있을 사랑스런 틸라피아들을 떠올렸을 것이다.

그곳엔 어린아이들이 30명 정도 있었다. 아이들은 어른들의 발등에 앉아서 내가 사다준 장난감 마술지팡이로 물방울을 뿜어냈다. 그들은 내 노래를 이해하지 못했겠지만, 큰 박수를 보내주었다. 나는 그들에게 옛날이야기를 하나 해주겠다고 제안했다. 아이들이 나를 둘러싸고 앉았다. 우리 곁에는 모닥불이 피어올랐다. 나는 그들에게 '황금 팔의 사나이'라는 이야기를 들려주었다. 그 이야기를 페루 버전으로 각색한 것에 대해 미국 보이스카우트에 양해를 구하는 바다.

"먼 옛날, 사티포 마을에 한 남자가 있었단다. 그 남자는 전쟁터에서 한쪽 팔을 잃었지. 그 용기를 가상히 여겨 나라에서 그 남자에게 황금 팔을 상으로 주었어. 그는 낮에는 자랑스럽게 그 팔을 달고 다니다가, 밤에 잘 때는 벗어놓았지. 그러던 어느 날 밤, 너희 또래 아이들이 그 팔을 몰래 가져가서는 숲속 어딘가에 숨겨놓았어. (아이들은 불꽃에 빨려 들어가는 나방들처럼 조금씩 내 곁으로 다가와 앉았다.) 남자가 잠에서 깨어났어. 그런데 황금 팔이 없어진 거야. 그 남자는 거리로 뛰쳐나와서 '끼엔 로보 미 아브라쏘 데 오로?(Quien robo mi abazo de oro?: 누가 내 황금 팔을 훔쳐 간 거야?)'라며 소리쳤지. 그는 제정신이 아니었어. 그러고는 황금 팔을 찾으러 밤마다 숲 주변을 맴돌았지. 어느 날 밤 그는 마침내 깊은 숲속으로 들어가더니 다시는 사티포 마을로 돌아오지 않았어. 그 후 오늘처럼 유난히 어두운 밤이면 숲속에서 그 남자의 목소리가 들리기 시작했지. '누가 내 황금 팔을 훔쳐 간 거야…' 아이들의 눈동자는 접시처럼 동그래졌고, 입은 떡 벌어졌다. 그들은 서로서로 더 가까이 붙어 앉았고, 내게도 더욱 가까이 다가왔다. 누가 내 황금 팔을 훔쳐 간 거야, 누가 내 황금 팔을 훔쳐 간 거야!"

나는 갑자기 몸을 돌렸다. 그리고 작은 남자아이 하나를 손가락으로 가리키며 "바로 너지?" 하고 소리쳤다.

그 아이는 공포와 희열로 범벅이 되어 비명을 질러댔다. 근처에 있던 몇몇 어른들도 체통을 잃지 않으려 애쓰며 점잖게 웃었다. 새로운 청중이 있는 한 옛날이야기는 절대로 녹슬지 않는 법이다.

폭풍우가 몰아치는 밤에 외진 산간 마을을 떠나는 것은 결코 현명한 일이 아니다. 하지만 우리는 떠났다. 픽업트럭은 산등성이 진흙땅을 오르내렸다. 바퀴가 구덩이에 빠져 몇 번이나 멈춰야 했다. 완전히 젖은 몸을 벌벌 떨며 자정이 훨씬 지나 사티포 마을로 돌아왔다.

다음날 우리는 조합 창고 건물 안에서 하루 종일 워크숍을 했다. 제일 먼저 우리는 다음 SCAA 총회에서 팡고아 커피가 좀더 눈에 잘 띌 수 있도록 포장에 변화를 주기로 했다. 홍보물도 좀더 세련되게 만들기로 했다. 잘 찍힌 커피 밭 풍경 사진, 커피 밭에서 일하는 농부들의 사진, 전통 복장을 한 아샤닌카스 부족의 사진 등을 모았다. 나는 로열 커피에서 작성한 팡고아 커피 품질 보고서를 그들에게 보여주었다. 그 보고서에 따르면 팡고아 커피는 매우 품질이 좋아서 스페셜티 커피 시장에 내놓기에 전혀 부족함이 없다고 했다. 나는 내 회사의 로고가 새겨진 종이에 쓴 짤막한 추천서도 보여주었다. 팡고아 커피의 높은 품질과 팡고아 협동조합의 훌륭한 역할에 찬사를 보내는 글이다. 우리는 이 모든 자료를 바탕으로 팡고아 커피를 더 적극적으로 알리기 위한 브로슈어의 윤곽을 잡아보았다.

이어서 우리는 커피 재배 외에도 소득을 올릴 수 있는 방법이 있을지 논의했다. 그들이 가장 큰 관심을 갖는 것은 벌꿀이었다. 그들은 벌꿀 20ℓ 정도를 유리병에 담아 리마에서 팔아보려다가 실패했다고 한다. 나는 그들에게 추파(chupa)를 아느냐고 물었다. 추파란 빨대 안에 설탕이나 젤리를 넣어 아이들이 빨아먹게 만든 사탕의 일종이다. 벌꿀로 추파를 만들어 사티포나 리마에서 팔 수는 없을까? 조합 지도자들은 내 아이디어를 아주 좋아했다. 빨대로 쓸 만한 것은 쉽게 찾을 수 있을 것이다. 이들은 리마의 작은 시장을 잘 알고, 작은 가판대 하나 얻는 데 그다지 큰돈이 들지도 않을 것이다. '좋아, 그런데 사람들이 얼마나 많이 모이는 곳이어야 가판대를 설치할 수 있을까? 임대료는 정확히 얼마나 될까? 추파를 얼마나 많이 만들어야 할까?' 우리는 꽤 빠른 속도로 구체적인 사업 계획을 짰다. 에스페란사와 플로르는 나를 리마로 데려다주는 길에 적당한 판매 장소를 물색해보기로 했다. 우리는 코코아 판매를 좀더 늘리는 것에 대해서도 의논했다. 이 지역 농부들 중 일부는 몇 년째 코코아를 재배해왔지만, 마땅한 시장을 찾지 못한 채 가공되지 않은 코코아 열매를 중간상인에게 헐값으로 팔았다. 우리는 코코아 가공 처리 과정에 대해 알아보았고, 리마에 수출용 코코아를 가공해주는 협동조합이 있다는 것을 알아냈다. 농부들은 그 협동조합에 도움을 구해보기로 했다.

마지막 방문지로 가는 도중에 우리는 어느 널찍한 공터에서 잠시 걸음을 멈췄다. 들판 한쪽에는 울창한 수풀로 뒤덮인 등성이가 있었다. 조합 사람들은 그 등성이 쪽을 자못 감격스런 표정으로 바라보았다.

"저곳에 새로운 커피 가공소가 들어설 겁니다. 우리의 베네피시오(beneficio)가 말이죠. 그곳에서 우리가 수출할 모든 커피를 건조하고 가공할 겁니다. 우리 조합이 직접 수출 인가를 받을 거예요. 그러면 코요테들(악덕 중간상인들을 일컬음—옮긴이)에게 커피를 팔지 않아도 되죠." 플로르가 자랑스럽게 말했다.

다른 사람들도 고개를 끄덕였다. 농민들 스스로 가공 시설을 갖추는 것은 커피 농부들이 소득을 올릴 수 있는 가장 확실한 방법이다. 커피 재배부터 가공에 이르기까지 전 과정을 직접 관리하면 여러 단계의 가공 회사와 수출업자들을 거치면서 소요되는 비용을 절약할 수 있을 뿐 아니라, 커피의 품질도 한층 더 끌어올릴 수 있다. 하지만 지금 내 눈앞에 보이는 것은 초목으로 뒤덮인 널찍한 공터일 뿐이다.

　우리는 계속 등성이 위로 올라갔다. 사람이 쉽게 오갈 수 있도록 다듬어진 길이 아니기 때문에 수풀을 잘라내며 걸어가야 했다. 한참 가자 기초공사 중인 건물 몇 채가 나타났다. 오래된 기계들도 여기저기 놓여 있었다. 나는 마치 1911년에 마추픽추(Machu Picchu : 페루 안데스 산맥에 위치한 잉카제국 최후의 도시 유적—옮긴이)를 발견한 사람이라도 되는 듯한 느낌을 받았다. 아이들이 신나게 앞으로 달려가더니 기계에 올라타기 시작했다. 농부들은 삼삼오오 모여서 이 기계는 어떤 용도고, 저 건조대는 어디에 놓아야 하는지 의논하기 시작했다.

　"잠깐만요, 이곳이 대체 뭘 하던 곳이죠?"

　에스페란사가 활짝 웃으며 대답했다. "몇 년 전만 해도 이곳이 우리의 베네피시오였답니다. 그런데 이곳을 소유한 자가 우리에게 늘 사기를 쳤어요. 그러다가 이곳을 버리고 떠났죠. 우리는 이곳을 구입해서 수리한 다음 사용할 예정이에요." 나는 녹슨 기계와 깨진 시멘트 벽을 바라보았다. 그들의 희망에 찬물을 끼얹을 용기가 나지 않았다.

　"1년 반쯤 지나면 수리가 끝날 겁니다." 플로르가 자신있게 말했다.

　'어떻게 해야 하나? 이뤄지지 않을 꿈을 꾸는 이들에게 맞장구를 쳐야 하나? 아니야, 완곡하게 현실을 직시하도록 도와줘야 해. 나는 이들에게 조언을 해주기 위해 이곳에 온 게 아닌가. 이들은 나의 솔직함을 신뢰하고 있어. 좋아, 말하자.'

　"에스페란사, 플로르, 좋은 생각인 건 분명합니다. 조합 자체의 가공소를 갖추려는 열의에는 저도 100% 지지를 보냅니다. 하지만 다른 식으로 시작해보는 게 어떨까요? 이렇게 녹슨 기계 대신 쓸 만한 중고 기계를 마련하고, 장소도 조합 창고에서 좀더 가까운 곳으로 잡으면 어떨까요? 이 낡은 공장을 수리하려면 돈도 훨씬 더 들 것 같은데요."

조합 지도부 사람들은 서로 바라보았다. 손이 덩굴 같은 알프레도가 일어서더니 등을 쭉 폈다. 그가 손가락으로 마을 쪽을 가리키며 말했다. "물론 많은 노동력과 돈이 필요할 겁니다. 하지만 우리는 못된 옛 주인 때문에 상처 받은 이 땅을 치유해야 합니다. 우리는 아이들에게 스스로 자신을 지키고, 자기 땅과 자긍심을 회복하는 모습을 보여줘야 합니다. 이 망가진 기계들도 고칠 수 있을 겁니다. 그렇지 않나, 플로르? 플로르는 못 고치는 게 없습니다."

나는 벌꿀 20ℓ가 담긴 통 하나와 아샤닌카스 전통 의상 한 벌, 목공예품 몇 개를 들고 팡고아를 떠났다. 비행기가 자정에 출발할 예정이었기 때문에 플로르, 에바리스토와 함께 리마의 유서 깊은 카야오(Callao) 항구에서 잠시 보트를 탔다. 비용은 내가 냈다. 플로르도, 에바리스토도 바다 구경은 처음이라고 했다. 상어 떼가 보트를 공격하는 무시무시한 이야기도 들려주었지만 그들은 전혀 두려워하지 않았다. 그들은 공항에서 나를 배웅하는 것을 매우 기뻐하는 듯했다.

몇 달 뒤, 팡고아에서 편지 한 통과 커피 한 자루가 왔다. 에스페란사는 팡고아 조합이 최근 대안무역 계약에 따라 유럽 구매상들에게 컨테이너 세 개 분량의 커피를 팔았다고 했다. 우리가 함께 기획한 홍보물과 로열커피의 품질 보고서, 나의 추천서 덕분이라고 했다. 협동조합이 아샤닌카스의 산림 재건 프로젝트를 적극 돕고 있으며, 추파가 리마 시장에서 날개 돋친 듯 팔린다는 소식도 있었다. 새로 제작된 팡고아의 홍보용 브로슈어도 들어 있었다. 초록색 포일 봉지의 팡고아의 자랑 사진이 브로슈어 곳곳에 자리 잡고 있었다. 회색 보자기를 입고 나뭇가지와 깃털로 장식한 왕관을 쓴 작달막한 미국인의 사진도 있었다. 그 사진 아래에는 이렇게 쓰여 있었다. '팡고아 협동조합의 명예회원.'

2005년 말까지 팡고아 협동조합은 그들이 수확한 컨테이너 열 개 분량의 커피 중 아홉 개를 대안무역 거래를 통해 판매했다. 그들은 지금 복원한 베네피시오에서 자신들이 생산한 커피를 전량 가공한다. 2006년 미국 노스캐롤라이나의 샬럿(Charlotte)에서 개최된 SCAA 총회에서 에스페란사는 회의장을 가득 메운 커피 로스터들, 수입업자들, 농부들에게 연설했다. 총회가 끝난 후 그녀는 뉴욕으로 날아가 교사 3500명 앞에서 또다시 멋진 연설을 했고, 교사들은 모두 일어나 그녀에게 끝없는 박수갈채를 보냈다. 그녀보다 먼저 연설을 끝낸 힐러리 클린턴도 받지 못한 엄청난 반응이었다. 에스페란사는 또 팡고아와 가까운 지역의 협동조합에서 일하는 여성 조합원들에게 지도자 교육을 실시하고 있다. 팡고아 협동조합은 최근에 받은 이익배당금을 여성들을 위한 신용 기금 창립에 사용했다.

아샤닌카스 부족의 산림 재건 프로젝트에 큰 관심을 보인 네덜란드의 그린 디벨롭먼트 펀드(Green Development Fund)는 땅을 치유하는 데 보태라며 1만 달러를 지원했다.

4

지구의 경고 : 기후 변화, 분쟁 그리고 문화

콜롬비아, 2007

기후 변화에 관한 정부간 패널(Intergovernmental Panel on Climate Change, IPCC) 대표들과 100여 개 국가들의 정부 관료, 과학자들이 2007년 초 브뤼셀에 모였다. 지구 온난화가 자연현상인지, 인간이 자초한 것인지 따져보기 위해서다. 이들은 가뭄, 대기 순환 패턴, 강설량, 만년설 등을 비롯한 수천 가지 기후 현상에 대해 논쟁을 벌였다. 많은 과학자들이 자동차와 공장을 비롯한 오늘날 인간의 지배적인 삶의 방식이 지구 온난화를 직접적으로, 그리고 놀라운 속도로 진행시킨다고 주장했지만, 정치인들은 '약간 영향을 미칠 수도 있다'는 미온적인 수사법을 고집했다.

콜롬비아의 시에라네바다(Sierra Nevada) 산맥에 거주하는 아루아코(Arhuaco) 부족 커피 농부 하비에르 메스트레스(Javier Mestres)는 지구 온난화에 대해 아무것도 알지 못했다. 그는 100만 분의 몇이니 뭐니 하는 숫자로 사물을 바라보지 않았다. 해양의 기온 상승과 대기의 움직임을 측정하는 미래 기후 모델(Global Circulation Model)에 대해서도 들어본 적이 없다. 그는 콜롬비아의 기온이 앞으로 20년 동안 엄청나게 상승하여 2050년이 되면 만년설이 90%나 사라질 것이라는 IPCC의 보고서에 대해서도 듣지 못했다. 그렇다고 하비에르가 지구 온난화 현상을 전혀 느끼지 못하는 것은 아니다. 아루아코 부족의 수도라고 할 수 있는 나부시마케(Nabusimake) 지역 산등성이에 4에이커(1만 6200m²) 정도 되는 그의 커피 밭에서는 근래 들어 커피 꽃이 너무 빨리 피는 경향이 있다. 그는 내게 커피 열매가 점점 더 작아지며 허약해진다고 말했다. 바깥세상은 왜 아름다운 커피나무를 해치려고 하는지 알 수 없다고도 했다. 사람들은 왜 지구를 바꿔놓는 걸까?

수 세기 동안, 아루아코 부족의 정신적 지도자이자 현지어로 '형님'이라 불리는 마모(Mamo)들은 한 달에 한 번씩 시에라네바다 전역의 여러 성지(그들은 시에라네바다를 '세계의 심장'이라고 부른다)에서 의식을 거행해왔다. 지구가 물리적으로, 또 영적으로 균형을 유지하도록 비는 의식이다. 마모들은 지난 20여 년 동안 세계의 심장에서 아주 빠른 변화가 진행되는 것을 보았다. 산맥 꼭대기에 있는 만년설이 계속 줄어들고, 산속 생명체들이 변화하는 것이다. 공기와 토양의 수분이 적어지고, 새와 나비들의 이동 패턴도 달라지고 있다. 마모들은 이렇듯 자신들이 관찰한 현상에 대해 부족민들에게 알려왔으며, 최근에는 바깥세상, 즉 나와 같은 '아우들'에게도 적극적으로 알리려고 노력한다.

나는 지구 온난화가 세계의 심장에 어떤 영향을 미치는지 알고, 아루아코 부족의 자결권 투쟁을 지원하기 위해 콜롬비아에 갔다. 지난 1999년 콜롬비아 무장혁명군(Armed Revolutionary Front of Colombia, FARC)에게 납치, 살해된 내 소중한 친구이자 명망 높은 원주민 인권운동가 잉그리드 와시나와톡(Ingrid Washinawatok)을 가슴에 묻기 위해, 그녀를 잃은 슬픔을 치유하기 위해 그곳에 갔다. 오래전부터 가려 했지만, 전쟁과 악천후와 두려움 때문에 이제껏 미뤘다.

커피 사업을 시작한 이후, 콜롬비아와 나의 관계는 줄곧 좋지 않았다. 1990년대부터 최근까지 콜롬비아의 소규모 커피 농가에서 직접 커피를 구입하는 것은 불가능했다. 콜롬비아커피연합(Colombian Coffee Federation)이라는 준 정부 조직이 사실상 커피 수출을 독점했기 때문이다. 정부와 FARC, 점점 더 세력이 커가는 우익 준 군사 조직들의 수십 년에 걸친 전쟁 때문에 생산지 농민들을 직접 방문하는 것도 불가능했다. 1998년 어느 날, 조금이나마 돌파구가 보이는 듯했다. 아루아코 부족의 젊은 지도자 모이세스 비야파네스(Moises Villafanes)가 내게 전화한 것이다. 그는 내가 여러 나라의 원주민들과 함께 작업해왔다는 이야기를 풍문으로 들었다고 했다. 그는 콜롬비아에 와서 아루아코의 자치권 획득 운동에 도움을 줄 수 있는지 물었다. 아루아코 부족이 사상 처음 커피를 직접 수출할 계획을 세우고 있다고도 했다. 내가 과연 도움을 줄 수 있을까? 나는 흥분했고 신이 났다. 그러나 시에라네바다로 떠나려 할 때마다 현지에서 전투가 격화되곤 했다.

1999년 2월, 콜롬비아의 우와(U'wa) 부족과 일하던 하와이 원주민 출신 라에 게이(Lahe Gay), 미국 환경운동가 테리 프레이타스(Terry Freitas), 잉그리드 와시나와톡이 납치되었다. 우와 지역에서는 옥시덴탈 페트롤리엄(Occidental Petroleum) 사의 주도 아래 석유 탐사와 각종 개발 프로젝트를 진행 중이었는데, 부족민들은 자신들의 토지를 이같이 거대한 생태학적·문화적 파괴에서 지키기 위해 투쟁했다. 우와 사람들은 석유 탐사를 위한 굴착 작업을 중단하지 않으면 집단 자살을 하겠다고 위협하기까지 했다. 프레이타스는 이 문제와 관련하여 우와 부족과 2년째 일해왔고, 와시나와톡과 게이는 우와 언어로 우와 역사와 문화를 가르치는 학교를 설립하는 일에 참여했다. 삽시간에 TV, 광산업자, 식민주의자, 지질학자, 석유 채굴업자들로 득실거리는 우와 땅과 부족을 지키기 위해 반드시 필요한 일이었다.

나는 그들이 납치되었다는 이야기를 듣자마자 뉴욕으로 가서 그들을 찾기 위해 활동가들과 그 가족, 친구들이 급히 만든 단체에서 함께 일했다. 적십자사, 쿠바 정부, 각종 관련 교회, 제네바에 있는 FARC 대표 등과 며칠 동안 화급히 연락을 주고받은 끝에 누가 그들을 납치했는지 확인할 수 있었다. 그들을 찾아 데려오기 위한 방법을 이리저리 모색하던 중, 그들의 시신이 베네수엘라 국경 근처에 있는 어느 농부의 밭에서 발견되었다는 소식이 전해졌다. FARC 납치범들이 살해한 것이다. 그들의 시신을 집으로 옮기는 데 꼬박 6일이 걸렸다. 미 국무성과 FBI의 치졸한 영역 다툼을 지켜봐야 했던 6일이었고, 부패한 검시관들을 어르고 달래느라 애먹었던 6일이었으며, 말로 표현할 수 없는 슬픔 속에서 3개국 정부의 수많은 관리와 FBI 요원, 공군 장교, 백악관 직원들과 통화하느라 밤낮으로 전화통에 매달려 있어야 했던 6일이었다. 가족들이 희생자들의 관을 성조기로 덮어 운반하는 것을 허락해야만, 미국의 '마약·테러와 전쟁'의 정당성을 세계에 알리는 데 우리의 슬픔을 이용할 수 있게 해줘야만 희생자들의 시신을 운반하는 데 도움을 주겠다는 백악관의 입장을 듣고 또 들어야 했던 6일이었다. 결국 내가 아는 현지 여행사 직원의 너무나 큰 도움과 익명의 지원자가 제공한 전세기를 통해 와시나와톡의 시신이 집으로 도착할 수 있었던 6일이었다.

물론 미국 외교관 중에는 희생자들의 시신을 하루빨리 운반하기 위해 정성껏 노력한 사람도 있다. 그들에게는 내 비판이 억울할 수도 있을 것이다. 그들은 각종 규칙과 '우선순위'가 지배하는 세계에 살고 있다. 그러한 규칙과 우선순위는 그들이 일을 빨리 해내고 싶어도 그럴 수 없게 만든다. 그것은 거대 조직의 본질적 특성이다. 하지만 고통에 가득 찬 상태에서 그것을 너그러이 이해하기란 너무 힘들다. 역설적이게도 관료주의에 꽉 막힌 통로를 뚫어준 것은 베네수엘라 군대다. 그들은 시신을 인수하는 데 필요한 각종 서류가 국경 초소에서 법원으로, 다시 중앙 행정 부처로 신속히 전달되도록 헬리콥터를 보내줬고, 현지 관리들이 시신을 건네기 전에 뇌물을 요구하지 못하도록 군인들도 보내줬다.

세 활동가의 죽음에 따른 충격과 시신 운반을 둘러싼 힘겨운 싸움에 지쳐, 나는 그 후 몇 년 동안 도저히 콜롬비아에 갈 엄두를 내지 못했다. 하지만 커피 로스터이자 활동가인 나는 그곳 원주민과 커피 농부들의 계속되는 투쟁을 잊지 않았다. 미국 정부가 콜롬비아의 내전과 마약 문제에 깊이 개입할수록 더더욱 그러했다. 나는 콜롬비아 원주민들을 위해 뭔가 하고 싶었지만, 콜롬비아라는 단어만 떠올려도 눈물이 앞을 가려 어찌할 바를 몰랐다.

애너하임(Anaheim)에서 개최된 2002년 SCAA 총회에서 나는 콜롬비아의 카우카(Cauca) 지방에서 온 젊은 농부들을 만났다. 그들은 내전의 혼란 속에서도 삶을 주체적으로 일구고자 코수르카(Cosurca) 협동조합을 만들었다. 코수르카도 영세 커피 생산자들로 구성된 세계의 여느 협동조합과 마찬가지로 커피를 통해 농민들의 삶의 질을 향상시키려는 중대한 사회적 사명이 있었다. 조합장 레네(Rene)는 나처럼 변호사이자 지역 조직가다. 와시나와톡에 관해 말하자 그는 내 손을 꼭 잡아주었고, 우리는 함께 울었다. 비로소 나의 치유가 시작되는 느낌이었다. 하지만 레네와 함께 커피 구매에 대해 이야기하기 시작하자, 근사하게 양복을 빼입은 콜롬비아커피연합 대표들이 삽시간에 주변을 에워쌌다. 그들은 레네를 그 자리에서 내쫓다시피 한 뒤, 코수르카 커피를 원한다면 유기농뿐 아니라 비유기농 커피도 사야 한다고 말했다. 내 회사는 유기농 커피만 구매한다고 말해도 막무가내였다. 코퍼레이티브 커피스가 비유기농 콜롬비아 커피를 구매하기는 했다. 비유기농 커피를 사용하는 조합원들이 일부 있었기 때문이다. 하지만 콜롬비아커피연합과 직접적인 관계를 맺을 수는 없는 일이다.

나는 코수르카 협동조합이 수출 인가를 받을 수 있도록 레네를 돕기로 했다. 물론 그 일은 조용히 진행되어야 했다. 조합에게는 매우 위험한 일이 될 수도 있기 때문이다. 그러나 코수르카 협동조합은 그 후 2년에 걸쳐 성공을 거뒀고, 콜롬비아의 수도 보고타(Bogota)에 수출 사무소도 설치했다. 나 역시 폰도 파에스(Fondo Paez) 협동조합에서 커피를 구매했다. 폰도 파에스는 코르디예라 센트랄(Cordillera Central) 지역에 있는 몇몇 원주민 보호 구역의 원주민 커피 농부들이 만든 작은 협동조합이다. 하지만 나는 시에라네바다(세계의 심장)의 마모(형님)들이 땅의 균형을 지켜가는 그곳에 늘 마음이 끌렸다. 2000년대로 접어든 후 몇 년 동안 아루아코 마모들은 마을의 젊은이들을 대학에 보내어 법조인으로, 경제학자로, 생태학자로 키웠다. 부족의 전통에 굳게 발을 디딘 강력한 전문가들을 양성하기 위해서다. 모이세스 비야파네스와 그의 자매들은 그 대표적인 사례라 할 수 있다. 마모들은 이런 방식으로 '아우들'을 교육시키고, 시에라네바다를 현대 세계의 습격에서 보호하려는 것이다. 그들은 몇 가지 단체를 만들었다. 고나윈두아

타이로나(Gonawindua Tayrona Organization), 타이로나원주민연맹
(Tayrona Indigenous Federation, CIT) 등이 그것이다. 이 단체들은 바깥
세상에 대해 연합 전선을 형성하고 지역 운동을 활성화하기 위해 만들
어졌다.

마모들은 워싱턴의 월드뱅크, 브뤼셀의 유럽위원회(European
Commission) 등을 비롯한 세계 여러 기구를 방문하여 지구 생태계가
균형을 잃고 있다는 그들의 메시지를 전했으며, 포도주박람회나 치즈
박람회에서 연설하기도 했다. 그런 박람회에서 지구의 운명이 심각하
게 논의될 리 없는데도, 세계 각지의 브로커들이 이 '재미난 예언자
들'에게는 사진 한 장 찍는 것 외에 관심을 두지 않는데도 마모들은
자신의 메시지를 전하는 데 조금도 주저하지 않았다. 비야파네스는
2003년에 뉴욕과 매사추세츠를 방문했다. 미국의 대학생들에게 그러
한 메시지를 가르치기 위해서다. 그 참에 그가 나의 커피점에 들렀고,
우리는 다시 만났다. 그는 와시나와톡의 일에 대한 나의 슬픔에 깊은
공감을 표했고, 언젠가 그 고통을 함께 치유할 수 있기를 소망했다. 또
시에라네바다 지역에 대한 인위적 황폐화가 가속화되는 만큼 아루아
코 부족의 고통도 함께 치유할 수 있었으면 좋겠다고 했다.

2006년, 콜롬비아의 비영리 사회단체 카하 에라미엔타스(Caja
Herramientas : '도구 상자'라는 뜻)가 코퍼레이티브 커피스와 접촉을 시
도했다. 그 단체는 아루아코 부족의 커피 판매를 돕고, 궁극적으로 부
족이 직접 커피를 수출할 수 있도록 준비 과정에 힘을 보탰다. '카페
티운(Café Tiwun)'이라는 그들의 커피는 유기농으로 재배되었지만 대
안무역 레지스트리에 오르는 데는 실패했다. 레지스트리에 오르지 않
은 커피를 살 것인지 말 것인지에 대해 코퍼레이티브 커피스 내에서
논쟁이 오갔다. 아루아코 커피가 왜 레지스트리에 오르지 못했는지 조

사한 나는 원인이 커피 자체가 아닌 문화에 있다는 것을 알아냈다. 아루아코 부족은 커피 사업을 CIT 활동의 한 부분으로, 즉 보다 광범위한 원주민 주권 운동의 일환으로 전개해왔다. 레지스트리에 등록하려면 협동조합이 필요한데, 아루아코 부족은 공식적인 '협동조합'을 만들지 않았다. 하지만 그들은 사업을 아주 투명하게 운영했다. 돈은 농부들에게 확실히 전달되었으며, 프로젝트의 목표 역시 지역민을 지원하고 그들의 세력화를 북돋는 데 있다는 것을 분명히 못 박았다.

이런 자결권 운동 조직은 지구 곳곳에서 결성되지만, 유럽인들이 만든 레지스트리 기준에는 딱 들어맞지 않았다. 코퍼레이티브 커피스는 그들의 커피를 사기로 결정했다. 가슴이 뿌듯했다. 하지만 도착한 커피의 품질이 영 좋지 않았고, 생두의 상태도 들쭉날쭉했다. 원인을 알아야 했다. 우연히 이번 수확물만 품질이 좋지 않았을까, 아니면 품질관리에 근본적인 문제가 있을까? 품질이 고르지 않은 커피를 계속 구매할 수는 없다. 누군가 산지에 가서 직접 확인해볼 필요가 있다. 와시나와톡의 남편 알리(Ali)와 게이의 남편 존(John), 내 가족과 긴 이야기를 나눈 끝에 나와 콜롬비아의 관계를 재정립할 때가 왔다는 결론을 내렸다. 나는 카하 에라미엔타스와 접촉해 부활절 직후 그곳을 방문하기로 일정을 잡았다.

카하 에라미엔타스와 함께 일해온 네덜란드인 조엘(Joel)이 보고타 공항으로 마중 나왔다. 호텔로 가면서 조엘에게 모이세스 비야파네스라는 아루아코 젊은이를 아냐고 물었다. 비야파네스를 만난 지도 벌써 여러 해가 지났다. 조엘이 깜짝 놀라며 말했다.

"비야파네스와 나는 한 집에 살고 있습니다. 지금 집에 있을 거예요." 조엘이 휴대전화로 비야파네스와 통화를 했다. "지금 당장 집으로 올 수 있느냐고 하는군요."

집 앞에 도착한 우리는 택시 운전사와 말다툼을 했다. 그가 지나치게 많은 요금을 요구했기 때문이다(조엘은 그것이 '콜롬비아 택시 법칙'이라며 웃었다). 흰 시멘트 건물 내부로 들어가자 통통한 남자가 칠흑같이 검은 머리를 늘어뜨리고 서 있다. 그는 깔때기 모양 흰색 모자(시에라네바다의 만년설을 상징한다)를 쓰고, 무릎까지 내려오는 흰 튜닉과 레깅스를 입었으며, 어깨에는 기하학적 무늬가 그려진 작은 배낭을 메고 있었다.

"딘, 누 후나카나, 누 기야(nu junakanah, nu guiya : 내 다정한 친구, 내 형제). 마침내 콜롬비아에 오셨군요." 비야파네스는 따뜻하게 웃으며 나를 반겼다.

비야파네스는 법대에서 원주민 인권과 국제법을 공부하고 있었다. 그는 나를 방으로 안내한 뒤 지금까지 자신이 해온 활동과 관련된 사진이 담긴 앨범을 보여주었다. 워싱턴에서 빌 클린턴과 비야파네스, 로마에서 디팩 초프라(Deepak Chopra : '정신－신체' 의학이라는 분야를 창안한 세계적인 의학자이자 영적 지도자—옮긴이)와 비야파네스, 보고타에서 샤키라(Shakira : 콜롬비아 출신의 유명 가수—옮긴이)와 비야파네스… 세계 정치계와 문화계의 저명인사들이 그 앨범에 모여 있었다. 비야파네스는 자기 부족의 열렬한 옹호자로, 아우들에게 아루아코 부족의 세계관 '근원의 법칙(Law of Origin)'을 가르치는 데 온 정성을 쏟았다. 나는 아루아코 남자들이 다른 사람에게 자신과 같은 방식으로 생각을 바꾸고, 자신과 같은 방식으로 세상을 바라보도록 설득하는 일을 매우 즐긴다는 것을 깨달았다.

비야파네스는 내가 몇 년 동안 침묵을 지키다가 갑자기 나타난 것에 전혀 놀라지 않았다. 그는 우리가 이 세상을 치유하기 위해 각자의 영역에서, 각자의 방식으로 일한다는 것을 잘 알았다. 단지 내가 왜 그 시점에 콜롬비아에 왔는지 궁금해할 뿐이었다. 나는 코퍼레이티브 커피스가 구입한 커피에 문제가 있으며, 원인이 무엇인지 알아보기 위해 왔다고 설명했다. 카하 에라미엔타스와 CIT는 농부들을 위해 헌신적으로 일하는 단체며, 사업 역시 투명하고 민주적으로 꾸려간다는 것을 알기에 더더욱 상황을 자세히 파악하고 싶다고 했다. 비야파네스는 나의 그러한 결정에 기뻐했고, 제삼자의 시각에서 좀더 공정한 판단을 할 수 있을 것이라고 말했다.

"우리 지역 사람들을 만나보면 아주 흡족하실 겁니다." 비야파네스가 자신있게 말했다. 나는 지구 온난화 때문에 '세계의 심장'이 어떤 영향을 받는지도 알고 싶다고 했다. 비야파네스는 오래전부터 강설량과 강우량이 줄어 강물이 말라간다는 것, 기온이 높아지고 물이 줄면서 산림 속 생태계도 변한다는 것 등을 말해주었다.

"초목이 태양과 더위에서 필사적으로 도망친다는 느낌을 받습니다. 고도가 낮은 지역에서 발생해선 안 되는 현상이죠." 비야파네스는 과학적 지식과 시적 감수성을 결합하여 상황을 아주 적절하게 묘사했다. "하지만 이런 이야기는 저보다 마모들에게 들으시는 게 좋습니다."

"그렇긴 합니다만, 마모들을 만나기 위해 3000m가 훨씬 넘는 시에라네바다로 올라갈 엄두가 나지 않습니다. 게다가 마모들은 외부인이 들어오는 걸 반기지 않는다고 들었습니다. 특히 예고도 없이 말이죠. 제 다리가 영 시원치 않고, 산속 깊이 들어가는 것도 겁이 나는군요. 와시나와톡 일도 있고…."

비야파네스는 내 어깨에 손을 올리며 말했다. "산으로 올라가지 않아도 됩니다, 친구. 마모 한 사람이 이 집에 살고 있습니다. 바로 제 옆방이죠. 시에라네바다의 환경 변화에 대해서는 그 사람이 전부 말해줄 수 있을 겁니다. 당신의 고통에 대해서도 그에게 털어놓을 수 있을 테고요."

나는 소스라치게 놀랐다. 도움이 간절히 필요한 바로 그 순간, 기다렸다는 듯이 도움의 손길이 나타났기 때문이다. 마치 영혼의 이메일이라도 주고받은 듯한 느낌이었다. 이렇듯 신비한 일은 일생에 몇 번 생길까 말까 한 법이다. 비야파네스를 만난 것도 그런 경우에 속한다. 사실 이번 여행 전체가 그랬다.

비야파네스는 집 안쪽으로 가더니 잠시 후 나이 많은 아루아코 남자와 함께 나타났다. 남자는 전통 의상을 입고, 용수철 모양 머리를 길게 늘어뜨렸다. 처음에 나는 그가 파마를 했을 것이라 생각했다. 그러나 나중에 알아본 바에 따르면 아루아코 남자들은 사는 지역에 따라 머리 모양이 몇 가지로 나뉜다고 한다. 비야파네스는 그를 자신의 삼촌 팜바우티스타 비야파네스(Fambautista Villafanes)라고 소개했다. 나와 악수하는 마모 팜바우티스타의 손 힘은 유난히 강했다. 자세히 보니 그는 팔뚝이 불끈불끈 솟은 근육질이다. 여든세 살이라는데, 기껏해야 40대 후반으로밖에는 보이지 않았다. 불손하게도 잠시 이런 생각이 스쳤다. '세상에 이럴 수가. 당장 팔굽혀펴기라도 시작해야겠군.'

팜바우티스타가 나를 뚫어지게 쳐다보는 것을 깨달았다. 나는 그의 시선을 힘껏, 그리고 부드럽게 온 마음을 다해 받아들였다. 잠시 후 그는 비야파네스를 보더니 고개를 짧게 끄덕였다. 비야파네스는 나의 방문 목적을 마모에게 미리 이야기했다는 것, 방금 마모가 나를 받아들였다는 것, 그리하여 이제 내가 마모와 이야기를 나눌 수 있다는 것 등을 말해주었다. 나는 두 사람에게 깊은 감사를 표했다. 나는 아루아코 부족과 마모들의 역할에 대해 읽은 적이 있지만, 그런 책들은 인류학자 같은 외부인들이 자신의 관점과 목적에 따라 쓴 것이기 때문에 한

계가 있다고 말했다. "마모께서 제가 좀더 잘 이해할 수 있도록, 그리하여 제가 아루아코 부족과 좀더 잘 일할 수 있도록 도와주시겠습니까?" 마모는 다시 한 번 고개를 짧게 끄덕였다.

팜바우티스타가 다섯 살이 되던 해, 마모들이 그의 집에 찾아왔다. 대공황이 시작된 1929년 어느 날이었다. 미국 증시가 폭락한 바로 그 날이었을지도 모른다. 시에라네바다에서는 대공황 역시 마모들이 지켜내야 하는 이 세계의 무한한 윤회의 한순간에 불과했을 테지만 말이다. 마모들은 팜바우티스타를 포함한 소년 몇 명을 미래의 마모로 선택했다. 아루아코 부족에게는 더없이 영광스러운 일이다. 마모들은 그를 시에라네바다 꼭대기에 있는 작은 마을로 데려간 뒤 마모가 되기 위한 훈련을 시켰다. 그는 창문 하나 없는 돌 오두막에 갇혀 16년을 보냈다. 매일 아침 마모들이 오두막으로 와서 그에게 아루아코의 우주관 '근원의 법칙'을 가르쳤다. 삶의 영적 측면과 물질적 측면의 조화가 유지되도록 마모들이 수행해야 할 역할에 대해서도 가르쳤다. 그는 이 모든 가르침을 스펀지가 물을 빨아들이듯 받아들였다. 바깥세상을 전혀 볼 수 없었기 때문에 상상을 통해서만 세상을 그렸다. 그는 세상의 균형을 잡기 위한 의식을 치르는 방법을 배웠고, 불균형을 바로잡기 위해 치러야 할 응분의 대가와 노력에 대해서도 배웠다. 또 아루아코 남자들이 성년이 될 때 받는 포포로(poporo)도 받았다.

포포로는 속을 비운 조롱박으로, 아루아코 남자들은 시에라네바다 산맥의 밑자락에 있는 바닷가에서 채취한 조개껍데기를 갈아 그 속에 넣고 다닌다. 코카 잎을 씹어 먹을 때 나무 꼬챙이로 조롱박 속의 조개껍데기 분말을 조금 떠서 함께 먹기 위해서다. 그렇게 하면 입 안에 침이 잘 돌아 코카 잎을 좀더 쉽게 씹을 수 있다. 나무 꼬챙이로 노르스름한 조롱박 표면에 글을 쓰기도 한다. 자신의 생각을 조롱박에 조금씩 써나가는 것이다. 조롱박에는 아루아코 남자들이 일생 동안 하는 생각이 그렇게 쌓여간다.

제자가 충분히 준비되었다고 판단되면 마모들은 제자를 시에라네바다 꼭대기의 밝고 투명한 태양 아래로 데려간다. 제자의 감각 능력은 극도로 발달했기 때문에 새가 날갯짓하는 소리도 들을 수 있고, 초목이 자라는 소리도 들을 수 있다. 그러고 나서 제자는 다시 여러 성지로 안내된다. 시에라네바다의 정기가 집중되어 흐르는 지점들이다. 오랜 세월 세상을 보지 못한 그의 시력은 수만 가지 색깔과 소리로 다시 깨어난다. 사물의 질서 안에 자신의 위치를 잡을 시간이 된 것이다. 나는 마모 팜바우티스타에게 일생 동안 어떠한 변화들을 목도해왔는지 물었다.

"아우들이 이곳, 세계의 심장에 왔습니다. 그리고 대지의 심장을 도려내고 있습니다. 우리가 의식을 치르는 데 필요한 금을 파내기도 하고, 땅이 흔들리지 않도록 굳건히 지켜주는 나무들노 베어 갑니다. 새들의 집을 파괴하는 것은 물론입니다. 광산에서 흘러내린 화학물질 때문에 물이 오염되고 있습니다. 아우들은 심지어 우리의 신성한 코카로 마약을 만듭니다!" 마모는 말하는 내내 나뭇가지로 포포로를 문질렀는데, 그 소리가 마치 최면을 유도하는 소리처럼 들렸다. 아우들의 어리석은 행위가 빚어낸 고통과 혼란이 포포로 겉면에 수많은 상처로 새겨진 듯했다. "그들은 우리의 땅을 침략했습니다. 그들은 광산이나 농장을 만든다며 우리의 성지를 파괴했습니다. 그들은 세상의 균형을 지키려는 우리의 임무를 수행하기 어렵게 만들고 있습니다. 우리가 세상의 균형을 지키는 임무를 중단하면 어떤 일이 일어나겠습니까? 우리가 우리의 의식을 치르지 못해도 나무들이 계속 자랄 수 있을 것이라 생각하십니까?"

그의 마지막 말에 나는 흠칫 당황했다. 시에라네바다를 파괴하는 일을 중단해야 한다는 데는 나도 동의했다. 하지만 그는 정말 마모들이 신성한 의식을 수행하지 못하면 세상이 멈춰버릴 거라고 생각할까? 그들은 정말 자신이 이 세계를 지탱한다고 믿는 걸까? 합리주의자인 내게는 좀 별나고 낭만적인 생각으로 느껴졌다. 하지만 그의 말이 사실일지도 모른다. 어쩌면 이 세상을 한꺼번에 무너뜨릴 어떤 지점이 있을지도 모른다. 그것은 아주 미세한 지점에서 시작될 것이다. 그리하여 우선은 지역의 생태계와 초목, 동물들이 파괴되고, 나아가 세상은 돌이킬 수 없는 혼란에 빠지는 것이다. 생태학자들은 '영양 단계 연쇄 효과(trophic cascade)'에 대해 경고해왔다. 생태계의 한 고리가 파괴되면 다른 고리의 파괴로 이어지고, 그것은 여러 관련된 고리의 파괴로 이어진다는 것이다. 그 연쇄 효과의 임계점이 시에라네바다에 있을까? 마모들이 거행하는 영적 의식이야말로 진정 이 세계를 유지시키는 핵심 솔기, 중심적인 에너지일까? 마모들은 그렇게 믿는다.

"그러한 파괴를 막기 위해서는 무엇을 어떻게 해야 할까요?"

"모든 백인들이 시에라네바다를 떠나야 합니다."

"아… 그게… 가장 이상적인 해결책이라는 것은 압니다만, 좀더 현실적인 대안은 없을까요?"

"말씀드렸다시피 모든 백인들이 시에라네바다를 떠나야 합니다."

신성한 땅을 보호하기 위해서는 그것이 가장 효과적인 방법이며 유일한 해결책이리라. 세계의 중심을 국제 신성 지역으로 지정해야 할지 모른다. 세상에는 절대적으로 지키고 보호해야 할 장소들이 있다는 것, 그것이 인류를 위해서라는 것. 토템 신앙이나 종교적 터부의 근본 배경이 바로 그런 것이었으리라. 그러한 장소들은 어쩌면 국립공원으로 지정하는 것 이상의 조치가 필요할 것이다. 신성한 의식을 거행하는 몇몇 지킴이들을 제외하고는 어느 누구도 들어갈 수 없도록 하는 조치가 필요할 것이다. 그 지킴이들이 실제로 이 세상을 지탱하는 것이든 아니든, 그러한 의식들은 인간들의 집단적 의식 세계에 존재하는 신성과 세속성 사이에 균형이 필요하다는 것을 늘 상기시키리라.

"하지만 그뿐만이 아닙니다. 아우들은 세계의 심장 너머에서도 땅을 파괴하고 있습니다. 그들이 하는 행위를 전부 알지는 못합니다만, 그들은 전 세계를 바꾸고 있습니다."

"지구 온난화 말씀입니까?"

"당신들이 그것을 어떻게 부르는지 전 모릅니다. 하지만 대지가 점점 더워지고 있습니다. 비 내리는 방식이 전과 다릅니다. 점점 늦게 내리고, 점점 세게 내립니다. 비는 본래 땅을 살리기 위해 내리는 것인데, 요즘은 오히려 땅을 파괴하는 일이 잦습니다. 강물은 바다에 닿기도 전에 말라버립니다. 산 위의 만년설이 강물을 채워야 하는데, 눈도 갈수록 적게 내립니다. 꿀벌마저 사라지고 있어 커피나무는 물론, 다른 모든 식물도 꽃을 피우고 열매를 맺는 데 어려움을 겪습니다."

나는 꿀벌이 줄어드는 것을 어떻게 아냐고 물었다.

"나는 꿀벌들의 소리를 들을 수 있습니다. 그들의 소리가 줄어들고 있습니다. 이 모든 일이 아주 빠르게 일어나고 있습니다. 맨 먼저 당신들은 우리의 금을 가져갔습니다. 그런 다음 우리의 토지를 가져갔습니다. 이제는 물과 공기마저 가져가고 있습니다. 아우들은 땅을 상대로 전쟁을 자행하고 있습니다. 당장 멈춰야 합니다!"

마모가 말하는 동안 비야파네스는 조롱박에서 꺼낸 조개껍데기 분말을 씹고, 그것을 포포로에 문지르며 생각에 잠겼다. 나는 지구 온난화 문제를 논의한다며 브뤼셀에 모인 관료들이 포포로에 새겨진 기록을 읽을 수 있으면 얼마나 좋을까 생각했다. 저 단단한 포포로로 그들의 머리통을 후려칠 수 있다면 얼마나 좋을까.

비야파네스가 와시나와톡의 일을 마모에게 이야기하라고 말했다. 그때의 아픔이 되살아났다. 나만 알던 가장 끔찍한 대목을 이야기하려니 눈물이 줄줄 흘러내렸다. 어느 누구에게도 말하지 않은 대목이다. 이야기를 끝내자 고통과 구토증이 조금 누그러지는 듯했다. 마모는 잠시 침묵을 지키더니 짤막하게 말했다.

"마모는 개인적인 문제를 들어주는 상담가가 아닙니다. 우리는 불균형에서 땅을 지키는 사람들입니다. 당신이 지금 말한 것은 말로 고쳐질 수 없습니다. 오직 영적으로 다스려질 수 있습니다." 그는 조용히 일어나 방을 떠났다.

나는 너무나 당황하여 비야파네스에게 물었다. "제가 뭘 잘못했나요? 제가 모욕적인 말이라도 한 건가요? 갑자기 왜 자리를 뜬 거죠?"

비야파네스는 부드럽게 미소 지었다. 그의 얼굴에는 연민의 빛이 역력했다. "아닙니다. 당신의 치유를 돕는 일을 하기 위해 자리를 뜬 겁니다. 산으로 가서 당신이 할 일을 하십시오. 보고타에 돌아오면 마모를 다시 만나보세요. 에 기 아나추카(Eh gui anachuqua). 그는 당신을 기다릴 겁니다."

바예두파르(Valledupar)는 마치 시에라네바다의 발아래 엎드려 탄원이라도 하는 듯한 형상이었다. 그곳은 인심 좋고 깨끗했으며, 아루아코 사람들과 식민지 정착민들이 자유롭게 섞여 살았다. 그곳에선 FARC가 활동하지 않았으며, 최근에는 우익 민병대도 보이지 않았다. 이따금 군인들이 만들어놓은 노상 바리케이드만이 주민들에게 피비린내 나던 과거 내전을 떠올리게 할 뿐이었다. 내전은 어마어마하게 많은 무덤과 강제 징용, 수많은 납치로 마을을 얼룩지게 했다. 나는 그곳에서 아무런 두려움도 느끼지 않았다. 마을에서 발생할 수 있는 가장 큰 갈등이라면 원주민 음악을 들을까, 토속 바예나토(Vallenato) 리듬을 들을까, 빌보드 톱 텐 음악을 들을까 정도인 듯했다. 읍내는 연례 행사인 바예나토 축제 준비에 여념이 없었다. 그 축제는 콜롬비아 대통령이 직접 개회 선언을 하며, 사흘 밤낮에 걸쳐 아코디언과 기타, 타악기 연주가 계속되는 대단히 큰 행사다.

"하지만 요즘은 부통령이 개회 선언을 하죠. 부통령은 인생을 좀 아는 사람입니다. 현 대통령은 일만 할 뿐 놀 줄은 모르죠." 넬슨 구스만(Nelson Guzman)이 귀띔해주었다. 그는 나를 초대한 카하 에라미엔타스의 창립자 중 한 사람이자 변호사다. 우리는 CIT 본부이자 카페 티운 사업의 본부인 카사 인디헤나(Casa Indigena)로 들어갔다. 그곳에서 재기를 위한 노력이 한창인 아루아코 부족의 정치적·경제적 지도자들을 만나기로 했다. 나는 또 산악 지대에 올라가서 우리의 콜롬비아 커피를 생산하는 농부들을 만나볼 수 있도록 그들에게 허락을 받고자 했다.

건물 안으로 들어가자 넓은 마당에 아루아코 사람들이 서 있었다. 남자들은 자신의 생각을 포포로에 새기고, 여자들은 커다란 목화솜 가닥을 실로 뽑았다. 아주 평화로운 모습이었다. 아무도 내가 들어오는 것을 보지 못한 모양이었다. 구스만이 몇 명에게 나를 소개했다. 하지만 다들 무관심한 표정이었고, 악수할 때도 마지못해 손을 내미는 것 같았다.

"너무 기분 나쁘게 받아들이지 마십시오, 딘. 아루아코 사람들은 모든 외부인을 아우들로 생각한다는 것을 잊지 마세요. 그렇다고 해서 당신을 열등하다거나 뭐 그렇게 여기는 것은 아닙니다. 그저 아우들은 뭘 모른다고 생각하는 겁니다." 구스만이 자상하게 설명했다.

"괜찮습니다. 저는 사람들이 저를 바보라고 여기는 데 아주 이골이 났습니다. 그런데 보통은 저를 잘 알고 난 다음에야 제가 바보라는 것을 알던데…" 농담이었지만 구스만은 동의라도 하는 것처럼 고개를 끄덕였다. 그때 한 남자가 우리에게 다가왔다. 구스만이 내게 그를 소개했다. 윌베르 메스트레스(Wilber Mestres)는 팜바우티스타처럼 마모들에게 선택되어 서구식 교육을 받고 조직 기술을 익혀 부족을 위해 일하도록 부름 받은 사람이다. 메스트레스는 카페 티운의 기획 책임자다. 메스트레스도 다른 사람들과 마찬가지로 카페 티운의 커피를 최초로 구입한 나에게 별다른 관심이 없어 보였다. '이 사람들, 친절 교육부터 받아야겠는걸.' 나는 머리끝에서 김이 모락모락 피어오르는 것을 느꼈다.

우리는 마당 뒤쪽에 있는 사무실로 들어갔다. 전통 의복을 입은 중년 남자들이 노트북 컴퓨터를 들여다보았다. 그들은 근원의 법칙에 대해 토론하고 있었다. 누군가 근원의 법칙을 컴퓨터그래픽으로 그려놓은 것이다. 우리가 들어가자 그들은 이야기를 멈추고 구스만에게 인사를 건넸다. 그리고 험악한 얼굴로 나를 바라보았다. 구스만은 내가 카페 티운을 처음 구입한 코퍼레이티브 커피스를 대표해서 이곳을 방문했다고 소개했다. 변호사로 일하면서 세계 각지의 원주민들과 함께 일한다는 말도 해주었다. 사람들은 아무 반응도 보이지 않았다. 구스만은 내게 직접 자기소개를 하고 이곳에 온 목적을 말하라고 했다. 내가 말하는 동안 남자들은 계속 포포로에 뭔가를 적었다. 포포로 긁히는 소리가 나지막이 방 안을 채웠다. 그들은 나의 활동과 커피 사업에 관해 이야기할 때도 아무런 관심을 드러내지 않았다. 우리가 구매한 커피의 품질에 문제가 발견됐다는 점에 대해서도 마찬가지였다. 하지만 토지 침략 행위에 저항한 원주민 이야기라든가, 권리에 대해서라든가, 커피가 어떤 부족에서는 분열을 일으키는 원인이 되기도 한다는 점에 대해서는 약간 흥미를 보이는 것 같았다.

CIT의 사무국장 헤레미아스(Jeremias)는 시에라네바다가 그려진 커다란 종이를 꺼냈다. 그는 시에라네바다 산맥에 아루아코, 코기(Kogi), 위와(Wiwa), 칸쿠아모(Kankuamo) 부족이 어떻게 분포되어 사는지 보여주었다. 시에라네바다는 바다와 습지부터 사막과 열대우림, 빙하까지 품고 있는 아주 독특한 산악이라고 설명했다. 그 모든 것이 해안에서 시작하여 해발 5800m까지 40km 안에 있다는 것이다. 그곳은 세계에서 가장 높은 연안 산맥이라고 했다. 헤레미아스의 손가락이 30개 주요 하천 유역을 거쳐 바다로 이어지는 루트를 따라 움직였다. 그 지도는 마치 세계지도 같았고, 그 꼭대기는 그야말로 세계의 심장이라 할 만했다.

불행히도 헤레미아스와 마모들의 관점은 시에라네바다를 보는 유일한 관점이 아니었다. 수 세대에 걸친 식민지 정착민들에게 시에라네바다는 그들의 가족을 먹여 살릴 비옥한 농토로 보일 뿐이다. FARC에게는 병사들을 징용하고 은신처를 제공하는 장소며, 각종 교회들에게는 새로운 신자들을 낚는 터전이다. 다국적 광산업자들에게는 땅을 파헤쳐 사유재산을 늘릴 기회를 주는 곳이다. 나는 방 안에 있는 사람들에게 광산업체 프로엑스포트 콜롬비아(Proexport Colombia)가 작성한 메모를 보여주었다. 그 메모에는 '시에라네바다는 금, 주석을 비롯한 여러 광석이 풍부하게 매장된 매력적인 지역'이라는 내용이 쓰여 있었다. 나는 광산업 허가 기간을 5년에서 50년으로 연장하며, 그 후에도 50년을 추가로 자동 갱신해준다는 내용의 새 법률안 사본을 그들에게 건넸다. 백인들은 결코 떠나지 않을 것이다.

또 다른 교활한 침략 음모도 진행되고 있었다. 헤레미아스는 카페 티운 외에 다른 커피 사업체가 두 개 있다고 했다. '카페 나세르(Café Nacer)'는 바예두파르 근처에 살며 산 아래 자락에서 농사를 짓는 아루아코 부족과 식민지 정착민들이 소속된 협동조합이고, '카페 네이(Café Ney)'는 아루아코 부족만 소속된 협동조합이다. 하지만 카페 네이는 개인 소유 조합으로, 농부들은 커피 대금만 받을 뿐 모든 이윤은 소유자에게 돌아갔다.

"그 두 사업도 아루아코 자치권 획득 운동의 일환으로 전개되는 겁니까?" 내가 물었다. 남자들은 서로 바라볼 뿐이고, 잠시 후 헤레미아스가 대답했다.

"그게 꼭 그렇지는 않습니다. 그들은 CIT나 다른 아루아코 조직들과 협력하지 않습니다. 사적으로 운영되는 사업이죠."

"그렇다면 커피를 통해 당신들의 공동체 문화에 '이윤'이라는 개념이 들어온다는 뜻이네요?"

나의 이 질문은 어떤 활동이나 사업이 어떤 가치 아래 전개되고 운영되는가에 대한 토론을 촉발시켰다. 그러한 활동이나 사업이 그들이 궁극적으로 이루고자 하는 목표에 부합하는지 혹은 배치되는지 이해하기 위해서는 그것들이 기반으로 삼는 가치들을 잘 파악할 필요가 있다. 사유화된 조합은 아루아코 부족에게 돈을 줄지언정 집단으로서 정체성을 강화하는 데는 도움이 안 될지도 모른다. 아루아코 부족은 커피 외에 다른 작물도 재배하는데, 그 재배 방식이 아주 독특했다. 마모들이 오랜 시간에 걸쳐 발전시킨 그 재배 방식은 개별 가족과 공동체와 바깥세상의 균형을 적절히 유지시킨다는 목적으로 개발된 것이다. 아루아코 토지 가운데 60%는 가족과 지역 공동체를 위한 식량을 생산하는 데 사용되고, 나머지 40%는 다른 산악 부족과 바깥세상 시장에 판매할 작물을 생산하는 데 사용된다. 커피를 더 많은 현금 소득을 위한 수출용 환금작물로 삼는다면 농부들은 좀더 많은 땅을 커피 경작에 사용해야 한다는 압박을 느낄 것이고, 그들이 지켜온 균형은 곧 위협받을 것이다. 사적 소유, 농부들의 경쟁, 생산 방식의 변화, 수출 의존도 증가…. 이곳은 지금 그 길을 향해 나아가는 것인가?

심각한 토론이 끝난 후, 나는 아루아코 부족의 중심지라 할 수 있는 나부시마케를 방문해도 좋다는 허락을 받았다. 그런데 카페 티운의 기획 책임자 메스트레스가 갑자기 방에서 나갔다. 구스만은 그가 다른 회의에 간 것이라고 했다.

"그는 우리와 함께 나부시마케로 가지 않나요?" 나는 놀라서 물었다. 구스만은 아루아코 운전기사와 농경제학자만 함께 간다고 했다.

낡은 도요타에서는 기름이 새는 냄새가 진동했다. 차체가 여기저기 갈라지고 구멍이 났지만 냄새는 쉽게 빠지지 않았다. 우리는 바예두파르 도로로 가서 다섯 시간 동안 차 안에서 마실 물을 준비했고, 운전기사 세이카린(Seykarin)은 집에 들러 포포로를 가져왔다. 세이카린은 머리가 짧고 서구식 옷을 입었다. 살사와 바예나토를 아주 좋아하는 그는 운전하는 내내 그 음악을 틀었다. 읍내를 벗어나 몇 km 달리자 군사용 바리케이드가 나타났다. 중무장한 군인 네 명이 차 안을 들여다보더니 자기들끼리 뭔가 쑥덕거렸다. 잠시 후 그중 가장 나이 어린 여드름투성이 병사가 뒷좌석에 앉은 나를 보며 유쾌한 목소리로 "해브 어 나이스 데이!" 하더니 떠나는 우리를 향해 손을 흔들어주었다. 세이카린은 FARC나 민병대는 이 부근에서는 더 이상 문제를 일으키지 않으며, 군대도 조용히 제자리를 지킨다고 했다.

우리는 주도로를 벗어나 푸에블로 베요(Pueblo Bello : '아름다운 마을')로 올라가기 시작했다. 10년 전 이 마을에서는 FARC 반군이 당시 민병대 대장이던 농장주의 가축 43마리를 훔쳐 갔는데, 농장주는 그에 대한 보복으로 마을 사람 43명을 납치하여 살해했다. 푸에블로 베요 입구에는 조심 운전을 알리는 도로 표지판이 있었다.

> **서행 운전**
> 인디언과 산짐승 출몰
> 웰컴 투 푸에블로 베요

"이 마을에서도 아직 해야 할 일이 많습니다." 구스만이 생각에 잠긴 듯 말했다.

푸에블로 베요를 벗어나자마자 도로는 거의 수직으로 변했다. 도로라고 보기도 어려웠다. 나는 세이카린에게 지금껏 본 도로 중 최악의 도로를 사용하는 아루아코 부족에게 찬사를 보낸다고 말했다. 도로는 폭우로 여기저기 움푹 파였고, 냉장고만 한 돌덩어리가 사방에 널려 있었다. 우리는 나부시마케에 도착할 때까지 차 안에서 펄쩍펄쩍 제자리 뛰기를 수도 없이 해야 했다. 자동차도 여러 차례 세워야 했다. 차가 요동치는 바람에 자동차 스피커 전선이 끊어지는가 하면, 자동차 키가 빠져 차 바닥에 떨어지기도 했다. 속도가 어찌나 느린지 노새를 타고 가는 소년이 우리를 앞질렀을 정도다. 나는 그들에게 손을 흔들었다. 하지만 소년도, 노새도 아무 반응이 없었다.

"나부시마케에 사는 아루아코 부족은 이 도로를 손보지 않기로 결정했습니다. 여행객과 이방인이 들어오지 못하도록 말이죠." 구스만이 알려주었다.

"원주민 단체들은 대부분 경제적 이유에서라도 여행객을 받아들이려 하는데요. 여행객이 현지 문화를 존중하기만 한다면 말이죠."

"이곳에선 아닙니다."

우리는 해질녘이 되어서야 나부시마케에 도착했다. 마을에는 초가 지붕을 얹은 돌집 36채가 있었다. 이렇게 높은 산 위에 전기가 들어올 리 만무했다. 초가집들은 땅거미 속에서 털이 북슬북슬한 매머드 떼처럼 보였다. 마을 전체는 허리 높이의 돌담으로 둘러싸였는데, 그것은 실제로 누군가의 침입을 막아주기보다는 심리적 방벽에 가까웠다. '출입 금지'라는 메시지가 강하게 묻어났다. 우리는 집들 사이의 포장 도로를 따라 계속 올라갔다. 마을 전체가 텅 빈 듯했다.

"나부시마케는 아루아코의 수도 역할을 합니다. 하지만 회의가 있을 때만 사람들이 오지요. 아루아코 부족의 공동체는 모두 28개인데, 공동체 모두 이곳 나부시마케에 집이 한 채씩 있습니다. 회의 장소로 쓰이는 공동 건물도 있고, 감옥이며 경찰서, 의회도 있습니다. 저기 저것은 보안관이자 총독이 사용합니다." 구스만은 환영해주는 사람이 없는 것에 대해 기분 나빠하지 말라고도 했다.

"프랑스와 네덜란드 외교관을 포함한 유럽연합 사람들이 헬리콥터를 타고 이곳을 방문한 적이 있습니다. 그때도 이곳엔 몇 사람 없었어요. 그들은 이곳을 방문하는 동안 음식 한 번 대접받지 못했습니다. 이곳에선 이방인들을 환영하지 않아요. 바깥세상에서 그들이 아무리 중요한 사람이라 해도 말이죠."

우리는 문이 열린 집을 발견했다. 집 안에는 남자들 여섯 명이 앉아 있었다. 한쪽에 장작불이 희미하게 타고 있을 뿐, 내부는 칠흑같이 어두웠다. 나부시마케의 행정 책임자 그레고리오(Gregorio)의 집이다. 나부시마케의 질서를 유지하는 것이 그의 임무인데, 아무도 살지 않는 마을을 지키는 일은 그리 힘들지 않을 것 같았다. 그레고리오는 우리에게 들어오라고 손짓했다. 구스만은 나더러 여섯 번째 남자 옆에 앉으라고 했다. 하지만 여섯 번째 남자는 자리를 비켜줄 생각을 하지 않았다. 나는 구석에서 엉덩이 반쪽을 장작더미에 걸친 채 앉아야 했다. 누가 나를 무시할 때 최소한 고개라도 구석으로 돌리기 쉬울 것 같긴 했다. 구스만이 거창하게 나를 소개했지만, 나에게 흥미를 보이는 사람은 아무도 없었다. 하지만 그레고리오에게 날이 밝으면 나부시마케 사진을 몇 장 찍어도 좋다는 허락을 받았다. 나는 이번 여행에 절친한 친구이자 다큐멘터리 영화감독 데이비드(David)를 데려오고 싶었다. 촬영도 촬영이지만 동행이 있었으면 해서다. 하지만 아루아코 사람들은 단호하게 거절했다.

마을 밖으로 걸어 나오면서 버려진 낡은 석조 교회 옆에 큰 종탑이 있는 것을 발견했다. 그 교회는 카푸친회(Capuchin order : 엄격한 규율을 중시하는 프란시스코 교단의 한 갈래—옮긴이)의 교회였다고 구스만이 말해주었다('카푸치노 커피'는 카푸친 교단 수사들이 갈색 두건을 입은 데서 유래한다). 그 교회는 1920년대 초에 아루아코 사람들에게 스페인어와 수학을 가르치기로 정부와 계약을 맺었다. 1920년대라면 팜바우티스타 비야파네스가 마모가 되기 위한 수업을 시작한 즈음이다. 간단히 말하면, 교회는 정부에게서 아루아코 부족을 사들인 것이다. 당시에는 그런 풍조가 미국을 포함해 아메리카 대륙 전체를 휩쓸었다. 온갖 교회들이 원주민의 영혼을 '광산질' 하겠다며 경합을 벌였고, 정부에 '뒷줄' 이 있는 교회들이 주로 계약을 따냈다. 카푸친회가 추구한 '진정한 교육' 이란 원주민 아이들을 가족에게서 빼앗아 학교에 감금하고, 그들의 머리를 짧게 자르고, 서구식 옷을 입히고, 아루아코 언어로 말하거나 아루아코의 종교 의식을 수행하면 가차 없이 체벌하는 것이었다.

납치된 아이들 중 하나가 윌베르 메스트레스의 어머니 도나 파우스티아(Dona Faustia)다. 그녀는 네 살 때 카푸친회에 잡혀가 가톨릭 세뇌를 받았다. 하지만 열 살이 되던 해, 산속으로 도망쳤다. 아루아코 언어를 다시 익힌 그녀는 자기 부족의 열렬한 옹호자가 되었다. 그러나 그녀는 지금도 가톨릭 신자다. 파우스티아는 북아메리카 원주민의 '잃어버린 세대'와 본질적으로 성격이 같은 대표적인 사례다. 수만 명이나 되는 아이들이 파우스티아처럼 자신의 문화와 언어, 심지어 가족과도 철저히 유리되어 자라야 했다.

카푸친회는 아루아코 문화를 근절하기 위해 다른 방법도 동원했다. 그들은 아루아코 부족의 씨를 말리려고 콜롬비아의 사막 지대 구아히라(Guajira)에서 가톨릭으로 개종한 현지 유색인들을 데려와 아루아코 여자들을 강제로 그들과 혼인시켰다. 순수 아루아코 혈통이 아닌 아이들을 늘리려고 한 것이다. 그렇게 하면 아이들을 아루아코 문화에서 떼어내기가 한결 수월하리라는 판단에서였다. 태어나면서부터 스페인어를 배우고, 콜롬비아 역사와 가톨릭에 대해 배울 것이기 때문이다. 근원의 법칙도 배우지 않을 것이다.

내가 나부시마케에 머무는 동안 방을 빌려준 도나 이네스(Dona Ynes)가 바로 그런 경우다. 피부가 아주 검고 통통한 그녀는 매일 평상복을 입고 에이프런을 둘렀다. 그녀는 어린 나이에 구아히라 남자와 결혼해 딸을 여럿 두었다. 20대인 딸들은 아직도 이네스와 함께 산다. 그녀는 자신의 삶에 대해 이야기하려 하지 않았다. 그녀에게는 내가 저녁밥을 다 먹지 않고 남긴 것이 훨씬 더 중요한 일인 듯했다. 배고프지 않다고 해도 막무가내로 밥을 먹였다. 그날 오후 나는 구스만과 함께 다른 곳에서 축구공만 한 스테이크를 먹었는데, 집에 돌아오자 이네스는 자신이 만든 음식을 잔뜩 내놓았다. 먹지 않으면 쫓아내기라도 할 듯한 기세였다. 커다란 접시에 감자와 쌀밥과 빵이 수북했다. 황제다이어트(탄수화물 섭취를 중단하고 단백질 섭취를 늘리는 식이요법—옮긴이)를 창안한 닥터 앳킨스(Dr. Atkins)가 봤으면 기절초풍할 노릇이었다. 내가 유난히 큰 감자 하나를 끝내 다 먹지 못하고 남기자 이네스는 나를 노려보며 왜 자기가 만든 음식을 좋아하지 않느냐고 물었다. 구스만과 세이카린은 황급히 자리를 피했고, 홀로 남은 나는 철의 요리사에게 왜 감자를 남길 수밖에 없었는지 설명해야 했다.

다음날 아침, 복수의 기회가 찾아왔다. 구스만이 자기 접시를 비우고 방을 나갔다. 나는 구스만의 빈 접시를 슬쩍한 후, 옥수수 요리가 반쯤 남은 내 접시를 그의 자리에 놓았다. 그런 다음 부엌으로 가서 이네스에게 빈 접시를 자랑스럽게 보여줌과 동시에, 구스만 자리에 있는 접시를 가리키며 마땅찮다는 듯 고개를 가로저었다. 이네스는 그 길로 질풍처럼 손님방으로 달려가 구스만에게 왜 접시를 깨끗이 비우지 않았냐며 호통 쳤다. '접시의 정의'는 그렇게 구현되었다.

1983년, 아루아코는 정부가 카푸친 교단을 나부시마케에서 철수시키도록 하는 데 성공했다. 당시 나부시마케는 '산세바스티안 데 라바고(San Sebastian de Rabago)'라고 불렸다. 교회가 인종 청소 캠페인의 일환으로 마을 이름을 바꾼 것이다. 마모들은 마을에 옛 이름을 돌려주었고, 부족의 전통적인 행정 체계도 회복시켰다. 학교도 1년 동안 폐쇄한 뒤 전통적인 지식을 가르치는 곳으로 부활시켰다. 마모들은 아루아코 문화에 따라 아이들을 가르칠 수 있는 교사들을 고용했다. 도나 파우스티아의 아들 윌베르 메스트레스가 1학년에 입학한 것도 바로 그 해다. 그리하여 새로운 세대가 태어났다. '와시나와톡이 이 사실을 알았다면 아주 좋아했을 텐데….' 가슴이 울먹해졌다.

아침이 되어 우리는 전날 밤에 만난 행정 책임자 그레고리오와 남자들을 다시 만났다. 그들은 전날보다는 친근한 태도를 보였다. 그중 한 사람이 중앙아메리카나 남아메리카의 어떤 원주민들과 함께 일했는지 물었다. 그는 내가 이름을 댄 부족들의 현재 상황을 잘 알았다. 치아파스 지역의 자치권을 획득하기 위해 싸우는 사파티스타(Zapatista), 옥시덴탈 페트롤리엄과 싸우는 에콰도르의 세코야(Secoya), 황폐해진 토지를 소생시키려 애쓰는 페루의 아샤닌카스 등에 대해 모두 아는 눈치였다. 나는 시험이라도 치르는 기분이었다. 아루아코 부족의 상황을 다른 원주민 부족의 상황과 비교하며 열띤 토론을 벌이는 그들을 보고 나서야 시험에 통과했다는 안도감이 들었다.

그들은 나부시마케 마을을 걸으며 내가 반드시 알아야 할 것들을 말해주었다. "저 창문 없는 집에 문이 두 개 있지 않습니까? 하나는 남자 감옥, 다른 하나는 여자 감옥입니다. 부족의 법을 위반하는 사건이 발생하면 치안 책임자 카빌도(cabildo) 앞에서 재판을 받습니다. 도둑질을 하거나 사흘 이상 술에 취해 지내는 것 등 경범죄를 범하면 저 컴컴한 방에 며칠 동안 감금되죠. 중범죄가 발생하면 1년에 한 번씩 열리는 아루아코 전체 의회가 그 사건을 다룹니다. 정황을 살핀 다음 적절한 교정책을 강구하죠. 부족민이 바예두파르에서 경범죄를 범하거나 소란을 피웠을 때는 행정 책임자가 직접 그곳에 내려가 범인을 이곳 나부시마케로 데려옵니다."

그레고리오는 일상적인 행정 업무를 처리하기 위해 자신이 사용하는 둥그런 돌집을 가리켰다. 지붕에는 무선 송신을 위한 태양전지판이 있었다. 나부시마케에서 긴급 사태가 발생하거나 급히 연락할 일이 있으면 그것을 통해 바예두파르 지역의 정부와 연락을 주고받았다.

"식민지 정착민들에게서 어떤 땅을 다시 사들일지 결정하는 일도 이 사무실에서 합니다." 그레고리오가 뿌듯한 목소리로 말했다. 아루아코 부족은 식민지 정착민들에게 빼앗기거나 팔린 땅을 되찾는 작업을 적극적으로 추진하고 있었다. 그 땅은 대부분 시에라네바다의 저지대 경사면에 있다. 아루아코 부족은 전통적으로 땅의 고도에 따라 다른 작물을 재배했으며, 추수 후 그것을 맞교환하는 방식을 이어왔다고 했다. 그렇게 해서 부족민 전체가 다양한 음식물을 통해 영양분을 고루 섭취할 수 있었다. 그러나 식민주의자들이 담배며 커피, 가축들을 들여온 뒤 예전의 패턴은 붕괴되고 말았다. 마모들은 부족민에게 땅을 되찾도록 지시했다. 땅의 균형을 유지하기 위해, 공동체의 조화를 회복하기 위해.

"그렇게 해서 커피가 이 부족을 붕괴해온 겁니까?" 내가 물었다. 그레고리오는 커피 판매업자가 그런 질문을 하는 것이 참으로 이상하다는 표정을 지었다. 그는 나를 물끄러미 바라보더니 답했다. "그렇습니다. 하지만 지금 우리는 부족을 재건하기 위해 돈이 필요합니다. 따라서 커피를 이용하지 않을 수 없습니다. 땅을 다시 사들이고 젊은이들을 교육하기 위해 커피를 이용하는 거죠."

하비에르 메스트레스의 커피 농장을 방문한 우리는 가지가 잘 쳐진 커피나무들 사이를 한참 동안 걸었다. 군데군데 자그맣고 노란 코카나무 덤불이 우거졌다. 구스만은 아루아코 문화에서 코카가 얼마나 중요한지 말해주었다. 아루아코 성인 남자는 누구나 배낭에 포포로와 코카를 넣어 가지고 다닌다. 남자들끼리 길에서 만나면 악수를 하는 대신 코카 잎을 한 줌씩 교환한다. 코카는 아루아코 사람들의 깊은 문화적 연대감의 상징이자, 사람과 땅의 연대감의 상징이다. 하비에르는 콜롬비아 정부가 코카나무를 박멸하기 위해 비행기로 독극물을 뿌리는 바람에 커피를 비롯한 다른 모든 작물들의 작황도 큰 피해를 보고 있다고 했다. 그는 희고 조그만 비행기들이 저공비행 하며 코카에 독극물을 살포하는 모습을 몸으로 재연했다. 독극물은 바람을 따라 주변 일대로 뿌옇게 퍼져나간다고 했다.

마모들은 독극물 살포에 분개했다. 독극물이 농작물뿐만 아니라 여러 성지의 초목과 물까지 오염시켰기 때문이다. 하비에르는 독극물 살포가 미국 정부가 지원하는 '콜롬비아 작전(Plan Colombia)'이라는 사실은 언급하지 않았다. 손님인 나를 의식해 말을 삼간 건지, 미국 정부가 전개하는 '마약과 전쟁'의 복잡한 실체를 잘 몰라서인지 알 수 없었다. 콜롬비아의 유기농 커피협동조합 중에는 독극물 살포로 커피가 오염되어 유기농 인증을 박탈당한 사례도 있다. 하지만 난 하비에르에게 그 이야기를 하지 않았다. 이곳의 많은 커피 농부들은 그러한 폭력과 생태계 파괴의 악순환을 피하기 위해 코카 대신 커피를 심기 시작했다. 나는 한 커피나무의 잎을 톡톡 건드려보았다. 진한 초록빛이 나는 단단한 잎이다. 나무줄기는 굵으면서도 유연했다. 아주 건강한 나무다. 하지만 하비에르가 보기엔 문제가 많았다.

"요즘 들어 꽃이 너무 일찍 피고, 열매가 맺히기도 전에 집니다. 지난 5년 동안 수확량이 계속 줄어들었어요. 비도 너무 빨리 내리고요." 하비에르는 이파리 하나를 뒤집더니 갈색 딱지 같은 것을 보여주었다. 박테리아가 뭉친 로요(royo)다. "로요도 훨씬 단단해졌어요." 이것 역시 지구 온난화의 기이한 영향 중 하나다. 식물에 독성이 가해질수록 해충 역시 강해지고, 제거하기 힘들어진다.

"그래서 올해 수확한 커피의 품질이 떨어졌나 보죠?" 나는 빨리 그 문제를 해결하고 싶었다.

"아닙니다. 수확량은 줄었지만 품질은 예년과 같았습니다. 게다가 시원찮은 열매를 다 제거한 뒤 바예두파르에 있는 가공소에 보냈죠.

우리는 우리의 커피를 아주 자랑스럽게 생각합니다."

　우리는 좀더 산 위쪽에 있는 커피 재배지에도 가보았다. 농부들은
한결같이 기후 변화가 커피와 다른 작물에 좋지 않은 영향을 미친다고
말했다. 그들은 자신이 손쓸 수 없는 그러한 변화에 대해 혼란스러워
하고 낙담했다. 커피 밭에서 일하던 농부들이 멀리서 나를 보더니 예
의 '형님들' 방식으로 인사했다.

　"베카 나 소야노(beca na zoyano)! 당신 여기서 뭐 하는 거야? 당장
나가!"

　우리는 산에서 내려와 오후 늦게 바예두파르로 돌아갔다. 수출용 카
페 티운 커피를 정선하고 품질을 분류하고 포장하는 협동조합 소유의
가공소 코옵카페노르(Coopcafenor)를 방문하기 위해서다. 공장 지배인
페드로 플라타(Pedro Plata)는 아주 친절하고 개방적인 사람이다. 그는
내게 공장 시설을 보여주고 각종 서류에 대해 설명해주었다. 농부들이
지급받은 돈의 내역과 커피의 입출고 상황이 필기 문서와 컴퓨터 자료
로 분명하게 기록되었다. 나는 나부시마케의 농부들이 납품한 커피가
어떤 과정을 거쳐 코퍼레이티브 커피스로 발송되었는지 관련 서류를
자세히 검토했다. 그리고 커피의 품질이 고르지 않은 것에 대해 공장
장과 이야기를 나눴다. 플라타는 아주 난처해했다. 그들의 관리 체계
에 아무런 변화나 이상이 없었기 때문이다. 서류를 좀더 검토하던 중
나는 혹시 고도에 따라 커피 품질이 다른지 물었다. 그는 최근 몇 년
동안 저지대 농장의 커피 품질이 약간 변하긴 했지만, 그것이 기후 변
화와 관련된 것인지는 잘 모르겠다고 했다. 나는 수출용 커피와 그렇
지 않은 커피를 어떻게 분류하느냐고 물었다. 고도별로 분류하는지,
지역별로 분류하는지. 플라타는 자신들은 아무 기준을 두지 않는다고

했다. 모든 커피가 카페 티운이라는 것이다.

"바로 그거군요! 그래서 커피 생두의 품질이 들쭉날쭉했던 겁니다. 우리가 작년에 받은 커피와 올해 샘플로 받은 커피가 각각 다른 농장에서 수확된 게 분명해요." 나는 이곳 커피가 시장에서 인정받으려면 반드시 커피를 고도별 혹은 지역별로 분류해야 한다고 설명했다. 그래야 구매자들에게 해가 바뀌어도 일정한 품질이 유지된다는 믿음을 줄 수 있다. 스페셜티 커피가 동네 슈퍼에서 파는 일반 커피와 다른 것도 이 때문이다. 플라타와 구스만은 내 이야기를 아주 관심 있게 들었다. 카페 티운 사업을 시작한 지 2년밖에 지나지 않아서인지 그들에게 이러한 이야기를 해준 사람은 아무도 없었다. 그들에게는 카페 티운을 통해 아루아코 부족에 돈을 벌어들여야 할 사명이 있다. 나는 고도와 지역별로 커피 샘플을 얻을 수 있는지, 그중 제일 마음에 드는 커피를 구매해도 되는지 물었다.

"세구로(seguro)! 물론입니다! 당신뿐 아니라 다른 모든 구매자들한테도 그렇게 할 수 있습니다. 그렇다마다요. 자, 그럼 이제 어디 가서 맥주라도 마시면서 축배를 들까요? 바예나토도 듣고요!" 플라타가 기쁨에 찬 듯 말했다.

다음날 이른 아침, 우리는 다시 카사 인디헤나로 갔다. 사무실은 사람들로 가득 차 있었다. 나의 방문이 아주 성공적이었다는 말이 CIT 지도부의 귀에까지 들어간 모양이다. 내가 방문한 기간 내내 우리는 그들의 커피 사업 개선 방안을 논의했고, 그들의 문화에 대한 이해와 존중을 높일 방안도 논의했다. 지금 이 사무실에 모인 사람들은 내가 처음 이곳을 방문했을 때 있던 바로 그들이다. 하지만 지금의 분위기는 첫날의 냉랭한 그것과는 사뭇 달랐다. 우리는 커피와 지역 문화와 지구 온난화에 대해 좀더 이야기했다. 그리고 내가 가져온 이익배당금 1100달러를 어떻게 사용할지에 대해서도 의견을 나눴다. 아루아코 부족답게 그들은 이익배당금을 영적인 목적(더 많은 토지를 사들이는 것)과 물질적 목적(그들의 커피 가공소를 건설하는 것)에 고르게 사용하기로 했다. 헤레미아스는 시에라네바다 지도가 그려진 커다란 두루마리 종이를 펴더니 몇 가지 기호와 동물 형상을 그려 넣었다. 그리고 아우에게 근원의 법칙에 대해 설명하기 시작했다. 그들은 나를 받아들였다.

보고타로 돌아온 날, 마모가 나를 자신의 방으로 불렀다. 그는 내가 와시나와톡의 죽음에 따른 상처를 치유할 수 있도록 도와줄 채비를 갖췄다. 우리는 방바닥에 매트를 깔고 앉았다. 그가 와시나와톡의 이름이 쓰인 종이를 꺼냈다. 그의 다른 손에는 금가루가 든 작은 유리병이 있었다.

"시에라네바다의 금은 이승과 저승을 잇는 가교 역할을 합니다. 눈을 감으십시오. 그리고 당신 친구의 모습을 그리십시오. 그녀의 평안을 비십시오." 그는 아주 낮은 목소리로 찬가를 부르기 시작했다. 노래는 내 마음을 어루만지는 듯했고, 내 눈에서는 하염없이 눈물이 흘렀다. 잠시 후 마모는 유리병을 열더니 내 손에 그 귀한 금가루를 조금 뿌려주었다. "이 가루를 불어 공중으로 날리십시오. 당신의 공포와 고통을 놓아주십시오. 당신은 이 땅과 화해할 것입니다. 당신은 자신과 화해할 것입니다."

나는 아루아코 부족과 그들의 신성한 산에도 평화와 화해가 찾아오기를 기도했다.

2007년, CIT와 카하 에라미엔타스 대표들은 SCAA 총회와 무역박람회에 처음으로 참석했다. 품질관리에 많은 신경을 쓴 결과, 그들은 그 해 무려 컨테이너 14개 분량의 커피를 수출했다. 20만 kg이 훨씬 넘는 양이다. 팜바우티스타 비야파네스 같은 마모들과 윌베르 메스트레스 같은 그들의 지지자들은 이 세상을 돌며 지구 온난화의 파괴적인 위험에 대해, 모든 생명의 어머니인 이 땅에 가해지는 비통한 상처에 대해 아우들을 계몽시키는 일에 주력하고 있다. 점점 더 많은 사람들이 그들에게 귀 기울이고 있다.

3부

중앙아메리카

멕시코

멕시코시티 ★

과테말라

과테말라시티
★

산살바도르 ★

엘살바도르

니카라과
★ 마나과

5

타오르는 자유의 촛불

과테말라, 1993

리오스몬트(Rios-Montt) 장군의 강철 같은 손아귀가 느슨해졌다. 군대는 요새로 퇴각했고, 게릴라들도 무기를 내려놓았다. 내려놓지 않았다 해도 최소한 깊은 산속으로 숨어든 것은 분명했다. 수많은 마을에서 자행되던 대량 학살은 중단되었다. 국제시장에서는 가공 전 커피 열매의 값이 파운드당 1달러로 올랐다. 커피 농부들이 굶지 않아도 되고, 담보로 잡힌 땅을 은행에 빼앗기지 않아도 되는 값이다. '암흑의 시대'가 사라지면서 과테말라 전역에서는 안도의 한숨 소리가 들리는 듯했다.

새로운 시작을 알리는 시각이다. 총선이 거행될 시각. 게릴라들도 총선 참여를 독려했다. 민주적으로 선출된 하코보 아르벤스(Jacobo Arbenz)가 CIA와 거대 자본, 대지주들에게 축출된 1954년 이후 최초로 실시되는 자유선거다. 당시 아르벤스는 커피 재배지와 여타 농경지를 지주들에게서 몰수하여 농민들에게 재분배했다.

세계 각지에서 선거 감시원이 과테말라시티(Guatemala City)로 몰려들었다(현지인들은 과테말라시티를 '과테'라고 부른다). 과테말라 원주민 운동가이자 노벨평화상 수상자 리고베르타 멘추(Rigoberta Menchu)가 내게 과테말라에 와서 선거 감시 활동을 도와달라고 부탁했다. 지난 1980년, 나는 젊고 수줍음 많은 활동가 멘추를 미국으로 데려오기 위해 조직된 추진단의 일원으로 일한 적이 있다. 솔직하고 개방적이고 혈기 왕성하던 나는 그녀에게 다가가 뜨거운 포옹을 하고 뺨에 키스를 했다. 그녀는 큰 충격을 받았고, 그곳에 있던 나머지 사람들 역시 크게 분개했다.

"그에게 키스를 허용한 건 그때가 처음이자 마지막이에요." 그 이야기가 나올 때마다 멘추가 하는 말이다.

나는 변호사였고, 아티틀란 호수(Lake Atitlan) 인근의 원주민 커피 농부들과 오랫동안 함께 일해왔기 때문에 멘추는 내가 선거 감시원의 역할을 잘할 것이라 생각했다.

"당신이 그 지역 원주민들의 눈이 되어주셨으면 합니다." 멘추는 눈을 찡긋하며 한마디 덧붙였다. "당신의 눈길을 투표장에만 고정하세요. 여자들에게 두지 마시고요."

선거 규칙에 따르면 모든 선거운동은 선거일 일주일 전부터 중단되어야 했다. 평화와 엄숙을 유지하고, 이 역사적인 사건을 둘러싼 지나친 긴장감을 덜기 위해서다. 그러나 선거일 닷새 전에 도착했을 때 과테 거리는 각종 집회와 행진으로 뒤덮였고, 정당의 깃발과 플래카드,

전단지가 사방에 산더미처럼 쌓여 있었다. 그것은 어떤 규칙과 규제로도 막을 수 없는 참여의 물결이었다.

나는 농민연합위원회(United Peasants Committee, CUC) 사무실로 갔다. CUC는 좌파는 물론 게릴라들과도 동맹을 맺은 꽤 강력한 원주민 단체로, 나의 공식적인 스폰서 단체기도 했다. 대기실에 앉아 있으니 체 게바라와 예수의 이글이글한 눈이 양쪽 벽에서 나를 노려보았다. CUC 회장 로베르타(Roberta)가 나를 맞이했다. 그녀는 붉은색과 파란색이 섞인 우이필(huipil, 블라우스)과 검은색 코르테스(cortes, 치마)로 된 전통 의상 트라헤(traje)를 입었다. 의상만으로도 어떤 강력한 메시지가 느껴졌다. 그녀는 나를 선거 감시원으로 등록시키기 위해 시내 중심가에 있는 옴부즈맨 포 휴먼 라이츠(Ombudsman for Human Rights) 사무실로 데려갔다. 우리의 타이밍은 절묘했다. 바로 다음날 옴부즈맨 사무실이 우익 총잡이들에게 습격당했기 때문이다.

로베르타는 선거 감시원 증명서를 내 손에 꼭 쥐여주며, 내가 솔롤라(Solola)에서 일을 무사히 마칠 수 있기를 빈다고 말했다. 솔롤라는 아티틀란 지역의 행정 수도로, 나는 그곳에서 선거 감시 활동을 하기로 되어 있었다. 할 이야기가 많았지만 로베르타는 넘쳐나는 단체 일을 돌보랴, 10개월 된 딸아이를 돌보랴 너무나 바빴다. 그녀는 검은색과 붉은색 체크무늬 숄을 왼쪽 어깨에서 오른쪽으로 두르고 그 안에 아이를 감싸 넣었다. 원주민 전통 의상에 대한 지식이 조금이라도 있는 사람이라면 로베르타가 입은 트라헤만으로도 그녀가 과테에서 훨씬 벗어난 높은 산악 지대 치말테낭고(Chimaltenango) 지역 출신이라는 것을 금방 알아챌 수 있다. 정부군은 원주민들의 복장을 통해 그들을 추적하곤 했다. 그들은 어떤 디자인이 어느 부족을 상징하는지 잘 알았다. 그들은 치말테낭고나 우에우에테낭고(Huehuetenango) 부족을 상징하는 옷을 입은 사람들은 게릴라의 앞잡이라고 믿었다. 그들의 디자인은 곧 적을 의미했다. 그리하여 '암흑의 시대'를 거치는 동안 원주민 수천 명이 사라졌다. 정부군은 한 마디 질문도 없이, 한 마디 변명조차 듣지 않은 채 원주민들을 살해했다. 단지 그런 옷을 입었다는 이유만으로.

　로베르타와 CUC는 정부의 요주의 대상이다. 나는 혹시 누군가 그녀를 미행하지 않을지 걱정이 되었다. 그녀는 나를 옴부즈맨 사무실 건너편에 있는 카페에 남겨놓고 눈 깜짝할 새에 행진하는 군중 속으로 사라졌다. 그녀는 사람들 속에 몸을 재빨리 숨기는 법을 잘 알았다. 카페는 파란색 완장을 찬 외국인 선거 감시원으로 가득 찼다. 외국 노동조합 대표, 교사 단체 대표, 유엔 직원, 스위스 국회의원, 그밖에 수많은 인권단체와 NGO 대표들이 산간벽지로 출발하기에 앞서 마지막 라테를 즐기고 있었다. 나는 스위스에서 온 감시단 몇 명과 자리를 함께 했다. 한 명은 변호사고, 두 명은 노조 지도자다. 그들은 2주 전에 이곳에 와서 선거 진행 과정을 지켜보았고, 그에 대해 각기 여러 가지 의견을 피력했다. 과테말라 국민들의 열정과 희망을 보기도 했지만, 몇 가지 암울한 징조도 보았다고 했다.

　"산타루시아(Santa Lucia)에서는 군인들이 마을 한가운데 진을 치고 있습니다. 유권자들에게서 떨어져 요새에 머물러야 하는데도 말입니다. 총이며 각종 무기도 가지고 마을에 들어왔습니다. 뿐만 아니라 부정부패와 폭력 행사 등으로 군에서 쫓겨난 퇴직 장교들도 군인들과 나란히 마을 한가운데 진을 치고 있는 실정이죠." 노조 지도자 찰스(Charles)가 말했다.

　"유권자들을 위협하기 위해서입니다. 하지만 우리 모두 알다시피 지난 수십 년 동안 이곳에선 살인은 물론이고 폭력과 협박이 판을 쳤습니다. 선거가 치러진다고 해서 폭력과 협박이 한순간에 사라지진 않겠죠." 변호사 브리지트(Brigitte)가 커피를 한 모금 마시더니 심각한 목소리로 덧붙였다.

내가 커피 재배 지역의 원주민들과 일한다고 말하자, 그들은 우에우에테낭고의 커피 농부들과 만난 이야기를 해주었다. 그 농부들은 투표를 하려면 이틀 동안 임금을 받지 못할 뿐만 아니라 교통비며 숙박비 등 추가 비용을 들여야 하는데, 그럴 만큼 가치 있는 일은 아니라고 생각하는 눈치라고 했다.

또 다른 노조 지도자 버나드(Bernard)가 말했다. "그런데 리고베르타 멘추의 두 살짜리 조카가 어제 납치되었다면서요? 정말 해도 너무한 일입니다."

나는 화들짝 놀랐다. "뭐라고요? 무슨 일이 일어났다고요?"

"총을 든 남자 세 명이 멘추의 집 앞에서 그녀의 조카를 엄마 품에서 빼앗아 그대로 달아났다고 하더군요. 집 밖으로 나오기를 기다리고 있었던 것 같다고 합니다. 엄청난 폭력이 만연했습니다. 평화를 찾기 위해 도대체 뭘 얼마나 해야 할지…. 이번 선거가 조금이라도 도움이 되기를 바랄 뿐이죠."

나는 새벽 5시에 버스 터미널로 비틀거리듯 걸어갔다. 솔롤라에 가기 전에 아티틀란 지역의 커피 농부들을 만나보고 싶었다. 나는 1980년대 후반부터 그곳의 추투힐 부족 사람들과 일해왔다. 여성 금고도 만들고, 내가 공동 설립한 커피키즈를 통해 보건 사업도 추진했다. 우리가 처음 그 지역과 인연을 맺은 것은 가스 스미스(Garth Smith) 때문이다. 그는 용감무쌍한 자바트레커이자 오가닉 프로덕츠 트레이딩 컴퍼니(Organic Products Trading Company, OPTCO)의 소유주다. 스미스는 커피 농부들에게 커피만 구입한 것이 아니다. 그들이 스스로 조직하는 일을 열성적으로 도왔고, 커피의 수확과 가공 과정을 쇄신하는 일에도 앞장섰다. 그들이 유기농 커피 인증을 받을 수 있도록 돕기도 했다.

나는 로스 엔쿠엔트로스(Los Encuentros : '만남의 장소'라는 뜻)로 가는 버스를 탔다. 과테말라 지방 도시로 가는 주요 도로들이 만나는 그곳은 북적북적한 상업 도시다. 그곳에서 다시 아티틀란 행 버스로 갈아탔다. 과테를 벗어나 한 시간쯤 지나자, 거대하고도 비옥한 계곡들 너머로 태양이 솟아올랐다. 이 계곡들은 과테말라 산악 지대를 오가는 통로 역할을 했으며, 그 일대는 곡창 지대가 펼쳐졌다. 노란 옥수수, 검푸른 브로콜리, 하얀 콜리플라워가 수십 가지 채소와 함께 계곡 주변의 들판을 뒤덮었다. 하지만 그것은 분명 사기에 가까운 풍경이다. 아름다운 수출용 채소를 가꾸는 사람들은 턱없이 낮은 임금과 영양실조에 시달리는 과테말라 농업 노동자들이기 때문이다. 들판은 거대한 다국적 식품업체들이 장악하고 있었다. 돌(Dole), 델몬트(Del Monte), 치키타(Chiquita), 일본의 다이쇼와 등이 이곳에서 깍지완두, 브로콜리, 콜리플라워, 멜론, 컷플라워 등을 재배했다. 시인 파블로 네루다(Pablo Neruda)는 이를 '농업제국주의(ago-imperialism)'라 칭했다.

나는 산티아고 아티틀란(Santiago Atitlan)으로 가기 전에 호수 남단에 위치한 산루카스 톨리만(San Lucas Toliman)에 들르기로 했다. 산루카스는 커피키즈가 지원해 처음으로 마을금고를 만든 곳이고, 내가 플랜테이션 커피 농부들을 처음 만난 곳이다. 그곳에서 나는 플랜테이션 노동자들의 열악한 주거 환경을 보았다. 물도 전기도 창문도 없는 곳에 양철판으로 만든 움막집들이었다. 학교 하나 없는 그곳에서 아이들의 미래는 나이 든 부모를 대신해 커피 플랜테이션 노동자가 되는 것뿐이었다. 노동자들은 내게 농장주들이 몇 푼 안 되는 법정 임금조차

주지 않으려고 어떤 수법을 동원하는지 말해주었다. 농장주들은 노동자에게 60시간 일을 시키고 40시간에 해당하는 임금만 주었다. 나머지 20시간 몫은 움막 임대료와 형편없는 점심값으로 제했다. 게다가 근로기준법이 적용되지 않는 '계절노동자'만 고용하기 위해 일정 기간 이상 일한 노동자들은 해고했다. 나는 몇 년이 흐른 뒤에야 '자국의 노동법 준수 여부'만을 플랜테이션에 대한 대안무역 인증 기준으로 삼는 국제 인증 단체들의 관행이 얼마나 모순적인지 이해했다. 노동법을 위반하지 않는다는 것이 노동자를 '공정하게' 대하는 것은 결코 아니기 때문이다.

이곳 농장주들은 커피키즈가 자신의 플랜테이션 노동자들을 먹여주고, 재워주고, '교육해' 주기를 원했다. 그러면 자신들이 그 일을 하지 않아도 되기 때문이다. 나는 미국으로 돌아가 커피키즈 사람들에게 우리가 하는 일은 원주민 발전을 돕는 일이 아니라고 말했다. 우리가 하는 일은 우리가 없애고자 하는 착취 시스템을 오히려 유지·강화할 뿐이라고 했다. 그리고 나는 결심했다. 커피를 로스트하거나 수입하는 일을 한다면 소규모 농장이나 협동조합과 거래하겠다고. 소규모 농장이나 협동조합 형태여야 커피 농부들이 스스로 삶을 개선할 가능성이 있기 때문이다.

산루카스 톨리만으로 가는 버스는 미국에서 들여온 노란 스쿨버스를 개조한 것이다. 새로 페인트칠을 했는데도 버스 옆면에는 '노던밸리공립학교(Northern Valley Regional School)'라는 글씨가 선명하게 보였다. 미국의 노란 스쿨버스는 라틴아메리카 곳곳에서 심심찮게 눈에 띈다. 미국에서 폐차된 이 버스들은 라틴아메리카에서 교회나 학교의 운송 수단으로 사용된다. 버스에 쓰인 미국 학교 이름도 늘 그렇게 지워지지 않은 채 사람들의 눈길을 끈다.

버스는 뒷면이 완전히 뚫렸고, 좌석도 바닥에 제대로 고정되지 않은 경우가 대부분이다. 디젤 연기가 버스 안으로 쉴 새 없이 흘러들었고, 뻥 뚫린 버스 뒤편에 매달린 아이들은 속도가 바뀔 때마다 깔깔대며 웃었다. 우리는 그 지역에서 가장 큰 군사 기지를 지났다. 기지 입구의 초소는 군용 부츠 모양인데다, 건물 1층 높이 꼭대기에는 거대한 헬멧이 있었다. 만화처럼 우스꽝스런 모습이지만, 그것이 주는 메시지는 으스스하면서도 확실했다. '너를 발견한 즉시 박살 내버리겠다. 아무도 우리를 막지 못한다.'

호수를 향해 산악 지대 도로를 달리는 버스는 연신 덜커덩 끼익 소리를 냈다. 노변을 긁어 자국을 남기기도 했다. 아주 높은 오르막 위에 올라서자 호수가 한눈에 들어왔다. 아티틀란 호수는 숨이 막힐 정도로 아름답다. 이따금 이곳에서 휴식을 취했다는 어니스트 헤밍웨이 (Ernest Miller Hemingway)는 "아티틀란 호수야말로 세상에서 가장 아름다운 호수"라고 말했다. 길이 11km, 너비 5km로 산악 호수치고는 규모도 꽤 크다. 호수의 남쪽 가장자리에는 엘 톨리만, 아티틀란, 산페드로 등 해발 3000미터가 넘는 화산이 세 개 있다. 이 화산의 경사면은 커피 경작에 안성맞춤이지만, 해발 1000미터가 넘는 깎아지른 듯한 윗부분에서 자란 커피는 카페인 함량이 크게 떨어진다. 사실 아티틀란 호수는 분화구다. 지금은 사화산이지만, 약 8만 5000년 전에 거대한 화산 폭발이 있었다. 지금 호수를 둘러싸고 있는 일대는 모두 그 화산이 덮어버린 곳이다.

호수 주변에는 크고 작은 원주민 정착지가 여덟 군데 있다. 그 여덟 마을에서 각종 오염 물질이 호수로 흘러든다. 작은 마을에서는 침식된 엷은 황색 토양과 농약 찌꺼기가 흘러든다. 호수를 가운데 두고 마주보는 산티아고 아티틀란과 파나하첼(Panajachel, '파나'라고도 불린다)에서는 짙은 갈색 걸쭉한 하수 오물이 흘러나온다. 호수는 아래쪽에서 볼 때 훨씬 더 예쁘다. 파나를 제외한 모든 마을은 아주 토속적인 원주민 마을이다. 파나는 세계 각지에서 많은 여행객들이 몰리는 이 지역의 대표적인 관광지다. 파나는 잠깐 구경하는 것으로 족한 곳이기 때문에 산티아고 아티틀란에서 솔롤라로 가는 길에 들르기로 했다.

버스는 요란한 소리를 내며 떠났고, 나는 산루카스 톨리만 외곽에 혼자 남겨졌다. 주변을 걷노라니 옛 기억들이 새록새록 솟아났다. 이곳은 내가 처음 원주민 마야 부족의 집에 머물며 아주 많은 시간을 보낸 마을이다. 흙벽돌집에서 동물 분뇨로 불을 지피는 화덕을 처음 본 것도 이곳이다. 그 연기가 너무 뿌예서 밥 짓는 아낙네들은 물론 주변 사람들이 잠시 동안 눈이 멀곤 했다. 혈연과 관습으로 맺어진 아주 작은 마을이라도 마을의 발전에 대해서는 사람마다 다른 생각이 있다는 것을 처음 배운 곳도 바로 이곳이다. 선택의 여지를 두지 않고 미리 정해놓은 계획을 가지고 마을에 들어가는 조직이나 단체는 그 마을에 꼭 필요한 도움을 제공할 수 없다. 원주민 마을을 지원하는 활동은 원주민의 필요와 꿈에 입각하여 수행되어야 한다. 돈을 기부하는 국제 재단의 요구에 따라 전시용 일회성 행사 차원에서 행해져선 안 된다.

이른 오후, 산티아고로 가야 할 시간이다. 산루카스에서 산티아고로 가는 길은 꽤 길고 구불구불할 뿐만 아니라 아주 위험하다. 산티아고로 가는 안전한 방법은 호수를 가로지르는 배를 타는 것뿐이다. 하지만 나는 산루카스로 가는 길에 얽힌 추억을 곱씹고 싶었기 때문에 위험을 감수하기로 했다. 도로 사정이 열악해 차량들은 천천히 운행할 수밖에 없었고, 산적들은 그 틈을 타 여행객을 습격하곤 했다. 그 지역 주민들이 하는 식으로 나도 마을 끝에서 픽업트럭을 기다렸다. 연붉은 색 도요타 픽업트럭 한 대가 다가오자 손을 흔들어 트럭을 세웠다. 운

⬆ 에티오피아 최변방 지역에 사는 유목민 소녀가 마을 커피
숍에 내다 팔려고 갓 짠 우유를 보여준다.

➡ 에티오피아 짐마 지역 하로 마을의 수도 시설 완공 기념식
에서 오로모족 노인과 함께 한 저자가 커피 세러머니를 치
르고 있다.

🔼 근사하게 차려 입은 케냐 장관이 케냐대안무역자협회(KFT) 대표들과 커피를 마시며 농부들의 열악한 상황에 대해 이야기를 나누고 있다.

🔼 장관이 멋진 양복을 입고 커피를 즐기는 동안 가난한 케냐 커피 농부의 자녀들은 학교에 가는 대신 온종일 커피 열매를 딴다.

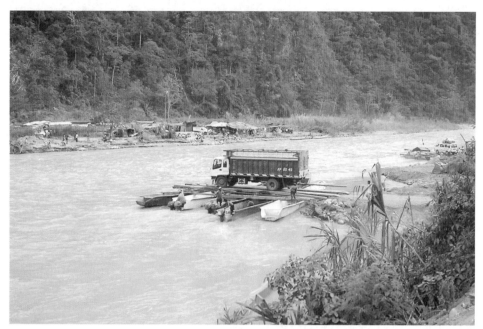

🔼 페루식 기술! 농부들이 통나무와 모터 카누를 이용해 홍수로 불어난 강 너머로 커피 트럭을 운반하고 있다.

🔼 페루의 아샤닌카스 아낙네들이 아마존의 열대 과일과 채소, 고기로 축제 음식을 만들고 있다.

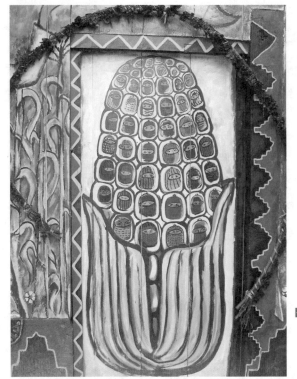

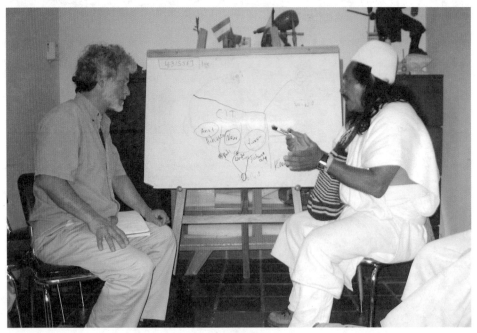 치아파스 지역 오벤티크에 있는 사파티스타 본부 입구에 그려진 초현실주의 옥수수. 이 그림은 원주민과 대지를 상징할 뿐만 아니라, 옥수수가 이 지역에서 기원한 것임을 강조한 것이다.

⬆ 콜롬비아 아루아코 지도자 헤레미아스가 저자에게 근원의 법칙과 시에라네바다의 중요성을 가르치고 있다.

⬆ 과테말라 아티틀란 지역의 여성 전용 마이크로크레디트 은행에서 첫 대출을 받은 훌리아(Julia)가 계약서에 지장을 찍고 있다.

⬆ 40년 만에 처음 실시된 과테말라 자유선거에서 저자가 원주민들이 투표에 참여하는 모습을 지켜보고 있다. 글을 읽지 못하는 주민들을 고려하여 정당별로 투표용지의 색깔을 달리한 것이 특징이다.

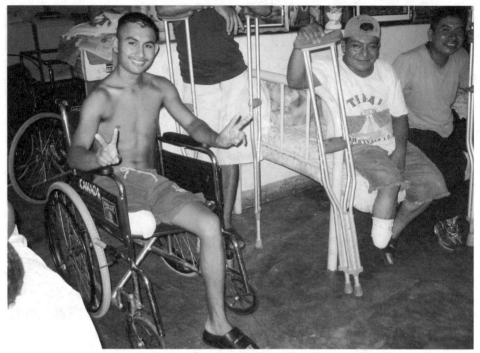

 죽음의 열차 희생자인 온두라스 출신 월메르와 과테말라 출신 구두 수선공 마놀로. 이들은 지금 좀더 나은 미래가 올 것이라 기대하고 있다.

 엘살바도르에 무사히 돌아간 마리아 막달 레나가 자신의 가게에 아이들과 함께 앉 아 있다.

⬆ 파만딘이 여물을 먹으며 쉬고 있다. 파만딘은 수마트라 커피 밭에 비료를 공급하고 잡초도 뽑는다.

⬆ 악명 높던 자카르타의 부기 범선에 선원들이 커피를 싣고 있다. 길이 수십 m에 이르는 이 범선들은 전기 도구 하나 사용하지 않고 완전히 수작업으로 만들어진다.

⬆ 가요 지역 미망인들. 아체와 북부 수마트라의 전쟁 중 남편을 잃은 사람들이다.

⬆ 파푸아뉴기니 심부 지역의 머드맨들과 저자.

⬆ 단순한 수동식 과피 제거기 한 대가 파푸아뉴기니 원주민들이 생산하는 커피의 품질과 가격을 크게 향상시켰다.

전사는 5케찰(quetzal:과테말라의 화폐 단위며, 과테말라 국조인 새 이름이기도 하다—옮긴이)에 산티아고까지 데려다주겠다고 했다. 길 양쪽에 늘어선 울창한 나무들 때문에 하늘은 초록색 천장으로 가로막힌 듯했고, 길은 어두컴컴했다. 트럭은 깊이 팬 땅을 지나기 위해 속도를 줄였다. 중간쯤 가자 운전사가 담뱃불을 붙이려고 차를 멈췄다. 길 위의 정적이 유난히 기괴하게 느껴졌다. 해리 포터라도 이렇듯 어두운 숲속에서는 절대로 길을 멈추지 않을 것이다.

트럭은 어느덧 숲속을 빠져나와 산티아고 아티틀란 외곽의 평야 지대로 진입했다. 그런데 바로 앞쪽에서 픽업트럭 다섯 대가 길을 가로막았다. 인상이 험악한 라디노(Ladino:백인과 인디언 사이의 혼혈—옮긴이) 남자 열댓 명이 우리에게 멈추라는 신호를 보냈다. '이런, 올 것이 왔군.' 덜컥 온몸이 긴장됐다. 그들이 운전사의 이름을 부르며 인사했다. 나는 창밖으로 몸을 내밀었다. "여보세요, 무슨 일이죠?"

남자들 중 하나가 내게 다가왔다. "안녕하쇼, 선생! 어제 이 길에서 두 사람이 살해당했습니다. 여행객과 안내원이죠. 우리는 그 사건 이후 첫 차가 이 길을 지나가기를 기다렸습니다. 무사히 지나간다면 산적들이 일단 물러났다는 뜻이니까요. 감사합니다!" 남자들은 자기들 트럭으로 올라타더니 산루카스 방향으로 떠났다. 운전사가 나를 돌아보더니 어깨를 으쓱했다. 우리는 다시 출발하여 산티아고 아티틀란으로 진입했다.

운전사는 친절하게도 나를 디에고(Diego)의 오두막집에서 꽤 가까운 곳에 내려줬다. 하지만 아직도 그 집까지는 심하게 좁고 비탈진 골목길을 1km 가까이 걸어야 했다. 단층 흙벽돌집은 아티테코(Atiteco) 부족의 전형적인 주거 형태다. 집 앞쪽의 작은 방은 거실이자 응접실로 사용되며, 의자 몇 개가 놓여 있다. 집 뒤편에는 부엌과 침실이 두 개 있다. 작은 마당에는 파파야 나무 한 그루와 닭 몇 마리가 있고, 그 뒤에는 화장실 겸 세면장이 있다. 디에고의 부인 마리아(Maria)가 문 앞에서 나를 맞았다. 그녀는 빨간 줄무늬가 있는 흰색 우이필을 입었다. 줄무늬 사이에는 뻐꾸기와 케찰 몇 마리가, 목 부분에는 아름다운 꽃이 수놓인 아티테코 전통 의상이다. 마리아는 그 옷을 손 직조기로 직접 만들었을 것이다. 직조기의 한쪽 끝은 나무에 매고, 가죽 끈으로 된 반대편 끝은 엉덩이에 두른다. 그 아름다운 블라우스는 80시간에 이르는 노동과 어마어마한 자부심을 나타낸다.

마리아가 한 아이에게 콜라를 가져오라고 했다. 콜라는 이곳에서도 아주 대중적인 음료다. 우리는 문 앞에 함께 앉았다. 마리아는 산티아고 여성 금고가 그동안 어떻게 운영되었는지 설명해주었다. 그녀는 여성 금고의 대표다. 금고에 가입한 여성들은 모두 커피 농부의 아내로, 여성 금고에서 돈을 대출받아 각자 사업을 시작했다. 마리아와 다른 네 명은 대출금을 모아 저렴한 가격으로 실을 대량 구매한 뒤 천을 짰다. 그리고 그 천을 꽤 괜찮은 값에 팔아 짭짤한 수입을 올렸다. 마리아는 자신이 번 돈으로 새로 얹었다는 양철 지붕을 자랑스럽게 가리켰다. 나는 아내가 돈 버는 것을 언짢아하는 남자는 없냐고 물었다. 그녀는 크게 웃으며 그런 남자는 없다고 했다. 이곳에서는 가족 구성원 모두 아주 강인하며, 다 같이 힘을 모아 살아간다고 했다.

디에고가 밭에서 돌아왔다. 그는 땀으로 흠뻑 젖은 남루한 버드와이저 티셔츠를 입었다. 우리는 악수를 하고 어깨를 두드리는 전통적인 인사법으로 상대를 반겼다. 해가 조금씩 기울면서 그림자도 길어져 한낮의 열기가 조금씩 가셨다. 농부들과 함께 저녁식사를 곁들여 회의하기로 했기 때문에 아티틀란 화산의 경사지에 있는 마을 위쪽 커피 밭을 돌아볼 시간이 있었다. 적당한 고도, 화산으로 생성된 토양, 농부들의 경작 방식 덕분에 이곳의 커피는 맛이 독특하고 품질이 아주 좋다.

찻길은 위쪽으로 올라갈수록 험해졌다. 남녀 농부 여러 명이 커피 열매 자루를 지고 걸어 내려가는 모습이 보였다. 열매 자루의 끈은 그들의 이마로 지탱되었다. 거의 모든 사람들이 트라헤를 입었다. 이따금 등에 커피 자루 대여섯 개를 얹은 나귀를 몰고 가는 아이들도 보였다. 이들은 세 시간 정도 떨어진 커피 계량소로 커피 열매를 가져가는 것이다. 계량소에서 받은 수령증을 마을 사무소에 제시하면 파운드당 2~3센트씩 받는다. 최종 손질된 커피에 대한 값을 지불받기 전에 일종의 선금을 받는 것이다. 아직 철이 일러서 주로 낮은 지대 커피만 수확하기 때문에 품질은 조금 떨어진다.

우리는 조합위원 마르코스(Marcos)를 만나기 위해 커피 계량소로 갔다. 그는 한 농부가 등에 진 커피 자루를 계량기에 내려놓는 것을 돕고 있었다. 그가 커다란 갈고리로 자루를 찍어 걸자 농부가 이마의 끈을 벗었다. 마르코스가 능숙하게 계량기 숫자를 적었다. 디에고와 나는 이 자루까지 여섯 자루를 픽업트럭에 싣고 그곳을 나섰다.

우리는 최근에 새로 임대된 경사지 커피 밭을 지났다. 10여 명이 잡초를 뽑고, 다른 농부들은 바나나와 파파야나무를 심었다. 이 나무들은 커피나무에 그늘을 만들어준다. 호박과 콩도 심는데, 그것들은 커피 밭 토양에 질소를 공급할 뿐만 아니라 농부들의 먹을거리가 되고, 소득에도 큰 도움이 된다. 그들은 땅에 낸 구멍에 묘목 뿌리를 넣은 다음 퇴비와 나뭇잎, 잡초를 넣어 마무리했다.

우리는 좀더 위쪽에 있는 오래된 커피 밭으로 갔다. 12m도 넘는 키 크고 잎 넓은 나무들이 사람 키만 한 커피나무들을 품고 있었다. 떨어진 나뭇잎들은 땅을 덮어 잡초가 자라지 못하게 하고, 썩은 뒤에는 커피나무에 영양을 듬뿍 공급한다. 그때 갑자기 볼티모어꾀꼬리 소리가 들렸다. 디에고가 위를 바라보았다.

"잘 들어보세요, 딘." 새를 찾는 디에고의 눈에 잔뜩 힘이 들어갔다. "앗, 저기 있네요! 저 새는 당신들이 사는 세계에서 온 거예요. 전형적인 미국 여행꾼이죠. 이곳에 날아와서 우리 음식을 먹고, 우리 땅을 한껏 즐기고, 우리에게 똥을 잔뜩 싸지르고 가는 짓거리가 말이죠." 자신의 우스갯소리가 마음에 드는 듯 그가 껄껄 웃었다.

"이곳 커피 재배지를 철새 서식지로 지정한다는 스미소니언 프로그램에 대해 들어보셨나요?" 내가 물었다.

"예, 들었습니다. 어떤 사람들이 와서 이곳의 새에 대해 묻더군요. 우리가 평생을 봐온 새들에 대해서요. 우리는 그 새들에 대해 모르는 게 없습니다. 그 사람들에게 적당히 이야기해주긴 했죠. 하지만 우리는 그 박물관에 한 푼도 내지 않을 겁니다. 다 아는 이야기를 다시 지껄이는 박물관에 뭐 하러 돈을 내겠습니까, 안 그래요?"

"서식지로 인정받는 데 드는 비용은 농부들이 아니라 브로커나 수입업자들이 내겠죠."

디에고는 한심하다는 듯한 표정으로 나를 보았다. "커피 수입업자들이란 말이죠, 뭔가 추가 지출이 생기면 어떻게 해서든 농부들의 부담으로 떠넘깁니다."

"디에고, 모든 브로커나 수입업자들이 다 그런 것은 아닙니다."

디에고가 크게 웃었다. "맞습니다. 열 명 중 아홉 명만 그렇습니다." 우리는 이곳을 방문한 브로커들 중에 누가 괜찮은 사람이고 누가 나쁜 사람인지에 대해 이야기를 나눴다.

나는 명랑한 분위기를 유지하려고 애썼다. "우리가 열심히 일하는 만큼 언젠가 달라지겠죠."

디에고가 쓸쓸히 웃으며 말했다. "그렇겠죠. 제가 죽기 전에 그날이

오기를 바랄 뿐입니다. 정말 그날이 오는 것을 보고 싶거든요."

우리는 한동안 커피 밭을 걸으며 나무들이 건강한지 살폈다. 커피 이파리 여기저기에 로요 뭉치가 생긴 것을 발견했다. 로요는 커피에 기생하는 나쁜 박테리아지만 건강한 유기농 밭에서는 그다지 큰 해를 미치지 않는다. 이 커피 밭은 아주 잘 관리되고 있었다. 농부들은 뛰어난 기술자들이고, 건강한 생태계가 유지되기 위해, 땅과 조화를 이루며 살아가기 위해 무엇을 해야 할지 잘 알았다.

디에고는 언덕 위로 기울어가는 해를 바라보았다. "이제 돌아가야겠군요. 농부들과 회합을 가질 시간입니다. 더구나 이 길은 해가 진 뒤엔 좀 위험합니다." 우리는 산 아래로 내려오면서 아까 트럭에 실은 커피 자루를 베네피시오(커피 가공소)에 내려놓았다. 이곳에서는 커피 열매를 물에 불리고 껍질을 벗긴 다음 태양 아래서 페르가미노만 남을 때까지 말린다. 페르가미노란 커피 열매 한 쌍이 얇은 피지에 싸여 서로 붙어 있는 상태를 말한다. 페르가미노는 다른 처리 시설로 보내져 잘 씻기고 등급이 매겨진 다음 수출용 자루에 담긴다.

디에고의 집에 도착하니 조합위원들과 조합원들이 대부분 와 있었다. 붉은 셔츠를 입은 사람들 20여 명 가운데 'Dean's Beans'라고 쓰인 셔츠를 입은 사람도 몇 명 눈에 띄었다. 로고 안에 내 얼굴이 만화로 그려진 셔츠다. 디에고도 버드와이저 티셔츠를 딘스빈스 티셔츠로 갈아입었다. 나는 처음에는 멋쩍어 어쩔 줄 몰랐다. 하지만 로고 안에 있는 또 한 사람이 이곳 농부라는 것, 로고 배경에 그려진 산이 바로 이곳 아티틀란의 산이라는 것을 기억해냈다. 이곳 농부들에게는 그 티셔츠를 입는 것 자체가 일종의 연대감의 표현이다.

우리는 토르티야, 콩, 닭고기 등을 요리한 아티테코 음식으로 저녁을 먹었다. 호박과 양파 요리가 식탁을 더욱 빛내주었다. 모두 그날 밤에서 뽑은 신선한 재료들이다. 음료수는 콜라와 사이다, 환타가 등장했다. 디저트는 케이크와 달콤한 옥수수 시럽이 나왔다.

스페인어와 추투힐어로 기도를 한 뒤 디에고와 마리아, 나, 농부들 몇 명이 기조 발언을 했다. 나는 이곳 사람들 앞에서 이야기할 때면 늘 "우차 케시(Utza Quesh:환영합니다)"라고 인사한다. 하지만 그때마다 사람들은 그 말을 서너 번 반복해야 비로소 내가 방금 자기들 말로 인사했다는 것을 알아차린다. 내 발음이 나빠서만은 아니다. 백인의 입에서 자기들 말이 나오리라고는 미처 예상하지 못하기 때문이다. 호수 이쪽 편을 넘어가면 추투힐어를 하는 사람들이 거의 없다. 사실 추투힐어를 하는 사람은 월요일 아침 뉴욕의 지하철을 타는 사람보다 적을 것이다. 나는 이곳 사람들이 연설을 마친 뒤 의례적으로 하는 것과 똑같이 "말티오시 아 디오스(Maltiosh a Dioss:신에게 감사를)!"라고 외치며 하늘을 향해 손을 뻗는 것으로 연설을 마쳤다.

나는 스페인어로 연설을 했고, 한 마디가 끝날 때마다 마리아가 추투힐어로 통역을 했다. 농부들 중에는 과테말라 공식 언어인 스페인어를 할 줄 아는 사람이 거의 없기 때문이다. 유머를 섞어가며 연설했지만 통역 때문에 시간이 지체되면서, 그리고 문화적 차이 때문에 내 유머는 번번이 힘이 쭉 빠졌다. 하지만 선거에 대해 말할 때는 농부들과 나 사이에 어떠한 소통의 문제도 없었다. 원주민들과 회합에서는 외국인 연설자와 청중의 질의응답 시간이 없는 경우가 대부분이다. 청중은 그저 조용히, 정중하게 연설을 들을 뿐이다. 하지만 오늘 밤은 달랐다. 관심도, 질문도 아주 많았다. '돈을 써가면서까지 투표를 해야 할까요?' '그들이 우리의 투표함을 훔쳐 가지는 않을까요?' '그들이 우리가 누구를 찍었는지 알아낼까요?' 수십 년 동안 이 땅을 지배해온 공포와 의구심에 비춰볼 때 너무나 당연한, 비극적인 질문들이다. 이 질문들은 사실상 다음과 같은 질문의 다른 표현일 뿐이다. '그들이 원치 않는 후보를 찍는다면 우리도 납치되고 살해될까요?' 한 농부는 호소하듯 물었다. "선거 감시원으로 일하신다니, 투표장에서 우리를 괴롭히는 자들이 있으면 당신이 그들을 붙잡아 갈 수 있나요?"

재치 있는 레히날도(Reginaldo)가 회의장의 긴장을 깼다. "헤이, 미스터 딘. 우리가 솔롤라로 가서 투표하는 데 드는 비용을 당신이 대주면 어떻겠습니까? 돈이 아주 많이 들거든요. 제대로 된 점심도 먹어야 하고, 쓸 만한 호텔에서 잠도 자야 하니까요." 몇몇 사람들이 소리 내어 웃자, 디에고는 당황하여 어쩔 줄 몰랐다. 다른 사람들은 기대에 찬 눈으로 나를 바라보았다. 사실 회합을 주최한 단체가 식대와 교통비를 책임지는 것은 흔한 일이다. 커피에 대해서, 지역 개발과 관련해서 원주민들과 회의해야 할 때 나는 종종 그렇게 해왔다. 더구나 지금 디에고의 집에 모인 사람은 수백 명도 아니고 20여 명에 불과하다.

"그렇게 바보 멍청이 같은 말을 하다니! 미스터 딘은 당신의 그 돼지 같은 아가리에 밥을 먹이려고 이곳에 온 게 아니라 선거를 위해서 온 거라고!" 레히날도의 부인 그라시아(Gracia)가 남편의 머리를 쥐어박으며 고함을 쳤다. 그라시아는 내 얼굴을 바라보고 굵직한 손가락을 뻗으며 말했다. "당신은 그곳에서 우리의 눈이 되어주셔야 합니다. 모든 일이 공정하게 진행되도록 감시해주실 겁니다. 맞죠?" 그들의 희망과 공포와 기대가 묵직하게 다가왔다.

회합이 끝나고 디에고와 함께 추투힐 호텔로 걸어 내려갔다. 그곳은 산티아고 아티틀란에 있는 고급 호텔로, 비즈니스 여행객들이 주로 이용하는 호텔이다. 이 지역에 있는 유일한 호텔이기도 하다. 호텔방은 페인트칠조차 하지 않은 콘크리트 벽으로 둘러싸였고, 침대 위에는 갓 없는 전구 하나가 덩그러니 있다. 복도 끝에 있는 공동 세면장에는 전기로 작동하는 순간온수기가 있는데, 전기 플러그와 수도꼭지의 거리가 2cm 남짓밖에 되지 않았다. '오케이. 찬물 샤워도 나쁘지 않지.' 나는 그곳에 가면 늘 복도 끝에 발코니가 달린 방을 이용한다. 호수에서 불어오는 산들바람은 땀을 식혀줄 뿐만 아니라, 이국적 피를 맛보려고 달려드는 모기들을 어느 정도 물리쳐 주기 때문이다.

호텔을 떠나면서 디에고가 내 어깨를 가볍게 두드렸다. "편히 주무십시오, 친구. 내일 우리는 막시몬(Maximon)을 만날 겁니다. 그는 당신이 여기에 온 걸 알아요. 당신이 선거 감시원으로 일하는 것을 돕고 싶어합니다."

내가 지난번 이곳을 방문한 뒤 마을 아래쪽에는 복음주의 기독교 교회가 하나 들어섰다. 그곳에서 일렉트릭기타로 연주하는 성가가 밤새도록 울려 퍼졌다. 고문이 따로 없었다. 실제로 그게 고문이었다면 나는 아마 모든 걸 불어버리거나, 앞에 앉은 취조관을 죽이고 말았을 것이다. 하지만 안개가 자욱이 피어오르는 아티틀란 호수의 비경은 놀라울 뿐이었다.

막시몬은 마야인들의 신 맘(Mam)과 가톨릭 성자 시몬(Simon)을 합한, 일종의 복합 성자다. 그의 이름도 '막스(Max)'와 '시몬'을 '합한 것이다. 막스는 마야어로 '성스러운 토바코'라는 뜻이다. 원주민 사회에서 토바코는 세속적 존재와 영적 세계를 잇는 데 사용된다. 이 복합종교는 일종의 독특한 타협물이라 할 수 있다. 그것은 식민주의자들의 종교적 외피 속에서 피식민지 원주민들이 고유한 종교적 믿음과 실천을 지속할 수 있게 해준다. 동시에 식민주의자들에게는 그 지역의 영적 세계에 한 발 걸쳐놓을 수 있도록 허락한다. 브라질의 많은 교회들은 가슴 풍만하고 생기 넘치는 강과 바다의 여신 예만하(Yemanja)를 성모마리아와 결합시킨다. 유럽의 위카(wicca)교도는 자신들의 고유한 계절 축제와 더불어 크리스마스와 부활절 축제도 즐긴다. 복합종교가 문화적 공존을 위한 자연스러운 현상인지, 지구화의 초기 현상으로 대두된 것인지는 논쟁의 여지가 있다. 그러나 주요 종교 중에서 이러한 복합종교적 색채를 띠지 않은 종교는 거의 없다고 해도 과언이 아닐 것이다.

우리는 안드레스(Andres)의 집으로 향했다. 안드레스는 코프라디아 산타크루스(Cofradia Santa Cruz : 성 십자가의 형제) 교회의 아크훈(ak-jun: 사제)이었다. 16세기 이후, 이 '형제(즉 인류 전체)' 교회는 막시몬의 성상을 관리해왔다. 코프라디아는 해마다 마을 사람 중 한 명을 뽑아 막시몬의 시중으로 임명한다. 시중은 텔리넬(telinel : '옷 입히는 사람' '시중'이라는 뜻)이라고 불리는데, 그는 맘('올드맨'이라고도 불린다)을 자신의 집에 모셔놓고 돌볼 책임이 있다. 그것은 대단히 영광스러운 일이지만, 치러야 할 대가도 만만치 않다. 텔리넬은 1년 내내 신자와 방문객에게 집을 개방해야 하며, 초와 향, 토바코, 술 등을 구비해야 한다. 이러한 물건들은 대부분 기증을 받지만, 텔리넬은 한 가지도 떨어지는 일이 없도록 늘 여분을 마련해야 한다. 가난한 주민의 처지를 고려하면 막대한 경비가 아닐 수 없다.

텔리넬의 집 입구는 수많은 크리스마스 알전구, 과테말라 국기 여러 개, 십자가 세 개, '망자의 날(Day of the Dead)'을 기념하는 나무로 된 해골 조각으로 장식되었다. 방문객을 맞아들이기 위한 일종의 무대장치라는 것은 알지만, 그 기괴함이란 이루 말할 수 없었다. 하지만 밖에서 집을 지키는 네 아크훈에게 그것은 아무렇지도 않은 모양이다. 그중 두 명은 땅바닥에 누워 잠들었다. 술 취한 것인지도 모른다.

이른 아침이지만 너무 많은 사람들이 찾아와 우리는 곧장 집 안으로 들어갈 수 없었다. 우리는 집 밖의 벤치에 앉았다. 아크훈 에우렐리오

(Eulelio)가 오더니 지금 막시몬이 한 젊은이를 마을에 돌아올 수 있도록 돕는 중이라고 귀띔해주었다. 호르헤(Jorge)는 마을에 사는 농부의 아들인데, 열두 살에 강제로 군대에 끌려가 어느 원주민 마을의 대량 학살에 참여했다고 한다.

다행히 그런 시대는 끝났다. 과테말라 전역의 원주민 마을에서 이와 유사한 의식이 행해졌다. 귀향한 자들을 위한 정화 의식, 끝내 돌아오지 못한 자들을 위한 애도 의식이다. 에우렐리오가 깊은 한숨을 쉬며 말했다. "그 애는 오랫동안 집을 떠나 있었죠. 맘이 그의 영혼을 씻어주고, 그의 치욕을 거둬줄 것입니다. 그 애는 이제 새로운 사람으로 우리에게 돌아올 겁니다."

한 시간쯤 지나자 사람들이 집 밖으로 빠져나왔다. 나는 호르헤의 아버지에게 정중히 고개 숙여 인사했다. 그는 전날 밤 커피 농부들 회합에도 참석했다. 그는 한 팔로 아들의 어깨를 감싼 채 걸어갔다. 호르헤는 핏기가 없고 더없이 허약해 보였다. 하지만 얼굴에는 안도의 빛이 감돌았다. 막시몬이 그를 보살펴주었기 때문이리라.

에우렐리오가 내게 집 안으로 들어가도 좋다고 말했다. 방 안에는 안드레스와 세 아크훈이 앉아 있었다. 방 공기의 위쪽 반은 시가와 향 연기로 안개가 낀 듯 자욱했다. 아크훈 한 명이 일어서더니 나지막이 찬가를 불렀다. 그의 상체가 연기에 가려지면서 몸이 하늘로 올라가는 듯한 느낌을 주었다. 안드레스가 일어나 연기를 헤치며 내게로 걸어오더니 힘찬 악수와 함께 어깨를 두드려 맞이했다. "올드맨에게 이번 선거를 도와주십사 예를 드리러 온 거죠?"

나는 시야와 머릿속에서 연기를 털어내려 애쓰며 말했다. "그렇습니다. 디에고가 막시몬을 방문할 때가 됐다고 말하더군요."

"당신이 이곳 사람들을 돕고 싶다면 맘이 우리의 영혼을 꿰뚫어본

다는 것을 알아야 합니다. 맘은 예수가 오기 훨씬 전부터 이곳에 있었다는 것을 아십니까? 그 둘이 형제였는데도 말입니다. 자, 여기 앉아 제 얘기를 들으시죠."

안드레스는 막시몬을 '우리 인간의 영적 심장 박동'이라고 묘사했다. "그는 멕시코 사람들의 침략에서 살아남았습니다. 옛 기독교인들과 새 기독교인들의 침략에서도 살아남았습니다." 옛 기독교는 가톨릭을, 새 기독교는 복음주의 교회를 말한다. "하지만 그는 모습을 바꿔야 했습니다. 숨어 지내야 했을 때도 있었죠. 저들은 막시몬을 여러 차례 죽이려 했습니다. 하지만 그를 벌레처럼 잡아 죽일 수는 없는 일이죠, 안 그렇습니까?"

나는 그의 말을 이해하려고 애썼다. "그러니까 사람들이 그를 숭배하는 것을 막음으로써 그를 죽이려 했다는 의미입니까?"

"그렇죠. 하지만 때로는 진짜 그를 죽이려 했습니다. 제가 어릴 때 어떤 미친 사제가 맘을 불태우려 한 적이 있어요. 마치 마녀를 잡듯 말입니다. 우리가 녀석을 쫓아버렸는데, 총 한 자루를 들고 다시 나타났죠. 우리는 그와 격투를 벌였습니다. 그러다가 총이 떨어지면서 총알이 몇 발 발사됐죠. 그중 하나를 지금 저 위에 올드맨과 함께 두었습니다. 맘이 총알의 힘을 빼앗았습니다." 옆에 있던 사람들이 싱글벙글하며 고개를 끄덕였다. "그런데 그 미친놈이 다시 몰래 기어 들어와서는 맘의 머리를 들고 호수 건너편으로 줄행랑쳤습니다. 놈들은 그 머리를 유럽의 어느 박물관에 숨겼어요. 하지만 맘은 돌아왔습니다. 35년이나 걸렸죠. 올드맨의 머리는 이곳에 있습니다."

"그 후로는 아무 일 없었습니까?"

나와 나란히 앉은 안드레스는 소파에 깊숙이 등을 기대며 생각했다. "글쎄올시다…. 맘에게 많은 부담이 있었죠. 제가 어릴 때는 성 주간

축제가 열릴 때마다 행렬을 위해 맘을 밖으로 옮기곤 했습니다. 그는 형제 예수와 성모마리아 사이에 앉았죠. 그런데 시절이 좋지 않을 때는 가톨릭교회가 올드맨을 교회에 못 들어오게 했습니다. 그의 가족과 함께 앉지 못하게 한 거죠. 그는 지금 옆방에 앉습니다. 그때마다 다른 성자들이며 성물은 그 방에서 빼내지요."

"그건 온당치 못한 일 같군요."

"아, 그런 일은 생기기도 하고 사라지기도 합니다. 가장 중요한 것은 맘이 지금 여기에, 그를 따르는 사람들과 함께 있다는 것입니다. 그는 우리에게 힘을 주고 우리를 인도합니다. 맘을 만나보실 준비가 됐습니까?"

"물론입니다만, 그 전에 잠깐 여기 앉아서 마음을 좀 가라앉히겠습니다. 맘의 지혜를 받아들일 만반의 준비를 하고 싶습니다." 나는 소파에 앉아 길고 느리게 심호흡을 했다. 마야인들에게 저항의 상징이자 영적 세계의 재현인 막시몬의 역할이 차츰 이해되기 시작했다. 가장 나이가 많아 보이는 아크훈 히메네스(Jimenez)가 내게 럼주 한 잔을 권했다. 맘을 대면하기 전에 내 자신을 '정화' 하라는 뜻이다. 럼주는 기다란 유리잔에 열대 과일과 얼음 조각을 담고 미니 우산을 꽂아야 제 맛이 나지만, 그렇지 않다고 해서 거절할 수는 없는 노릇이다. 난 이 의례를 존중하고 싶었다. 히메네스가 건넨 럼주는 불보다 뜨거웠다. 내장이 송두리째 타버리는 것 같았다.

안드레스가 한 손을 내 어깨에 얹고 오랫동안 기도했다. 다른 손에는 붉은 구슬로 된 묵주와 유리 조각이 있었다. 그는 기도를 마치면서 그 유리 조각을 자기 이마에 대고 나서 내 이마에 댔다. 그리고 일어서서 방의 맨 끝으로 갔다. 그와 다른 남자 한 명이 천장과 연결된 줄을 잡아당기자 접이식 사다리가 내려왔다.

"자, 오십시오. 맘이 당신을 기다립니다."

안드레스가 올라가고, 이어서 내가 올라갔다. 지붕이 낮은 다락방은 여러 가지 종교적 상징물이며 조각상, 옷가지와 그림으로 가득했다. 무덥고 곰팡내 나는 다락방의 네 귀퉁이에서는 초가 타고 있었다. 안드레스는 가장 가까이에 있는 초를 집어 들더니 방 안쪽으로 기어가 초 두 개와 향로에 불을 붙였다. 으슴푸레한 불빛에 눈이 적응되는가 싶더니, 안드레스가 무릎을 꿇고 낮게 기도문을 암송하는 모습이 보였다. 그의 옆에는 낮게 누운 듯한 어떤 형상이 있었다. 안드레스가 내게 가까이 오라는 손짓을 했다.

"막시몬이 당신을 환영합니다." 기도하는 듯한 어조로 그가 말했다. 안드레스는 옆에 있던 잔에 럼주를 가득 부었다. 그 잔을 다 마시고 다시 잔을 채워 내게 내밀었다. 나는 성스러운 막시몬 앞에서 구토하는 결례를 범하고 싶지 않다며 정중하게 사양했다.

"좋습니다. 당신은 존경심을 가지고 올드맨에게 왔습니다. 중요한 건 바로 그 점이죠. 더 가까이 오십시오. 올드맨이 당신을 잡아먹는 일은 없을 겁니다. 하지만 갑자기 달려들어 당신의 노트를 가로챌 수는 있습니다."

나는 누운 성자의 왼쪽으로 기어갔다. 막시몬은 그곳에 누워 있었다. 나무로 된 그의 얼굴은 살짝 웃는 듯했고, 안드레스가 기도문을 암송할 때마다 조금씩 움직이는 것 같기도 했다. 아마도 촛불의 흔들림 때문이었을 것이다. 그의 입에는 커다란 시가 하나가 재미난 각도로 물려 있고, 머리에는 카우보이 모자 다섯 개가 씌어 있었다. 안드레스는 럼주를 좀더 들이켰다. 그의 기도 소리도 점점 더 격해졌다. 그는 애원하듯 맘의 얼굴을 치기도 했고, 측은한 듯 맘의 어깨를 토닥이기도 했다. 어느 순간 나는 안드레스의 어깨가 경련을 일으키듯 떨리는 것을 보았다. 그는 숨죽여 흐느끼는 것이다. 나는 막시몬을 좀더 관찰했다. 키는 120cm 정도밖에 되지 않았고, 붉은 아티테코 전통 상의를 입었으며, 목과 어깨에는 털목도리 여러 개와 각종 현대식 넥타이를 둘렀다. 미키마우스와 그의 단짝 구피가 활짝 웃는 그림이 그려진 넥타이 하나가 삐죽 나온 것이 보였다. 막시몬은 새 무늬가 그려진 흰색 전통 하의 대신 청바지를 입고 자그마한 카우보이 부츠를 신었다. 나는 막시몬의 형상이 싸구려 잔혹 영화에나 나올 법한, 살아 움직이는 사악한 인형 같다는 생각을 떨칠 수 없었다. 그 넥타이는 부족민 중 한 사람이 기증한 선물이거나 장난기 넘치는 행동일지도 모른다. 막시몬은 유머 감각이 탁월한 존재로 알려져 있으니 말이다.

"딘, 이제 맘과 이야기를 나누십시오. 당신에게 무엇이 필요한지 말하십시오. 그가 도와줄 겁니다. 그가 잘 들을 수 있도록 가까이 다가가십시오. 그는 이제 연로해서 청력이 별로 좋지 않거든요." 생각에 빠진 나를 안드레스가 일깨웠다.

나는 몸을 숙였다. "좀더 가까이." 안드레스가 애원하듯 말했다. 내 얼굴이 맘이 물고 있는 시가에 거의 닿을 듯했다. 막시몬과 안드레스와 미키마우스와 구피가 나를 기다리고 있었다.

뭐랄까. 나는 어느 누구 혹은 어느 집단의 영적 진실성에 대해 왈가왈부할 수 있을 만큼 훌륭한 사람이 아니다. 때로는 모종의 영적 기운이 너무 강하게, 너무 직접적으로 내게 다가와서 짐짓 뒷걸음치기도 한다. 또 어떤 때는 나의 영적 능력이 꽉 막힌 변기처럼 옴짝달싹하지 않기도 한다.

우선 간단한 대화부터 해보기로 했다. 나는 막시몬에게 추수에 대해 물었다. '호수 지역 사람들이 이번에 풍년을 맞을 수 있을까요?' 그 다음, 좀더 중대한 이슈로 옮겨갔다. 내가 선거를 위해 과연 무엇을 할 수 있을지 묻고 싶었다. '선거를 단지 수동적으로 지켜보는 것이 제 역할일까요?' '제가 그곳에 있음으로써 사람들이 두려움을 조금 덜 느낄까요?' '제가 좀더 적극적으로 할 일이 있을까요?' 막시몬에게 묻는 것인지, 나 자신에게 묻는 것인지는 중요하지 않았다. 내 관심사를 그렇게 입 밖에 내어 이야기하니 기분이 좋았다. 난 진심으로 막시몬에게 마음을 열고 기다렸다. 이 고대 신령이 어떤 반응을 보일지 짐짓 기대가 됐다. 그러나 내 눈에 보이는 것은 기괴한 옷을 걸치고 너무 많은 모자를 쓴, 피노키오만 한 나무 인형일 뿐이었다.

"막시몬을 예방하니 어떠셨습니까?" 사다리 밑에서 기다리던 안드레스가 물었다.

"막시몬이 제게 시간을 할애해주셔서 매우 감사하게 생각합니다. 그를 만나 아주 영광입니다. 하지만 솔직히 말씀드리면 그는 제게 아무 말씀도 하시지 않았습니다."

안드레스가 껄껄 소리 내어 웃었다. "뭘 기대하셨습니까? 막이 벌떡 일어나 당신을 위해 춤이라도 추실 거라고 생각하셨나요? 제가 말씀 드렸잖습니까. 그는 아주 연로합니다. 이젠 그렇게 못 하십니다. 게다가 그는 오늘 아침에 너무나 힘들게 일하셨기 때문에 지금 아주 지친 상태거든요. 하지만 그는 보통 신령들이 하는 일을 다 하십니다. 당신의 기도를 하늘로 가져가서 반드시 그에 대한 답변을 찾아주실 겁니다. 당신이 어떤 기도를 했든 올드맨은 지금 그것을 위해 열심히 일하실 겁니다. 자신이 감당하기 어려우면 다른 성자한테라도 부탁해주실 겁니다. 그들은 모두 함께 일하죠. 물론 기도를 할 때 진지하게 해야 합니다. 합리적인 것만 부탁해야 하고요. 기도한 다음에는 잊어버리십시오. 응답이 내려질지 아닐지는 막의 뜻에 달린 것이니까요. 중요한 건 그 신령들에게 도와달라는 요청을 해야 한다는 사실입니다. 요청하지 않으면 응답도 없습니다. 무슨 말인지 아시겠죠?"

선거는 이틀 후다. 나는 솔롤라에 가서 선거사무소에 등록해야 했다. 나는 파나로 건너가는 배를 탔다. 자그마한 배는 하루 관광을 끝내고 파나로 돌아가는 여행객들로 가득 찼다. 그들은 하나같이 어깨에 커다란 배낭을 메고, 엉덩이에는 허리 백을 차고, 품에는 원주민 그림이며 옷가지, 비즈 목걸이 등을 가득 안았다. 황혼 무렵에 평화롭게 호수를 건너는 모습이라기보다는 적군의 진격을 피해 앞 다퉈 마을을 떠나는 피란민 같았다. 호수를 건너는 뱃삯은 1인당 30케찰이지만 사공은 내게 8케찰만 내라고 했다. 나는 의아해하며 그를 바라보았다.

"제 누이가 선생님의 마을금고 회원이거든요. 선생님은 현지인 뱃삯만 받겠습니다." 그가 윙크하며 말했다.

'아, 좋은 업보에 따른 디스카운트로군.'

파나는 이 근방 원주민 지역을 찾아온 국제 관광객을 위한 일종의 거점 역할을 하는 곳이다. 1960년대와 1970년대에는 이따금 몇몇 히피들만 찾아오는 작은 마을이었지만 지금은 인터넷 카페며 채식주의 식당, 디스크 판매점과 각종 상점, 노점상과 걸인들로 북적댄다. 안데스산맥 원주민으로 구성된 뮤지션, 포크송 가수, 로커들이 밤마다 손님들을 불러 모은다. 파나는 원주민 문화의 상업화를 잘 보여주는 곳이기도 하다. 전통 문양이나 동물 형상을 수놓은 여성용 톱이나 휴대전화 주머니, 물병 주머니 등이 도처에 넘쳐난다. 이런 물건들은 고급 상점에서도 살 수 있고, 맨발의 여덟 살짜리 길거리 행상에게서도 살 수 있다. 좀더 '안전 지향적인' 사람을 위해 마야 문화를 상징하는 그림이 엉성하게 찍힌 싸구려 서구식 셔츠나 옷가지도 판다. 물론 이런 옷들은 대부분 중국산이다. 값싼 노동력을 찾아 지구 끝까지 찾아가는 지구화 덕분이리라.

나는 '에반스턴 교육청(Evanston School District)'이라고 쓰인 노란 버스를 타고 20분 만에 솔롤라에 도착했다. 솔롤라는 인구가 5만 명이나 되는 시로, 90% 정도가 칵치켈족 출신이다. 거리 곳곳에는 신문지와 음식, 비닐봉지가 버려져 있고, 먼지와 뒤섞인 디젤 연기가 대기를 떠돌았다. 하지만 곳곳에 작은 공원이 있고, 매주 한 번씩 열리는 장날이면 전통 의상을 입은 장사꾼과 손님들이 중심가를 가득 메웠다. 장날에 여는 1000여 개 노점을 찾는 사람들은 변덕스런 관광객이 아니라 이곳 지역민이다.

나는 시내 중심가에 있는 1층짜리 게스트하우스에 방을 잡았다. 그집 안쪽의 마당에는 아름다운 화초들이 있고, 전깃줄도 얼기설기 늘어서 있었다. 나는 길 건너편에 있는 바에서 칠레산 와인 한 잔을 마시고 돌아와 전깃불이 갑자기 나가듯 순식간에 곯아떨어졌다.

다음날 아침, 일찌감치 잠에서 깼다. 파리 떼가 창밖 쓰레기통 주위에서 쉴 새 없이 윙윙거렸기 때문이다. 어차피 선거에 대한 긴장과 흥분으로 온 세상이 윙윙거리는 터였다. 나는 외국인 선거 감시원 중 맨꼴찌로 시청 건물에 도착했다. 하지만 과테말라 선거위원회 사람들은 그때까지 아무도 오지 않았다. 샌프란시스코에 있는 글로벌 익스체인지(Global Exchange)에서 온 몇몇 선거 감시원들이 사무실 가운데 있는 테이블에 지도를 펴놓고 활기차게 이야기를 나눴다. 방 한쪽에서는 프랑스인 커플 한 쌍이 한가로이 앉아 담배 연기로 원을 그렸다. 남자는 수염이 덥수룩했는데, 세간의 상식이 맞는다면 그는 적어도 닷새동안 속옷을 갈아입지 않은 게 분명했다. 여자는 전형적인 프랑스 '팜므(femme)'답게 길고 나른한 인상이다. 그녀는 카키색 반바지에 검은색 민소매 셔츠를 입고, 입가에는 미소를 머금었다. 솔직히 말하면 그 커플은 깜짝 놀랄 만큼 멋져 보였다. 네덜란드에서 혼자 온 얀(Jan)은 키가 아주 크고 말랐으며, 머리 모양이 모호크족(Mohawk:북미의 인디언 부족—옮긴이) 같았다(어쩌면 전날 밤 베개를 잘못 베고 잤기 때문인지도 모른다). 얀은 벽에 붙은 포스터나 책상 위에 있는 서류를 읽으며 쉴 새 없이 방 안을 서성거렸다.

어떤 예감이 들었다. 이게 선거 감시원 전부구나. 국제 노동단체 사람도, 북유럽 여성 변호사도, 유엔의 공식 파견단도 먼지투성이 솔롤라에는 오지 않는구나. 가진 것이라곤 정의감과 인정밖에 없는, 한 줌도 안 되는 우리뿐이구나.

그레고리오(Gregorio)가 사무실로 들어왔다. 그는 그 지역에서 활동하는 화가이자, 솔롤라 선거위원회 대표다. 성장을 한 과테말라인 네 명도 함께 들어왔다. 남자 세 명, 여자 한 명으로 모두 라디노다. 그레고리오는 늦게 온 것을 사과하고, 곧 회의를 시작했다. 우리는 각자 자기소개를 했다. 글로벌 익스체인지에서 온 사람들은 대부분 예전에 니카라과에서 선거 감시원으로 활동한 경험이 있었다. 그중 일흔 살인 부부는 미네소타에서 왔는데, 루터교회를 통해 라틴아메리카 연대 활동에 적극적으로 참여해온 사람들이다. 그 외에 퀘이커교도 두 명, 평범한 활동가 네 명이 있었다. 과테말라에 처음 온 얀은 유권자들, 특히 '인디언' 유권자들과 이야기를 나눌 것이라는 데 무척 들떠 있었다. 장(Jean)과 아드리엔느(Adrienne)는 파리에서 왔다. 장은 그동안 세계 각지에서 이런 활동을 해왔다고 말했다.

"아드리엔느는 저와 함께 왔습니다." 아드리엔느에 대한 소개는 이게 전부였다. 나는 변호사이자 커피 로스터며, 국제 원주민 인권단체에서 선거 감시원으로 일해달라는 부탁을 받았다고 했다. 라디노 여자가 나를 의심스러운 눈으로 바라보았다. 원주민을 상대로 모종의 사기를 치는 사람은 아닌지 수상쩍어하는 것 같았다.

그레고리오는 다른 위원들을 소개한 뒤 간단하게 감사의 말을 했다. 우리는 선거 감시 활동에 대한 구체적인 논의에 들어갔다. "여러분은 특정 정당을 지지하기 위해서가 아니라 선거를 참관하기 위해서 이곳에 왔다는 점을 명심하십시오." 그레고리오가 엄숙하게 말했다(라디노 여자가 내 쪽을 뚫어지게 바라보았다). "여러분은 기록할 수 있지만 절대로 선거 과정에 개입할 수 없습니다. 여러분이 작성한 공식 문서는 빠짐없이 그 복사본을 우리에게 제출하시기 바랍니다."

우리는 솔롤라 지도를 들여다보며 솔롤라 전역에 있는 열 개 투표소의 위치를 확인했다. 우리는 열 개 투표소를 번갈아가며 맡기로 했다. 이따금 휴식도 취하고, 그 지역 일대를 모두 커버하기 위해서다. 솔롤라 지역에서 행해지는 투표지만 솔롤라 사람뿐만 아니라 외곽 지역에 사는 사람들도 이곳에 와서 투표하도록 되어 있었다. 우리끼리 연락을 주고받기 위해서는 공중전화를 이용해야 한다고 했다. '자, 이건 투표소 전화번호고, 이건 선거위원회 전화번호, 이건 경찰서 전화번호.'

"됐습니다." 책상 위에 두 발을 걸쳐놓은 장이 거들먹거리며 말했다. 그는 아드리엔느의 가느다란 목을 두르고 있던 팔을 자신의 입가로 가져가더니 담배를 한 모금 빨았다. "전 오래전부터 이 일을 해왔거든요."

"하지만 물어볼 것이 생기면 어떡합니까?" 얀이 약간 겁에 질린 목소리로 물었다.

위원회 사람들은 우리를 데리고 각 투표소와 여섯 개 주요 정당 사무실을 돌았다. 전국전진당(National Advancement Party, PAN)은 현대적 기업가들이 모여 만든 신자유주의 정당으로, 사무실은 읍내 광장의 최신식 건물에 있었다. 공화전선(Republican Front, FRG)의 사무실은 광장 맞은편에 있었다. 이 정당은 축출된 독재자 리오스몬트가 만든 당으로, 사무실 안에 설치된 수많은 팩시밀리며 전화기로 미뤄보아 돈이 상당히 많다는 것을 알 수 있다. 돈과 권력과 독점자본을 대표하는 두 정당은 서로 팽팽히 대결했다. 동시에 그들 주위에는 선거에 대규모로 참여해본 적 없는 원주민 세력이 용솟음치고 있었다. 다른 모든 정당은 시 중심가에서 멀리 떨어진 곳에 위치한 전통적인 단층 흙벽돌집에 있었다. 오래되고 낡은 주택이지만 정당 로고를 그려 넣은 페인트칠만은 새것이었다. 각 사무실 앞은 무장 군인들이 지키고 서 있었다. 좌파 정당은 좌파 군인, 우파 정당은 우파 군인이었다. 전국연합(National Alliance, AN) 사무실은 텅 비었는데, 이는 그 정당을 구성하는 우파와 중도우파 간에 심각한 분열이 있다는 것을 보여주는 듯했다. 중도좌파인 민주연합(Democratic Union, UD)은 '가난한 자들에 의한, 가난한 자들을 위한'이라는 기치를 내걸었는데, 막상 사무실에 가보니 가난한 남자 한 사람이 우두커니 앉아 있을 뿐이었다. 그는 우리가 들어가자 사무실을 털다가 들통이라도 난 것처럼 긴장했다.

다음으로 우리는 전국민주전선(National Democratic Front, FDNG) 사무실이 자리한 1층 주택에 도착했다. 사무실 안팎은 원주민들로 가득했다. 그들은 안내 전단지를 접고, 완장을 만들고, 마당에 설치된 스토브에서 토르티야를 굽느라 매우 분주했다. 여론조사에 따르면 FDNG는 최하위지만, 조직력과 열정을 무기로 점점 더 많은 지지를 이끌어내고 있었다. 우리는 다른 정당 사무실에 갔을 때처럼 우리가 누구인지 소개했다. 나는 내가 이곳에 온 가장 주된 목적은 투표소에서 원주민들이 권리를 제대로 행사할 수 있도록 하는 데 있다고 말했다. 그 순간, 방 안에 있던 사람들의 관심이 일제히 내게 향했다. 그들은 내가 무얼 하는 사람인지, 유엔과 다른 나라들, 산티아고 아티틀란에서 누구와 함께 일했는지 많은 질문을 했다. 나는 막시몬을 예방했다는 말도 했다. 그것이 사무장 이데리코(Hiderico)에게는 특히 인상적이었던 모양이다. 이데리코는 많은 커피 수입업자들을 만났지만 맘을 예방한 백인은 한 번도 본 적이 없다고 했다.

사무실을 나서면서 얀이 뭔가 불만스러운 얼굴로 내게 물었다. "왜 사람들이 선생님께만 질문을 한 거죠?" 나는 얀은 키가 아주 크지만 내 키는 그들과 비슷하기 때문에 그들이 나를 좀더 편안하게 생각했을 것이라고 말했다. 얀은 잠시 생각에 잠기더니 말했다.

"그럴 수 있겠군요. 앞으로는 몸을 좀 구부리고 다녀야겠어요."

우리는 뜨거운 태양 아래서 하루 종일 솔롤라 전역을 누빈 뒤 각자 호텔로 돌아갔다. 그레고리오는 잘 자라고 말하며 다음날 오전 5시까지 시청사 사무실로 다시 모이라고 했다. 그래야 오전 6시까지 각 투표소에 도착할 수 있기 때문이다.

금세 잠이 밀려들었다. 읽으려던 책은 삽시간에 내 얼굴을 덮고 휴식을 취하고 있었다. 그때 내 방 앞에서 사람들이 칵치켈어로 웅성거리는 소리가 들렸다. 곧이어 누군가 조용히 방문을 두드렸다. FDNG 사무장 이데리코가 네 남자와 함께 방문 앞에 서 있었다. 이데리코는 흰 모자를 가슴에 대며 방 안으로 들어왔다.

"실례합니다, 선생님. 우리는 지금 저녁을 먹으면서 선거 준비를 할 참입니다. 선생님도 함께 와주시면 어떨까 해서요."

"오, 그렇군요. 이것 참 영광입니다. 하지만 저는 특정 정당에 대한 호의를 드러낼 수 없습니다. 제가 가도 되는지 모르겠군요." 가고 싶었지만 그래선 안 된다는 것을 잘 알았다.

이데리코가 멋쩍은 듯 미소 지었다. "그게 말이죠, 우리가 모두 FDNG 당원인 건 사실입니다만, 당 차원에서 하는 저녁식사는 아닙니다. 평화와 화해를 기원하는 의식을 치르려는 것뿐입니다. 모든 형제자매들이 같은 정당을 지지하는 것은 아니죠. 우리는 다른 정당을 지지하는 형제자매들을 위해서도 기도할 겁니다."

그는 동행한 네 남자를 바라보았다. "우리에게 이번 투표는 생애 첫 투표입니다. 많이 두렵고 무섭기도 합니다. 우리가 더 많이 힘을 낼 수 있게 해달라고, 우리가 좀더 안전할 수 있게 해달라고 기도하려는 것입니다."

다섯 남자의 진정성 넘치고 기대에 찬 얼굴을 보자 왈칵 목이 메었다. 나는 고개를 끄덕이며 미소 지었다. "오케이. 갑시다, 친구들."

우리는 호텔을 벗어나 광장을 건넜다. 북적대는 시장을 지나 한참을 걷자 움푹움푹 파인 비포장도로가 나타났다. 단층 흙벽돌집들, 흙과 지푸라기와 삐죽한 막대로 지은 집들이 이어졌다. 몇몇 집들은 페인트칠이 되었고, 몇몇 집들은 흙벽 그대로다.

몇 블록 떨어진 곳에서 찬가를 부르는 소리가 들렸다. 속을 비운 통나무로 만든 드럼 툰(tun)을 두드리는 소리도 들렸다. 그 소리는 거대한 맥박처럼 마을 전체에 울려 퍼졌다. 마을회관에 도착했을 때 날은 완전히 어두워졌다. 마을회관 입구에는 '지킴이' 서너 명이 벤치에 앉아 있었는데, 우리가 다가가자 고개를 끄덕였다. 회관으로 들어가는 문에 가장 가까이 앉았던 보초가 일어서더니 금테를 두른 앞니를 드러내며 씩 웃었다. "세오르 옵세르바도르(señor observador:감시원 선생님), 들어가시죠." 문지방을 넘자 갈색 눈동자 100여 개가 일제히 나를 향했다. 여기저기서 "옵세르바도르"라고 수군거리는 소리가 들렸다.

회관 안은 마치 불이라도 난 것 같았다. 천장에 매달린 백열등 때문은 아니었다. 사방 벽을 따라 검은색과 보라색 초 수백 개가 타고 있었다. 이 초들은 야생 벌집으로 만들었기 때문에 특히 불빛이 강렬하다고 이데리코가 말해주었다. 방 한가운데 있는 기다란 테이블은 분꽃과

난초, 내가 모르는 여러 가지 다년생 꽃들로 화려하게 장식되었고, 그 위에는 옥수수와 토바코, 말린 생선, 빵, 검은 후추, 커피 생두 등이 놓였다. 강하고도 매콤한 향이 연기를 내뿜으며 천장을 검게 그을렸다. 그을음이 닿지 않은 전구 윗부분의 천장은 후광 같기도 하고, 기도를 올려 보낼 성스런 통로 같기도 했다.

우리는 벽을 따라 놓인 벤치에 앉았다. 나는 몸을 너무 젖히지 않으려고 신경을 썼다. 자칫하면 촛불에 머리가 타버릴 것 같았기 때문이다. 방 한쪽 끝에 있던 나이 많은 아크훈 세 사람이 노래를 중단시켰다. 그들은 신령들에게 어서 와서 이 축제에 우리와 함께 하고, 우리의 바람을 들어달라고 기도했다. 아크훈은 신령들의 이름을 하나하나 불렀다. 예수, 요셉, 마리아, 조지, 우납쿠와 바캅(Hunab Ku and Bacab : 조물주와 그의 아들들), 유밀 카숍(Yumil Kaxob : 옥수수의 신). 물론 성 시몬 막시몬의 이름도 불렀다. 가장 나이 많은 아크훈이 긴 찬가를 읊조렸다. 모인 사람들도 그를 따라 함께 중얼거렸다.

이데리코가 내게 속삭였다. "우리가 어두운 시대를 벗어나는 중이라고 말하고 있습니다. 지금은 전환기고, 이제 빛이 돌아올 것이라고요. 우리는 이 빛을 받아들여야 한다, 빛으로 이 세상을 가득 채워야 한다, 그렇지 않으면 다시 어둠이 올 것이다, 이런 내용이에요."

"그 빛이 얼마나 오래갈까요?" 내가 물었다. 나는 빛과 어둠, 선과 악의 끝없는 긴장과 윤회라는 동양식 개념에 대해 생각했다.

"글쎄요, 100년이나 1000년 정도겠죠. 어쩌면 빛이 당장 오지 않을지도 모릅니다. 우리는 그릇된 일을 너무 많이 저질렀어요." 이데리코가 한숨을 쉬며 말했다.

부름과 응답을 계속하며 세 아크훈이 방을 돌았다. 어느덧 그들이 내 앞에서 걸음을 멈췄다. 그중 한 명이 나를 가리키며 말했다. "여기

한 친구가 있습니다. 우리를 돕도록 신령님들이 보낸 사람입니다!"

'에구머니, 나한테 너무 큰 부담을 지우는걸. 난 선거 감시원일 뿐인데.'

사람들이 활짝 웃으며 박수를 쳤다. 다른 아크훈은 커다란 잔에 담긴 럼주를 들이켜고는 걸어와 내 어깨에 한 손을 얹었다. 나는 그를 올려다보며 싱긋 웃었다. 그때 갑자기 그가 입에 든 럼주를 내게 뿜었다. 럼주는 머리끝부터 발끝까지 내 몸을 흠뻑 적셨다. 사람들에게서 더 큰 박수와 미소가 터져 나왔다. 거사를 앞둔 나는 이렇게 정화 의식을 치렀다.

호텔로 돌아오는 길에 시내 광장 근처의 한 커피숍을 지났다. 장과 아드리엔느가 커피숍 밖에 앉아 있었다. 장은 나를 보더니 코를 킁킁거렸다. "여태까지 술 마시고 돌아가는 길인가 보죠? 술 냄새가 진동하는군요."

새벽 5시. 우리는 잠도 덜 깬 채 시청사에서 다시 만났다. 서로 행운을 빌어준 뒤 각자 지정된 투표소로 향했다. 나의 첫 투표소는 커다란 체육관 안에 설치되었다. 마림바 밴드가 계단 앞에서 경쾌한 음악을 연주하고 있었다. 유권자들의 행렬이 건물 밖으로 끝없이 이어졌다. 체육관을 몇 겹이나 둘러싼 행렬은 커다란 출입구 안으로 마치 뱀이 미끄러지듯 서서히 들어갔다. 각각의 행렬 끝에는 테이블이 놓였는데, 그곳에서 선관위 위원들이 신분증을 검사했다. 투표용지를 받은 유권자들은 곧장 작은 부스 안으로 들어가서 지지 후보의 이름에 도장을 찍었다. 투표용지는 정당에 따라 각기 다른 색으로 제작되었다. 과테말라 농촌 지역의 높은 문맹률(과테말라 농촌 여성 중 글을 읽을 줄 아는 사람은 20%에 불과하다)을 고려할 때 무척 기발하고 공정한 발상이다.

도장을 찍은 뒤에는 다른 테이블로 가서 투명한 비닐봉투에 용지를 넣었다. 선거 감시원들이 특히 눈여겨보는 지점이다. 투표를 끝낸 사람들은 체육관의 긴 의자에 가서 앉거나, 밖으로 나가 창문으로 안을 들여다보곤 했다. 사람들이 투표하는 모습을 난생처음 보며 무척 즐거워하는 것 같았다.

나는 유권자들의 행렬을 따라 걸었다. 흰 셔츠를 입어 팔에 찬 파란 완장이 선명하게 눈에 띄었다. 많은 사람들이 내게 고개를 끄덕였다. 모든 일이 일사불란하고 공정하게 진행되는 듯 보였다. 나는 체육관 의자에 앉은 사람들과 수시로 담소를 나눴다. 트라헤를 입은 아이들은 사람들의 행렬을 장애물 삼아 마야식 술래잡기를 하며 뛰어다녔다.

오전 10시가 되자 다음 투표소로 이동하라는 연락이 왔다. 가는 길에 글로벌 익스체인지 사람들 몇 명과 마주쳤다. 그들은 투표가 순조롭게 진행되고 있다고 말했다. 그런데 다음 투표소에 도착하기 전에 흥분한 FDNG 지지자들이 내게 다가왔다.

"세오르 옵세르바도르, 이리 좀 와보셔야겠습니다!"

우리는 서둘러 한 블록 아래로 내려갔다. 코너를 돌자 커다란 트럭 네 대가 눈에 띄었다. 트럭에서 남자들이 쏟아지듯 내리더니 내가 가려는 투표소로 향했다.

"대체 무슨 일이지요?"

"저들은 모두 커피 플랜테이션에서 온 노동자들입니다. 농장주가 저들에게 투표하고 오라며 하루 휴가와 10케찰을 줬답니다. FRG를 찍으라고 말이죠. 보세요, 트럭에서 내리는 사람에게 10케찰씩 나눠주지 않습니까! 저들이 당장 중단하게 해주십시오!"

투표를 위해 휴가를 낼 수 있는 커피 노동자들이 거의 없다는 것은 나도 잘 알았다. 설사 휴가를 얻을 수 있다 해도 하루 품삯을 온전히 날려야 하기 때문에, 하루 세끼 밥 먹는 것도 힘든 노동자들로서는 선뜻 실행에 옮길 수 없는 일이다. 농장주들이 노동자들을 매수한 것이 틀림없다. 하지만 내가 할 수 있는 일이란 지켜보는 것뿐이다. 첫날 만난 스위스 감시원들의 무기력한 분노가 떠올랐다. FDNG 당원들의 좌절과 절망감도 너무나 이해가 됐다. 내가 할 수 일이란 그저 사진을 찍고, 메모를 하고, 그것을 내 보고서에 첨부하는 것뿐이다.

FDNG 당원들의 실망은 이만저만이 아니었다. 나는 아메리칸 인디언 보호 구역에서 땅 소유주들이 이와 똑같은 방식으로 인디언 유권자들을 매수하는 것을 본 적이 있다. 다른 게 있다면 그곳에서는 돈 대신 버펄로 고기 같은 '특별 선물'이 오갔다는 것뿐이다. 하지만 이런 이야기를 FDNG 당원들에게 해봤자 소용없다는 생각이 들었다. 뉴욕과 워싱턴 등지에서도 '지역 개발금 유치' 운운하며 유권자들을 호도하고 매수하는 광경을 많이 보았다. "저를 뽑아주십시오. 그러면 내년에 세금 우대 조치를 실시하겠습니다"라고 약속하는 것이나 유권자들을 직접 돈으로 매수하는 것이 뭐가 다르겠는가. 10케찰을 건네는 남자를 바라보며 당장은 더 큰 분노가 치밀 수 있다. 하지만 본질적으로 보면 이것이 치졸한 정치 세계의 속성이다. 적어도 지금 이곳에선 폭력이 난무하거나 총격이 오가지는 않는다.

두 번째 투표소 안으로 들어갔다. 무거운 긴장이 감돌았다. 오늘 아침 우리가 회의한 시청사 안이다. 홀은 플랜테이션 노동자들로 빽빽했다. 그들은 지금 전개되는 상황에 아무 관심이 없는 것처럼 보였다. 윗부분이 뻥 뚫린 기표소 부스들은 빌딩 로비에 설치되었다. 나는 홀의 세 벽을 따라 위쪽에 발코니가 설치된 것을 보았다. 그 발코니는 위층 사무실을 잇는 통로 역할을 했다. 발코니 위에서는 인상이 험악한 남자들이 아래층 투표장을 내려다보고 있었다. '저 사람은 아까 그 트럭 운전사 중 한 명인데… 이건 협박이나 다름없잖아?' 그자들은 누가 어떤 색 로고에 기표하는지 잘 보이는 위치에 있었다. '아, 난 개입할 수 없어. 그저 관찰만 해야 해.'

나는 곰곰이 생각했다. 저 위에서 관찰하면 안 된다는 법은 없지. 나는 한 번에 두 계단씩 딛는 미국식 스텝으로 단숨에 위층으로 올라갔다. 한 손에는 카메라를, 다른 한 손에는 노트를 들었다. 팔뚝의 푸른 완장과 나의 당당한 기품은 "물러서라! 선거 감시원 나가신다!"며 소리라도 지르는 것 같았으리라. 나는 발코니 위의 남자들에게 아무 말도 걸지 않았다. 규칙을 위반하는 일이기 때문이다. 단지 한 사람 한 사람 차례대로 사진을 찍고, 노트에 기록했다. 그런 내 행동에 남자들은 순식간에 발코니를 빠져나갔다. 다음 몇 시간 동안 그 발코니에는 개미 한 마리 얼씬거리지 않았다.

우리는 그레고리오의 집에 모여 간단히 점심을 먹고 각자 적은 메모를 교환했다. 나는 다른 감시원들에게 발코니를 눈여겨보라고 주의를 주었다. 프랑스에서 온 커플을 제외하곤 모두 내 얘기에 흥분했다. 얀이 고충을 털어놓았다.

"아무도 저와 이야기하지 않으려 해요. 전 도움을 주러 이곳에 왔는데 말이죠!"

미네소타에서 온 노부부가 미국 중서부 출신다운 진지한 표정으로 충고했다. "제 말을 들어보세요, 얀. 겉보기엔 더할 나위 없이 화창하고 아름다운 날이지만, 지금 이곳은 공포와 두려움으로 가득합니다. 이곳 사람들을 이해해야 해요. 너무나 많은 일을 겪어온 사람들입니다." 이 말은 얀에게 아주 큰 효과가 있었다.

그날 오후에 내가 일한 두 투표소는 시내에서 멀리 떨어진 곳이다. 두 곳 모두 평화롭게 투표가 진행되었지만, 나 역시 얀과 마찬가지로 사람들의 싸늘한 눈초리를 겪어야 했다. 사람들은 나를 쳐다보지 않았다. 나와 이야기하지 않았을 뿐만 아니라, 가벼운 인사말이나 농담 한 마디조차 나누지 않았다. 낯선 사람과 한두 마디 주고받았다는 이유로 일가친척이나 친구들이 하루아침에 '동조자' 라든가 '협력자' 로 낙인 찍혀 몹쓸 짓을 당한 일이 최근까지 벌어졌기 때문이다. 시내와 떨어진 외곽 지역일수록 더더욱 그랬다. 이들이 얼마나 무거운 정신적 부담을 안고 살아왔는지 생각하니 가슴이 먹먹해졌다. 하지만 지금 이들은 투표소에 왔다. 지금 이들은 이번 투표를 통해 공포와 폭력에 종지부를 찍을 수 있을지도 모른다는 희망으로 투표하고 있다. 나는 오후 내내 활달한 본성을 누른 채 정중한 침묵으로 투표소를 지켰다.

투표는 아무 돌발 상황 없이 오후 6시에 끝났다. 우리는 다시 선거위원회 사람들과 만나 그날 밤 있을 개표 작업에 대해 이야기했다. '개표 상황도 참관해야죠?' 장과 아드리엔느, 얀, 미네소타 노부부, 나는 당연히 동의했다. 그러나 글로벌 익스체인지에서 온 활동가 몇 명은 '리얼리티 쇼' 는 이쯤에서 끝내고 파나로 놀러 갈 계획이었다. 난 좀 놀라긴 했지만, 길고 힘든 하루를 보낸 건 사실이었다. 각자 임무도 잘 수행했고, 선거도 순조롭게 진행되었다. 별다른 상황이 벌어질 일이 뭐가 있겠는가?

잠깐 눈을 붙이고 샤워와 요기를 한 다음 개표 상황을 참관하기 위해 시청사로 갔다. 개표장은 각 정당 대의원으로 들어찼고, 투표용지가 담긴 투명한 비닐봉투가 선거위원들 앞에 수북이 쌓였다. 개표원 한 명이 비닐봉투에서 투표용지 한 장을 꺼내어 기표 결과를 결과표에 적은 뒤 옆에 있는 두 번째 개표원에게 그 용지를 건넨다. 두 번째 개표원은 용지를 재차 확인하고 뒤에 있는 다른 비닐봉투에 집어넣는다.

매우 투명하고 효율적인 개표 작업이다. 정당 대의원과 선거 감시원들은 개표원 주위를 돌며 집계가 정확한지 살폈다. 때로는 상대방을 살피기도 했다. 개표 초반에는 흥분과 긴장이 개표장 전체를 감돌았다. 그러나 한두 시간이 지나자 흥분과 긴장은 무료함으로 바뀌었다. 우리는 개표 과정을 지켜보기 위해서라기보다 잠들지 않으려고 계속 걷는 것 같았다.

개표 작업은 자정이 지나도록 계속되었다. 우리는 대부분 형형색색의 투표용지가 담긴 비닐봉투 중 가장 편안한 것을 골라 그 위에서 잠들었다. 그때였다. 갑자기 '펑' 하는 소리가 들렸다. 우리 모두 용수철처럼 튀어 일어났다. 전등이 몇 번 깜박거리더니 곧 꺼졌다. 개표장 안은 칠흑같이 어두웠다. 그레고리오가 즉시 라이터를 꺼내 불을 켰다. 어둠 속에서 아드리엔느가 순식간에 튀어나오더니 개표 테이블로 뛰어가 그 홀쭉한 몸을 던져 투표용지들을 감싸 안았다. 새끼를 끌어안은 암사자와도 같은 모습이었다.

"투표용지에 손대지 마세요!" 그녀가 고함쳤다. 그녀의 목소리를 들은 건 그때가 처음이다. 그 목소리는 더없이 강렬하고 아름다웠다. 우리도 그녀를 따라 테이블로 가서 비닐봉투 밖으로 나온 투표용지들과 아직 풀지 않은 비닐봉투를 막아섰다. 우리는 본능적으로 손을 뻗어 옆 사람의 손을 잡았다. 쭉 늘어선 테이블의 세 면을 따라 인간 사슬이 만들어졌다. 나머지 한 면의 인간 사슬은 개표원들이 만들었다. 실내는 너무나 어둡고 조용했다. 개표장 한쪽 구석에서 한 남자가 흐느끼는 소리가 들렸다. 이 갑작스런 어둠이 그에게 과거의 어떤 처절한 기억을, 어떤 끔찍한 테러와 부조리를 상기시켰을까 생각하니 가슴이 미어졌다. 누군가 앞문을 열더니 우리에게 참고 기다리라고 말했다. 발전소에서 폭발 사고가 일어나 솔롤라 전 지역이 정전되었다는 것이다.

"선거를 방해하기 위한 목적으로 저지른 폭발인가요?" 어둠 속에서 어떤 목소리가 물었다. 아무 대답도 없이 문이 닫혔다.

우리는 그렇게 그곳에 서 있었다. 이따금 한마디씩 말을 던지기도 하고, 옆 사람의 손을 더욱 꽉 쥐어보기도 했지만, 대체로 깊은 침묵이 지배했다. 방 안은 점점 더워졌다. 어느덧 방 안에 몇 개 안 되는 라이터도 전부 꺼졌다. 우리는 계속 기다렸다. 기다리는 것 외에 무슨 일을 할 수 있었겠는가?

밖에서 나지막이 웅성대는 소리가 들리기 시작했다. 소리는 점점 더 커졌다. 아, 이 소리. 귀에 익은 찬가 소리다. 문이 열리고 100여 개 촛불이 천천히 개표장 안으로 들어왔다. 검은색과 보라색 초들이다. 전통 복장을 입은 사람들이 찬가를 부르며 떼 지어 개표장 안으로 들어왔다. 우리는 사슬을 풀고 대여섯 개 초를 테이블 위로 들어오게 했다. 초를 든 사람들이 개표원들 앞에 아주 정중한 태도로 초를 놓아주었다. 개표장은 삽시간에 뜨거운, 그리고 너무나 친숙한 불빛으로 넘쳐흘렀다. 위층 발코니에도 초가 쭉 놓였다. 사람들 속에서 이데리코를 보았다. 전날 밤 만난 사람들 중 상당수가 그곳에 있었다. 그들은 어둠이 돌아오는 것을 허락지 않았다.

그레고리오가 천천히 이 광경을 둘러보았다. 촛불에 비친 그의 눈은 유난히 반짝였다. 그가 힘차게 말했다. "자, 이제 개표 작업을 재개하겠습니다."

나는 새벽 4시에 호텔로 돌아가 정오까지 잤다. 함께 일하던 선거 감시원들은 그 후로 보지 못했다. 가방을 꾸리는데 호텔 마당에서 왁자지껄한 소리가 들렸다. FDNG가 솔롤라 시의회 전 의석을 휩쓸었다고 했다. 스페인 침공 이후 최초로 원주민들이 압도적으로 시 정부를 점한 것이다. 과테말라 중앙정부 차원에서는 역사상 최초로 원주민 여성이 국회의원으로 당선되었다. 리고베르타 멘추의 조카는 무사히 풀려나 오늘 아침 집으로 돌아왔다.

나는 가방을 들고 문을 나섰다. 빛이 돌아오고 있었다.

과테말라의 인권운동은 지금도 계속되고 있다. 최근 선거에서는 중도우파 정당들이 우위를 점했다. 글로벌 경제에 편입되려는 정부의 욕망이 계속되는 가운데, 더 많은 유권자들이 일자리와 돈을 약속하는 정당에게 표를 던지기 때문이다. 게릴라들은 이제 고향으로 돌아갔다. 그중 많은 이들이 커피협동조합을 만들었는데, 산타 아니타 협동조합(Santa Anita la Union)도 그 가운데 하나다. 멘추는 어쩌면 과테말라 대통령 후보로 나설지도 모른다. 원주민들의 정치 세력화가 그동안 이렇게 발전해왔는지, 어떻게 강화되었는지 보여주는 단적인 예다. 멘추는 아직도 내 키스를 허락하지 않는다.

6

죽음의 열차를 따라

멕시코 / 엘살바도르, 2005

라틴아메리카 대륙의 커피 농부들에게 2000년은 뉴 밀레니엄이 아니라 대재앙이었다. 농부들에게 지급되는 커피 값은 사상 최저로 떨어졌다(생산 가격보다 훨씬 낮은 금액이었다). 월드뱅크는 세계 여러 나라에 '구조조정'이라는 기만적 정책을 펴도록 강요했고, 그에 따라 각국의 사회 서비스 예산은 크게 줄었다. 자유무역으로 중앙아메리카와 남아메리카에 미국의 값싼 옥수수가 홍수처럼 밀려들면서 지역의 시장과 일자리를 초토화했다. 수십만 명에 이르는 농부들이 땅을 버리고, 혹은 땅에서 쫓겨나 도시로 향했다. 하지만 경제학 교과서에 쓰인 것과 달리 도시에도 일자리는 없었다. 많은 농부들이 북쪽으로 향했다.

땅 위를 기거나, 강을 헤엄치거나, 경찰과 강도들을 피해 몸을 숨기며 어떻게 해서든 국경을 넘어 북으로, 동화 속의 나라 미국으로 가려 했다. 미국에 가면 일자리도 얻고, 고향의 가난한 가족에게 돈도 부칠 수 있을 것이라는 믿음 때문이다. 같은 시기, 미국의 커피 회사들은 무시무시할 정도로 많은 이윤을 얻었다. 그들은 지극히 싼값으로 커피 열매를 사들였지만 소비자에게 파는 값은 전혀 내리지 않았다. 소비자들은 경제에 대해 잘 몰랐고, 자신들이 마시는 커피 한 잔에 얼마나 많은 농부들의 희생이 담겼는지 알지 못했다.

이리하여 뉴올리언스 제방을 무너뜨린 허리케인 카트리나를 능가하는 인간 홍수가 생겼다. 이들 난민의 상당수는 과테말라 국경에서 가까운 멕시코 남단으로 흘러들었다. 그들은 타파출라(Tapachula)에서 치아파스 마야브 회사(Chiapas Mayab Company)가 운영하는 초대형 화물열차를 기다렸다. 그 기차는 설탕, 기름, 시멘트 등을 싣고 미국 국경까지 운행하는 기차다. 많은 사람들이 그 기차 꼭대기에 올라타 미국 국경까지 갔다. 하지만 일부는 끔찍한 대가를 치르기도 했다. 그들은 그 기차를 '엘 트렌 데 무에르테(El Tren de Muerte)', 즉 죽음의 열차라고 불렀다.

나는 니카라과와 과테말라의 커피 농부들에게서 죽음의 열차에 대해 많은 이야기를 들었다. 그러나 미국에서는 그 기차에 대해 알려진 바가 거의 없다. 죽음의 열차를 탄 사람들은 세 갈래로 운명이 엇갈렸다. 미국 국경까지 무사히 간 사람(그러나 이들에겐 여전히 국경을 넘어야 할 숙제가 있다), 잠이 들거나 이들을 노리는 갱들 때문에 기차 밖으로 떨어져 죽은 사람, 기차 바퀴에 몸이 말려 들어가 팔다리를 잃은 사람. 마지막 부류, 즉 팔다리를 잃고 졸지에 불구가 된 사람들은 주로 타파출라에 있는 작은 쉼터로 향했다. 그 쉼터는 도나 올가(Dona Olga)라는 여자가 운영한다. 그녀는 절단 장애인들을 돌보는 데 평생을 바쳐 왔다.

매사추세츠 주 애머스트에 있는 폴러스사회경제개발센터(Polus Center for Social and Economic Development)의 마이클 런키스트 (Michael Lundquist)도 죽음의 열차에 대한 이야기를 들은 적 있다. 폴러스센터는 미국뿐 아니라 전 세계 개발도상국의 취약층 장애인들을 지원하는 비영리 단체다. 런키스트와 나는 니카라과와 에티오피아에서 함께 일한 적이 있다. 민간인과 공공단체가 협력하여 커피 재배 지역 장애인들의 삶이 의미 있게 변화될 수 있도록 돕는 일이다. 런키스트는 올가가 운영하는 쉼터에 대해 자세히 알고 싶어했다. 의수족 제공 등 절단 장애인 서비스와 관련한 전문가로서 쉼터에 조금이나마 도움을 줄 수 있을까 해서다. 그 쉼터 이름은 '엘 알베르헤 데 부엔 파스토르 헤수스(El Alberge de Buen Pastor Jesus : 선한 양치기 예수 쉼터)' 다. 나 역시 엘살바도르와 온두라스, 니카라과, 과테말라 등지의 커피 농부들이 어쩌다가 이 쉼터로 왔는지, 대안무역 커피 업계에서 그들을 도울 만한 일은 없는지 알고 싶었다. 나는 마르타(Marta)와 함께 멕시코로 향했다. 마르타는 폴러스센터에서 일하는 23세의 에콰도르 출신 여성이다. 스페인어가 모국어인 그녀 앞에서 나의 길거리 스펭글리시 (spanglish : 영어식 스페인어라는 뜻의 조어—옮긴이)는 부끄럽기 짝이 없었다. 마르타에게는 이번이 폴러스센터에서 가는 처음이자 마지막 출장이다.

타파출라에 도착하여 호텔에 체크인을 할 때, 데스크 직원이 내 명함을 보더니 물었다.

"커피 수입업자십니까? 이곳 치아파스에 좋은 커피가 아주 많습니다. 제 사촌이 농장을 운영하는데…."

"됐습니다. 저는 커피 로스터인데, 몇몇 치아파스 협동조합과 거래하고 있습니다. 다음주에 그들을 방문할 계획입니다."

그는 시큰둥해졌다. 하지만 트렁크 옆에 선 마르타를 보자마자 내게 은밀하게 속삭였다. "부인이신가 보죠?"

"아닙니다. 제 동료입니다."

"오, 동~료." 그가 알겠다는 듯이 고개를 끄덕이며 재빨리 눈썹을 위아래로 움찔거렸다. 남자들만의 모종의 연대감을 표현하는 천박하기 짝이 없는 국제 공용어다.

"정말로 함께 일하는 동료입니다. 그녀는 폴러스센터에서 일하죠. 이것 보이시죠? 그녀의 명함에 쓰여 있잖습니까."

"어떤 일을 하시나요? 선생님과 저 동~료 분이오." 그는 또다시 눈썹을 움찔댔다.

"우리는 죽음의 열차를 보려고 왔습니다. 도나 올가의 쉼터에 있는 상애인들을 도울 길도 찾아보고요. 그래서 오늘밤에 죽음의 열차에 갈 계획입니다. 그리고…."

"오늘 밤에 저 숙녀분을 데리고 그곳에 간다고요? 정신 나간 짓이에요, 손님! 그 못돼먹은 경찰들이며 마라 살바트루차(Mara Salvatrucha)에 대해 못 들어보셨어요? 조폭들 말예요!"

"글쎄올시다, 어떤 글에서 읽어본 적은 있습니다만…."

"어허, 글이고 뭐고 소용없습니다. 혼자 가시면 안 됩니다. 조심하셔야 해요. 지갑도, 손목시계도 가져가지 마세요. 좋아 보이는 구두도 신지 마시고요. 그리고 저 여자분은 절대로 가면 안 됩니다."

"유익한 정보를 주시니 고맙습니다. 그냥 기차만 볼 거예요. 기차 타는 사람 몇 명하고 잠깐 이야기 나눌 거고요. 그중에서 커피 농부들은 몇 명이나 되는지 뭐 그런 거…. 마라 살바트루차하고도…."

직원은 경악했다. "마라 일당을 안 만나셔야 진짜로 운이 좋은 겁니다. 정 그들과 말씀을 나누시고 싶다면 우리가 도와드릴 수는 있죠."

"그렇군요, 아무튼 고맙습니다. 필요하면 부탁드리겠습니다. 열쇠 좀 주시겠습니까?"

이른 저녁, 올가에게서 메모가 왔다. 오늘 밤 우리와 만나기 어려울 것 같다, 하지만 이주민 보호 기관 베타(BETA)가 우리를 기차까지 안내해주도록 준비해놓았다는 내용이었다. 밤 11시쯤 붉은 픽업트럭 한 대가 호텔 앞에 도착했다. 군복 차림의 우람한 남자 세 명이 트럭에서 내려 내 방을 노크했다. BETA의 우두머리 프란시스코(Francisco)는 자신들은 멕시코 연방정부 기관의 하나로, 이주민들을 보호하고 그들의 법적인 문제나 절차적인 문제를 도우며, 매일 저녁 그 기차역에 음식을 나르는 일을 한다고 설명했다.

"며칠 동안 음식을 먹지 못한 사람들이 많습니다. 죽음의 열차에서 정신 똑바로 차리고 깨어 있으려면 우선 배를 채워놓아야 하거든요." 프란시스코가 말했다. 좋은 경찰이다. BETA는 깡패와 진배없는 주 경찰을 상쇄하는 역할도 한다. 주 경찰은 이주민을 '보호'한다는 미명하에 오히려 돈을 받고 그들을 팔아넘기거나 그들에게 성폭행을 하기도 한다. 나쁜 경찰이다.

데스크 직원은 우리가 좋은 사람들의 안내를 받는 걸 알고 안도하는 표정이었다. 그는 BETA 사람들을 잘 알았다.

기차역에 도착할 때쯤 비가 억수같이 내렸다. 커다랗고 검은 기차 일부가 죽음의 열차와 연결하기 위해 대기하고 있었다. 수백 명이 기차 꼭대기나 차량 사이에 앉았는데, 그들은 대부분 우산 대신 검은 비닐봉투와 야구모자를 썼다. 불빛이라고는 매점 처마 밑의 가스등이 전부였다. 처마 밑에는 쉰 명도 넘는 사람들이 비를 피하고 있었다. 프란

시스코는 철길 옆에 트럭을 세웠다. 트럭의 헤드라이트가 어둠 한가운데를 가로지르는 가운데, 사람들이 음식물을 받기 위해 BETA 사나이들에게 몰려들었다.

"자, 여기 던지세요." 프란시스코가 도시락 보따리를 한 아름 내 품에 던지며 무뚝뚝하게 말했다. 우리는 어둠 속으로 도시락을 던졌다. 사람들이 앞 다퉈 도시락을 주웠다. 축제 분위기 같기도 하고, 현실이 아닌 것 같기도 했다. 음식을 모두 나눠준 뒤 프란시스코가 이 가운데 커피 농부들이 있느냐고, 이야기하고 싶어하는 사람이 있다고 말했다. 사람들은 대부분 도시락을 들고 구석진 곳으로 갔고, 몇몇 젊은이들이 앞으로 나왔다. 우리는 제방 쪽으로 가서 함께 앉았다. 매점에서 비추는 희미한 불빛이 우리의 얼굴을 적당히 가려주어 비밀스런 대화를 가능케 했다.

나는 이 어려운 시기에 커피 농부들이 어떻게 지내는지, 그들의 상황이 어떤지 알고 싶다고 했다. 또 그런 이야기를 미국 사회에 알려 좀더 많은 사람들이 이곳의 현실에 대해 알 수 있도록 하고 싶다고 했다.

"그런데… 여러분은 어디에서 오셨죠?" 나는 머뭇거리며 물었다. 나는 이들의 신원이 밝혀지면 안 된다는 것, 어떻게 해서든 무사히 북으로 가야 한다는 것을 잘 알았다. 두 명은 니카라과에서, 16세 소년은 엘살바도르에서, 나이가 좀 많은 남자는 온두라스에서 왔다. 나머지 두 명은 잠시 침묵했다.

"우리는 마타갈파(Matagalpa)에서 왔어요." 베니(Benny)가 말했다. 그는 한 팔로 동생 파블로(Pablo)의 어깨를 감싸고 있었다. 그들은 열여섯 살, 열세 살 정도 돼 보였다. 하지만 확실하지는 않았다. 장대같이 쏟아지는 비와 어둠과 야구모자 때문에 그들을 자세히 볼 수 없었다. "작년에 아버지의 커피 밭이 넘어갔어요. 파블로는 가족을 돕기 위해 학교까지 때려치워야 했고요. 어차피 등록금도 낼 수 없었죠. 게다가 파블로는 공부보다 여자 아이들 꽁무니 쫓아다니는 걸 좋아했거든요." 베니가 파블로의 뒤통수를 살짝 쥐어박으며 말했다. 파블로의 모자챙으로 떨어지는 빗물이 계속 내 얼굴에 튀었다. 베니가 말을 이었다. "우리는 작년 내내 정부에 항의했어요. 다른 농부들과 함께 전국을 돌며 시위를 벌였죠. 하지만 아무것도 달라지지 않았어요. 그래서 북으로 가기로 결심한 거예요."

베니는 '땅 없는 농부들의 행진(Landless Farmers March)'에 참석했던 것이다. 땅을 빼앗긴 농부 수만 명이 정부와 은행의 토지 몰수에 항의하고 생존권 보장을 요구하기 위해 니카라과 도로를 점거하고 행진한 사건이다. 평화 행진은 무려 14개월 동안이나 계속되었다. 그러나 뉴 밀레니엄과 함께 맞은 다른 모든 커피 위기와 마찬가지로, 그 행진 역시 미국 언론의 아무런 관심도 받지 못했다. 내가 그 행진에 대해 알 수 있었던 건 니카라과 농부들이 내게 자신들의 연간 이익배당금을 행진에 참여하는 농부들에게 보내달라고 부탁했기 때문이다. 비닐 천막과 음식물 구입 등 행진에 참여하는 농부들의 시위 비용을 지원하기 위해서다. 행진은 점차 시들어갔다. 농부들의 심신이 쇠약해졌고, 돌봐야 할 가족이 있기 때문이다. 땅을 몰수당한 농부들이 땅이나 일자리를 찾을 수 있도록 도와주겠다는 정부의 공허한 약속도 행진이 중단되는 데 한몫했다. 나는 마타갈파의 마을 광장에 있는 천막 시위 장소를 방문하려 했다. 하지만 내가 그곳에 도착했을 때는 니카라과 정부에서 트럭을 보내어 그곳에 있던 농부들을 다른 대규모 농장 지역으로 실어 간 뒤였다. 농부들이 그곳 노동자로 일하도록 하기 위해서다.

홀리오(Julio)는 온두라스의 가난한 커피 마을에서 작은 가게를 운영했다고 한다. 그는 우리에게 자신의 '생존 경제학 지침'을 들려주었다.

"전 지금 딱 50페소가 있습니다. 배가 고프긴 하지만 절대 음식을 사 먹으면 안 됩니다. 마라 살바트루차에게 줄 돈이거든요. 돈이 없으면 그들은 나를 기차 아래로 던져버릴지도 모릅니다. 검은 유니폼을 입은 경찰들도 우리에게서 뭐든 빼앗아 갑니다. 빼앗길 것이 있으면 모두 빼앗기죠."

그때 지축을 흔드는 듯한 굉음이 들렸다. 돌아보니 거대한 검은 물체가 철길을 따라 역을 향해 다가오고 있었다. 죽음의 열차가 도착한 것이다.

사람들은 허겁지겁 보따리를 들고 기차로 다가갔다. 너무 어두워서 기차를 자세히 볼 수는 없었다. 하지만 그것의 위협적이며 무시무시한 존재감은 엄청났다. 기차는 덜커덩 끼익 소리를 내며 화물열차와 연결을 시도했다. 타이어 터지는 듯한 소리와 함께 마침내 두 기차가 연결되었다. 사람들이 서로 밀고 당기며 기차의 차량과 차량 사이에 올라탔다. 나뭇가지 따위에 부딪히지 않고 안전하게 매달려 있기 좋은 장소기 때문이다. 다른 사람들은 기차 지붕 위로 올라가거나 문가에 매달렸다. 나는 기차로 달려가서 사람들에게 말했다. 손잡이 따위를 잘 붙들라고, 서로서로 옆 사람을 잘 돌보라고, 갱들을 조심하라고, 그렇지 않으면 떨어질 수 있다고. 그들은 이러한 위험에 대해 누구보다 잘 알았지만, 내게 감사하다는 말을 잊지 않았다. 컴컴한 어둠 속에서 다른 목소리들도 쏟아졌다.

"텐 쿠이다도(Ten cuidado)! 조심해!"

"경찰들 조심하고!"

"자, 훌쩍 뛰어 올라와봐!"

"이쪽으로 올라오세요!"

기차가 갑자기 덜커덩 움직이며 앞으로 나아갔다. 그 충격으로 몇 명은 떨어졌다가 다시 올라탔다. 어떤 사람들은 비명을 질렀고, 어떤 사람들은 껄껄대며 웃었다. 비가 억수같이 내렸다. 그들의 검은 비닐 봉투 보따리 위로 샤워커튼처럼 물방울이 튀었다. 강철 덩어리 기차는 흠뻑 젖어 미끌미끌했다. 그 위에서 사람들은 뭔가 붙잡아야 하고, 때로는 몸을 움직여야 할 것이다. 지름 90cm인 기차 바퀴들은 선로라는 숫돌에 갈린 날카로운 칼날과도 같았다. 운 나쁜 사람들의 몸을 가를 순간을 기다리는 푸줏간의 칼처럼 보였다. 기차가 속도를 내기 시작했다. 천천히, 하지만 냉혹하게. 1분쯤 지나자 기차는 어둠 속으로 완전히 삼켜졌다.

우리는 흠뻑 젖은 채 호텔 로비에 들어섰다. 춥고 맥이 빠졌다. 마르타는 열쇠를 받아 곧장 자기 방으로 갔다. 나는 프란시스코와 잠시 이야기를 나눈 뒤 그가 차를 타고 떠나는 것을 확인하고 로비로 돌아왔다. 기분 나쁘게 생긴 사람이 로비 왼쪽에 서 있는 것이 느껴졌다. 데스크 직원이 나를 불렀다.

"다 준비됐습니다." 그가 예의 그 은밀한 표정으로 말했다. 그의 손가락은 낯선 남자를 가리켰다. "저기 계십니다."

"누구요?" 나는 직원이 무슨 말을 하는지 몰랐다. 관심도 없었다. 그저 침대로 가서 빨리 이 힘든 밤이 지나기를 바랄 뿐이었다.

"마라 살바트루차 말예요, 선생님. 그쪽 사람을 만나고 싶다고 하셨잖아요. 그래서 한 명 부른 거예요."

내 스페인어를 좀더 손봐야 할 게 분명했다. 그것을 부탁한 기억이 나지 않았다. 하지만 기회가 왔으니…. 나는 방으로 달려가 지갑과 여권을 숨겼다. 그때 기차역에서 만난 훌리오가 생각났다. 나는 20달러짜리 한 장(어머니는 내게 용돈을 주실 때마다 "초록색은 모두 좋아하는 색이지"라고 말씀하시곤 했다)을 가지고 로비로 갔다.

"여기 20달러가 있습니다. 이걸 다 쓸 때까지 술을 마셔도 됩니다만, 이게 제가 가진 전부입니다."

우리는 호텔에서 한 블록 정도 떨어진 술집으로 갔다. 술집에는 우리 외에도 손님이 몇 명 더 있었다. 조명은 어두우면서도 야단스럽게 화려했다. 한쪽 끝에 있는 작은 TV에서는 멕시코 드라마가 방영되었고, 라디오에서는 '로스 로보스'(Los Lobos : '늑대들'이라는 뜻 — 옮긴이)라는 노래가 흘러나왔다.

나는 스페인어로 가벼운 대화부터 나누려 했다. 하지만 내가 무슨 말을 했는지 지금도 기억이 나지 않는다. 그도 내가 무슨 말을 하는지 알아듣지 못했다.

"왓 더 헬 유 토킹 어바웃(도대체 무슨 말을 하자는 거요)?" 그가 으르렁대듯 말했다.

"어, 영어를 할 줄 아십니까?"

나는 그를 '큰 고래(big whale)'라고 부를 뻔했다. 하지만 그럴 수는 없는 일이었다. 그가 누구인가. 마라 살바트루차의 일원이 아닌가. 너무 위험했다. 그가 투덜거리듯 그렇다고 대답했다. 우리는 맥주를 두어 병 마신 후 본격적인 대화에 돌입했다. 나는 그에게 당신이 정말로 마라 살바트루차의 일원인지 어떻게 알 수 있냐고 물었다. 그는 양쪽 팔뚝의 문신과 잇몸에 새긴 숫자들을 보여주었다. '흠, 문신이라…' 팔뚝이나 잇몸에 새긴 문신 몇 개로 맥주 값이나 벌자고 거짓말을 하는지 어떻게 알 수 있겠는가.

"예의 없게 굴려는 건 아니지만, 문신은 아무나 새길 수 있는 것 아닙니까? 심지어 조직원이 아닌 사람도 갱단 표시 같은 걸 새기고 다니는 판국인데 말이죠."

"좋아요. 그렇다면 지금 나랑 기차역으로 가서 한 사람 털까요?"

"아, 아닙니다. 잘 알겠습니다."

그는 1990년대 중반에 가족과 함께 미국 로스앤젤레스로 불법 이민을 갔다고 했다. 고등학교에 다닐 때 '여느 애들처럼' 마약을 팔다가 붙잡혀 감옥에 갔다. 감옥에서 마라 살바트루차 단원과 엮였고, 그에게서 차 문을 따는 법과 열쇠 없이 시동 거는 법, 같은 갱단이 아닌 사람들을 완전히 무시하는 법 등 여러 가지 기술을 배웠다. 그가 출소할 때 감옥 앞에서 연방 이민국 사람들이 그를 기다리고 있었다. 그들은 그를 차에 태워 멕시코 국경에 던져버렸다. 그에게는 연고자도, 직업적 전망도 없었다. 갱단 출신 전과자들과 관계를 맺는 것만이 그의 유일한 '사회보험'이었다. 미국에서 추방된 후 중미 지역에서 활약하는 라틴아메리카 출신 폭력배는 수십만 명에 달한다. 그들과 엮이는 것은 식은 죽 먹기다.

"그런데 댁은 뭐하는 사람이오? 기자나 뭐 그런 거요?" 20달러는 타파출라의 허름한 술집에서 아주 오랜 시간을 보낼 수 있게 해주었다. 내가 맥주 두 병을 마실 동안 그는 네 병을 마셨다. 나는 죽음의 열차를 타는 커피 농부들에 대해 좀더 알고 싶어서, 그들을 도울 방법을 찾고 싶어서 왔다고 말했다.

"왜 그 사람들을 도우려는 거요?"

"아씨 에스 로 께 아가(Asi es lo que haga : 그게 제 일입니다)."

"글쎄올시다, 내 가족도 그 열차를 탔소만…. 그렇게 해서 미국에 갔으니까."

술기운이 퍼지면서 나는 지나치게 '철학적'이 되고 말았다.

"당신 어머니는 죽음의 열차를 탔는데, 지금 당신은 어머니와 같은 처지에 있는 사람들을 상대로 강도 짓을 한다는 말입니까?"

'아뿔싸, 이런 큰일 날 질문을!'

그의 눈이 나를 향해 번득였다. 그의 손이 맥주병을 힘껏 움켜잡았다. "이봐, 벤데호(bendejo : 멍청이)! 나도 먹고살아야 한다고! 왜, 뭡어?"

그의 태도로 보아 우리의 대화는 곱게 진행될 것 같지 않았다. 나는 갑자기 속이 안 좋다고 거짓말한 뒤 호텔로 돌아가기로 결심했다. 거스름돈은 그가 갖도록 했다. 그 돈으로 그가 하룻밤만이라도 죽음의 열차에 가지 않기를 바랐다. 나는 그의 굴곡진 삶에 연민을 느꼈다. 하지만 그는 매일 밤 가난하고 무고한 사람들의 생명을 위협하고 돈을 터는 약탈자다. 나는 하룻밤에 너무나 많은 것을 배웠다.

다음날, 마르타와 나는 택시를 탔다. 어딜 가나 택시 운전사들은 아는 게 많다. 나는 운전사에게 죽음의 열차와 도나 올가에 대해 어떻게 생각하는지 물었다.

"나쁜 놈들이죠. 좀더 잘 살아보겠다고 아등바등하는 사람들에게 못된 짓을 하니까요. 도나 올가요? 그 여잔 성녀예요."

우리는 타파출라의 주도로를 빠져나가 코아탄 강(Coatan River) 쪽으로 향했다. 그곳은 멕시코와 과테말라의 접경 지대다. 다리 위에 경비 초소가 있지만 경계가 삼엄하지는 않았다. 택시는 다리 앞에서 멈췄다. 우리는 강을 내려다보았다. 사람들이 얼기설기 만든 뗏목을 타고 황토빛 코아탄 강을 건너고 있었다. 소지품을 담은 배낭과 자루도 가득 실려 있었다. 이 뗏목들은 '로스 인도쿠멘타도스(los indocumentados)', 즉 불법 이민자를 경비대의 코앞에서 국경 너머로 실어다주는 '민중의 페리'다. 이 같은 대량 불법 이주는 이곳에서 더 이상 비밀이 아니다. 강 위쪽으로 몇 km 떨어진 곳에 네모반듯한 시멘트 건물이 하나 있고, 그 양옆에는 1층 높이의 헌 구조물이 붙어 있었다. 사람이 살 만한 곳으로 보이지 않았다. 하지만 담벼락에 기대어 햇볕을 쬐는 절단 장애인 세 명을 보니 사람이 사는 곳이 분명했다.

우리는 그 작고 허름한 건물 안으로 들어갔다. 땀 냄새, 상처 냄새, 소독약 냄새가 문자 그대로 우리를 '급습' 했다. 냄새가 어찌나 심한지 배에 주먹이라도 한 방 맞은 느낌이었다. 마르타는 손을 코로 가져갔다가 누가 볼까 봐 재빨리 치웠다. 작은 방 네 개는 휠체어와 목발, 여타 의료 장비들로 가득 찼다. 남자와 여자 26명이 그곳에 살았다. 그들에겐 몇 가지 공통점이 있다. 그들은 모두 경제 난민이고, 가족을 먹여 살리기 위해 일자리를 찾아 북쪽으로 가려 했으며, 죽음의 열차를 탔다가 팔이나 다리, 혹은 팔다리 모두 잘린 사람들이다. 그들 중 일부는 올가가 구입했거나 기증 받은 의수족을 착용했고, 몇몇 사람들은 걷거나 물건 다루는 법을 배우는 중이다. 나머지 사람들은 휠체어에 앉거나 지저분한 침대에 누워 멍하니 자신의 어두운 미래를 응시하고 있었다. 올가는 평소와 마찬가지로 음식이며 생활용품 등을 구하러 타파출라 곳곳을 뛰어다니느라 그곳에 없었다. 지원하겠다고 나선 외국 단체 사람들과 만나는 일도 잦았다.

도널드 라미레스(Donald Ramirez)가 우리를 맞았다. 죽음의 열차 희생자인 라미레스는 이곳 쉼터의 부지휘관 역할을 맡고 있었다. 라미레스는 우리가 쉼터를 둘러볼 수 있게 안내했고, 쉼터 거주자들을 소개해주었다. 그들 중 일부는 우리에게 아무 관심도 보이지 않았지만, 일부는 우리와 이야기하고 싶어 안달이었다. 숨 막힐 듯한 방 안에 갇힌 일상을 보내다가 모처럼 새로운 얼굴이 등장한 것이다. 우리가 그곳에 들어갔을 때 그들은 대부분 의수족을 벗어놓은 상태였다. 두 다리를 잃은 라미레스도 마찬가지다. 그들 중 몇몇이 황급히 의수족을 차거나 바지를 입었다. 팬티 차림으로 방문객을 맞이하고 싶지 않아서다. 최소한의 품위라도 유지하려는 그들의 마음을 읽을 수 있었다.

나는 폴러스센터와 함께 니카라과에서 일할 때 절단 장애인들을 자주 접했다. 그곳에서 우리는 절단 장애인 치료센터 설립 비용을 마련하기 위해 장애인들이 직접 경영하는 카페 겸 로스터 가게를 열어주었다. 하지만 마르타에게는 이 모든 것이 처음이다. 닭장같이 작은 방, 형언할 수 없이 지독한 냄새, 사지를 잃은 사람들의 비극적 모습과 그들이 겪었을 고통에 대한 상상…, 마르타는 완전히 무너졌다. 그녀는 몸을 부들부들 떨었고, 통역도 제대로 하지 못했다. 금방이라도 쓰러질 듯한 모습이었다. 그녀는 숨을 돌려야겠다며 잠시 밖으로 나갔다. 돌아온 그녀는 안색이 약간 나아졌다.

라미레스가 온두라스에 있는 가족을 떠나 북으로 향한 것은 스물세 살이 되던 해다.

"기차가 달릴 때 뛰어서 올라타려고 했어요. 두 번 실패하고, 세 번째에 그만 기차 밑으로 떨어졌죠. 무사하구나 생각했어요. 그런데 몸을 일으키려고 보니까 두 다리가 완전히 뭉개진 거예요. 사람들이 저를 병원으로 데려갔고, 의사들이 세 다리를 잘라냈어요."

라미레스는 똑똑한 젊은이다. 형편이 어렵지만, 사랑하는 가족과 친구들에 둘러싸여 고향에서 행복하게 살 수도 있었다. 그는 지금 이곳에서 자신이 가진 것은 오직 두 가지, 도나 올가와 하나님이라고 생각했다. 그는 자신의 운명이 이런 삶을 살도록 예정되었다고 믿었고, 새로이 찾은 복음주의 교회의 렌즈를 통해 세상을 바라보았다.

"하나님이 저를 이곳으로 인도하신 겁니다. 전 하나님께 아무것도 요구하지 않습니다. 예전의 잘못된 삶에 대한 벌을 받았을 뿐입니다. 돈을 탐하고 물질적 욕망에 사로잡힌 사람들이 너무 많습니다. 저도 그런 것들을 탐했죠. 하지만 어쩌면 그 덕에 지금의 제가 될 수 있었을 겁니다." 그는 하나님과 올가에 대해 끊임없이 이야기했다. 나는 그의 말을 경청했지만, 그의 상황 분석과 결론에 대해서는 갈수록 불편함이 느껴졌다. 나는 그에게 집에 가고 싶지 않느냐고 물었다. 그는 몹시 당황하는 듯했다. 일순간 그의 얼굴에서 종교적 엄숙함이 사라졌다.

"아니오, 절대로 돌아갈 수 없습니다. 부모님께 짐이 될 뿐이지 제가 뭘 할 수 있겠습니까? 아니오, 이곳만이 제 삶입니다."

이곳? 나는 생각했다. 이 닭장 같은 집이? 이제 스물세 살인 청년이 이곳에서 일생을?

드디어 올가가 돌아왔다. 그녀는 수녀나 천사가 입을 법한 흰 옷을 입고, 목에는 커다란 십자가를 둘렀다. 침착하면서도 단호한 기품이 흘렀다. 우리는 폴러스센터가 이 쉼터를 돕고 싶어한다는 것, 폴러스센터는 보정 기구와 휠체어 등에 관한 전문 지식을 갖췄으며 장애인의 권리를 위해 힘쓰는 단체라는 것 등을 이야기했다. 나는 커피 농부들의 상황과 죽음의 열차에 관심이 많다는 것, 이곳에서 괜찮은 프로젝트를 시도하면 내가 속한 커피 업계도 그 프로젝트에 참여할 수 있다는 것도 말했다. 올가는 아주 공손하고 정중했지만 내 이야기에 큰 관심을 보이지는 않았다. 그녀는 희생자들을 돕기 위해 자신이 어떤 일을 하는지, 그들이 쉼터에 오기까지 얼마나 험난한 과정을 겪는지 말했다. 그녀는 최근에 발견한 두 희생자에게 약을 주러 병원에 가야 하기 때문에 나와 길게 이야기를 나눌 시간이 없다고 했다.

"지금 그 사람들은 병원에 있는데, 제가 가지 않으면 그들이 약값을 내야 합니다. 그러니 제가 병원에 가서 약품을 기증받거나 구입해서 그들에게 나눠줘야죠. 그들이 이 쉼터로 올 수 있을 때까지 매일 그렇게 하고 있습니다." 그녀는 함께 병원에 가서 직접 보지 않겠냐고 물었다. 우리는 그러겠다고 했다.

타파출라에 있는 병원은 현대식이고 깨끗했다. 올가는 능숙하게 병원 경비실을 통과했고, 마르타와 내가 그 뒤를 따랐다. 우리는 곧장 1층에 있는 병실로 향했다. 병실에는 두 남자가 침대에 누워 있었다. 첫 번째 남자는 열네 살 먹은 소년 윌리(Willy)인데, 이틀 전에 팔 하나를 잃었다고 했다. 그가 잠든 상태여서 올가는 간호사에게 약을 주었다. 두 번째 침대로 갔다. 잠에서 막 깨어난 그 남자는 20대로 보였고, 두 다리가 없었다. 매일 아침 철길을 돌며 희생자를 수색하는 경찰이 그를 발견했다고 한다. 그가 약에 취해 천천히 눈을 떴다. 흰 옷을 입은 올가가 그를 향해 미소 지었다. 그는 아마도 자신이 천국에 있다고 생각했을 것이다. 그는 두 다리를 잃었다는 사실을 모르는 것 같았다. 마르타와 나는 우리가 그 순간 그 남자의 머리맡에 있다는 사실이 너무나 불편했다. 기차에서 떨어지고, 말할 수 없는 육체적 고통을 겪고, 눈을 뜨니 천사가 앞에 서 있는 것만으로도 정신을 가다듬기 힘든 노릇일 터였다. 그런 와중에 낯선 백인 두 명까지…. 우리는 병실을 나왔다. 올가도 곧 뒤따라 나오더니 간호사에게 누군가 밤사이에 그 남자의 신발과 바지를 훔쳐 갔다고 말했다. 종종 일어나는 일이라고 했다.

마르타와 나는 그날 병실을 방문한 뒤 큰 충격을 받았다. 호텔까지 택시를 타고 갔는데, 가는 내내 서로 아무 말도 하지 않았다. 모든 것이 끔찍하기 짝이 없는 막다른 골목 같았다. 돈 몇 푼 기부하고 집으로 줄행랑치는 것 외에는 할 수 있는 일이 없어 보였다. 절망감이 무섭게 파고들었다. 마르타는 택시 안에서 줄곧 울었다. 나는 감정을 억누르며 앉아 있었다. 하지만 나의 얄팍한 '위대한 백인의 희망'은 갈가리 찢겼다. 나는 택시에서 내린 뒤 타파출라 시내를 좀 걸어보기로 했다. 타파출라는 추레하고 음침한 국경 도시인 줄 알았는데, 의외로 활기 넘치는 곳이었다. 상점마다 사람들로 북적댔고, 잘 차려입은 연인들이 여유롭게 거리를 어슬렁거렸다. 교복을 입고 가방을 멘 아이들도 삼삼오오 거리를 누볐다. 사실 타파출라는 이 나라에서 멕시코시티에

이어 두 번째로 소득이 높은 도시다. 그곳은 멕시코에서 가장 가난한 치아파스 주에 속한, 일종의 '오아시스' 도시다. 하지만 시내에서 불과 2km도 떨어지지 않은 곳에서는 죽음의 열차 희생자들이 누구의 관심도 받지 못한 채 간신히 살아가고 있다. 나는 어느 서점 앞에서 걸음을 멈췄다. 올가의 쉼터에 책이 한 권도 없는 것이 생각났다. 안으로 들어가서 『해리 포터』와 『보물섬』, 『그리스신화』, 간단한 수학책과 낱말 퍼즐 책, 잡지 몇 권 등을 샀다. 그날 밤, 나는 호텔방에서 맥주를 마시며 스페인어 자막이 나오는 미국 영화를 보았다. 그렇게라도 해서 그날 일을 잠시 마음속에서 털어버리고 싶었다. 마르타는 곧장 잠자리에 들었다.

다음날 늦은 아침, 우리는 몇 가지 음식과 남자 속옷, 청소 도구를 사 들고 쉼터로 갔다. 전날의 방문을 통해 그곳의 상황을 대강 파악하긴 했다. 나는 쉼터 거주자들에 대해 좀더 알고 싶었고, 뭔가 의미 있는 기여를 할 방법을 찾아보고 싶었다. 함께 점심식사 준비를 하던 중 나는 왼다리를 잃은 미남 청년 넬손(Nelson)이 신발을 신지 않은 것을 발견했다. 신발은 어디에 있냐고 물었다.

"그게… 기차에서 떨어질 때 오른쪽 신발을 잃어버렸어요. 왼쪽 신발은 마놀로(Manolo)에게 주었죠. 그는 왼다리는 멀쩡한데 신발이 없었거든요. 저야 이곳에서 나가면 신발을 구할 수 있겠죠. 하지만 마놀로는 조만간 이곳을 나갈 일이 없을 거예요." 마놀로는 과테말라의 솔롤라에서 온 중년 남자다. 그가 넬손의 신발을 들더니 껄껄 웃었다.

"이 신발은 좀 수선이 필요해요. 하지만 문제없어요. 제 가족의 신발은 늘 제가 수선해주었거든요." 그가 꿈을 꾸듯 말했다. "집에 돌아갈 수만 있다면 작은 구두 수선 가게를 내서 마을 사람 구두를 전부 고쳐줄 텐데 말이죠." 방 안에 있던 사람들이 모두 웃었다.

나는 그의 말을 곰곰이 생각해보았다. "마놀로, 그런 기회와 돈이 생기면 진짜로 그렇게 할 겁니까?"

그의 얼굴이 환히 빛났다. "물론이죠. 가방을 싸서 당장 내일이라도 갈 겁니다." 방 안엔 다시 웃음소리가 흘렀다.

점심을 먹고 나자, 복음교회 목사 한 명이 찾아왔다. 휠체어와 목발이 모두 한쪽 구석으로 치워지고, 그 자리에 제단이 만들어졌다. 간단한 예배가 행해졌다. 나는 그날이 일요일이라는 것을 잊고 있었다. 예배가 끝난 후 올가에게 얘기 좀 하자고 했다. 우리는 밖으로 나갔다. 나는 이 사람들이 의료 지원과 보정 기구 등 물품 지원을 받는다면 그후 어떻게 되는지 알고 싶다고 했다. 그녀는 자신이 돌보는 사람들에 대해 대단히 방어적인 태도를 취했다.

"저 사람들에게 헛된 희망을 주지 마세요. 그들은 너무 많은 절망을 겪었습니다. 이 세상에서 필요 이상으로 배신당했고요. 그들은 이곳에서 행복하게 지내고 있습니다." 그녀가 단호하게 말했다.

"하지만 언제까지나 이곳에 머물 수는 없지 않습니까? 그들이 앞날을 개척해나가도록 하기 위한 계획이 있습니까?"

올가는 한숨을 쉬더니 하루하루 살아가는 데 너무 바빠서 그런 문제를 생각해볼 겨를이 없다고 했다. 선행에 몸 바치고 있지만, 거주자들을 위한 '퇴소 전략'은 전혀 세우지 않은 것이 분명했다. 쉼터를 떠난 후 그들이 어디로 갈지, 무엇을 할지 아무 계획도, 생각도 없었다. 다시 죽음의 열차를 타고 북쪽으로 갈 수는 없는 노릇이다. '미등록' 체류자기 때문에 멕시코에 남아 있을 수도 없다. 물론 취업을 하거나 학교에 갈 수도 없다. 그들은 집에 돌아가고 싶어하지도 않는다. 가족을 먹여 살리려는 꿈을 이루지 못했을 뿐만 아니라 오히려 평생토록 가족의 짐이 될 것이 뻔하기 때문이다. 그들은 두 번 다시 '가정'을 찾을 수 없을까? 나는 그들에게 몇 가지 기술 훈련을 시키는 것이 어떨까 생각한다고 말했다. 하지만 당사자들이 무엇을 하고자 하는지 모르기 때문에 그에 대해 구체적으로 말할 수는 없었다. 어떤 계획도, 어떤 헛된 약속도 없이 그들의 의사를 직접 물어보고 싶었다.

올가는 내 생각을 그다지 내켜하지는 않았지만, 태도는 많이 누그러 졌다. "저녁식사 후 선생님이 직접 모임을 주선해보세요. 하지만 저녁은 선생님이 사셔야 합니다."

일요일 저녁 파티에는 피자와 토르티야가 제격이라는 데 모두 동의 했다. 그들은 콜라도 원했다. 콜라는 지구화가 만들어낸 '행복을 위한 응급약'이라 해도 과언이 아니다. 우리는 큰 방에 모였다. 피자 배달 원이 도착하자 방은 한층 밝게 빛났다. 침대에 누워 있어야 하는 몇 사람을 제외한 모든 쉼터 입소자들이 참석했다. 우리는 둥그렇게 앉았다. 방을 가득 채운 절단 장애인들이 나만 바라보았다.

"저는 여러분이 잠시 동안이라도 자신의 꿈에 대해 말씀해보셨으면 합니다. 물론 쉽지 않겠지만, 여러분이 꿈까지 잃어버렸다고는 믿지 않습니다. 누가 먼저 자신의 꿈을 저와 이 방에 있는 모든 사람에게 말해주시지 않겠습니까?" 그들은 서로 의아한 표정으로 쳐다보았다. "여러분이 이곳을 떠나 새 출발을 할 수 있다면 무슨 일을 하고 싶은 가요?" 침묵과 쑥스런 분위기가 방 안을 감돌았다. 너무 갑작스런 질 문이고, 너무 어려운 질문이었을 것이다.

"헤이, 마놀로! 당신부터 시작합시다. 당신의 구두 수선 가게 얘기 좀 해주시죠." 방 안의 모든 눈이 마놀로에게 쏠렸다. '그래? 꿈이 라…. 맞아, 아직 꿈은 있지. 이 사람들에게 얘기 못 할 게 뭐람.' 휠체 어에 앉은 그는 잠시 주저하더니 자신의 꿈을 말하기 시작했다. 모두 놀란 표정이었다. 네 번째 미국 방문을 하려다 다리 하나를 잃은 넬손이 사뭇 음흉한 표정을 지으며 차례를 이었다.

"저는 중국 여자들하고 섹스를 할 거예요." 방 안은 폭소로 가득 찼다. 라미레스도 웃음을 참지 못했다. 올가는 급히 방을 떴다. 그때부터 사람들은 자신의 꿈에 대해 자유로이, 즐겁게 말하기 시작했다. 온두라스에서 온 젊은 커피 농부 윌메르(Wilmer)는 다시 커피를 재배하고 싶다고 했다.

"다리도 없으면서 어떻게 그 일을 할 텐가?" 누군가 소리쳤다. 방 안이 다시 조용해졌다. 윌메르는 고개를 숙여 무릎 위로 잘려나간 다리를 내려다보았다. '아, 이건 아니야. 너무 갑작스럽고 어려운 질문이었어.' 하지만 윌메르는 당찬 표정으로 다시 고개를 들었다.

"휠체어가 지나다닐 수 있도록 커피 밭에 길을 만들면 되죠. 커피 열매는 휠체어에 앉아서도 딸 수 있다고요!" 사람들이 크게 웃으며 박수를 보냈다. 다리 하나를 잃은 니카라과 여자는 한술 더 떴다. "전 헤어 살롱을 열 거예요. 머리 만지는 데 다리는 필요 없으니까요!"

한 남자가 말했다. "그렇다면 제가 당신의 첫 번째 손님이 될게요." 여기저기서 사람들이 낄낄거렸다. 누가 누구를 좋아한대요, 하는 식의 초등학생 같은 쑥덕거림이 오갔다. 다음 차례는 마리아 막달레나(Maria Magdalena)다. 엘살바도르에서 온 그녀는 체구가 작고 수줍음이 많다. 그녀가 작은 목소리로 말했다.

"저는 늘 우리 집에 가게를 열고 싶었어요. 그러면 일을 하면서 아이들을 돌볼 수 있으니까요. 제 아이들은 지금 할머니가 키우고 있어요." 가족 이야기가 나오자, 이곳에 있는 사람들 중 상당수가 부모라는 사실이 상기되었다. 아이들을 조부모에게 맡기고 돈을 벌기 위해 집을 떠난 사람들이다. 곧 집으로 돌아갈 생각이었고, 하루빨리 집으로 돈을 부칠 생각이었으리라. 나 역시 아버지기에, 막달레나에 대한 공감과 연민이 끓어올랐다.

모든 사람들이 자신의 꿈을 이야기했다. 심지어 라미레스도 학교에 더 다니고 싶다는 희망을 피력했다. 그는 초등학교 3학년까지 마친 뒤 학교를 떠나야 했다. 가족을 도와 일하기 위해서였다. 몇 시간 뒤, 우리는 쉼터를 나섰다. 그곳은 좀더 행복한 곳으로 바뀐 듯했다. 한 사람 한 사람의 상처가 아주 조금이나마 치유된 듯한 모습이었다. 마르타는 환하게 웃으며 사람들에게 잘 자라는 포옹을 했다. 나는 라미레스에게 이튿날 아침 올가와 이야기하고 싶다는 말을 전해달라고 부탁했다. 내게 한 가지 생각이 있었다.

그날 밤, 나는 폴러스센터의 마이클 런키스트에게 전화를 했다. 우리는 쉼터 사람들이 직업 훈련을 받을 수 있도록 하려면 어떻게 해야 하는지, 그들이 본국에서 작은 가게라도 낼 수 있게 하려면 비용이 얼마나 들지 등에 대해 이야기를 나눴다. 쉼터에 있는 사람들 대부분 집으로 돌아가고 싶어한다는 것은 분명했다. 자립할 수 있다면, 가족에게 짐이 되지 않는다면 말이다. 60만 명이 넘는 중앙아메리카 커피 농부들 역시 비슷한 상황에 처했다. 농촌에는 일자리가 없고, 도시에서도 상황은 거의 마찬가지다. 팔다리가 없는 희생자들이 정착할 만한 곳은 과연 어디일까? 매주 새롭게 생겨날 또 다른 죽음의 열차 희생자들은 차치하고라도 말이다.

우리는 대강의 계획을 세웠다. 우선 라미레스에게 사회복지사 훈련을 받게 하여 쉼터의 정식 직원으로 일할 수 있도록 하자. 그에게 죽음의 열차 희생자들을 상담하고, 각 희생자들의 파일을 작성하도록 하자. 우리는 입소자들에게 필요한 훈련을 제공하고, 그들이 본국으로 돌아가 적당한 일자리를 찾거나 가게를 열 수 있도록 지원하자. 폴러스센터는 개인별로 필요한 서비스 계획을 마련하여 그들이 예전의 삶으로 돌아가는 데, 혹은 새로운 삶을 꾸려가는 데 따를 어려움을 덜어 주자. 쉼터의 입소자들이 다시 한 번 생산적이고 의미 있는 삶을 살아 갈 수 있도록 도움을 받는다면 올가도 무척 기뻐할 것이다. 나는 딘스 빈스에서 처음 두 명을 본국으로 송환하는 데 드는 비용을 부담하겠다 고 했다. 그리고 이후의 경비를 지원해줄 단체들을 함께 찾아보기로 했다.

다음날 아침 올가를 만났다. 그녀는 내 계획을 듣고 기뻐했다. 나는 이 프로젝트는 아주 규모가 작고 용이한 것이어서, 꽤 빨리 결과를 알 수 있을 거라고 말했다. 라미레스는 자신이 곧 가질 새 직위에 대해 듣 고 아주 신이 났다. 올가와 함께 일할 수 있고, 컴퓨터도 생길 것이고, 교육도 받고, 사람들도 도울 수 있는 것이다. 올가는 넬슨부터 시작할 것을 제안했다. 추측컨대 그녀는 넬슨을 하루빨리 떠나보내고 싶어했 다. 중국 여자와 섹스하고 싶다는 등 불경스럽기 짝이 없는 '비기독교 적' 발언을 한데다, 평소 그의 거들먹거리는 태도도 마음에 들지 않았 던 모양이다. 쉼터 입소자 중에서 올가를 우러러보지 않는 사람은 넬 슨뿐이다.

폴러스센터는 엘살바도르의 사회복지사 베아트리세(Beatrice)와 벌 써 접촉해놓았다. 베아트리세는 입소자들을 본국으로 송환하는 데 필 요한 절차를 맡아 처리하고, 그들이 집까지 무사히 도착할 수 있도록 돕기로 했다. 그녀는 그날 당장 타파출라에 있는 엘살바도르 영사관과 접촉하여 쉼터에 있는 엘살바도르 입소자들의 본국 송환에 대한 계획 을 논의했다. 우리는 제일 먼저 넬슨을 보내는 데 동의했다.

그날 오후 엘살바도르 영사를 만났다. 키가 크고 나이가 좀 든 그는 죽음의 열차 희생자들을 본국으로 송환하려는 우리의 생각을 무척 반 겼다. 그는 이 계획에 '각별한' 관심을 쏟겠노라고 약속했다. 그는 우리에게 윙크를 하며 엘살바도르 대통령이 대학 동창이라고 말했다. 그날 저녁, 베아트리세가 호텔로 전화했다. 그녀는 들뜬 목소리로 말했다.

"도대체 어디 계셨어요? 좋은 소식이 있어요! 외교부 장관이 넬손을 채용하겠다고 했대요!"

"예? 대체 무슨 일을 맡기려고요? 그는 학교에 다닌 적도 없고, 중국 여자들 꽁무니 따라다니는 일이나 설거지 같은 것 외에는 아무 기술도 없는데요?"

"넬손을 산살바도르에 오게 해서 해외 이주민들의 본국 송환 문제를 다루는 일을 맡기겠대요. 그는 그런 일을 해낼 만한 자질이 있어요. 영어도 잘하기 때문에 미국 공무원들과 의사소통도 문제없고요." 베아트리세는 뛸 듯이 기뻐했다.

"넬손은 뭐라고 하나요? 그렇게 하겠대요?"

"좋아 죽어요. 선생님께 그 얘기를 하고 싶어 안달이에요. 빨리 쉼터로 오세요."

쉼터는 축제 분위기였다. 모두 말을 아주 빨리 했고, 기쁨에 찬 표정이었다. 팔과 다리를 잃은 새 입소자들을 제외하고는 모두 그랬다. 병원에서 본 소년은 벽을 향해 몸을 웅크리고 돌아누워 있었다. 넬손은 방 맞은편에 있었다. 그는 나를 향해 두 엄지손가락을 들어 보이며 활짝 웃었다.

"자네는 이 세상에서 제일 운이 좋은 마더퍼커(motherf---er)야!" 난 영어로 소리쳤다.

"마더퍼커! 마더퍼커!" 방 전체가 합창을 했다. 아뿔싸! 난 이 말이 세계 공용어인 줄 미처 몰랐다. 넬손이 껑충 뛰어오더니 나를 와락 껴안았다.

"정말 멋진 일이에요, 선생님!"

"축하하네, 조만간 신발을 한 켤레 사기로 하세. 양복도 한 벌 필요할 테고." 넬손의 눈이 화등잔만 해졌다.

"정말이에요? 선생님이 사주실 거예요?"

"물론이지, 자네를 위한 나의 '귀국 선물' 일세."

넬손은 갑자기 걱정스러운 표정을 지었다. "잊으시면 안 돼요, 아시겠죠? 정말 필요하거든요."

"걱정 말게, 친구. 자네가 엘살바도르로 돌아가는 대로 나도 곧 그곳에 갈 생각이네. 그때 함께 쇼핑하자고."

"선생님은 정말 멋진 사나이예요!" 큰곰 같은 포옹이 이어졌다. 우리의 눈에선 눈물이 몰래 흘러내렸다.

넬손의 멋진 미래를 기원하며 우리는 다시 한 번 성대한 피자 파티를 열었다. 쉼터 입소자들은 대부분 아주 행복해했다. 하지만 새 입소자들은 뒤로 물러난 채 아무 표정도 보이지 않았다. 자신들의 미래에 어떤 희망도 가질 수 없었기 때문이다. 몇몇 남자들은 다리를 질끈 동여맨 채 라디오에서 흘러나오는 작은 음악에 맞춰 마르타와 함께 춤을 추었다. 우리는 박수를 치며 환호를 보냈다. 하지만 올가와 촬영팀이 들어오면서 파티 분위기는 즉시 가라앉았다.

감독 한 명, 카메라맨 한 명, 장대 마이크 기사 한 명이 쉼터 안으로 불쑥 들어섰다. 그들은 곧장 쉼터를 촬영하기 시작했다. 강렬한 조명등과 함께 카메라가 쉼터 입소자들의 얼굴로 사정없이 들이대졌다. 입소자 중 몇 명은 급히 방 뒤쪽으로 몸을 피했다. 하지만 카메라는 교도소 앞마당의 스포트라이트처럼 방 안 구석구석을 이 잡듯 찍어댔다. 외모가 가장 번듯한 넬손이 특히 심하게 '포획' 당했다. 그의 모습은 사냥꾼의 불빛을 정통으로 받은 노루 같았다. 그들은 넬손에게 사고를 당한 경위와 쉼터에서 지낸 날들에 대해 여러 가지 질문을 퍼부었다.

넬손은 특유의 자신감과 행복한 미소는 어디론가 사라진 채 고개를 숙이고 더듬거리며 질문에 대답했다. 테스트 촬영에 만족한 촬영팀은 다른 입소자들에게로 향했다. 그들은 휠체어를 옆으로 밀어붙이고, 목발을 넘어뜨렸다. 불쌍한 사람들을 저녁 뉴스용 자투리 기사에 써먹기 위한 그들의 의지는 단호했다. 그들은 들어올 때처럼 한순간에 쉼터를 떠났다. 충격은 아주 컸다. 쉼터에는 정적이 흘렀다. 라디오 소리만 가냘프게 흘렀다. 나는 이게 대체 무슨 일인지 묻는 표정으로 올가를 쳐다보았다. 그녀가 어깨를 으쓱하며 말했다.

"우리는 가능한 한 널리 이곳을 알려야 해요. 오늘 밤 뉴스에 방송이 나갈 겁니다."

그날 밤 우리는 엘살바도르 영사와 함께 술을 마셨다. 베아트리세는 사회복지사일 뿐 아니라 '미러클 워커'(Miracle Worker : 헬렌 켈러의 스승 앤 설리번을 비유한 말— 옮긴이)다. 그녀와 영사는 넬손의 본국 송환에 대해 잠시 이야기를 나눈 뒤, 막달레나에 대한 이야기로 옮겨갔다. 두 사람 모두 막달레나에게 관심이 많았다. 베아트리세는 막달레나에게 월세 집을 구해주어 그곳에서 가게를 낼 수 있도록 폴러스센터에 제안하고 싶다고 했다. 그렇게 하면 막달레나의 소원대로 일을 하며 아이들을 키울 수 있을 것이다. 우리는 런키스트에게 전화를 했고 그는 쉽게 응낙했다. 죽음의 열차 희생자 중 본국으로 돌아갈 두 번째 사람은 막달레나로 정해졌다.

이튿날 치아파스 산악 지대로 떠나기에 앞서, 마르타와 나는 다시 한 번 쉼터를 방문했다. 올가는 막달레나를 본국으로 보내는 것을 반가워하지 않았다. 막달레나는 그동안 너무나 많은 사람들에게 배신당했다고 했다. 전남편은 그녀와 아이들을 버렸고, 죽음의 열차에 함께 탄 사람들은 열차에서 떨어진 그녀를 끝까지 잡아주지 않고 손을 놓아버렸다는 것이다. 올가는 쉼터에 남는 것이 그녀를 위해 더 좋은 일일 것이라고 했다. 라미레스 또한 전날과 달리 자신의 새 역할과 직위에 대해 침묵했다. 자신에 대한 하나님의 뜻이 무엇인지 장황하게 늘어놓을 뿐이었다. 내 생각에는 올가가 자신의 '양 떼'가 하나 둘씩 떠나는 것에 대해 모종의 위기감을 느끼는 듯했다. 나는 이러한 의구심과 냉소를 스스로 나무랐다. 성자들은 무욕의 인간들이 아닌가? 올가는 자신이 가장 아끼는 양들을 염려한 것뿐일지도 모른다.

타파출라에서 산크리스토발 데 라스카사스(San Cristobal de las Casas)까지는 버스로 19시간이 걸렸다. 산크리스토발은 북부 산악 지대에 있다. 다행히 버스는 에어컨이 있고, 비몽사몽 한 승객들을 위해 스페인어 자막이 있는 쿵푸 영화를 밤새도록 틀어주었다. 산악 지대로 올라갈수록 경찰 검문소가 많아졌고, 그때마다 버스는 멈춰야 했다. 경찰은 불법 이주자들을 색출하려 했고, 특히 정부의 적인 사파티스타(1994년 멕시코 치아파스 주의 마야계 원주민들에 대한 토지 분배와 처우 개선을 요구하며 봉기한 반정부 투쟁 단체 — 옮긴이)를 지원하려는 '트러블메이커들'을 골라내고자 했다. 나는 사업가며 커피 농부들을 만나러 가는 길이라고 말했다. 무사통과다. 하지만 마르타는 달랐다. 마르타는 미국 그린카드가 있는 에콰도르인으로, 그들이 보기에 수상한 존재다. 그녀가 아주 젊고 미인이라는 점이 경찰들을 더욱 자극했다. 그들은 마르타를 버스에서 내리게 한 뒤 길가에 세워놓고 몸수색을 하며 여러 가지 질문을 해댔다. 우리가 일행이라는 점을 거듭 강조하고, 그녀가 폴러스센터 직원증을 보여주자 그들은 어쩔 수 없이 꼬리를 내렸다.

10년 전 산크리스토발을 방문했을 때는 무장단체가 장악하고 있었다. 사파티스타 무장 세력과 그들을 지지하는 농민들이 시 중앙을 점령한 것이다. 연방 군대는 시 외곽에 비상선을 치고 있었다. 긴장이 넘쳤다. 외국 관광객과 지지자들, 언론이 사파티스타와 정부군의 극단적 유혈 충돌을 막아주었다. 하지만 10년이 지난 지금 산크리스토발은 깨끗하고, 새롭게 단장된 관광지다. 인터넷 카페가 넘치고, 값비싼 레스토랑들이 달러와 유로를 벌어들이려고 안달이다. 시 중앙에 있던 탱크는 여성들의 탱크톱으로, 바요네트(bayonet : 총검)는 바게트로 대체되었다.

나는 이곳에 오기 전에 사파티스타 자치구를 방문하려면 어떻게 해야 하는지에 대해 치아파스에 있는 친구들과 수없이 메일을 주고받았다. 사파티스타 자치구란 정부에서 독립되어 사파티스타의 영향력 아래 놓인 지역을 말한다. 우선 코퍼레이티브 커피스의 명의로 이메일을 보내 우리가 방문할 예정임을 알린다. 그래야 일이 비교적 순조롭게 풀린다. 그 다음 산크리스토발에 있는 정보통이나 에바(Eva)와 접촉한다. 그들은 사파티스타의 시스템을 잘 알기 때문에 우리가 무사히 자치구에 들어갈 수 있도록 도와줄 것이다. 그 다음 산크리스토발에 있는 사파티스타 자치정부 부서인 엔라세 시빌(Enlace Civil)이나 훈타 데 부엔 고비에르노(Junta de Buen Govierno)에 가서 농부들을 방문하는 목적을 설명한다. 이때 우리가 누구인지 알려줄 만한 서류를 반드시 지참한다. 딘스빈스 상표가 박힌 커피 한 봉지를 가져가는 것도 좋은 아이디어다. 일이 많이 지체될 수도 있다는 것을 각오해야 한다. 그리고 오벤티크(Oventic)를 방문할 수 있도록 허락 받는다. 오벤티크는 우리가 방문할 커피 생산지에서 가장 가까운 관청이다. 그들이 이메일에 답장을 보내지 않는다면? 승인 받지 못하면 가지 않는 것이 좋다. 일이 심하게 꼬일 수 있기 때문이다. 방문할 때는 반드시 전용 자가용을 구하라. 버스 편이 좋지 않은데다, 오도 가도 못할 공산이 크다. 너무나 관료적이고 성가신 일이지만 나는 그곳의 커피 농가들을 꼭 방문하고 싶었다.

죽음의 열차 방문 후유증과 산크리스토발까지 가는 긴 여정 때문이었으리라. 나는 위의 절차들에 대해 몽땅 잊어버리고 있었다. 마르타와 나는 물어물어 미니밴 터미널에 도착했다. 그곳에는 치아파스 전역을 운행하는 미니밴과 승용차 수백 대가 손님들을 기다리고 있었다. 우리는 행선지 표지판을 찾아 한참을 돌아다녔지만 표지판이라곤 없었다. 그때 한 청년이 다가오더니 우리에게 오벤티크에 가려는 것이냐고 물었다. 터미널에는 지역 주민과 외국인을 합해 1000명은 될 법한 사람들이 북적거렸다. 이 청년은 우리가 오벤티크에 가려는 것을 어떻게 알았을까? 호텔 직원이 말을 흘렸을까? 우리가 '사파티스타'처럼 생긴 것일까? 우리는 청년의 미니밴에 올라탔다. 차는 곧 읍내를 빠져나가 산악 지대로 오르기 시작했다. 구불구불한 산간도로를 오르며 내다본 풍경은 놀랍도록 아름다웠다. 작은 마을들을 지날 때마다 장터 사람들을 태우고 또 내려주었다. 때로는 닭을 싣기도 하고, 생수병 박스를 싣기도 했다. 마침내 밴이 어느 초소 옆에 멈춰 섰다. 그 옆에는 사람과 가축이 드나들 수 있도록 만들어놓은 철문이 있었다. 철문부터 이어지는 길을 따라 흙벽돌집들이 늘어선 것이 보이고, 저 멀리 학교 건물 같은 것도 하나 눈에 띄었다. 오벤티크에 도착한 것이다.

철문 앞에는 검문을 위해 이곳에서 기다리라는 안내문이 걸려 있었다. 나는 철문에 몸을 기대고 기다렸다. 5분쯤 지나자 해묵은 22구경 라이플(작은 새나 깡통을 쏘는 데 쓰이는 총)을 든 남자 한 명이 다가와서 용건을 물었다. 나는 이곳에서 몇 km 떨어진 무트비츠(Mut Vitz: '새들의 산'이라는 뜻) 마을의 농부들을 만나러 왔다고 말했다. 우리는 초소 안에 들어와 앉아도 좋다는 허락을 받았다. 남자는 검사가 필요하다며 우리의 여권을 가지고 나갔다. 한 시간쯤 기다렸다. 비포장도로 건너 편에 있는 작은 상점에 사파티스타 민족해방군(Zapatista National Liberation Army, EZLN)이라는 글자가 수놓인 티셔츠가 걸린 것이 보였 다. '혁명 관광' 상품이다. 그들의 대의를 지지하는 마음으로 티셔츠 한 장을 샀다. 이윽고 남자가 돌아오더니 우리에게 길 아래편에 있는 지역 본부에 가서 인터뷰를 하라고 말했다. 우리는 학교 건물이 있는 곳까지 길을 따라 내려갔다. 아무리 둘러봐도 지역 본부 사무실처럼 생긴 곳은 보이지 않았다. 할 수 없이 초소로 돌아왔다.

"로 시엔또 무초(lo siento mucho : 정말 죄송합니다). 본부를 못 찾겠는 데요."

남자는 우리를 데리고 밝은 색으로 페인트칠이 된 단층 건물로 갔 다. 문에는 커다란 옥수수가 그려져 있는데, 낟알 하나하나가 마스크 를 쓴 사파티스타 혁명군의 모습이었다. 얼마나 적절한 상징인가. 옥 수수는 이곳 초칠(Tzotzil) 원주민들이 처음 발견하지 않았는가. 실로 아름다운 혁명 예술 작품이다. 마르타는 불안해하기 시작했다. 하지 만 나는 이곳 사람들과 이 세상과 사회변혁, 사회운동가로서 나의 삶 과 일에 강한 유대감을 느끼며 모종의 황홀감에 빠져들었다. 똑똑. 노 크한 뒤 기다렸다. 계속 기다렸다. '이런, 이곳에선 혁명이 달팽이 같 은 속도로 움직이나 보군.' 주위를 둘러보니 옆 건물에 마침 달팽이 한 마리가 그려져 있었다. '흠….'

마침내 문이 열렸다. 여자의 검은 눈동자가 우리를 바라보았다. 그 녀는 발라클라바(balaclava : 머리부터 어깨 위까지 덮는 털모자로 등산인, 군 인, 스키어 등이 쓴다 — 옮긴이)를 썼다. 그녀는 우리의 이름을 묻고 나서 문을 닫고 들어가더니 10분쯤 지나 다시 나왔다. 우리는 방 안으로 들 어가 나무 의자에 앉았다. 의자 앞에는 나무 테이블이 놓였고, 방 안에는 다른 어떤 것도 없었다. 몇 분이 더 지나자 그 지역 훈타 데 부엔 고비에르노 위원들이 들어왔다. 두 남자와 좀 전의 그 여자다. 여자는 아이에게 젖을 물리고 있었다. 내 멍청한 마음 한구석에선 왜 아이에게는 발라클라바를 씌우지 않았을까 하는 의문이 피어올랐다.

한 남자가 매우 작고 단조로운 목소리로 말하기 시작했다. 마르타가 답답해 죽겠다는 듯 고개를 절레절레 흔들었다. 그들은 이 지역 사파티스타 투쟁의 역사에 대해 들려주었다. 국가는 그들에게 학교도, 보건소도 주지 않았고, 어떤 관심도 기울이지 않았다. 허리케인과 산사태로 민중의 고통은 극에 달했다. 커피 값은 바닥 모르게 내려갔고, 가장 가까운 커피 시장도 이곳에선 너무 멀다. 게다가 중간상인과 부패 관료들의 행패도 이만저만이 아니다. 사파티스타는 진정한 해방을 상징하며, 민중이 자신의 삶을 스스로 꾸려갈 기회를 상징한다. 무트비츠에 올라오면서 마르타와 나도 이 점을 눈으로 확인할 수 있었다.

나는 딘스빈스와 코퍼레이티브 커피스에 대해 설명했다. 치아파스 지역에도 하이어 그라운즈(Higher Grounds), 저스트 커피(Just Coffee), 클라우드포리스트 커피(Cloudforest Coffee) 등 코퍼레이티브 커피스 회원 업체들이 몇 개 있다고 말했다. 지난 몇 년 동안 무트비츠, 마야 비닉(Maya Vinic), 야칠(Yachil)을 비롯한 이곳의 몇몇 협동조합들을 지원해왔다는 것, 무트비츠는 코퍼레이티브 커피스 최초의 생산자 파트너라는 것 등도 이야기했다. 그들은 내게 몇 가지 형식적인 질문을 했다. 아무도 우리가 산크리스토발의 자치정부에서 수속을 밟고 왔는지 물어보지 않았다. 코퍼레이티브 커피스나 딘스빈스에 대해 들어본 적도 없다고 했다. 하지만 그들은 우리가 치아파스 지역과 오랜 관계를 맺어온 것에 대해 기뻐했고, 우리를 신뢰했다. 나는 죽음의 열차 희생자들을 위한 지원 활동에 대해 말했다. 죽음의 열차 희생자들의 절망적 경험과 새로운 희망에 대한 이야기를 들으며 그들의 검은 눈동자는 발라클라바 속에서 유난히 빛났다. 우리의 이야기가 끝나자 긴 침묵이 흘렀다. 그들은 옆방으로 들어가더니 잠시 후 돌아왔다.

"산후안 라 리베르타드(San Juan la Libertad) 자치 지역에 오신 것을 환영합니다. 당신들은 우리의 친구이자 동맹자입니다. 무트비츠를 방문하셔도 좋습니다. 당신들에게 우리의 감사와 축복을 드립니다."

그들은 무트비츠를 방문한 뒤 오벤티크로 돌아와서 여권을 가져가라고 했다. 철문 밖에서 기다리다가 무트비츠로 가는 트럭이나 밴이 오면 타고 가라고 했다.

승용차와 트럭, 밴이 몇 대 지나갔다. 출입 허가를 받기 위해 멈추는 차량은 한 대도 없었다. 아무도 그들을 세우지 않았다. 평화로웠다. 나는 이곳에서 중요한 것은 누가 영토적 우위를 점하느냐가 아니라, 누가 심리적 우위를 점하느냐라는 것을 깨달았다. 완전 무장한 멕시코 정부군이 22구경 라이플로 무장한 사파티스타 경비군과 각목 든 농부들을 깔아뭉개고 진입하는 것은 식은 죽 먹기일 것이다. 하지만 이 자치 지역의 핵심 정신은 사람들의 정신을 공포와 의존심에서 해방시키고, 공동체와 땅을 굳건히 지키며, 억압 세력에 맞서 운명을 스스로 이끌어가는 데 있다. 그것이 오벤티크 지역 본부 사무실에 그려진 초현실주의 옥수수의 심오한 메시지다.

우리는 픽업트럭을 히치하이크하여 엘보스케(El Bosque)에 있는 무트비츠 협동조합 사무소로 향했다. 가는 길에 정부군 부대 몇 곳을 지났다. 언덕배기에는 기관총 총좌들이 성난 고슴도치마냥 삐죽삐죽 곤두서 있었다. 중무장한 군인들이 우리를 노려보았다. 해방구치고는 너무나 많은 정부군이 진을 치고 있었다.

무트비츠 협동조합 사무소는 작은 시멘트 건물이다. 깨끗하고 페인트칠도 새로 했다. 사무소 옆에 있는 창고는 최근에 지은 것으로, 딘스빈스가 지난해에 보낸 이익배당금 1200달러가 창고 신축에 한몫했다. 조합 중앙위원 빅토르 곤살레스 루이스(Victor Gonzales Ruiz)가 우리를 맞이했다. 우리는 텅 빈 창고(그 해 수확, 가공된 커피는 다 팔린 상태다)를 함께 둘러보았다. 루이스가 우리에게 무트비츠 협동조합의 역사를 들려주었다.

지난 1997년, 인근 지역의 커피 농부들이 모임을 가졌다. 그들은 코요테(중간상인)들의 착취, 국내외 시장 접근의 어려움, 정부군의 폭력, 제도혁명당(Institutional Revolutionary Party, PRI — 옮긴이)이 매수한 깡패들의 횡포에 대해 이야기를 나눴다.

"우리는 힘을 합쳐 우리만의 단체를 만들기로 결정했습니다. 그리고 대안무역 시장에 커피를 팔 수 있는 방법을 알아보기로 했죠. 정부에서는 아무 도움도 받을 수 없었기 때문에 커피 품질을 높이기 위한 기술과 각종 정보를 우리가 직접 알아봐야 했습니다. 유기농 등록을 하려고 유기농법도 새로 배웠어요. 예전에는 농약을 아주 많이 썼죠. 정부에서 무료로 나눠줬거든요. 그런데 그게 다 함정이었어요. 농약을 쓰는 데 익숙해져서 안 쓸 수 없는 상황이 되니까 값을 말도 안 되게 올려 받기 시작한 거죠. 우리 회원들 중 일부는 농약 중독으로 심하게 앓기도 했어요. 우리는 결심했죠. 이런 방식은 안 된다, 이건 우리를 위해서나 우리의 땅을 위해서 할 짓이 못 된다고요."

1998년, 무트비츠 협동조합은 수출 라이선스를 취득했다. 민간 수출업자들의 횡포에서 벗어날 수 있는 계기가 된 것이다. 이것은 경제적 자립을 위한 획기적인 이정표가 되었다. 조합원 500명으로 시작한 협동조합은 3년 만에 1000명이 넘었다. 모든 조합원들은 중앙정부에 저항하는 사파티스타를 지지했고, 무트비츠 협동조합은 공식적으로

'자주 단체(Autonomous Organization)'임을 선언했다. 주정부와 중앙 정부의 지원도 받지 않고 오로지 자신들의 힘으로 서기로 한 것이다. 협동조합은 여러 해 동안 각종 경제적·신체적 보복을 당했고, 조합원 몇 명이 살해되기도 했다. 하지만 그들은 자주적 노선을 견지했다. 무 트비츠 협동조합은 몇 년 동안 계속된 전 세계 커피 위기에도 잘 버텼 다. 조합원들은 상황이 아주 좋지 않을 때도 중간상인들이 지급하는 가격보다 두 배나 높은 가격을 받았다. 또 국제 커피 값이 오르면 상황 이 좀 나아지리라고 믿었다.

그러나 국제 커피 값의 상승은 양날의 칼이었다. 루이스는 당혹스러 운 듯 머리를 좌우로 흔들었다. "커피 값이 상승하면서 코요테들이 다 시 활개를 치기 시작했습니다."

코요테들은 전 세계 산간벽지 커피 농장들을 배회한다. 코요테라는 별명이 말해주듯, 그들은 상거래의 최변방에 기생하면서 먹잇감이 나 타나기를 기다린다. 나는 니카라과의 어느 시골 언덕 밑에서 코요테 한 명과 이야기를 나눈 적이 있다. 그는 커피 자루를 지고 읍내로 가는 농부들을 기다리고 있었다. 그의 옆에는 도요타 픽업트럭 한 대와 현 금이 가득 든 서류가방이 놓여 있었다. 그는 자기가 나쁜 사람이라고 생각하지 않았다. 자기도 나처럼 커피 구입업자일 뿐이라는 것이다. 일부 농부들에게는 당장 손에 만질 수 있는 현금 몇 푼이 몇 달 뒤에 받을 좀더 많은 돈보다 훨씬 유혹적이다. 게다가 무거운 커피 자루를 읍내까지 힘들여 지고 가지 않아도 된다. 집에 아픈 아이가 있어서 한 시라도 빨리 약값을 구해야 할 수도 있다. '해방의 정치'도 좋지만, 응 급한 상황에서는 원칙을 잠시 접어도 되지 않겠는가? 그날 코요테와 이야기하면서 나는 그들이 전적으로 '악당'은 아니라는 걸 깨달았다. 인정하기 쉽지는 않지만, 그들이 농부들에게 약간의 도움을 주는 경우도 있는 것이다.

"우리는 깜짝 놀랐습니다. 우리 협동조합은 지난 수년 동안 활발히 활동해왔습니다. 커피 값을 제대로 지불하고, 시장도 많이 개척하고, 조합원들에게 여러 가지 서비스를 제공했죠. 시장가격이 오르면 당연히 위기에서 벗어날 줄 알았습니다. 그런데 코요테들이 우리가 줄 수 있는 액수보다 많은 선금을 들고 나타나기 시작한 겁니다. 여러 농부들이 그들과 거래하기 시작했죠. 밥 세끼 먹기도 힘든 상황에서 코요테들이 내미는 돈은 이만저만한 유혹이 아니에요. 우리 조합은 그들과 도저히 경쟁할 수가 없었습니다. 그러다 보니 선생님의 코퍼레이티브 커피스를 비롯한 여러 커피 수입업자들에게 계약한 커피를 납품하지 못하는 상황이 된 겁니다." 루이스는 당혹스러워했다.

"코퍼레이티브 커피스가 선금을 지불하면 어떨까요? 우리가 선금을 지불하면 조합은 조합원들에게 코요테들보다 많은 선금을 지급할 수 있지 않겠습니까?"

루이스가 깊은 한숨을 내쉬었다. "그게 그렇게 간단하지가 않습니다. 우리는 커피 구입업자들에게 어떤 특별 대우도 받고 싶지 않습니다. 그들에게 의존하고 싶지 않아서죠. 선생님이 우리 편이라도 말입니다. 그렇게 일한 적이 없거든요. 우리는 말 그대로 자주 단체니까요." 루이스는 바지에 붙은 마른 이파리 하나를 떼어 잠시 들여다보더니 땅에 버렸다. "자치정부도 선금 제도를 달갑게 여기지 않아요. 다른 조합은 받지 않는 특혜를 한 조합이 받는 건 용납하기 어려우니까요. 모든 조합이 선금을 받는다면 얘기는 좀 달라지겠죠." 그는 모종의 기대를 품은 눈빛으로 나를 바라보았다.

"무슨 말씀인지 알겠습니다. 하지만 커피 구입업자들은 모든 조합에 선금을 지불할 만큼 돈이 많지는 않습니다."

"그것이 대안무역의 원칙 아닙니까? 생산자들이 요구할 경우 선금을 주는 게 말입니다." 루이스의 목소리가 조금 높아졌다.

"맞습니다. 원칙은 그렇습니다. 그렇지만 수입업자들은 그럴 의향이 없는 경우가 대부분이죠. 의향이 있다 해도 모든 생산자에게 선금을 줄 만한 능력은 없습니다. 안타까운 일입니다만 그게 현실이에요." 사실, 생산자들에게 선금을 지급한다고 홍보하는 대안무역 커피 업자들이 아주 많다. 실제로 그렇게 하지 않으면서도 마치 그런 것처럼 광고하는 것이다. 루이스의 말은 백번 옳다. 이건 아주 복잡한 문제다.

우리는 커피 밭을 따라 걸어 올라갔다. 새들의 노랫소리가 한동안 들리는가 싶더니 곧이어 어린아이들의 노랫소리가 이어졌다. 초등학교 근처였다. 학교 담벼락에는 프리다 칼로(Freida Kahlo) 스타일의 그림이 그려져 있고, 갖가지 슬로건도 적혀 있었다. 아름다운 땅의 여신들이 '교육은 해방으로 가는 길' 이라고 외치는 그림도 있었다. 루이스에 따르면 자치 지역이 되기 전에는 이곳에 학교도, 보건소도 없었다고 한다. 사파티스타는 이 지역에 필요한 것이 무엇인지 꿰뚫었다.

루이스는 돌아가고, 우리는 길에 서서 히치하이크를 했다. 여러 번 실패한 끝에 커다란 트럭 한 대를 세웠다. 운전사는 우리를 오벤티크로 데려다주겠다고 쾌히 승낙했다. 그런데 30분 정도 지나서 운전사가 주도로를 벗어나 엉뚱한 곳으로 간다는 것을 알았다. 그는 차를 멈추지도, 속도를 줄이지도 않았다. 우리의 말은 듣지도 않은 채 달리기만 했다. 나는 걱정이 되기 시작했다. 무트비츠를 비롯해서 자치 지역 주민들에 대한 폭력이 증가하는 시기였다. 커피나무들이 뽑히고, 옥수수 밭이 갈아엎어지고, 사람들이 얻어터지는 일이 빈번했다. 분쟁이 심하지 않은 지역에서조차 관광객들이 납치되고 강도를 만나는 일이 흔했다. 마침내 운전사가 차를 세웠다. 아주 외진 곳에 있는 원주민 마을이었다. 그는 우리에게 아무 말도 하지 않고 그냥 걸어갔다.

우리는 그곳이 어디인지 알 턱이 없었다. 우리는 트럭에서 내려 잠시 길가에 앉았다. 이제부터 어떻게 해야 할지 방도를 강구하기 위해서였으나 아무것도 떠오르지 않았다. 이곳 사람들은 스페인어를 할 줄 모르고, 워낙 후미진 시골길이라 차 한 대 지나다니지 않았다. 우리는 몇 번 심호흡을 한 뒤 도로 위쪽으로 걷기 시작했다. 몇 분쯤 지나 밴이 한 대 와서 멈추더니 우리를 불렀다. 밴에 올라타 보니 그날 아침 우리를 오벤티크로 데려다준 바로 그 밴이다. 마르타와 나는 어안이 벙벙하여 서로 바라보았다. 운전사는 미소 짓더니 우리를 오벤티크까지 태워다주었다. 돈은 받지 않았다.

초소 경비원에게서 여권을 돌려받은 후, 협동조합을 방문한 것에 대해 보고하려고 지역 본부 사무실로 갔다. 한참을 기다리자 마스크를 쓴 여자가 문을 열었다. 그녀의 눈은 오전에 만난 여자의 눈이 아니다. 오선에 만난 사파티스타들은 다른 일을 하러 간 모양이다. 방 안에는 다른 사람들이 앉아 있었다. 나는 문 앞에 서서 그 여자에게 감사하다고 말한 뒤, 무트비츠를 방문한 것에 대해 말하기 시작했다. 그녀는 어깨를 으쓱하더니 내 말이 끝나기도 전에 문을 닫아버렸다.

두 달 후, 런키스트와 나는 넬손과 막달레나가 본국으로 송환된 것을 축하하기 위해 엘살바도르에 갔다. 베아트리세는 와이퍼도 없고 다 찌그러진 차를 빌려 공항으로 우리를 마중 나왔다(그날 비가 오리라는 것을 그녀는 어떻게 알았을까?). 그녀는 우리의 프로젝트 비용을 절감하기 위해 많은 애를 썼다. 본국 송환자들의 주거지 물색이며 일자리 알선, 막달레나의 가게를 알아보고 아이들과 재회하는 일까지 모든 것을 그녀가 직접 처리했다.

막달레나가 엘살바도르로 돌아온 지도 거의 한 달이 되었다. 그녀를 위해 책정된 예산에는 여섯 달 치 집세, 가구 구입비, 생활비, 가게 물품 구입비 등이 포함되었다. 그녀는 길가에 면한 방에 가게를 꾸며 빵, 과자, 치약 등 잡다한 생활용품을 팔았다. 휠체어를 탄 막달레나가 방문 앞에서 우리를 맞이했다. 의족을 하고 집 안을 돌아다니는 것이 불편해서 주로 휠체어를 탄다고 했다. 그녀는 죽음의 열차에서 떨어지는 바람에 두 다리가 무릎까지 잘렸다. 스물여섯 살인 그녀는 두 아들 마누엘리토(Manuelito)와 하비에르(Javier)의 장난에 정신이 없었다. 다섯 살 마누엘리토와 네 살 하비에르는 반년 만에 돌아온 엄마를 잠시도 혼자 내버려두지 않았다.

막달레나는 가게가 점차 자리를 잡아가고 있으며, 여섯 달 정도 지나면 집세와 생활비를 너끈히 벌 수 있을 것 같다고 했다(영세 업체로서는 최고의 성공이다!). 조만간 화장품도 갖다놓을 예정이라고 했다. 그 동네에는 화장품 파는 곳이 거의 없기 때문이다. 우리는 물품을 더 들여놓을 수 있도록 그녀에게 현금을 주었다. 우리가 그곳에 있는 동안에도 손님들이 드나들었다. 막달레나가 주문을 받고 아이들에게 물건을 건네주면 아이들이 창문으로 가서 손님에게 물건을 전한 뒤 돈을 받아서 막달레나에게 가져다주었다.

가게를 열 때 막달레나의 엄마와 남동생들이 시골에서 올라와 도와주었다. 그들은 우리가 도착하기 며칠 전 시골로 돌아갔다. 막달레나는 그들이 돌아간 게 오히려 잘 된 일이라고 했다. 아직 10대 청소년인 남동생들이 음식을 너무 많이 먹고 돈은 한 푼도 내지 않았다는 것이다. 나는 어느 나라에서건 친지를 방문할 땐 다 그런 법이라고 말했다. 나는 기운이 펄펄 넘치는 막달레나의 아이들과 잠시 집 안을 뛰어다니며 놀았다. 아이들은 좋아 난리였다. 막달레나의 가족과 함께 읍내에서 저녁을 먹자고 약속한 후, 우리는 넬손의 집으로 향했다.

넬손이 사는 아파트에 도착했다. 그는 발코니에 매달려 우리에게 소리쳤다. "잠깐만 기다리세요! 다리를 끼워야 해요!"

넬손은 아주 비좁은 아파트에 살았지만, 그는 쉼터에 비하면 이곳은 왕궁과도 같다고 했다. 그리고 자신의 근사한 새 직장에 대해 들려주었다. 그는 엘살바도르 외교부의 특별 사무보조원이다. 그의 업무는 외국에 체류 중인 엘살바도르 불법 이민자 중 가족이 애타게 찾거나 본인 스스로 귀국을 원하는 사람들을 돕는 일이다.

"미등록 체류자로 사는 것이 어떤 일인지 제가 누구보다 잘 알죠. 갈 데 없는 그 처지 말예요. 저한테 딱 어울리는 일이에요. 죽음의 열차에서 다리 하나를 잃었을 때 저는 인생이 완전히 끝났다고 생각했어요. 하지만 쉼터에 와서 두 팔과 다리가 없는 사람들을 보니 제가 진짜운 좋은 사람이라는 생각이 들었죠." 그는 약간 주저하는 빛으로 나를 보았다. "제게 약속한 것 기억하세요?"

"물론이지, 아우. 자, 쇼핑하러 가세나!"

우리는 꽤 괜찮은 옷가게에 들어갔다. 가게 문에는 '총기류 반입 금지'라는 표지가 붙어 있었다. 넬손이 양복을 한 아름 골라 품에 안았다. 여자 점원들이 달려들어 그를 도왔다. 워낙 잘생긴 청년인데다 얼굴이 행복으로 가득 찬 넬손은 여자들을 끌어당기는 자석이라 해도 과언이 아니었다. 점원들은 감색 양복을 골라주었다. 나는 그 양복에 어울릴 코발트색 넥타이와 흰 와이셔츠를 골랐다. 정장을 갈아입고 탈의실에서 나온 넬손이 전신 거울 앞에 섰다. 매력이 넘쳤다. 거울을 들여다보는 그의 둥글고 검은 눈동자가 촉촉이 젖어들었다. 나는 그에게 다가가 어깨에 손을 얹었다.

"제가 중요한 사람이라고 느껴본 건 태어나서 지금이 처음이에요."

우리는 넬손과 함께 그의 직장으로 가서 동료들을 만나보았다. 그들은 넬손과 함께 일할 수 있게 된 것에 대해 우리에게 감사하다고 한목소리로 말했다. 그들은 넬손이 부서에 합류함으로써 불법 이민자의 현실에 대한 이해가 한층 깊어졌으며, 업무에도 엄청난 도움이 된다고 했다. 넬손은 그들에게 '크나큰 선물'이라고 했다. 부서 책임자 헤랄디나 베네케(Geraldina Beneke)도 넬손은 중앙아메리카 지역의 가장 성공적인 본국 송환 사례라고 말했다. 잠시 우리끼리 있을 때 넬손이 진지하게 말했다. "이게 얼마나 의미 있는 일인지 잘 알아요. 제 인생을 완전히 바꿔놓았어요. 열심히 할 거예요. 절대 일을 그르치지 않겠습니다."

막달레나가 탄 택시가 미스터 포요(Mr. Pollo) 앞에서 멈췄다. 우리가 만나기로 한 음식점이다. 그 택시는 장애인을 태울 수 있도록 개조된 택시다. 상냥한 운전사가 택시 지붕 위에서 휠체어를 내린 뒤 막달레나가 앉도록 부축해주었다. 그녀의 두 아들도 말쑥하게 옷을 빼입었고, 머리도 얌전히 빗질했다. 그들은 이런 고급 음식점이 처음이었다. 황홀한 닭튀김 냄새가 식욕을 자극했다. 하지만 두 아이들의 관심은 플라스틱 공이 잔뜩 든 풀에만 쏠려 있었다. 풀에 들어간 녀석들은 나올 줄 몰랐다. 막달레나는 아이들이 잠시만 눈에 보이지 않아도 안절부절못했다. 그 순간 나는 한 가지 사실을 깨달았다. 막달레나가 지난 한 달 동안 아이들과 한순간도 떨어져 있지 않았다는 사실이다. 아이들을 사랑하는 것이야 문제가 아니지만, 그녀도 종종 쉴 필요가 있다.

나는 두 가지 결심을 했다. 첫째, 오늘 하루 내가 두 녀석을 책임지리라. 이 녀석들이 완전히 지쳐 잠들 때까지 놀아주리라. 둘째, 막달레나에게 TV 한 대를 사주리라. 베아트리세는 처음에는 TV를 반대했다. TV는 아이들에게 해악을 끼칠 뿐이라는 그녀의 믿음 때문이다(정녕 훌륭한 사회복지사다). 나도 그 의견에 원칙적으로는 동의한다. 하지만 막달레나는 온종일 이 야생마들을 상대하느라 너무 지친 듯했다. 원칙적으로 옳지 못하다 해도 그녀는 일렉트로닉 베이비시터 하나가 절실히 필요한 상황이다. 나 역시 TV를 아주 많이 보며 자란 사람이다. 내 엄마도 혼자 우리를 키우느라 온종일 밖에서 일을 하셨기 때문이다. 그래도 난 그리 나쁘게 자라지 않았다. 지금 이렇게 책을 쓰고 있지 않은가?

이번 방문에서 가장 이상했던 점은 어디서든 달러로 돈을 지불했다는 것이다. 지난해 엘살바도르는 달러를 공식 화폐로 지정했다. 이론적으로는 그렇게 하면 엘살바도르와 미국의 교역이 증가하고, 환율도 안정될 것이라 예상했다. 엘살바도르 정부는 불행히도 달러를 공식 화폐로 지정하기 전날 밤, 자국의 화폐를 30% 평가절하 했다. 아침에 눈을 뜬 엘살바도르 노농자들은 자신들이 모은 돈과 월급의 가치가 졸지에 30% 떨어진 것을 알았다. 엘살바도르 기업주들은 졸지에 인건비가 30% 줄고, 사업 이익은 30% 늘었다는 것을 알았다. 미스터 포요에서 즐기는 저녁식사는 웬만한 엘살바도르 노동자들에게는 더없는 사치다.

우리가 미국으로 돌아간 뒤에도 죽음의 열차는 행진을 계속했다. 마르타는 힘든 출장을 마친 뒤 폴러스센터를 떠났다. 우리는 인터넷을 통해 도나 올가의 쉼터에 많은 희생자들이 밀려든다는 사실을 알 수 있었다. 그러던 와중에 마침내 하늘이 분개했다. 허리케인 카트리나가 뉴올리언스를 강타하고 정확히 한 달 뒤, 스탠이 중앙아메리카를 습격했다. 스탠은 타파출라도 삼켜버렸다. 500mm가 넘는 폭우가 내리면서 타파출라는 몇 주 동안 외부에서 완전히 고립되었다. 코아탄 강이 넘쳐 쉼터도 쓸려 내려갔다. 입소자들이 사용하던 목발과 휠체어가 시내에 둥둥 떠다녔다. 올가는 좀더 높은 지대에 새로 쉼터를 마련했다. 캐나다 후원자들이 비용을 내고, 외다리 목수들이 동원되어 지은 쉼터다. 죽음의 열차가 다니던 철길은 홍수와 강풍으로 찢기고 휘어졌다. 죽음의 열차는 한동안 운행을 중단했다.

베아트리세는 넬손과 막달레나의 정착 과정을 계속 지켜보았고, 런키스트와 나는 새로운 계획을 짰다. 죽음의 열차 희생자들의 문제를 전 세계에 알리려는 계획이다. 얼마 동안은 굉장한 후원자를 얻을 수 있을 것 같았다. 미국 의회다. 당시 워싱턴은 불법 이민 문제를 둘러싸고 열띤 논쟁을 벌였고, 우리의 본국 송환 프로그램은 가장 성공적이며 가장 인간적인 프로그램이었다. 우리는 하원의원 몇 명과 접촉했다. 그들이 직접 타파출라에 대표단을 파견하여 알아보도록 하기 위해서다. 니카라과와 엘살바도르 정부도 우리의 프로그램을 적극 지지했다. 래리 킹(Larry King : 미국의 유명한 토크쇼 진행자—옮긴이)이 죽음의 열차에 관한 책을 쓴 로스앤젤레스타임스 기자를 인터뷰했을 정도다. 그러나 미국 의회는 전혀 관심이 없었다. 래리 킹도, 책을 쓴 기자도, 우리의 전화나 이메일에 전혀 응답하지 않았다. 절단 장애인 '미등록 이민자'들은 그들의 논쟁 속에서 아무런 주목을 받지 못했다.

우리는 죽음의 열차와 그 노선을 소유한 자가 누구인지 알아보기로 했다. 혹시라도 그들이 우리의 프로그램에 금전적인 도움을 주거나, 문제를 조금이라도 완화하기 위한 조치(예컨대 달리는 기차에 사람들이 올라탈 때 속도를 갑자기 내지 않도록 기관사에게 당부하는 것 등)를 취하도록 할 수 있지 않을까 해서다. 기차를 운영하는 치아파스 마야브 회사에 대한 정보는 거의 찾을 수 없었다. 하지만 그 철로는 미국 코네티컷 주에 소재한 제니시 앤드 와이오밍(Genesee&Wyoming)이라는 회사가 소유하고 있었다.

런키스트는 그 회사의 회장이자 CEO 모티머 풀러 3세(Mortimer Fuller Ⅲ)와 접촉하려 애썼다(회장의 할아버지가 1899년에 그 회사를 창립했다고 한다). 어쩌면 회장이 이 문제에 관심을 갖고, 모든 이해 당사자들을 어느 정도 만족시킬 만한 해결책을 찾으려 할지 모른다는 기대에서다. 하지만 가능성은 희박했다. 수석비서는 런키스트의 전화를 회장에게 연결해주지 않았다. 비서의 태도는 북극의 빙산처럼 차가웠다. 런키스트의 전화기가 얼어붙지 않은 것만도 다행이다. 런키스트는 몇 차례 더 시도한 끝에 결국 포기했다.

내가 나서서 좀더 '비즈니스적 접근'을 해보기로 했다. 그들이 알아들을 만한 언어를 구사해야 할 것 같았다. 문제의 수석비서에게 전화했다. 나는 한 커피 회사의 CEO라는 것, 수많은 커피 농부들이 죽음의 열차를 타려다 죽거나 다쳤다는 것, 최근에 조사 차 그 열차를 방문하고 왔다는 깃 등을 그녀에게 이야기했나. 부상자나 사회운동가들이 마음먹고 나서서 기관사의 행동이나 철길의 상태 등을 문제 삼으면 귀사가 책임을 져야 할지 모른다는 말도 했다. 그녀는 여전히 차가웠지만, 부회장 제리(Gerry)의 이름과 연락처를 가르쳐줄 만큼은 녹았다. 부회장은 일주일쯤 지나 연락을 했다. 우리는 비즈니스적 관점에서 이 문제를 논의했다. 나는 그에게 이번 사안은 회사가 모범적인 기업의 역할을 보여줄 기회며, 사회운동가들의 문제 제기와 소송을 미연에 방지할 수 있는 기회라는 점을 강조했다. '수많은 장애인들이 휠체어를 타고 코네티컷의 본사 정문 앞에서 피켓시위를 하면 언론과 주주들이 뭐라 하겠습니까? 예방책을 세우고 문제 해결에 앞장서는 게 회사 이미지를 위해 훨씬 낫지 않겠습니까?' 제리는 상황을 좀더 알아본 뒤 어떤 조치를 취할지 결정하겠다고 말했다.

그리고 아무런 연락도 오지 않았다. 하지만 얼마 후 제니시 앤드 와이오밍이 타파출라 노선을 버리기로 결정했다는 인터넷 기사를 읽었다. 공식 이유는 허리케인으로 철길이 너무 많이 훼손되었기 때문이라는 것이다. 하늘과 '기업 이기주의'가 한몫한 결과다. 하지만 죽음의 열차가 마침내 죽음을 맞이하기까지 우리도 조금이나마 구실을 했다는 것을 부정하지는 않으련다.

한 커피 전문지에 죽음의 열차에 대한 장문의 기사가 실린 후, 도움을 주고 싶다는 제의가 봇물처럼 쏟아졌다. 딘스빈스 커피를 애용하는 몇몇 고객들은 직접 타파출라로 내려가 도나 올가의 새 쉼터에서 입소자들을 돌보는 자원봉사를 하기도 했다. 타파출라의 신부들과 인권단체들은 제니시 앤드 와이오밍이 그곳 노선을 버린 후 죽음의 열차 희생자들이 발생하지 않고 있다고 보고했다. 하지만 멕시코 남부에는 아직도 다른 죽음의 열차들이 미등록 이주자들을 태운 채 북으로 달리고 있다. '자유무역'이 지역 경제를 파괴하고 지역민을 내치는 한, 죽음의 열차는 사라지지 않을 것이다.

무트비츠 농부들을 비롯한 여타 자주 협동조합 농부들 역시 자신들의 삶과 존엄성을 지키기 위해 힘든 싸움을 계속하고 있다. 정부와 우익 민병대의 공격은 더욱 거세지고 있다. 동시에 농부들에 대한 국제적 지원 역시 계속되고 있다. 최근 밝혀진 바에 따르면, 무트비츠 협동조합은 정부에 세금 수십만 달러를 빚진 상태라고 한다. 무트비츠 협동조합은 붕괴 위기에 놓였고, 많은 조합원들이 인근 마을의 다른 조합으로 적을 옮겼다. 지극히 적대적인 환경에서 대안무역은 생존의 보증수표가 되지 못한다.

현재 우리는 치아파스 원주민 인권단체 어너 디 어스(Honor the Earth)와 협력해, 미국의 레저베이션 유스(reservation youth)를 현지로 보내 원주민 지역 보건소에 태양열 발전 시설을 설치하는 일을 돕도록 하는 프로젝트를 진행하고 있다.

7

커피, 지뢰 그리고 희망

니카라과, 2001

호세 곤살레스(Jose Gonzales)는 전형적인 열두 살 소년이다. 똘똘하고, 호기심 많고, 이따금 장난을 좀 심하게 쳤다. 그는 니카라과의 산후안 델 리오 코코(San Juan del Rio Coco)에 있는 자기 집 뒷방을 몰래 엿보았다. 살기가 아주 힘든 시기인지라, 곤살레스의 부모는 부업 삼아 뒷방을 낯선 남자에게 세놓았다. 그는 산간 지대의 여느 실업자들과 마찬가지로 군용 배낭 하나를 들고 왔다. 그는 외출할 때면 배낭을 방에 두고 나갔다. 반쯤 열린 배낭 안에 초록빛 둥근 물건이 보였다. 콜라 캔만 한 물건이다. 궁금증을 그냥 넘길 곤살레스가 아니다. 집 안에는 아무도 없다. 방 안으로 살금살금 기어 들어간 곤살레스는 배낭 안에서 그 물건을 꺼내 살펴보았다. 곤살레스는 영어를 읽을 줄 몰랐고, 그 위에 적힌 숫자의 의미는 더더욱 몰랐다. 그는 그 물건을 공중에 던졌다 받기를 몇 번 계속했다. 그러다가 우연히 그 물건의 금속 외피 부분을 쳤다. 작은 철사 바늘 같은 것 네 개가 삐져나온 부분이다. 곤살레스는 벽으로 튕겨져 날아갔다. 미국산 M16A2 대인 지뢰가 터진 것이다. 곤살레스는 며칠 뒤 의식을 되찾았으나, 한쪽 눈을 잃어 사물을 제대로 볼 수 없었다. 간신히 자기 몸을 내려다보던 그가 비명을 질렀다. 두 팔이 보이지 않았다.

혁명이 끝난 1979년 이후 약 10년 동안 니카라과 커피 재배 지역에는 13만 개가 넘는 지뢰가 설치되었다. 온두라스와 니카라과의 국경 지대에 있는 지뢰 가운데 상당수는 니카라과 정부가 설치한 것이다. 미국이 돈을 대고 조직한 반혁명 세력 '콘트라(Contra)'를 차단하기 위해서다. 콘트라는 잔혹하기로 소문난 전 독재자의 국가방위군과 공안 부대 출신, 불만에 찬 농부, 보수적인 사업가, 일반 깡패들로 구성된 집단이다. 미국의 레이건 대통령은 그들을 '자유의 투사들'이라고 불렀다. 미 의회가 콘트라에 지원하던 것을 중단하자 레이건은 이란에 손을 뻗쳤다. 이란은 테헤란에 있던 미국 영사관을 공격하여 전 직원을 인질로 잡은 적이 있다. '이란-콘트라' 스캔들은 이렇게 시작되었다. 콘트라는 니카라과 전역에 수많은 지뢰를 설치했다. 테러용 무기로 사용하기 위해서다. 하지만 지뢰는 적과 동지를 구별하지 못한다. 지뢰의 제동 장치에 발을 딛거나 전선에 걸려 넘어진 사람은 죽거나 팔다리가 잘렸다. 지뢰는 땅속에 매설되기도 했고, 나뭇가지에 걸리기도 했다. 콘트라는 커피 재배 농촌에도 수많은 지뢰를 설치했다. 커피 수확을 돕기 위해 농촌 지역에 파견되는 군인들을 살상하기 위해서다(커피는 니카라과 국민과 정부의 최대 소득원이다).

그 지뢰들은 조직적인 계획에 따라 설치된 것이 아니다. 말 그대로 여기저기에 마구잡이로 매설됐다. 콘트라 군인들은 주요 전략 지점이 될 것 같은 '느낌'이 드는 곳이나 각자 '왠지 터뜨리고 싶은 곳'에 지뢰를 심고 잡초로 덮었다. 홍수와 지진, 허리케인은 해마다 수많은 지뢰를 이곳저곳으로 이동시켰다. 그리하여 밭에서 일하는 농부들과 걸어서 학교에 가는 아이들 모두 매년 예측 불가능한 위험에 직면했다. 지뢰를 찾아 제거하는 것은 사실상 불가능하다. 위치가 계속 바뀌는데다 그 위에서 초목도 자라기 때문이다.

니카라과에 설치된 지뢰는 미국, 러시아, 중국, 체코슬로바키아, 벨기에 등 10여 개 국가에서 만들어진 것이다. 해외 지원 프로그램을 통해서 들여온 것도 있고, 일반 시장에서 구입한 것도 있다. 곤살레스의 팔을 날려버린 지뢰는 미국 유타 주에 소재한 티오콜(Thiokol Corporation)에서 생산됐을 것으로 추측된다. 티오콜은 미국 정부와 M16A2 대인 지뢰 생산 계약을 맺은 바 있다. 니카라과에는 매사추세츠 주의 레이손(Raytheon), 위스콘신 주의 애큐다인(Accudyne), 미네소타 주의 앨리언트(Alliant), 캘리포니아 주의 록히드(Lockheed) 등에서 생산한 지뢰도 매설됐을 것이다. 이 기업들은 모두 엄청난 규모의 지뢰 생산 수주를 받았다. 하지만 그중 지뢰 생산 과정을 모두 담당하는 기업은 하나도 없다. 그들은 부품 생산을 하청 회사에 맡겼다. 타이머는 A회사에서, 볼베어링은 B회사에서, 케이싱은 C회사에서 생산하는 방식이다. 플로리다, 일리노이, 매사추세츠, 코네티컷, 캘리포니아, 앨라배마, 뉴저지, 네브래스카, 펜실베이니아 등지의 여러 하청 회사들이 지뢰 생산에 동참했다. 민주당 지지 성향이 높은 주건, 공화당 지지 성향이 높은 주건 상관없었다. 심지어 아메리칸 인디언들도 지뢰 생산에 한몫했다.

나는 1980년대에 몬태나 주에 있는 포트 벨크냅 인디언 보호 구역에서 시안화칼륨을 배출하는 금광 운영을 중단시키려는 운동에 참여한 적이 있다. 그곳에 있는 포트 벨크냅 산업(Fort Belknap Industries)은 앨리언트의 하청을 받아 M87, 일명 '화산'이라는 지뢰를 생산했다. 하청 회사는 부품을 만들어 정부 관할 조립 공장으로 납품하는 경우가 대부분이다. 민간 기업이 관리하는 이 조립 공장에서 지뢰가 최종 완제품으로 조립된다. 루이지애나 군수 무기 공장(Louisiana Army Ammunition Plant), 아이오와 군수 무기 공장(Iowa Army Ammunition Plant), 론스타 군수 무기 공장(Lone Star Army Ammunition Plant) 등이 그런 공장들이다. 곤살레스를 다치게 한 M16A2 지뢰는 티오콜이 관리하는 루이지애나 군수 무기 공장에서 조립되었을 확률이 높다. 이렇게 하여 지뢰 생산 회사의 중역들과 그곳에서 일하는 근로자들은 자신의 노동이 부른 비극적 결과에서 상당한 거리를 유지할 수 있다(예전에 어느 지뢰 제조 회사의 부회장이 내게 이렇게 말한 적이 있다. 자신들은 지뢰를 만드는 것이 아니라 지뢰의 방아쇠를 만들 뿐이라고. 지뢰는 다른 사람들이 만든다고). 곤살레스와 그의 부모에게는 지뢰와 지뢰 방아쇠가 기술적으로 어떻게 다른지 중요하지 않을 것이다. 토끼 한 마리를 쫓다가 지뢰를 밟은 또 다른 훌리오와 트럭을 몰고 가다 러시아산 TM62M 대전차 지뢰를 건드려 목숨을 잃은 훌리오의 이웃들 역시 마찬가지일 것이다.

불행 중 다행인 것은 지난 1999년부터 레온(Leon) 시에서 지뢰 희생자들을 위한 소규모 비영리 진료소가 설치, 운영된다는 점이다. 워킹 우니도스(Walking Unidos : '함께 걷기'라는 뜻의 영어·스페인어 조어―옮긴이)는 장애인 지원 단체 폴러스사회경제개발센터의 첫 해외 지원 프로그램이다. 워킹 우니도스 진료소는 레온 시 번화가의 자그마한 1층짜리 건물에 있었다. 건물 안에는 작업실, 검사실, 작은 사무실이 하나씩 있고, 앞마당에는 운동용 핸드레일이 설치되었다. 작업실에는 드릴, 전기톱, 홈 파는 기계 등 의수족을 만들기 위한 공구와 완성된 의수족들이 있었다. 이 진료소는 2000년 한 해 동안 니카라과의 절단 장애인들에게 100개가 넘는 의수족과 보행보조기 17개를 만들어 제공했고, 의수족 88개를 수선해주었다. 이곳 직원 중 몇 명은 이 진료소에서 의수족을 지원받고 소정의 훈련을 거친 장애인이다. 보정기구사인 마흔여덟 살 에스테반(Esteban)은 갓 만든 의족을 거푸집에서 꺼내 가장자리를 다듬었다. 열일곱 살 소년이 차분히 그 옆에 앉아서 에스테반이 자신의 새 다리를 시험해보기를 기다리고 있었다. 앞마당에서는 중년 남자 하나가 핸드레일을 잡고 보행 연습을 하고 있었다.

워킹 우니도스는 매우 획기적인 프로그램이다. 외국 기업이 운영하는 고가의 최첨단 보정기구를 취급하는 대형 의료기관이 아닌, 지역사회에 기반한 저렴하고도 접근성 높은 진료소라는 점에서 그러했다. 하지만 이 진료소는 재정 지원이 절실한 상황이다. 폴러스센터는 매사추세츠 주에서 받은 기금과 모금 활동을 통해 이 진료소를 설립했다. 그러나 진료소 운영비를 지속적으로 조달하는 것은 결코 쉬운 일이 아니었다. 나는 그것이 얼마나 힘든 일인지 안다. 과테말라에서 원주민 여성을 위한 진료소 설립과 운영에 관계한 적이 있기 때문이다. 진료소 설립은 그럭저럭 무리 없이 할 수 있었지만, 운영은 극히 힘들었다. 변덕스러운 기부자들의 관심을 계속해서 끌어내는 것은 어려운 일이다 (일반적으로 기부자들은 한 가지 프로그램을 지속적으로 지원하지 않는다. '올해는 원주민 보건 프로그램, 내년엔 닭고기 프로그램!' 이런 식이다).

세계 각지의 많은 개발 프로그램은 요란하게 시작하여 곧 흐지부지 끝나는 경우가 많다. 처음 기금을 지원하던 기부자들이 여타의 신규 프로그램이나 좀더 언론의 주목을 받는 프로그램으로 금방 옮겨 가기 때문이다. 교사를 고용하고, 책을 구입할 돈도 없는 상태에서 학교 건물만 덩그러니 짓는 경우도 있다. 미국국제개발처(USAID)가 지원하는 수백만 달러짜리 프로그램이 하루아침에 중단되기도 한다. 프로그램을 위해 일하던 사람들이 졸지에 실업자가 되는 것도 문제지만, 그 프로그램이 제공하던 서비스가 갑자기 중단되어 생기는 문제도 이만저만이 아니다.

어느 날 폴러스센터의 마이클 런키스트가 내게 연락을 했다. 센터의 연례 파티 겸 워킹 우니도스 진료소를 위한 모금 행사에 쓸 커피를 제공해달라고 했다. 런키스트는 우리가 니카라과에서 커피를 구입한다는 것, 니카라과 농부들과 함께 개발 프로젝트를 수행한 적이 있다는 것을 알았다. 워킹 우니도스 진료소에 대한 이야기를 들은 나는 커피를 공급하거나 돈을 기부하는 것 이상의 구실을 할 수 있을지도 모른다고 생각했다. 런키스트와 나는 진료소 운영비를 지속적으로 확보할 수 있는 소득 사업을 벌일 방법을 논의했다. 나는 카페를 하나 열자고 제안했다. 니카라과는 대규모 커피 생산국이고, 지뢰 희생자가 상당수 커피 농부나 그 가족이다. 따라서 지뢰는 니카라과 커피 산업 전체의 문제기도 했다. 레온 시는 대학촌이고 외국인들이 많이 찾는 곳이라 카페를 열기엔 제격이다. '사업의 첫째 조건:고객, 고객, 고객!' 어쩌면 레온 시 근방에서 커피 로스터를 찾을 수 있을지도 모른다. 나는 커피 수입업자들을 수소문하여 니카라과에서 커피 로스팅을 하는 사람과 접촉할 수 있는지 알아보았다. 헛수고였다. 니카라과 에스텔리(Esteli)의 프로데코압(Prodecoop) 협동조합에도 이메일을 보냈다. 그곳 역시 아는 커피 로스터가 하나도 없다고 했다. 스타벅스에라도 매달려야 하는 게 아닌가 싶었다.

한 달쯤 지나 런키스트와 함께 니카라과에 갔다. 우리는 레온에 있는 콜로니얼호텔에서 워킹 우니도스 소장 산티아고(Santiago)와 맥주를 마셨다. 몸집이 곰처럼 우람하고 콧수염이 덥수룩한 산티아고는 얼굴에 늘 웃음을 띠었다. 그는 과거에 혁명군으로 활동했고, 현재 니카라과 대통령인 다니엘 오르테가(Daniel Ortega)의 보디가드로 일하기도 했다. 산티아고의 넓고 훈훈한 가슴은 전쟁이 끝난 뒤 본격적으로 빛을 발했다. 워킹 우니도스 진료소에 대한 이야기를 처음 듣고 나서, 그는 자원봉사를 하겠다며 진료소를 찾았다. 진료소 일이라면 물불을 가리지 않더니 순식간에 소장으로 승진했다. 런키스트는 이 몸집 큰 사나이의 재능과 헌신성을 누구보다 높이 평가했다.

우리는 한때 특급 호텔이던 콜로니얼호텔의 낡은 정원에서 니카라과 최초의 카페 겸 커피 로스터 창립을 계획했다. 카페는 워킹 우니도스가 직접 소유하고 운영하며, 모든 이익금은 진료소 운영비로 쓰일 것이다. 우리는 레온 시 이곳저곳을 돌아보며 마땅한 장소를 물색했다. '사업의 둘째 조건 : 위치, 위치, 위치!' 우리는 대학과 가까운 호텔 건너편 길모퉁이 건물을 얻기로 했다. 건물은 손을 좀 봐야 했다. 콜로니얼 스타일 타일 지붕도 수리가 필요하고, 페인트칠이며 조명 시설도 새로 해야 한다. 나머지는 제법 쓸 만했다.

나는 몇 가지 필요한 물건을 사기 위해 근처에 있는 슈퍼마켓에 갔다. 생각할 게 많아 머리가 복잡했다. 소득을 어느 정도 예측해야 하기 때문에 커피 값을 얼마로 책정할지도 생각해야 했다. 슈퍼마켓 한쪽 구석에 잠시 쪼그리고 앉았는데 금발의 젊은 여자 한 명이 내 옆을 지나갔다. 그녀는 낡은 딘스빈스 티셔츠를 입고 있었다. 마치 신의 계시와도 같았다.

나는 레온을 떠나 에스텔리로 향했다. 내 가슴은 부풀어 올랐고, 머릿속은 새 카페에 대한 갖가지 아이디어로 가득 찼다. 산티아고는 임대 문제를 처리하고, 수리 작업을 할 일꾼들을 조직하고, 새 조명 시설을 알아보기로 했다(우리는 조명등 상점 몇 곳을 함께 둘러보았다. 산티아고는 스페인 점령기 분위기가 나는, 쇠로 된 무겁고 비비 꼬인 검은 조명등을 원했다. 런키스트와 나는 그 등이 손님들에게 잘못된 이미지를 줄 것 같아 마음에 들지 않았다).

나는 며칠 동안 프로데코압 협동조합 농부들을 방문하고자 했다. 다가오는 추수에 대해, 대안무역 상황에 대해, 몇 가지 개발 프로젝트에 대해 그들과 이야기하기 위해서였다. 산루카스(San Lucas)에 있는 루이스 알베르토 바스케스(Luis Alberto Vasquez) 협동조합이 정상을 되찾았는지도 궁금했다. 그 협동조합은 지난해 몰아닥친 허리케인 미치 때문에 엄청난 피해를 봤다. 당시 우리는 허리케인 피해자 지원 단체 허리케이드(Hurricaid)와 공동으로 매사추세츠 주립대학에서 자선 연주회를 열어 모금한 1만 1000달러를 피해 농부들에게 전달했다. 나는 그 지역 농부들과 직접 관계를 맺고 있었기 때문에 그 돈은 니카라과 정부나 다른 원조 단체들을 거치지 않고 직접 농부들에게 전달될 수 있었다. 지원금이 정부나 단체들을 거치면 일부가 경비로 쓰이고, 각종 물자들이 창고에 방치되는 경우가 많다. 우리가 모금한 돈은 고스란히 프로데코압 협동조합 농부들에게 갔다.

그들은 그 돈으로 식량과 응급 물자를 구입했고, 지붕과 건물과 도로를 보수했다. 소규모 커피 농가 중에는 한 해 수확물을 몽땅 잃은 경우도 많았다. 강한 바람에 커피 꽃과 열매, 이파리들이 모두 떨어졌기 때문이다. 미치는 그 지역 커피나무 3분의 1을 뿌리째 뽑아버렸다. 새로 심은 나무가 열매를 맺으려면 최소한 3년에서 5년이 걸린다. 정부와 원조 단체의 별다른 지원이 없는 상황에서 우리가 모금한 돈은 농부들이 하루빨리 삶의 터전을 복구하는 데 큰 보탬이 되었다. 프로데코압 협동조합은 지원금 사용 내역을 마지막 1달러까지 상세히 기록하여 우리에게 보내주었다. 허리케인 카트리나가 휩쓴 뉴올리언스의 복구 작업은 미국 정부가 아닌 프로데코압이 맡았어야 했다.

밤이 되어서야 에스텔리에 도착했다. 나는 평화로운 거리와 공원을 한참 동안 배회한 뒤 잠이 들었다. 다음날 아침, 프로데코압 사람들과 함께 산루카스 협동조합으로 향했다. 산을 몇 개 지나서 마지막 좌회전을 하려는 순간, 옷차림이 남루한 남자가 빨간 픽업트럭에 앉아 있는 것을 보았다. 매년 추수철이 되면 그곳에 차를 세워놓고 농부들에게 헐값으로 커피를 사던 코요테다. 하지만 올해는 고객이 거의 없다. 미치는 마을로 들어가는 길목 일대를 완전히 쓸어버렸다. 첫 2주 동안 마을은 협동조합은 물론 세상과 완전히 단절되었다. 농부들이 맨손으로 도로를 복구한 끝에 지금은 겨우 통행이 가능한 정도가 되었다.

협동조합 관리자 마누엘(Manuel)이 출중한 운전 솜씨를 뽐내며 구불구불한 산길을 달리는 동안, 프로데코압의 무적의 매니저 메를링(Merling)은 이 지역 재건과 관계된 수치들을 쉴 새 없이 내게 들려주었다. 허리케이드에서 지원한 돈으로 도로 8km와 물에 잠긴 커피 가공소 하나를 복구했다. 마을 사람들에게 옥수수 약 9500kg과 콩 730kg을 지급했다. 양철 기와를 300개 사서 주택 10채에 새로 씌웠다. 프로데코압 외에도 세 협동조합이 식량을 지원받았으며, 도로와 주택도 복구했다. 산루카스 협동조합에 다가갈 무렵, 햇빛이 언덕 주변 주택들의 새 양철 지붕에 반사되어 강하게 반짝였다. 진흙과 초가로 지은 옛집들은 벽돌과 모르타르로 지은 새집으로 바뀌었다. 하지만 태양은 예나 지금이나 커피나무들이 오래된 이빨처럼 제각기 늘어선 이 땅을 변함없이 뜨겁게 달궜다. 자연재해로 한바탕 처절하게 홍역을 치른 이 자그마한 산 위의 낙원을 바라보며 내 마음속에는 슬픔과 희망이 엇갈렸다.

마을은 아주 조용했다. 허리케인이 닥치기 전에 방문했을 때와는 영 딴판이었다. 당시에는 우리가 마을에 도착했을 때 언덕 양쪽이 사람 소리와 새소리로 왁자지껄했다. 마을 사람들 모두 함께 추수를 했고, 그들의 웃음소리와 노랫소리가 바람을 타고 언덕 아래까지 내려왔다. 이곳은 내전 중에 삶의 터전을 잃은 사람들이 모여 새로 형성한 마을 이다. 산루카스 마을 입구에 있는 표지판에 따르면, 이 지역 일대는 원래 독재자 소모사(Somoza)의 측근인 어느 대지주의 소유였다. 그 후 소모사의 친구가 거금을 주고 이 땅을 사들였는데, 그 돈은 1972년 대 지진이 일어났을 때 국제사회에서 보내준 재건 기금을 횡령한 것이다.

"땅 주인은 지금 스위스에 살아서 이 땅이 필요 없죠." 메를링이 씩 웃으며 말했다.

우리는 조합원들과 만났다. 그들은 나를 비롯해서 허리케인 피해 복구에 도움을 준 모든 사람들에게 감사하다고 말했다. 나는 좋은 시절 이건 나쁜 시절이건 우리는 그들과 함께 할 것이며, 그것은 프로데코 압 협동조합과 약속한 것이기도 하다고 대답했다. 그들은 나와 수다 떨 시간이 별로 없었다. 하루 종일 망치질하고, 톱질하고, 자재를 운반 하며 일해야 하기 때문이다. 간단하게나마 그들에 대한 연대감과 지지 를 표현하는 것만으로도 우리에겐 아주 의미 있는 일이다. 돌아오는 길에 나는 메를링에게 우리가 개업할 카페에 대해 말해주었다. 길이 아주 험해서 차가 사정없이 흔들렸다. 나는 그 카페가 산루카스 커피 를 사용하기를 바랐다. 메를링에게 그 카페에 공급하는 커피를 딘스빈 스 장부에 올려달라고 부탁했다. 그렇게 하면 딘스빈스는 카페를 지속 적으로 지원함과 동시에 산루카스의 재해 복구에도 도움이 될 것이다.

"진심이세요? 그렇게 할게요. 선생님은 정말 좋은 사람이에요." 그녀가 말했다. 내 머리가 트럭 천장에 다시 한 번 세게 부딪혔다.

마나과(Managua)로 가는 도중에 메를링은 새 베네피시오를 보여주었다. 1994년에 설립된 프로데코압 협동조합은 줄곧 개인 소유의 가공소에서 높은 값을 치르며 커피를 가공(커피 열매를 건조하고, 껍질을 벗기고, 자루에 담는 공정)해왔기 때문에 농부들의 수익은 그만큼 낮을 수밖에 없었다. 협동조합은 대안무역 수익금을 모아 조합 소유의 베네피시오를 짓기로 했다. 1998년에 시작된 커피 값 폭락으로 조합이 큰 타격을 받기는 했지만, 동시에 좋은 기회를 맞기도 했다. 그 지역의 여러 베네피시오들이 폐업한 것이다. 프로데코압이 이용하던 베네피시오도 그중 하나다. 농부들은 낡은 공장 건물과 대지를 사들여 자신들만의 베네피시오를 설립했다. 내가 처음 그 공장을 보았을 때만 해도 그곳은 시멘트 벽이 여기저기 갈라지고 사방에 잡초가 무성한 건물이었다. 기계는 대부분 녹슬고 망가졌다. 하지만 메를링을 비롯한 조합 관계자들을 애정과 결단에 가득 찬 눈빛으로 낡고 피폐한 공장을 바라보았다. 독재자를 쓰러뜨린 바로 그 눈빛이었다. 프로데코압은 1년도 안 되어 조합원이 생산한 커피 전량을 가공할 능력을 갖췄다. 품질관리도 훨씬 수월해졌고, 좀더 높은 값으로 커피를 판매할 수 있었다. 물론 돈은 농부들에게 곧장 지불되었다.

레온에 돌아왔을 때, 산티아고는 카페 건물의 임대 수속을 끝냈다. 워킹 우니도스 진료소 사람들은 그 카페의 이름을 '카페 벤 린더(Café Ben Linder)'라고 지었다. 벤 린더는 1987년 콘트라 반군에게 살해된 미국 시애틀 출신 엔지니어이자 아마추어 광대로, 니카라과 북부 농촌 지역에서 자그마한 수력발전소를 건설하는 일을 했다. 그는 미국이 지원하는 니카라과 반혁명 세력에게 살해당한 최초의 미국인으로 알려져 있다. 비 내리던 그날 오후, 런키스트와 산티아고와 나는 미래의 카페 앞에 나란히 섰다. 일찌감치 건물 벽에 써놓은 '프로데코압 커피'라는 글씨가 빗방울에 반짝였다. 축복 같았다. 그날 진료소는 흥분으로 가득 찼다. 워킹 우니도스 사람들은 벌써 카페가 개업이라도 한 것처럼 들떠 있었다.

매사추세츠로 돌아와 몇 달 동안 우리는 카페에 필요한 여러 장비를 마련하느라 동분서주했다. 나는 어떤 광고지에서 커피 2.5kg을 한 번에 볶을 수 있는 중고 로스터를 5000달러에 판다는 기사를 읽었다. 놀랍게도 그것은 딘스빈스가 사용하는 디드릭(Diedrich) 제품이었다. 나는 그 로스터의 설치와 사용법을 훤히 꿰뚫고 있었다. 니카라과에서 진행될 우리의 프로젝트에 대해 말하자 로스터 주인은 값을 상당히 깎아주었다. 우리는 카페 운영에 필요한 모든 비품과 장비, 폴러스센터에서 지원하는 의료 장비를 컨테이너에 실었다. 컨테이너가 남쪽으로 향하는 동안 외다리 목수들과 자원봉사자들은 카페 건물을 손보고 있었다. 붉은 기와도 얹고, 산티아고가 고른 묵직한 쇠붙이 조명등도 달았다(그는 우리의 반대에도 그 조명등 몇 개를 기어코 사들였다).

2001년 2월, 레온을 다시 방문했다. 완벽하게 준비를 끝낸 카페가 나를 반겼다. 카페 내부의 한쪽 벽에는 벤 린더의 삶을 묘사한 아름다운 벽화가 있었다. 매사추세츠 노샘프턴(Northampton)의 화가 그레그 스톤(Greg Stone)의 그림이다. 다른 쪽 벽 앞에는 컴퓨터 몇 대가 설치되었다. 워킹 우니도스 진료소가 레온 시 아이들을 위한 무료 컴퓨터 교실을 열도록 와이어드 인터내셔널(Wired International)이 기증한 컴퓨터다. 또 다른 벽 구석에는 그 지역에서 생산된 수공예품을 파는 자그마한 기념품 판매 부스가 설치되었다. 그날 아침, 프로데코압 협동조합의 마누엘은 커피 생두 70kg이 든 자루를 가지고 왔다. 커피 생두는 정말 신선하고 깨끗했다. 내수용 커피에서 자주 발견되는 부스러진

알갱이 하나 눈에 띄지 않았다.

"이 프로젝트를 위해 우리 조합은 최상품 커피만 제공하기로 했습니다." 마누엘이 말했다. 나는 금액을 물었다. 그는 어깨를 으쓱하더니 자기는 값을 모르며, 그것은 메를링의 소관이라고 했다. 나중에 메를링을 만나 청구서를 달라고 했다. 그녀는 주저주저하더니 청구서를 분실했다고 말했다. 나는 의심에 찬 눈으로 그녀를 바라보았다.

"메를링, 커피 값이 얼마냐고요?"

"보세요, 딘. 이 프로젝트는 정말 아름다운 일이에요. 지뢰 때문에 장애를 입은 사람들을 돕는 일이잖아요. 우리는 이 일로 돈을 벌고 싶지 않아요. 커피는 우리가 기증하는 겁니다."

마누엘은 좀더 오래 남아 뒷마당에 있는 주방에 커피 로스터를 설치하는 것을 도왔다. 하지만 기계가 말을 듣지 않아 결국 아이다호에 있는 로스터 주인과 통화해야 했다.

"기계가 작동이 안 되네요."

"호스 끝에 있는 안전 마개를 떼어냈습니까?"

"아, 아니오."

로스터와 커피메이커를 모두 설치한 뒤 우리는 스태프들과 함께 커피를 시음했다. 산티아고가 로스터에 커피 생두를 담는 순간, 모두 박수를 치며 환호했다. 워킹 우니도스의 자급자족을 위한 첫 커피 향이 풍기기 시작했다. 프로데코압 협동조합에서 생산된 '사보르 데 세고비아(Sabor de Segovia)'의 아름다운 향기다. 사보르 데 세고비아는 언제나처럼 깊고 진하면서도 부드러운 신맛을 내며 혀끝에 오래도록 머물렀다. 커피 향이 카페 밖으로 퍼지면서 호기심에 찬 레온 시민들이 삽시간에 카페 앞으로 몰려들었다.

다음날 저녁에는 카페 벤 린더의 공식적인 개업식이 있을 예정이다.

그날은 니카라과 야구 월드시리즈의 마지막 경기가 있는 날이기도 하다. 레온 라이온스(Leon Lions)와 마나과 보어스(Managua Boers : '보어스'는 보어전쟁에서 따온 이름으로, 니카라과 옛 야구팀들은 전쟁에서 팀 이름을 딴 경우가 많다)가 맞붙는 경기다. 산티아고는 우리를 위해 홈 플레이트 바로 뒤쪽 좌석을 구했다. 티켓은 50센트, 맥주는 25센트에 불과했지만, 경기 자체는 값을 따질 수 없을 정도로 멋졌다.

야구는 20세기 초 미국의 니카라과 점령이 낳은 유일한 긍정적인 산물이다. 지난 100년 동안 니카라과에서 야구 열기는 실로 대단했다. 니카라과는 쿠바, 미국, 일본 등과 수많은 국제경기를 치렀고, 훌륭한 팀을 키워냈다(그들은 2007년 미국 대표팀에 완승을 거뒀다!). 그러나 최고의 선수들을 외국 팀들이 모두 영입해선지 국내 경기는 인기가 크게 떨어졌다. 이는 1980년대 후반 산디니스타(Sandinista) 정부가 저지른 두 가지 중요한 전술적 실책의 결과일 것이다. 산디니스타 정부는 야구장의 맥주 반입과 외국인 선수들의 국내 경기 출전을 금지시켰다. 그리하여 야구팬들은 불법 제조된 독한 사탕수수 술을 먹고 야구장 여기저기에 나자빠졌다. 쿠바와 도미니카의 날렵한 선수들이 사라진 마운드에서 나머지 선수들은 등 뒤에서 허리케인이 불어 닥친다 해도 야구공을 관중석 근처에조차 날리지 못했다. 그러나 그 후 새로 정권을 잡은 중도 우파 정부는 세계화를 부르짖었고, 옛 규칙들을 부활시켰다.

경찰이 우리를 좌석까지 안내해주었고, 감사하다며 경찰용 모자까지 선물로 주었다. 오른쪽 외야 스타디움에 걸린 광고 비용을 내가 냈기 때문이다. 그 광고에는 '카페 벤 린더—딘스빈스의 집(Café Ben Linder—El Hogar de Dean's Beans)'이라고 쓰여 있었다. 나는 아마추어 밴드의 식전 연주가 끝나자마자 스타디움의 마이크를 잡았다. 중요한 메시지를 발표하기 위해서다. "오늘, 홈런과 함께 저 딘스빈스 광고판을 치는 선수에게 100달러를 드리겠습니다! 마나과 팀의 홍보 선수라 해도 말입니다!" 수많은 관중이 미친 듯 환호했다. 우리는 많은 맥주를 마셨다. 레온 시 관중은 경기 내내 마나과 선수에게 야유를 보냈다. 양 팀은 셀 수 없이 많은 실책을 범했고, 그날 밤 광고판에 공을 적중시킨 선수는 한 명도 없었다. 어떤 관중이 꼬리에 폭죽을 매단 이구아나 한 마리를 경기장 안으로 던졌다. 그것은 선수들의 사기를 북돋기 위한 레온 시 야구의 이상야릇한 전통이다. 하지만 효과는 없었다. 레온 라이온스의 1루수 산도르 구이도(Sandor Guido)가 공 몇 개를 스타디움 밖으로 쳐냈지만 모두 파울볼이었다. 다행스럽게도 레온이 마나과를 4대 3으로 이겼다. 니카라과 월드시리즈에서 홈팀이 승리를 거둔 것이다. 경기가 끝나고 레온 라이온스 선수들 몇 명이 내게 찾아왔다.

"죄송하지만 내년에는 광고판을 왼쪽 외야로 옮겨주시겠습니까? 이제껏 우월 홈런을 친 선수는 한 명도 없습니다. 선수들의 불평이 대단합니다. 다들 상금을 받고 싶어하거든요."

그날 밤 레온 거리는 흥분한 야구팬들로 넘쳐났다. 자동차들은 카페 벤 린더 앞을 오가며 경적을 울려댔고, 차에 탄 사람들은 노래 부르고 손을 흔들었다. 이따금 차창 밖으로 구토를 하는 사람도 있었다. 레온 시에 있는 13개 교회도 일제히 기쁨의 종을 울렸다. 레온은 행복한 도시다. 그 소음이 어찌나 큰지 시 가장자리에 있는 아코사스코 언덕(Acosasco Hill)에까지 울려 퍼졌다. 그 언덕은 소모사의 악명 높은 엘 포르틴(El Fortin) 감옥이 있던 곳이다. 수많은 정치범들이 그곳에서 고문을 받았다. 일부 레온 사람들은 그들의 비명 소리가 지금까지 들린다고 했다. 하지만 그날 밤 레온 시의 격한 소음은 엘포르틴 영혼들의

비명마저 잠재웠다. 언덕 아래 레온 쓰레기처리장(쓰레기처리장이자 극
빈자들의 삶의 터전이기도 하다)에서 피어오르는 불길마저 마냥 즐거워
보이는 밤이었다. 카페 벤 린더에는 밤새도록 사람들이 쏟아져 들어왔
다. 커피가 아주 많이 팔린 것은 아니지만, '끝내주는' 개업식인 것만
은 분명했다.

그 후 몇 년간 카페는 꾸준히 성장했다. 첫해에는 매월 환자 한 명에
게 의수족을 지원했고, 지금은 훨씬 더 많은 농촌 지역 지뢰 피해자들
에게 보정기구와 여타 관련 서비스를 제공하고 있다. 카페는 장애인들
에게 의미 있는 일자리를 제공하기도 했다. 로케(Roque)와 마리오
(Mario)는 그 대표적인 사례다. 두 사람은 내전 중에 서로 반대편에 소
속되어 싸우다가 두 다리를 잃었고, 지금은 카페 벤 린더와 워킹 우니
도스 진료소에서 함께 일한다. 로케와 마리오는 과거의 정치적 입장을
잊고 전쟁의 상처를 입은 다른 사람들을 돕는 것이다. 커피 로스트를
담당하는 데니스(Denis)는 전쟁 중 수제 폭탄을 들고 가다가 그 폭탄이
폭발하는 바람에 팔 하나를 잃었다. 그는 내가 아는 유일한 외팔이 커
피 로스터다.

하지만 사업이란 좋은 사람들과 좋은 뜻과 몇 가지 장비만으로 성공
하는 것은 아니다. 레온 시에서 경험 있는 레스토랑 매니저를 찾기란
매우 힘들다. 커피를 미리 준비해두지 않고 손님이 주문하면 커피 로
스팅부터 시작하는 라틴아메리카 스타일 때문에 손님들을 놓치기도
한다. 특히 외국 유학생과 관광객이 발길을 돌리는 경우가 많았다. 카
페도 모든 다른 사업과 마찬가지로 운영 방식을 끊임없이 재평가하고,
손님들의 기대에 맞추기 위한 자원을 구비해야 한다. 작은 카페로서는
분명 버거운 일이 아닐 수 없다. 그런데도 카페 벤 린더는 살아남았을

뿐만 아니라 사업을 확장하기까지 했다. 2년 뒤, WTO 총회와 그에 대한 항의 집회가 칸쿤(Cancun)에서 열렸는데, 그곳에서 나는 니카라 과 남자가 자신이 사는 포르베니르(Porvenir) 마을에서 생산된 커피를 파는 것을 보았다. 그 커피는 로스트한 커피였다. 나는 그것을 포르베 니르에서 직접 로스트한 것이냐고 물었다.

"오, 아닙니다, 선생님. 레온에 있는 카페 벤 린더에서 로스트한 것 입니다."

우리는 장애인들에게 경제적으로 자립할 수 있는 기회를 마련해주 는 것에 대해 많은 것을 배웠다. 2002년에 런키스트, 에스테반과 함께 에티오피아에 갔다. 그곳에서 내가 오로미아 커피 농부들과 함께 일하 는 동안, 런키스트와 에스테반은 에티오피아에도 카페 벤 린더와 같은 자립 모델이 가능할지 조사 작업에 착수했다. 에스테반은 극빈 국가에 서 일해본 경험이 많다. 하지만 그조차도 에티오피아의 보정기구 상황 에 좌절감을 감추지 못했다. 한 병원에서는 보정기구사가 나무토막을 대충 잘라 의족을 만드는 것을 목격하기도 했다. 우리는 에티오피아에 서 벤 린더와 같은 사업체를 차리기 전에 장애인 진료소를 지원하는 일이 시급하다는 데 의견을 모았다.

니카라과 국경 바로 너머 온두라스 지역에도 이러한 지원이 절실히 필요한 상황이다. 온두라스 쪽 국경 지대의 장애인들이 이웃 나라 니 카라과의 워킹 우니도스 진료소를 찾는 일이 부쩍 늘었다. 그들 중 많 은 이들은 니카라과 사람들과 마찬가지로 지뢰 피해자다. 니카라과 병 사들이 국경 지대에 많은 지뢰를 매설했기 때문이다. 폴러스센터와 워 킹 우니도스는 온두라스의 촐루테카(Choluteca) 시에 비다 누에바(Vida Nueva : '새로운 삶' 이라는 뜻 ― 옮긴이)라는 자매 진료소를 세웠다. 폴러 스센터 대표단은 온두라스를 방문하러 가는 길에 버스 정류장에서 우연히 남자 일곱 명을 만났다. 모두 커피 농부들이며, 지뢰피해자다. 그들의 사연은 여느 니카라과 지뢰 피해자들의 사연과 다를 바 없었다. 로베르토(Roberto)의 아들은 열여덟 번째 생일을 맞던 날 아침에 김을 매러 밭으로 나갔다. 새로 얻은 손바닥만 한 밭에 커피나무를 심을 계획이었다. 아들이 밭으로 나간 지 15분 정도 지났을 때, 로베르토는 커다란 폭발음을 들었다. 국경 지대인 그곳에서 심심찮게 들리는 소리지만, 이번에는 소리가 아주 가까이에서 났다. 그는 밭으로 달려갔다. 아들은 숨져 있었다. 마르가리트(Margarit)는 커피 밭에서 잡초를 뽑고 있었다. 한순간 그의 호미가 지뢰를 찍었고, 지뢰는 그의 오른팔을 날려버렸다.

온두라스와 니카라과에서 커피와 지뢰가 아주 밀접한 관계에 있다는 점은 분명했다. 혹시 이와 동일한 문제가 있는 나라가 더 있지 않을까? 런키스트와 나는 지뢰가 많이 설치된 것으로 알려진 세계 각 지역과 커피 생산지의 지도를 겹쳐보았다. 물론 아주 정교한 방법은 아니지만, 대충의 상황은 단박에 드러났다. 지뢰는 세계 전역의 커피 밭에 흉터를 내고 있었다. 지뢰밭은 아프리카의 에티오피아부터 남미의 콜롬비아까지 이어졌다. 에티오피아의 지뢰밭은 주로 커피 생산지가 아닌 곳에 있었지만, 콜롬비아의 경우 지뢰밭과 커피 생산지는 떼려야 뗄 수 없게 엉키며 하루 평균 세 명의 지뢰 희생자를 낳았다. 앙골라는 한때 수출의 90%를 커피가 차지했으나 지금은 2%도 되지 않는다. 도로에 지뢰가 너무 많이 매설되어 커피를 수확한다 해도 항구까지 안전하게 수송하는 것이 불가능하기 때문이다. 앙골라의 인구는 400만 명인데, 앙골라 전역에 매설된 지뢰는 700만 개다. 동남아시아의 베트남, 캄보디아, 라오스 등도 국가 경제가 커피 수출에 크게 의존하는 국가들이다. 하지만 이 나라들의 주요 커피 생산지에도 과거 전쟁의 유산인 지뢰가 도처에 매설되었다. 베트남의 중앙 고원 지대는 베트남에서 가장 큰 커피 생산지다. 그곳은 베트남전쟁(베트남 사람들은 '미국전쟁'이라고 부른다) 기간 동안 미국의 주요 군사 기지였다. 플레이쿠(Pleiku), 다낭(Da Nang), 케산(Khesanh) 지역의 커피 생산지 역시 아직도 각종 지뢰와 폭탄이 도처에 깔려 있다.

지뢰밭과 커피 생산지의 연관성을 처음 밝혀낸 것은 우리 두 사람이지만, 이는 엄청난 세계적인 문제다. 딘스빈스나 폴러스센터가 커피를 아무리 많이 마셔도, 아무리 열심히 일해도 우리 힘으로 도저히 해결할 수 없는 문제인 것이다. 우리는 커피 산업 전체가 이 문제에 관심을 가져야 한다고 생각했다. 우리는 여러 차례 회의를 거듭한 끝에 커피 회사들이 기여하고 참여할 수 있는 기금을 창립하기로 결정했다. 커피 회사들은 대부분 그들이 수입하거나 판매하는 커피가 어느 지역 커피인지 안다(물론 이것을 모르는 커피 회사들도 있다!). 따라서 지뢰 피해를 입은 커피 생산지를 알아내는 작업에 그들이 한몫할 수 있을 것이다. 그렇게 해서 얻어진 데이터를 통해 어느 지역에 도움이 필요한지 알 수 있다. 그런 다음 그들과 거래하는 지역에 대한 지원 사업에 기금을 제공하는 것이다.

하지만 지뢰 문제는 아주 복잡하다. 물론 지뢰를 제거하는 것이 최선이겠지만, 그 비용이 어마어마할 뿐만 아니라 많은 노동력과 기술이 필요하다. 정부와 전문 기관들이 앞장서지 않으면 사실상 불가능하다. 딘스빈스나 폴러스센터의 능력 밖의 일이다. 지뢰가 매설된 지역에서 살아가는 사람들은 지뢰의 존재와 식별하고 피하는 방법을 배워야 한다. 이를 '지뢰 위험 교육'이라고 하는데, 여러 정부와 사회단체들이 지뢰 위험 교육을 실시하고 있다. 또 다른 중요한 작업은 '지뢰 피해자의 경제적 재통합'을 위한 작업이다. 간단히 말하면, 피해자나 그 가족이 다시금 일할 수 있도록 하는 것이다. 지뢰 피해자들에게 가장 절실한 것이 무엇이냐고 물으면 대부분 '일거리'라고 대답한다. 피해자들의 또 다른 중요한 걱정거리는 배우자를 잃는 문제다. "아내가 나를 떠날까 봐 걱정이에요"라는 호소도 많지만, 그보다 많은 호소는 "다리를 잃은 뒤 남편이 저를 떠났어요"다. 지뢰 피해를 입은 국가들에서 발표한 보고서를 비롯하여 여러 자료들을 검토해본 결과, 지뢰 피해 지역과 피해자들에 대한 관심과 지원이 매우 부족한 상황이다. 예산이 편성된 경우라 해도 규모가 너무 작거나, 지원 계획이 구체적이지 못했다. 지뢰 피해자들의 사회 재통합을 성공적으로 이끌어낸 프로그램은 거의 없었다.

우리는 가장 크게 기여할 수 있는 부분이 바로 이 점일 것이라고 확신했다. 이 문제에 처음 다가갈 때부터 우리는 피해자들을 위한 일자리 창출과 사회 재통합에 초점을 기울이지 않았는가. 또 폴러스센터는 장애인들과 함께 일하는 데 훌륭한 전문성을 갖추고 있지 않은가. 커피 산업에 종사하는 사람들이 큰 보탬을 줄 수도 있을 것이다. 예컨대 우리와 거래하는 현지 협동조합 중에는 수확물의 품질을 검사하기 위해 자체 실험실을 설치하는 경우가 많다. 커피의 품질을 검사하는 데 반드시 두 다리가 필요한 건 아니다. 품질 검사 외에도 커피 산업 내에 지뢰 피해자들이 할 수 있는 일은 많을 것이다. 소정의 훈련과 지원만 받는다면 말이다. 훈련과 지원, 이것이 바로 커피 생산지 지뢰 피해자 기금(Coffeelands Landmine Victims Trust)의 역할이다.

폴러스센터는 미 국무성의 무기 제거와 감축 사무국(State Department office of Weapons Removal and Abatement)에 지원금을 신청했다. 무기 제거와 감축 사무국은 세계 곳곳에 남아 있는 무기를 없애는 일을 하는 '좋은 사람들'이다. 아이로니컬한 것은 이들이 없애려는 세계 곳곳의 무기는 미 국무성의 다른 부서들(때로는 '좋은 사람들'이기도 하고 때로는 '나쁜 사람들'이도 하다)이 설치한 것이라는 점이다. 좋은 사람들 쪽에 속한 짐(Jim)과 스테이시(Stacy)는 우리의 제안을 전적으로 지지했다. 그들은 우리의 계획이 관민 파트너십의 훌륭한 모델이라고 생각했다. 우리는 국무성에서 받은 지원금으로 커피 생산지와 지뢰 매설 지역의 연관성을 좀더 정밀하게 밝혀낼 수 있었다. 또 커피 산업에 종사하는 사람들에게 이 문제를 홍보하고 그들에게서 우리의 계획에 협조를 이끌어내는 작업을 시작할 수 있었다. 우리는 우선 DVD를 제작했다. 지뢰 때문에 팔다리를 잃거나 가족과 친구를 잃은 커피 농부들의 증언, 커피 생산지와 지뢰 매설 지역의 지도, 우리의 설명 등을 담은 DVD다.

그런 다음 우리는 길을 나섰다. 우리의 첫 행선지는 버몬트 주에 있는 그린마운틴 커피 로스터스(Green Mountain Coffee Roasters)다. 사실 그린마운틴에게 나는 눈엣가시다. 그들의 사업 방식을 거세게 공격한 적이 있기 때문이다. 하지만 내게는 그들이 우리의 계획에 공감할 것이라는 믿음이 있었다. 그린마운틴의 초창기 책임자 릭(Rick)은 커피키즈의 최초 후원자 중 한 사람일 뿐만 아니라 지금은 커피키즈 중앙위원회 의장을 맡고 있었다. 릭은 아주 열성적인 사람이고, 우리는 꽤 친해졌다. 물론 그린마운틴과 딘스빈스는 사업적으로 치열한 경쟁 관계지만 말이다. 버몬트에서 런키스트와 나는 그린마운틴의 협력 약속을 얻고 돌아왔다.

그 다음에 우리가 간 곳은 서부다. 한 잔에 10달러짜리 고급 라테를 팔아 돈벼락을 맞고 있는 스타벅스의 지원을 얻기 위해서다. 시애틀 로스터들의 회의를 조직했으면 좋았겠지만 그럴 시간이 없었다. 회의를 하면 좀더 장기적이고 충분한 계획을 세울 수 있을 것이다. 내가 보낸 이메일에 긍정적인 반응을 보인 로스터들이 꽤 많은 상황임을 고려할 때 더욱 그러했다. 우선 스타벅스라도 접촉해야 했다.

스타벅스 본사는 시애틀 해안 근처의 오래된 공장 건물 안에 있다. 흰색과 파스텔 색조의 파이프와 기둥으로 장식된 건물은 공장 굴뚝 시대를 연상케 하면서도 아주 세련됐다. 우리는 대기실에서 수(Sue)를 기다렸다. 철제 엘리베이터가 열리면서 젊은 남자 여섯 명이 쏟아져 나왔다. 그들은 모두 구김살 하나 없는 말쑥한 양복을 차려입었는데, 이상하게도 넥타이는 매지 않았다. 그중 두 사람은 일본인인데 왠지 차림새가 편치 않은 표정이다. 넥타이를 매지 않은 것이 바지 지퍼를 올리지 않은 것 같은 느낌을 주는 모양이다. "넥타이를 매지 않는 것이 이곳의 복장 규칙이에요. 일종의 '강요된 캐주얼'이죠." 직원 하나가 내 옆을 지나가면서 말해주었다. 그 남자들은 건물에 들어서기 전에 주차장에서 넥타이를 푼 것이다.

우리는 수와 메건(Megan)을 만났다. 두 사람 모두 스타벅스의 고위 임원으로, 기업의 사회적 책임에 대해서도 잘 인식하고 있었다. 내가 수를 처음 만난 곳은 여러 해 전 버클리에서 열린 SCAA 총회다. 당시 나는 같은 단상에 앉은 그녀에게 스타벅스에 대해 사정없이 비판을 퍼부었다. 그 해는 딘스빈스와 스타벅스가 대안무역 가입을 결정한 해다. 수는 나의 맹공격에 많이 놀라고 당황했지만, 그것이 그녀에 대한 개인적인 공격이 아니라는 것을 곧 알아차렸다. 나의 '애정 어린' 무례함에도 우리는 좋은 친구가 되었다. 내게 수와 메건을 감동으로 눈물짓게 만드는 재주가 있는 것은 분명했다. 그렇다고 전 세계에서 가장 큰 기업 중 하나인 스타벅스의 협력을 자동적으로 이끌어낼 수 있는 것은 아니다. 다행히 스타벅스는 우리의 프로그램에 재정적 지원을 해주기로 약속했다. 수 덕분이다.

그 다음 우리는 샌프란시스코로 갔다. 진보적인 커피 수입업체 로열커피와 그 거래 업체들을 만나기 위해서다. 로열커피는 회사 소식지를 만들어 수천 개에 이르는 거래처에 돌린다. 그 소식지를 이용하면 우리의 프로젝트를 좀더 널리 알릴 수 있을 것이다. 로열커피 역시 세계 각지의 커피 생산지에서 직접 커피를 수입하기 때문에 그들과 거래하는 농부들에게 이 프로젝트에 대해 알리는 데도 큰 도움을 줄 수 있을 것이다. 로열커피 사람들은 늘 그랬듯이 나의 파격적인 아이디어에 귀를 기울여주었다. 동시에 그들은 나의 비공식적인 비즈니스 요청에 쉽게 말려드는 경향을 보이기도 한다. 내가 페루에서 대안무역 설탕을 사들이는 것을 도와준 것이 그 한 사례다("딘, 우린 커피 수입업자들일세. 알고 있나?"라고 말한 것이 고작이다). 회의에 참석한 커피 로스터들 모두 우리의 프로젝트에 참여할 뜻을 비쳤다. 모든 커피 생산지와 그 정부들도 이 프로젝트를 지지했다. 콜롬비아커피연합도 이 프로젝트를 전적으로 환영했다. 콜롬비아커피연합은 이러한 사회적 이슈들에 대한 정보를 즉시 교환한다.

런키스트와 짐은 콜롬비아로 가서 정부 관계자와 지뢰 피해자들을 만났다. 그들은 농부의 아이들도 만났다. 땔나무를 모으다가, 아르마딜로를 잡다가, 아이들이라면 누구나 하는 놀이를 하다가 지뢰 피해자가 된 아이들이다. 그 아이들은 불구가 된 자신들보다 커서 부모님을 어떻게 모실 수 있을지 더 걱정했다.

나는 시에라네바다 지역으로 갔다. 그곳 원주민들은 지뢰 피해를 당했을 때 외부의 도움을 청하지 않는 경향이 있다. 모종의 이유로 땅이 자신들을 벌한 것이라고 생각하기 때문이다. 나는 그들에게 커피를 사들인 최초의 외국인 수입업자인데도 그들의 지뢰 피해 상황에 대해 잘 몰랐다. 그만큼 그들은 외부인에 대해 매우 폐쇄적이다. 런키스트와 워킹 우니도스 진료소의 산티아고가 그 지역을 두 번째 방문하고 나서 우리는 콜롬비아 지뢰 피해자들의 경제적 재활을 돕기 위해 콜롬비아 정부, 콜롬비아커피연합과 공식적인 협력 계획을 세우기 시작했다.

베트남의 커피 재배 지역에도 상당히 많은 지뢰가 있으며, 피해자들 또한 많았다. 외국인들이 개입하는 것을 기피하는 문화 때문에 일하기 쉽지 않으리라는 말을 여러 사람들에게 들었지만, 이 프로젝트의 독특한 성격 때문에 그러한 장벽은 비교적 쉽게 걷어낼 수 있을 것 같았다. 가톨릭구호서비스(Catholic Relief Service)에서 일하는 마이클 셰리든(Michael Sheridan)가 나를 미스터 지앙(Mr. Giang)에게 소개해주었다. 미스터 지앙은 베트남에서 활동하는 외국 비영리 단체들을 관리하는 책임자다. 나는 그와 통화하기 전에 전화번호부를 뒤져 수많은 베트남 음식점에 전화를 걸었다. 미스터 지앙에게 좋은 첫인상을 심어주려고 베트남 인사말을 배우기 위해서다. 필라델피아에 있는 베트남 음식점 주인이 특히 많은 도움을 주었다.

"신 지아오. 안 고 크웨이 콩(안녕하십니까)?" 내가 떨면서 말했다.

미스터 지앙은 무척 기뻐했다. "어디서 베트남어를 그렇게 잘 배우셨어요? 우리나라에 오신 적이 있나요?"

"감 언(감사합니다). 글쎄요, 솔직히 말씀드리면…" 나는 진실을 털어놓았다. 우리의 관계를 거짓말로 시작하고 싶지 않았다(첫 결혼에 실패하고 내가 얻은 교훈이다). 미스터 지앙은 큰 소리로 웃었다. 내가 그렇게까지 노력한 것에 대해 매우 기뻐하는 것 같았다.

우리는 베트남의 지뢰 실태에 관해 자세히 이야기를 나눴다. 나는 지뢰와 커피 문제를 적극적으로 알리고 싶으며, 베트남 커피 농부들과 일하고 싶다고 말했다. 그러고 나서 좀더 깊은 속내를 이야기했다.

"제가 베트남에서 이 일을 하고자 하는 데는 개인적인 이유도 있습니다. 제 형님이 전쟁 때 다낭에 있었습니다. 해병대였죠. 형에게 이번 프로젝트에 대해 얘기했더니 아주 좋아하더군요. 제가 그 일을 해서 더욱 좋다고 했습니다. 제 가족이 전쟁에 개입한 것에 대한 저의 보잘 것없는 속죄입니다." 전화 저편에서 잠시 침묵이 흘렀다.

"대단히 감사합니다. 당신의 뜻을 잘 알겠습니다. 우리 베트남은 당신을 환영할 것입니다."

모든 사업이 그렇듯 카페 벤 린더 역시 잘 될 때도, 잘 되지 않을 때도 있다. 커피 산업에 종사하는 여러 사람들이 자원하여 그곳에 가서 새로운 로스트 방법과 메뉴, 관리 방법에 대해 가르쳐주고 있다. 카페는 조만간 에스프레소 메이커를 한 대 들여놓을 예정이며, 그것을 다룰 장애인 한 명도 훈련시킬 계획이다. 그 장애인은 2008년 미니애폴리스 SCAA 총회에서 열릴 국제 바리스타 시합에 참가할 것이다.

커피 생산지 지뢰 피해자 기금은 커피 산업계에 제법 많이 알려졌다. 많은 기업들이 그 프로젝트를 위해 시간과 돈을 지원하고 있다. 그동안 여러 지뢰 피해 지역과 농가를 찾아냈으며, 그들이 다시 일할 수 있도록 다양하고 창의적인 방법을 모색하고 있다. 하지만 우리의 일은 이제 시작일 뿐이다.

4부
아시아

아체

메단

수마트라

자카르타

파푸아뉴기니

포트모르즈비

8

좋은 친구들, 차가운 맥주 그리고 물소

수마트라, 2003

매사추세츠 입스위치(Ipswich)에 있는 카페 주미스 에스프레소(Zumi's Espresso)의 주인 우메시(Umesh)가 수마트라산 프렌치 로스트 원두커피를 끓이고 있다. 그는 그렇게 1803년에 시작된 뉴잉글랜드의 전통을 이어가고 있다. 그 해 6월, 마가레트(Margaret)라는 배가 매사추세츠 세일럼(Salem)의 부두에 닻을 내렸다. 그리고 수마트라산 커피를 최초로 미국 땅에 하역했다. 그 커피는 결코 중요한 화물이 아니었다. 수마트라산 후추를 싣고 남은 공간을 비워두기 아까워 더 실은 것이다. 입스위치, 에식스(Essex) 등 뉴잉글랜드 지역 소도시 출신의 건장한 선원들이 커피 생두가 든 삼베 자루를 선창에 내려놓았다. 그

때까지만 해도 커피보다 홍차 마시는 사람이 많았다.

세일럼에서 출항하는 배들은 대부분 서인도제도를 오가며 향신료 무역을 했다. 그중에서도 마가레트는 꽤 성공적인 무역선에 속했다. 당시 몇몇 배들은 수마트라 해안 근처에 출몰하는 말레이 해적들에게 공격당해 선원과 화물을 송두리째 잃기도 했다. 미국의 무역선은 해적들의 손쉬운 표적이 되었다. 네덜란드나 영국, 스페인, 포르투갈의 준전함 상선들과 달리 중무장을 하지 않았기 때문이다.

전쟁과 평화와 커피는 수마트라를 특징짓는 3대 요소다. 우메시가 진한 커피를 잔에 부을 때 나는 버몬트 주 상원의원 패트릭 레이 (Patrick Leahy)의 사무실에서 조금 덜 진한 커피를 마시고 있었다. 가요(Gayo)족 출신 수마트라 커피 농부 이스완디(Iswandi)와 살림(Salim)도 나와 함께 했고, 세계 각지의 커피와 향신료 생산 농가들이 협동조합을 조직하도록 돕는 일을 하는 진보적인 기업 포레스트레이드 (Forestrade)의 창립자 토머스 프리키(Tomas Fricke)도 우리 옆에 앉아 있었다. 이스완디는 매우 성공적인 협동조합 PPKGO(Pertusan Petani Kopi Gayo Organik)의 의장이며, 살림은 포레스트레이드 인도네시아 사업소의 품질관리 책임자다.

우리는 상원의원의 참모진에게 수마트라 최북단 지방 아체(Aceh)와 수마트라 우타라(Sumatra Uttara)의 열악한 인권 상황에 대해 이야기하고 있었다. 두 지역은 자치권을 획득하기 위해 인도네시아 중앙정부와 오랜 싸움을 벌여왔는데, 그 여파가 이스완디와 살림이 일하는 커피 생산지(전통적으로 관용과 평화의 땅으로 알려진 지역이다)까지 확산되면서 파괴와 살상이 빈발했다. 레이 상원의원은 인권 침해를 자행하는 국가에 국제 원조를 금지하도록 한 '레이 인권법'을 발의한 사람이다. 우리는 인도네시아에 미국의 무기를 수출하는 것을 중단하는 데 상원의

원이 한몫할 수 있지 않을까 기대했다. 그 무기들이 수마트라 주민들을 살상하는 데 사용되었기 때문이다.

회의를 마친 후, 우리는 점심도 먹고 맥주도 한 잔 마시기 위해 근처에 있는 식당에 갔다. 이스완디와 살림은 모슬렘이지만 흔쾌히 맥주잔을 들었다. 맥주 재료를 만든 버몬트 농부들에 대한 연대감의 표시였다. 나는 PPKGO가 창립된 1997년부터 그곳에서 커피를 수입했다. 당시 프리키는 향신료 재배 농부들과 일했는데, 지역 주민의 요청으로 커피 농부들과도 일할 생각을 하고 있었다. 그는 내게 그곳의 커피 샘플을 가져와서 시음한 뒤 평가해달라고 부탁했다. 옅은 초록색 커피 열매는 신선하고 향기로우며 돌처럼 단단했다. 아주 짙은 색이 되도록 로스트해도 고유한 맛을 유지할 수 있는 커피다. 나는 그것을 로스트하여 시음해보았다. 부드럽고 짙은 향이 내 작업실을 가득 메웠다. 나는 즉시 그 커피를 구매하기로 결정했다. 그날 이후 나는 매일 아침 수마트라 커피를 마신다.

살림은 수마트라 지역의 저강도 전쟁(내란, 폭동, 테러 등에 따른 전쟁 — 옮긴이)이 얼마나 많은 사람들을, 특히 얼마나 많은 젊은이들을 땅에서 밀어내는지 말해주었다. 그들은 어느 편으로든 징집되는 것을 원치 않을뿐더러, 무차별적으로 발생하는 폭력에 극심한 공포를 느꼈다. 전투는 주로 농촌 지역의 북쪽 외곽에서 발생하지만, 이따금 농촌 내부까지 휩쓸곤 했다. 아체해방운동기구(Free Aceh Movement : 인도네시아어 Gerakan Aceh Merdeka, GAM) 병사들이 정부군의 추적을 피해 가요의 우림 지역으로 숨어들거나 구눙르우제르(Gunung Leuser) 국립공원에서 인질극을 벌이곤 했기 때문이다. 국제 커피 값의 폭락은 커피 농가들을 가난으로 몰아넣었고, 유기농 비료를 사거나 노동력을 구입할 여력도 그만큼 앗아 갔다. 이스완디는 노동력도, 비료도 없이 농부들이 어떻게 농토를 유지하는지 신기할 따름이라고 했다. 우리는 그날 오후 늦게까지 맥주를 마시며 이야기했다. 농경제학자기도 한 살림은 우리와 이야기하면서 계속 메모장에 뭔가 적었다. 무엇을 적는 거냐고 물었더니, 물소에 대해 생각하는 중이라고 했다. 그의 메모장에는 도표와 글씨들이 가득했다. 이스완디는 살림이 아마도 가족이 그리워 편지를 쓰는 모양이라며 너털웃음을 지었다.

"아닙니다, 그게 아니에요. 이걸 좀 보십시오." 살림이 정색을 하더니 메모장을 내밀었다. "물소 한 마리가 매일 오줌을 10ℓ 쌉니다. 이게 내가 계산한 물소의 배설량이죠." 그가 메모장의 한 부분을 연필로 가리켰다. 그의 미간에는 깊은 주름이 파였고, 진갈색 두 손은 평생 농삿일을 해 흉터투성이다.

"점심식사용 이야깃거리로 제격이긴 합니다만, 이게 무슨 뜻이죠?"

"이 정도면 매년 농토 1만 m²에 충분한 거름을 줄 수 있는 분량입니다. 질소며 칼륨을 비롯해서 여러 가지 자연 혼합물이 들어 있거든요. 우리 지역 농가 가구당 평균 농토가 1만 m²예요. 물소 한 마리의 배설물로 한 가구가 땅을 기름지게 할 수 있는 거죠. 물소는 초식동물이라 김매기에도 사용할 수 있어요. 커피 밭의 잡초를 먹을 테니까요. 아마도 커피나무는 먹지 않을 겁니다. 이렇게 하면 우리의 중요한 문제 하나가 해결되는 거죠. 물소가 '친환경 농사 시스템'이 된다고요! 가능성이 꽤 높을 겁니다." 살림은 만족스런 미소를 지으며 탁자에 메모장을 내려놓았다.

"하지만 살림, 수마트라에는 지난 수백 년 동안 물소가 살지 않았습니까? 그동안 아무도 이런 생각을 안 했단 말입니까?"

"우리는 물소를 주로 논에서 사용합니다. 저지대에 있는 밭을 갈 때도 쓰고요. 하지만 산간 지대에는 물소가 없어요."

"그렇다면 물소 한 마리를 사서 산간 지대로 데려오고, 그것을 먹이려면 비용이 얼마나 들겠습니까?" 나의 '프로젝트 정신'이 또다시 고속 엔진을 가동시켰다.

살림이 다시 메모장을 들어 숫자들을 휘갈기기 시작했다. "제 생각으론 400달러 정도 들 것 같은데요."

"당신에게 거래를 제안하겠습니다. 제가 당신의 친환경 농사 시스템을 위한 첫 번째 물소 비용 500달러를 내겠습니다. 단 세 가지 조건이 있습니다. 첫째, 그 물소의 이름을 파만딘(Paman Dean:딘 아저씨)이라고 지으셔야 합니다. 둘째, 여섯 달 동안 아주 과학적인 방법으로 당신이 직접 파만딘을 모니터하십시오. 당신이 지금 적어놓은 글자며 숫자들이 맞아떨어졌는지, 파만딘이 기대만큼 일을 해내는지 관찰하는 겁니다." 나는 나머지 맥주를 단숨에 들이켰다.

"세 번째 조건은 뭐죠?" 이스완디가 물었다.

"여섯 달 뒤에 제가 수마트라를 방문하겠습니다. 파만딘이 성공을 거둔다면 다 함께 축제를 벌입시다."

"실패한다면?" 살림은 계속 뭔가를 적었다.

"다 함께 파만딘을 먹어 치웁시다."

자고로 지도란 것은 속임수가 농후한 법이다. 내가 인도네시아를 처음 방문한 것은 1991년이다. 당시 나는 뉴질랜드 커피 농가를 방문했는데, 지도를 보니 인도네시아가 뉴질랜드에서 몇 cm 거리였다. 미국 본토는 물론, 하와이보다도 가까웠다. 하지만 오클랜드에서 자카르타까지는 비행기로 무려 12시간이나 걸렸다. 네덜란드의 유명한 지도 제작자 메르카토르(Gerhardus Mercator)가 그때만큼 원망스러운 적은 없었다. 평면 지도의 표준으로 사용되는 메르카토르 지도는 지구 남반구의 크기와 거리를 심하게 왜곡시켰다. 미국과 유럽을 남미와 아프리카에 비해 크게 그렸기 때문에(이는 실제와 다르다) 남반구 두 지점의 거리 측정을 엉망으로 만든 것이다. 물론 메르카토르의 공헌을 완전히 부정할 마음은 없다. 그는 프톨레마이오스(Ptolemaeos)식 지구관에 혁명을 일으킨 사람으로, 16세기의 수많은 뱃사람들이 지구에서 떨어져 죽거나 암초에 걸리지 않도록 큰 도움을 주었기 때문이다. 하지만 그가 나의 인도네시아 여행을 망쳐놓은 것은 분명하다.

수마트라는 보스턴에서 거의 지구 정반대편에 있는 곳이다(실제로 정반대인 곳은 오스트레일리아 남부의 샤크 만[Shark Bay]이지만 그곳에서는 커피를 재배하지 않는다). 거대한 수마트라 섬 북쪽 끝에 있는 아체 이슬람왕국은 수 세기 동안 스파이스 제도(Spice Islands)로 가는 관문 역할을 했다. 탐욕스런 유럽인들은 아체 왕국을 경유하지 않고 스파이스 제도로 직접 가기를 원했지만, 왕국의 세력이 너무 강했다. 유럽인들은 믈라카 해협(Malacca Strait)을 거쳐 스파이스 세도로 갈 때마다 왕국에 관세와 공물을 바쳐야 했다. 1511년, 수많은 다국적 전함과 전투 코끼리, 독화살이 동원된 격렬한 전투 끝에 알폰소 데 알부케르케(Alfonso de Albuquerque)가 이끄는 포르투갈 군인들이 말라카왕국을 점령했다. 하지만 그곳을 수호하는 고대 영혼들은 쉽게 점령되지 않았다. 얼마 후 알부케르케의 보물선 플로르 데 마르(Flor de Mar)가 수마트라 해안에서 태풍을 만나 바다에 가라앉고 만 것이다(세계 최대의 약탈선에는 포르투갈의 국왕 마누엘[Manuel]에게 바칠 아시아 처녀 100명도 타고 있었다). 알부케르케는 간신히 살아남았다. 구명정을 타려고 몰려드는 부하들을 창으로 찔러 죽인 덕분이었다. 그때 이후, 독립 왕국으로서 말라카는 사라졌다.

아체 이슬람왕국은 19세기 말까지 독립 왕국을 유지했으나 네덜란드 병사들에게 패하고 말았다. 당시 아체의 전사들은 끈질긴 투쟁 의지로 유명했는데, 오늘날의 '자살 폭탄'에 해당하는 '아체식 살해(Acehnese murders)'도 그때 등장했다. 그렇게 하면 곧장 천국에 간다는 믿음이 퍼져 있었다. 그 후 아체인들은 계속해서 독립 투쟁을 벌여왔다. 수십 년에 걸친 유혈 저항 끝에 1942년 네덜란드는 아체 왕국을 포기했다. 하지만 왕국은 곧이어 일본인들의 손으로 넘어갔다. 2차 세계대전이 끝난 후 자바족은 인도네시아라는 새로운 국가를 수립했고, 수마트라의 새 주인 역시 그들로 바뀌었다. 자바족이 인도네시아의 왕이라면, 그의 왕자들은 다국적 석유 회사와 가스 회사, 광산 회사들이다. 이 다국적기업들은 예전의 침략자들이 군침을 흘리던 후추나 향신료보다 값진 자원들을 인도네시아에서 발견한 것이다. GAM은 인도네시아 군대를 상대로 계속 투쟁을 벌였고, 아체와 북수마트라의 산악지대는 양쪽 세력의 교착 지대가 되었다. GAM은 지금도 자카르타에서 더 많은 자치권을 얻기 위한 정치적 협상을 모색하고 있다.

파만딘의 실험 기간이 끝난 시점은 마침 미국이 이라크를 침공한 2003년 3월 말이었다. PPKGO에서 커피를 수입하는 이퀄 익스체인지(Equal Exchange)와 그린마운틴 커피 로스터스 대표들이 나의 수마트라 여행에 동참할 예정이었다. 그들 모두 수마트라의 커피 농부들을 만난 적이 없는 사람들이다. 하지만 이라크전쟁이 발발하자 그들은 이슬람교도 커피 농부들이 우리에게 보복이라도 하지 않을까 우려해 여행을 취소하고 말았다. 나는 수마트라 현지 사정에 대해 그들보다 밝았다. 인도네시아는 지구상에서 이슬람교도가 가장 많은 국가지만(인구의 98퍼센트가 이슬람교도), 어느 이슬람 국가보다 다른 종교에 대해 관대하다. 기독교도와 이슬람교도와 힌두교도와 불교도가 비교적 평화롭게 조화를 이루며 사는 곳이다. 1991년 인도네시아를 처음 방문했을 때 나는 이 사실을 체험했다. 공항에서 나와 교통지옥으로 유명한 자카르타 시내에 접어들었다. 내가 탄 택시는 옴짝달싹 못하고 서 있었다. 신문팔이 소년이 신문지로 택시 유리창을 두드렸다. 그 신문에는 'PERANG!'이라는 헤드라인이 큼직하게 쓰여 있었다. 난 그 글자가 무엇을 뜻하는지 물었다. 택시 운전사는 고개를 돌려 나를 바라보며 아주 친절하게, 그리고 아주 당연하다는 듯한 목소리로 대답했다. "'전쟁'이라는 뜻입니다요, 손님."

그 전쟁은 1차 '사막의 폭풍', 즉 이슬람 국가에 대한 미국 최초의 대규모 침공이다. 우리는 인도네시아를 여행하던 기간 내내 자신이 사담 후세인이라는 둥, 조지 부시라는 둥 전쟁에 대한 농담을 주고받는 젊은이들을 만났다. 석유를 둘러싼 쿠웨이트와 이라크의 다툼에 왜 미국이 끼어드는 거냐고 우리에게 정중히 묻는 사람들도 있었다. 그러나 심각한 반미 분위기를 느낀 적은 한 번도 없다. 사람들은 한결같이 친절하고 미국에 우호적이다. '이슬람교도라고 해서 다 같은 건 아니다'라는 교훈을 다시 한 번 확인한 기회였다.

9·11사태가 일어난 후인 이번 여행에서도 분위기는 전과 거의 다르지 않았다. 자카르타에 있는 미국 대사관 밖에서 시위가 벌어지긴 했지만, 인도네시아 친구들의 말에 따르면 시위자들은 주로 미국에서 유학하려는 학생들이라고 했다. 비자 발급 비용이 너무 비싼 것에 대한, 대사관 직원이 아무 설명 없이 비자 발급을 거부한 것에 대한 항의 시위라는 것이다.

특히 가요족 사람들은 이슬람교의 가치와 규범을 자신들 고유의 애니미즘적 세계관과 훌륭히 접목해왔다. 가요족의 오랜 전통인 남녀 공개 토론을 통해 이슬람교를 그들의 개방적이고 정이 넘치는 문화에 순

응시켰다. 또 그들은 산이 많고 계곡이 깊은 외진 지역에 살아온 덕분에 자신의 문화를 굳건히 지킬 수 있었다. 물론 변화가 아주 없는 것은 아니다. 하지만 변화는 아주 느리게 진행되었다. 그들이 변화에 저항하기 때문이 아니다. 변화를 실생활에 받아들이기 전에 충분히 생각하고 토론하고 다듬기 때문이다. 가요족의 이러한 문화를 고려할 때, 포레스트레이드 인도네시아지부 책임자가 화교 출신 여성인 것도 충분히 이해가 간다.

루시아(Lucia)는 커피 농부들과 긴밀한 관계를 맺으며, PPKGO의 의사 결정 과정에도 깊숙이 개입한다. 그녀는 키가 작고 얼굴이 동그스름하며 에너지가 넘치고, 털이 북슬북슬한 분홍 스웨터와 투우사 바지를 즐겨 입었다. 그녀는 업무 회의가 길어질 경우 회의를 중단하고 에어로빅이나 요가 시간을 갖도록 하는 것으로 유명하다. 생각해보라. 전 세계 커피 농부 중 에어로빅이나 요가에 익숙한 사람이 얼마나 되겠는가. PPKGO 농부들은 그녀의 관리 능력과 사업 수완을 높이 평가하며, 그녀를 복잡하기 짝이 없는 커피 무역 세계와 자신들을 연결해주는 연락망으로 삼았다. 루시아는 타고난 무역상이다. 그녀의 아버지와 삼촌들도 무역상이었으며, 그녀의 할아버지 역시 파당(Padang) 해안에서 향신료 무역에 종사했다. 어쩌면 미국에 맨 처음 커피를 판 사람도 그녀의 먼 친척일지 모른다.

PPKGO는 여러 인종이 모인 단체다. 가요족 이슬람교도가 다수를 차지하기 하지만, 자바족과 아체족, 파당족, 바타크(Batak)족 농부들도 소속되었다. 종교도 다양해서 이슬람교, 기독교, 힌두교, 애니미즘 등이 공존한다. PPKGO는 1990년대 말에 처음 설립된 이후, 팽팽한 긴장이 감도는 아체특별구와 접경 지대에서 평화로운 분쟁 해결과 경제적 안정성을 이끌어가는 중요한 동력으로 일해왔으며, 분쟁 지역 피란민에게 숙식을 제공하기도 했다.

이번 방문 기간은 GAM과 인도네시아 군대가 휴전한 때기도 했다. 불에 탄 집들이 여기저기 보이고, 양 군대 사이에 벌어진 무시무시하고 끔찍한 이야기들이 여전히 회자되긴 했지만 우리는 아무 탈 없이 수마트라를 여행할 수 있었다. 무엇보다 중요한 것은 농부들이 우리의 방문을 너무나 기뻐했다는 점이다.

나는 자카르타를 경유하여 메단(Medan)으로 갔다. 메단은 아체특별구에 있는 도시로, 가요 농촌 지역으로 갈 수 있는 가장 가까운 거점이다(메단에서 가요 지역까지 차로 15시간 걸린다). 한밤중에 자카르타에 도착하여 공항에서 시내로 가는 대로를 달렸다. 그 나라의 극심한 빈곤 상황을 알려주기라도 하듯, 도로 양편에는 골판지 따위로 만든 임시 오두막이 즐비했다. 빈민 수천 명이 거주하는 곳이다. 오두막 안에서 비추는 수백 개 등잔불은 이곳이 실재인지 아닌지 혼동하게 하는 묘한 분위기를 자아냈다. 위스마 부미 아시(Wismah Bumi Asi)호텔에서 하룻밤을 묵은 뒤(호텔 건너편의 이슬람교 사원에서는 새벽 4시에 엄청나게 큰 기도 소리가 퍼져 나온다), 우리는 자카르타의 유명한 고대 항만 순다 클라파(Sunda Kelapa)로 갔다.

나는 나무로 된 선창가에서 동화에 나옴 직한 부기(Bugi) 범선들의 높은 돛대를 바라보았다. 범선들은 인도네시아의 바깥쪽 열도에서 실어 온 커피 화물을 하역하고 있었다. 어쩌면 저 부기 범선들은 까마득한 옛날부터 이곳 대양을 누비며 해적질도 하고 무역도 하던 배들인지 모른다. 유럽의 배들을 공격하여 침몰시킨 바로 그 배들인지도 모른다. 이곳에 발을 디딘 영국과 네덜란드의 식민지 개척자들은 아이들이 말을 듣지 않을 때면 이렇게 으름장을 놓곤 했다. "당장 잠자지 않으면 부기맨(Bugi-man)이 와서 잡아 갈 거야!"

나는 부기맨들이 70kg짜리 커피 자루를 지고 배와 선창을 오가는 것을 보았다. 배와 선창을 연결한 건널판은 아무렇게나 베어 만든 것 같은 아주 좁은 나무 둥치다. 부기맨들은 나도 그들처럼 자루를 나르기만 한다면 배에 올라와도 좋다고 했다. 나는 사납게 출렁이는 자카르타의 바닷물을 내려다보았다. 나도 모르게 숨을 꿀꺽 삼켰다. 그러자 부기맨들이 나를 부축해주겠다고 나섰다. 그들은 여전히 커피 자루를 지고 있었다. 나는 혼자 힘으로 건널판을 폴짝 뛰어넘어 곧장 갑판으로 올라갔다. 나의 뒤뚱거리는 모습에 선원들이 껄껄 웃었다.

길이가 30m 정도 되는 그 배는 완전히 수동으로 움직인다. 보르네오(Borneo) 바로 건너편의 마카사르 해협(Makassar Strait)을 오가는 배인데도 말이다! 나는 나사총 없이는 못 하나 박지 못하는 사람이다. 널빤지로 된 갑판은 선체에 나무쐐기를 박아 고정해놓았다. 돛대는 어마어마하게 큰 나무 둥치를 세워놓은 것으로, 비바람 거센 해안에서 자란 나무 특유의 뒤틀리고 구불구불한 모습을 그대로 간직했다. 밧줄 역시 대마를 손으로 말아 만든 것인데, 놀랍도록 튼튼했다. 밧줄 중간중간에는 해적질을 통해 얻었음 직한 철사나 쇳조각이 삐죽 나와 있기도 했다. 선원들은 내게 갑판 위의 커피 자루들을 구경하도록 허락해주었다(화물칸에 내려가도 좋다는 제의는 정중히 거절했다). 인도네시아의 외딴섬에서 유럽과 미국의 카페에 도착할 때까지 그 길고 험한 여정에도 삼베 자루와 그 안에 든 커피 생두가 거의 아무런 손상 없이 버텨낸다는 것은 실로 놀라운 일이 아닐 수 없다. 딘스빈스에 갓 도착한 커피 자루들을 찍은 사진을 농부들에게 보여줄 때마다 그 말쑥하고 흠 없는 모습에 농부들도 나만큼이나 놀라곤 한다.

메단은 수마트라 북서쪽 해안에 있는 대규모 산업 도시다. PPKGO를 비롯한 커피협동조합들은 대부분 수출용 커피를 이곳으로 보낸다.

메단 항을 오가는 배들은 마카사르 해협의 범선들과는 완전히 다르다. 이 배들은 거대한 컨테이너 선박으로, 갑판 위에 컨테이너를 400개나 실을 수 있다. 커피 컨테이너 하나당 커피 생두가 약 18톤 담긴다. 선박들은 30일에 이르는 항해 끝에 캘리포니아에 닿는다. 그들은 항해 중에 수십 개나 되는 제르말(jermal)을 지난다. 제르말이란 나무덫을 놓아 고기를 잡고 그 자리에서 가공하는 해상 시설로, 빚 때문에 팔려 오거나 납치된 12~16세 어린이들이 주로 이곳에서 일한다. 인도네시아 국내외 어린이 보호 단체들은 이러한 상황을 종식시키기 위해 오랫동안 싸워왔다. 그러나 인도네시아 정부는 이 어린이들을 돕기 위해 거의 아무런 노력도 하지 않는다.

살림과 이스완디, 루시아, 프리키가 메단에서 나를 맞았다. 내가 농부들을 방문하는 동안 우리를 수행해줄 인도네시아 군인 몇 명도 함께 있었다. 휴전 기간 동안 군인들은 모든 외국인 방문객들을 수행하도록 되어 있었다. 표면적으로는 외국인들의 안전을 위한 것이라지만, 실제로는 GAM을 지지하는 성향이 높은 지역을 방문하는 외국인들을 감시하는 게 목적이라는 설이 유력했다. 군인들은 모두 이웃 술라웨시(Sulawesi) 섬 출신이다. 같은 종족이 아니기 때문에 아체족보다는 인도네시아 중앙정부에 대한 충성심이 클 것이라는 점이 고려된 것이다. 이는 다종족 사회에서 흔히 볼 수 있는 수법이다. 군인들이 지역 주민과 동류의식을 갖지 못할 때 자칫 끔찍한 인권 침해를 야기하기도 한다. 하지만 우리를 수행한 군인들은 꽤 느긋해 보였다. 뿐만 아니라 끼니마다 우리와 함께 먹고 마실 것을 권하자, 그들은 외국인과 함께 있다는 것을 완전히 잊어버린 듯했다. 여행이 계속되면서 처음에는 두 명이던 군인들이 10여 명으로 늘어났다. 식사비도 함께 늘어났다. 우리가 마지막 마을을 방문할 때는 무려 군용 트럭 세 대가 우리를 수행하기에 이르렀다. 트럭 범퍼에 붙인 'Make Coffee Not War(전쟁 대신 커피를)!'라는 스티커 글귀를 큰 소리로 합창하며 군인들 모두 마냥 행복하고 즐겁게 손뼉을 쳐댔다. 의아해서 루시아에게 물었다.

"군인들도 우리만큼이나 전쟁에 싫증을 느끼고 있어요. 그들도 저 범퍼 스티커에 십분 동의하는 겁니다." 군용 트럭 세 대가 우리의 차를 뒤따랐다. 트럭에 장착된 자동기관총의 총구는 우리의 뒷좌석을 정조준하고 있었다. 나는 도로가 평탄하기만을 기도했다.

메단에서 출발하여 커피 재배지로 가는 긴 여정은 수마트라의 역사와 생태계를 한눈에 보여주는 길이기도 하다. 메단 산업지구 뒤편에 위치한 낮은 해안 지대에는 논과 담배 밭이 즐비했다. 수 세기 전에 말레이족과 화교, 유럽인들이 이곳에 모여들면서 쌀과 담배가 도입되었다. 언덕 쪽에는 버려지거나 방치된 육두구 밭이 이어졌다. 1960년대에 이곳을 휩쓴 병충해 때문에 육두구는 주요 수출 품목에서 제외된 지 오래다. 수마트라 특유의 정향나무 담배도 지금은 다른 섬에서 생산된다. 떡갈나무를 비롯한 경목 삼림도 야자나무와 고무나무 플랜테이션이 확대되면서 거의 자취를 감췄다. 그동안 야자 열매는 식용유 제조에 주로 사용되었으나, 세계 식용유 시장이 포화 상태가 되면서 지금은 바이오연료의 재료로 주목받고 있다. 에이즈 위기가 전 세계로 확대됨에 따라 콘돔의 원료를 공급하는 고무나무 역시 각광받고 있다.

모든 마을이 비슷한 모양이다. 모스크 하나, 카페와 음식점 몇 개, 농사 용구 상점 하나씩은 꼭 있었다. 어느 잡화점 앞을 지나면서 보니 종이로 된 커다란 포대가 잔뜩 쌓였는데, 자루마다 크게 SEMEN(영어로 '남자의 정액'이라는 뜻 — 옮긴이)이라고 쓰여 있었다.

빙긋이 웃는 내 의중을 눈치 챈 프리키가 나지막이 말했다. "엉뚱한 상상 마세요, 딘. 저건 인도네시아 말로 '시멘트'라는 뜻이니까요."

그날 밤 우리는 타와르 호수(Lake Tawar) 옆에 있는 웅장한 호텔에서 묵었다. 농부들과 군인들을 포함한 우리 일행이 호텔 투숙객 명부를 모두 채우다시피 했다. 호텔 매니저가 우리에게 방을 배정하기까지 꽤 오랜 시간이 걸렸다. 기다리면서 둘러보니 호텔 직원들이 우리 일행보다 두 배는 많은 것 같았다.

"아주 어려운 시기입니다. 그렇다고 직원들을 내보낼 수는 없는 노릇이고요. 분쟁이 끝나고 상황이 나아질 때가 올 겁니다. 그날을 위해 만반의 준비를 해야죠." 매니저가 씁쓸하게 웃으며 말했다.

타와르 호수는 경사가 가파른 언덕으로 둘러싸였다. 언덕에 있는 커피나무에는 커피가 잘 여물었다. 매들이 아침 햇살을 받으며 날카로운 발톱을 세우고 호수로 다이빙했다. 물 위에 떠 있는 곤충을 먹으려고 입질하는 물고기들이 매들의 먹잇감이 되었다. 호텔 근처에서는 작은 카누를 탄 어부들이 호수에 어망을 던졌다. 그들이 잡은 물고기는 호텔에서 곧바로 조리되어 투숙객들의 아침식사로 나왔다. 먹으면서 보니 물고기들은 내장조차 손질되지 않았다. 살점과 뼈, 내장을 조심스럽게 발라가며 먹어야 했다. 물고기들이 조금 전에 먹은 곤충이 아직도 내장 어딘가에 있을 것이다. 식사 중에 그 곤충과 맞닥뜨리고 싶지는 않았다. 이런 나의 문화적 감수성은 군인들의 그것과는 판이했다. 군인들은 생선을 들고 머리부터 통째로 입 안에 넣었다. 뼈며 내장을 한꺼번에 삼켰다. 나는 '술라웨시 섬 사람들의 특성이겠지' 생각하며 고개를 돌렸다.

잠시 후 PPKGO의 중앙위원 여섯 명이 우리와 자리를 함께 했다. 그들은 오늘 있을 환영 행사를 위해 우리를 수행하고자 했다(어쩌면 군인들과 마찬가지로 호텔에서 공짜 음식을 먹으려고 했는지도 모른다). 식사 후

우리는 부키트 바리산(Bukit Barisan : '산들의 퍼레이드')으로 갔다. 그곳
은 길이가 1600km, 높이가 3700m로 이 거대한 섬의 중심을 잡아주
는 척추 같은 고지대다. 이곳은 수마트라호랑이, 코끼리, 코뿔소와 같
이 아주 드물고 멸종 위기에 처한 여러 생명체의 서식지기도 하다. 원
숭이들이 사방에서 활발하게 뛰어놀았지만, 개체수가 크게 줄었다는
그 유명한 수마트라오랑우탄은 한 마리도 보이지 않았다(오랑우탄은
'숲속의 사람들'이라는 뜻이다).

　　우리는 타켄곤(Takengon)에 있는 시브이 트리마주(C.V. Trimaju) 커
피 가공소 정문 앞에 차를 세웠다. 주변 산간 지대 농부들은 이곳으로
커피를 가져와 물에 불려 발효시킨 뒤 껍질을 벗긴다. 그리고 넓은 시
멘트 바닥(인도네시아 말로는 '세멘 바닥'이고, 그걸 영어로 옮기면 '정액 바
닥'이다!)에 커피 생두를 깔아 햇볕에 말린다. 차에서 나오자 드럼과 피
리, 징 소리가 사방에서 울려 퍼졌다. 정문으로 들어가니 농부 수백 명
과 그 가족이 두 줄로 늘어선 채 환하게 웃으며 손뼉 치고 노래 불렀
다. 가요족 언어로 부르는 환영의 노래인데, 마치 양편에서 노래 시합
이라도 하는 듯한 모습이었다. 그것은 디동(didong)이라는 가요족 전
통 놀이의 한 형식으로, 흔히 남자들과 소년들이 팀을 짜서 노래 부르
고 손뼉 치며 상대 팀에게 욕설도 퍼붓는 게임이다. 하지만 지금 이 순
간만큼은 욕설이 아닌 칭송과 환영의 언어를 주고받았다. 양 팀은 상
대 팀보다 크게 노래하고 손뼉 치려고 안간힘을 썼다. 하지만 순서를
망치거나 박자를 잃는 법은 없다. 빠르고 복잡한 손뼉 치기는 놀이의
흥을 한껏 고조시켰다.

　　가요족 언어는 문자가 없다. 따라서 디동은 가요족의 문화와 신화,
도덕률 등을 대대로 잇게 해주는 중요한 수단으로 구실 해왔다. 문자
가 없다는 사실은 이곳에 들어온 선교사들을 몹시 괴롭혔다. 성경을

그 지역 언어로 번역할 수 없었기 때문이다. 교회와 정부는 오랫동안 디동을 이용하여 교리와 이념을 전파하려고 노력했으나, 가요족은 그러한 침략에 강력히 저항했다. 디동을 부를 때면 대체로 전통 의상을 입는다. 전통 의상에는 가요식 카우보이 모자도 포함되는데, 그 모자는 금실과 붉은 실로 된 케라왕 가요족(Kerawang Gayo) 특유의 무늬를 화려하게 수놓는 게 특징이다.

여자들이 우리에게 다가왔다. 그들은 한 사람씩 차례로 찬가를 부르며 우리에게 물과 쌀을 뿌렸다(물은 영혼을 씻어준다는 의미다. 내 영혼은 청소가 좀 필요하다. 쌀은 번식을 의미한다. 하지만 난 이제 번식은 그만 하련다). 레이 꽃과 야자수 잎으로 만든 화환도 걸어주었다. 우리는 양편으로 늘어선 사람들 사이를 걸었다. 그들은 다시 징을 두드리고, 피리를 불고, 세 줄짜리 치터(zither : 거문고와 비슷한 현악기 — 옮긴이)를 뜯었다. 여자들은 염소 가죽으로 만든 탬버린의 일종인 라파이 파사이(rapaii pasai)를 연주했다. 우리는 앞쪽의 작은 연단으로 안내되었다. 연단 위 테이블은 이국적인 꽃들로 눈부시게 장식되었다. 연단 바로 앞에 텐트가 하나 설치되었는데, 그 안에는 가요족 푸른 드레스로 몸을 감싸고 머리에 흰 스카프를 두른 이슬람교도 여자 50여 명이 앉아 있었다. 가요족 여성들은 얼굴을 가리지 않는다. 덕분에 우리는 함박웃음을 짓는 아몬드 모양 얼굴을 50여 개나 바라볼 수 있었다. 우리를 위해 모인 수많은 사람들 속에서는 금니도 몇 개 반짝였다.

남자와 소년들은 대부분 티셔츠, 반바지, 청바지, 폴로셔츠 등을 입었다. 옷차림으로 봐선 아프리카 사람이나 미국인과 거의 구별되지 않았다. 정향나무 담배 냄새와 커피 열매가 발효되는 냄새가 대기를 맴돌았다.

우리는 마을 연장자들과 함께 연단에 앉았다. 공장 설립자 미스터

미스라디(Mr. Misradi)와 그의 아들 아디(Adi)도 있었다. 개막 기도가 끝난 후 우리는 차례대로 짤막한 인사를 나누는 연설을 했다. 누군가 연설할 때 아디에게 텐트 안에 있는 여자들이 누구인지 조용히 물었다.

"분쟁 중에 목숨을 잃은 농부들의 미망인입니다." 그가 엄숙히 대답했다.

"저렇게 많아요?" 나는 그 수에 놀라지 않을 수 없었다. 그들의 다정다감한 모습도 놀라웠다.

"우리는 저 미망인들을 존중하며, 힘껏 돕고 있습니다. 남편이나 아버지가 없어도 잘 지낼 수 있도록 말이죠. 한 공동체에 사는 사람으로서 당연히 져야 할 책임이라고 생각합니다."

연설이 모두 끝난 후, 미망인들이 한 사람씩 앞으로 나와 돈 봉투와 사롱(말레이제도 사람들이 허리에 두르는 천—옮긴이)을 선물로 받았다. 나는 이번 여행을 위해 특별히 주문 제작한 티셔츠를 선물했다. 그 티셔츠에는 수마트라 지도와 함께 'PPKGO/딘스빈스/포레스트레이드 2003 친선 방문'이라는 문구가 쓰여 있다. 여자들이 다시 탬버린을 치며 노래 불렀다. 나는 자리에서 일어나 텐트 앞줄에 앉은 미망인들과 춤추기 시작했다. 한바탕 웃음이 휩쓸었다.

멋진 환영회와 댄스파티가 끝나고, 우리는 아디의 집으로 가서 어마어마한 뷔페 식사를 했다. 스타푸르트, 고구마, 구아바, 이름을 알 수 없는 수많은 과일과 채소, 생선과 새우, 고기도 있었다. 그중에는 무시무시한 두리안도 있었다. 두리안은 '세상에서 가장 냄새 지독한 과일'로 정평이 나 있다. 인도네시아 호텔에서는 투숙객이 두리안을 가져오는 것조차 금지할 정도다. 나는 메단의 호텔 로비에서 두리안 사진 위에 붉은색 금지 표시가 된 것을 본 적이 있다. 두리안의 그 불쾌한 냄새가 침대 시트며 수건에 배어들 뿐만 아니라, 객실 청소부의 몸에도 철인3종경기 선수와 같은 냄새가 스며들기 때문이라는 것이다. 나는 두리안에 대해 듣고 '냄새가 지독해봐야 얼마나 지독하겠어' 라고 생각했다.

마침내 나는 이 금지된 과일 앞에 섰다. 우선 그것을 두 쪽으로 쪼갤 요량이었다. 이스완디와 살림, 몇몇 농부들이 주변에 모여들었다. 루시아는 눈살을 찌푸리며 방 반대편으로 도망갔다. 두리안은 축구공만 했고, 노르스름한 초록색이며, 사람의 뇌처럼 순진무구하게 생겼다. 두껍고 가시가 돋은 껍데기는 자르기가 여간 어렵지 않았지만, 체중을 실어 힘을 주자 결국 항복했다. 안을 보니 큰 갈색 씨들을 찐득찐득한 물질이 감싸고, 그 위로 다시 얇은 피막이 덮여 있었다. '흠, 별로 나쁘지 않은걸.' 나는 두리안을 들어 코에 가까이 댔다. 그 순간, 거대한 망치가 내 코를 후려치는 것 같은 느낌을 받았다. 치주염에 걸린 남학생들로 우글우글한 고등학교 라커룸? 무더운 8월 오후 그랜드캐니언을 달리는 당나귀? 테헤란의 공중변소? 그 냄새는 이 모든 것을 합친 것보다 심했다. 정신이 혼미해지면서 나도 모르게 "으아아아악!" 비명을 질렀다. 농부들은 우스워 죽겠다는 듯 박장대소를 했다. 하지만 나는 굴하지 않았다. 원탁의 기사가 칼을 뽑듯, 혀를 쭉 뽑아 두리안의 찐득한 과육에 대어보았다. 달콤했다. 아주 맛났다.

얼굴에 밴 두리안 냄새를 씻어내려고 만디(mandi:화장실)로 간 나는 인도네시아에서 반드시 알아야 할 또 다른 값진 교훈을 배웠다. 매운 고추를 손으로 집어 먹은 뒤에는 얼굴을 씻기 전에 손부터 씻어야 한다는 교훈이다. 두리안은 비할 것도 아니다.

식탁으로 돌아오는 길에 나는 아디의 열네 살 난 쌍둥이 딸들에게 붙들렸다. 그들은 축하연에서 입었던 옷을 벗고 여느 아이들처럼 청바지와 티셔츠를 입었다. 내게도 딸이 둘 있다고 말한 것 때문인지 그들은 내게 자신의 방을 보여주고 싶어했다. 우리는 아디의 허락을 받은 뒤 위층으로 올라갔다. 미국의 여느 10대들의 방과 다를 바 없었다. 팝 그룹 퀸의 커다란 포스터가 벽에 걸렸고, 패션 잡지에서 오린 광고 사진이며 영화배우 사진이 여기저기 붙어 있다. 책상 위에는 일본 만화 캐릭터와 레오나르도 디카프리오, 브래드 피트, 애시튼 커처 등의 사진이 즐비했다. 내 집에 돌아온 듯한 느낌이었다.

축하연과 음식과 이야기로 긴 하루를 보낸 후, 남자들은 아디의 집 옆에 붙은 메레사(meresah)로 들어갔다. 메레사는 짚과 나무로 지은 그 지역의 전통적인 취침용 숙소다. 군인들 일부는 자러 갔고, 일부는 야간 순찰을 돌았으며, 더러는 술 마시러 갔다. 메레사 안은 덥고 습하고 어두웠다. 우리는 희망과 공포에 대해, 전쟁과 불확실성 속에서 가족을 돌봐야 하는 어려움에 대해 이야기를 나눴다. 농부들은 정부군과 반란군의 바리케이드를 뚫고, 혹은 그들의 공격을 피하며 커피를 메단까지 운반하는 것이 얼마나 어려운지 말해주었다. 커피를 도둑맞지는 않을까, 운반이 늦어져서 커피가 썩지는 않을까 걱정이 한두 가지가 아니라고 했다. 야간 통행금지 때문에 숲에서 서둘러 돌아오다가 부상을 입거나 실종되는 경우도 있으며, 종종 목숨을 잃는 사람도 있다고 했다. 어둠 속에서 누군가 조심스레 물었다.

"미국 사람들은 대부분 이슬람교도를 미워하나요?"

"아뇨. 미국인들은 이슬람교도를 만나본 적조차 없는 경우가 대부분입니다. 지하드가 일으킨 문제 때문에 미국인들이 이슬람교도 전체를 비난한다고 생각하지는 않아요. 좀더 많은 미국인들이 이곳을 방문할 수 있다면 좋겠어요. 이곳 가요 사람들을 정말 좋아할 거예요."

"그렇다면 그들더러 이곳에 오라고 하세요. 환영해드릴 테니까요." 어둠 속 목소리가 말했다.

"그건 곤란하지. 메레사가 너무 좁아서 안 돼! 자, 이제 그만 이야기하고 잠 좀 잡시다!" 피곤에 지친 목소리가 소리쳤다.

우리 모두 딱딱한 베니어판 마룻바닥에 얇은 담요만 깔고 잤다. 가요 남자들은 다리 사이에 둘둘 만 담요(그들은 이것을 '네덜란드 아내'라고 부른다)를 끼운 채 옆으로 누워 잤다. 무릎 사이가 적당히 벌어져 편안하기 때문이다. 그날 밤, 모기들이 유난히 극성스럽게 내 얼굴과 손가락을 간질였다. 두리안 냄새 때문이리라.

아침이 되어 우리는 파만딘이 살고 있을 워노사리(Wonosari)로 향했다. 가는 길에 타켄곤 지역에 있는 작은 마을들도 둘러보았다. 몇몇 농부의 집을 방문하고, 마을 광장에도 잠시 멈춰 섰다. 몇 년 전에 우리가 기금을 지원하여 설치한 수도 시설 세 곳에도 가보았다. 산에서 흘러내리는 물을 파이프로 연결하여 마을까지 닿도록 중력만 이용한 시설이다. 내게는 아주 익숙한 수도 시설이다. 커피키즈가 1990년에 처음이자 유일하게 아시아에 지원한 프로젝트가 바로 이 산 반대편에 설치된 또 다른 수도 시설이기 때문이다.

그 프로젝트에 착수하기 전에 나는 지역 단체 네 곳과 인터뷰했다. 어느 곳에 수도를 설치할지 결정하기 위해서다. 우리가 선정한 단체는 비나 인사니(Bina Insani)로, 인도네시아 전역에 있는 수백 개 풀뿌리 지역 개발 조직 중 하나다. 비나 인사니는 수도 시설 건설을 위해 어떤 물품을 얼마나 사야 할지, 파이프 수송과 설치는 어떻게 해야 할지, 지역 주민들이 골고루 작업하려면 어떻게 해야 할지 등에 대해 농부들에게 일일이 조언해주었다. 그 프로젝트는 아주 성공적이었다. 농부들과 그 가족은 산에서 마을까지 도랑을 파서 파이프를 묻었다. 시마룽군(Simalungun) 주민 1500명이 생애 처음으로 수돗물을 사용하게 된 것이다. 그러나 이곳 타켄곤에서는 강력한 주민 조직 PPKGO가 활동하고 있었기 때문에 중간 단체의 도움 없이 수도 시설을 건설할 수 있었다. 파이프에서 흘러나오는 수돗물은 맑고 차가웠다.

우리는 모스크 몇 곳도 방문했다. 대안무역을 통해 얻은 수익과 다른 수익으로 수리하고 확장한 모스크들이다. 모스크들은 종종 그 안에서 마드라사스(madrassas)라는 이슬람 학교도 운영했다. 9·11사태 이후 마드라사스는 테러리스트 양성소로 지목되어 세계 언론의 집중 공격을 받았다. 파키스탄이나 아프가니스탄 등에 있는 마드라사스 중에는 학생들에게 증오와 편협성을 가르치는 경우가 많은 것이 사실이다. 2002년 발리와 자카르타에서 벌어진 폭탄 테러 사건은 제마알 이슬라미야(Jemaal Islamiya)라는 테러리스트 조직과 그들이 자바에서 운영하는 과격 마드라사스와 관련이 있는 것으로 알려졌다.

우리가 수마트라를 방문한 시기는 발리에서 폭탄 테러가 발생하고 서구 언론들이 마드라사스에 대대적인 공격을 시작한 지 넉 달 정도 지났을 때다. 하지만 일반화는 늘 위험한 법이다. 마드라사스는 아랍어로 '종교 교육의 집'이라는 뜻이다. 유대어 '슐(shul)'과 같다. 가요 지역 모스크와 그들이 운영하는 학교는 비교적 온건한 신앙을 배우는 남녀 학생들로 가득했다. 호기심 어린 눈으로 우리를 다정하게 바라보는 그 아이들은 세계 어느 곳의 초등학생들과 다를 바 없었다. 아마도 나는 이 지역을 방문한 최초의 유대인일 것이다. 하지만 그곳에서 유대인이란 호기심의 대상일 뿐, 어떤 부정적 이미지와도 직결되지 않았다. 버락 오바마가 자카르타가 아닌 이곳 타켄곤에서 살았다면, 이 학교들에 대해 아주 긍정적으로 생각했을 것이다.

우리는 수풀이 놀랍도록 푸르게 우거진 수마트라 커피 밭을 걸었다. 사방에서 키 큰 나무들이 건강한 커피나무들 위로 두터운 그늘을 만들었다. 커피나무 사이를 헤집고 걷는 것이 여간 어려운 일이 아니었다.

넓게 쭉 뻗은 가지와 톱니 같은 이파리들이 시야를 가로막았기 때문이다. 게다가 커다란 라바라바(laba-laba) 거미들이 쳐놓은 두꺼운 거미줄 때문에 시야가 무척 어두웠다. 유기농 세계에서 거미는 일종의 '지표생물(indicator species)'로 간주된다. 나무에 거미들이 산다는 것은 땅에 독성 화학물질이 없다는 것을 뜻하며, 동시에 농약을 뿌리지 않는다는 의미다.

커피 밭에서는 각종 간작 과일과 채소도 무성하게 자라고 있었다. 살림의 말에 따르면, 이곳 커피 밭에는 20종이 넘는 과일과 채소를 엇갈려 심는다고 한다. 생강, 고추, 정향, 바닐라, 오렌지, 라임, 구아바, 파파야, 스타푸르트, 바나나… 그 외에 형형색색의 식용작물이 즐비하게 자랐다. 라틴아메리카 커피 밭보다 두 배가 넘는 작물이 이곳에서 간작되었다. 살림은 촉촉한 흙을 한 줌 쥐며 내게 그 까닭을 설명했다. 이 땅에는 수마트라의 화산흙이 30cm 이상 깔려 있다. 라틴아메리카에 비해 두 배가 넘는 두께다.

마을 사람들은 우리가 차를 멈출 때마다 갓 우린 신선한 커피를 대접했다. 이 마을에서 저 마을로 이동하는 사이사이마다 나는 잠깐씩 멈춰 소변을 봐야 했다. 처음에는 멋진 경치를 감상하고 싶다는 핑계가 통했지만, 머지않아 사람들이 눈치를 챘다. 그때부터는 내가 뒷좌석에서 안절부절못하며 몸을 꼬아댈 때마다 "자, 잠깐 멈춥시다. '딘정차' 시간입니다"라며 놀려댔다.

타나 아부(Tanah Abuh) 마을 근처에 있는 마하마드(Mahamad)의 커피 농장에서는 커피를 아예 장작불에서 볶았다. 커피는 숯처럼 검게 타 들어가며 사나운 연기를 뿜어냈다. 술라웨시 출신 군인 한 명이 자동소총을 옆에 내려놓은 채 커피 원두 가는 모습을 바라보았다. 예전에 자기도 가족이 마실 커피를 직접 갈았노라고 했다. 그의 이런 행동으로 군인들이 함께 있다는 데서 오는 긴장감은 눈 녹듯 사라졌다. 마하마드의 아내 아미나(Aminah)가 오래된 도자기 커피 잔을 내왔다. 그녀는 내게 스타벅스 로고가 그려진 금 간 커피 잔을 건넸다. 프리키는 웃음을 참느라 숨이 끊어지기라도 할 것 같았다. 나는 커피 때문이 아니라 커피 잔 때문에 놀란 것이라고 길게 설명해야 했다. 농부들은 경건하게 앉아 내가 커피 향을 맡고, 잔을 흔들어 커피를 몇 번 휘젓고, 첫 모금을 들이켜고, 그것을 입 속에서 오물거리며 음미하는 모습을 지켜보았다. 약 3초 동안 침묵이 흘렀다. 이윽고 내가 입을 뗐다.

"이 커피는 아주 진하고, 산도가 낮고, 쓴맛이 전혀 없군요. 입 전체에 부드러운 맛이 오랫동안 남습니다. 아주 기분 좋은 느낌이에요." 농부들은 행복한 얼굴로 함박웃음을 지었다. 나는 단호하게 고개를 가로저었다. "그렇지만 컵은 반드시 바꿔야 합니다."

아체특별구와 경계선 바로 근처에 있는 빈탕 베네르(Bintang Bener)에 이르자 곳곳에서 분쟁의 흔적을 찾을 수 있었다. 학교 건물과 집 한 채가 불타 무너졌다. 농부들은 소가 총에 맞아 죽거나 지뢰 때문에 다리를 잃는 경우가 다반사라고 말했다. 한 농부는 목에 난 흉터를 보여주었다. 정부군이 그 지역 GAM의 활동에 대해 정보를 토해내라고 피아노 줄로 그의 목을 조르며 고문한 흔적이다. 이곳은 이스완디의 고향이기도 하다. 이스완디의 아내와 네 자녀는 이곳에서 커피 밭 3만 2000m²를 경작한다. 이스완디는 가족 농사를 일구는 한편, PPKGO 조합장으로서 멀리 떨어진 곳에 사는 조합원들에게 기술과 행정 지원을 하고 있다. 이스완디는 분쟁이 치열한 지역에 산다는 것은 말할 수 없이 힘든 일이지만, 마을과 가족에 대한 애정과 충정이 자신을 강하게 지켜준다고 했다. 그러한 악조건 속에서 일하려면 언젠가 평화가 찾아오리라는 꿈을 잃지 않는 것이 중요하다고 했다.

마침내 우리는 워노사리에 도착했다. 파만딘이 노닐고 있을 바로 그 마을이다. 우리와 줄곧 여정을 함께 해온 농부와 군인들은 흥분에 들떴다. 이곳에 오는 내내 들은 바로 그 물소 프로젝트를 직접 볼 수 있는 순간이 다가왔기 때문이다. 우리는 파만딘의 보호자 미스터 사와디(Mr. Sawadi)를 찾아갔다. 커피 숲속 깊은 곳에 사는 미스터 사와디는 체격이 아주 우람하지만 성격이 다정하고, 입에는 늘 뾰족한 풀잎을 물고 있었다. 미스터 사와디는 일가친척이라도 만난 듯 "셀라맛 다탕(어서 오세요)!"이라고 소리치며 나를 덥석 껴안았다. 우리 일행 15명은 7m² 남짓 되는 미스터 사와디의 거실을 빽빽이 메웠다. 출퇴근 시간의 뉴욕 지하철을 생각나게 했지만, 이곳에서 남의 호주머니를 턴다거나 정체불명의 자선단체를 위한 기부금을 요구하는 사람은 없다. 미스터 사와디의 아내가 커피를 내왔다. 나는 그것이 파만딘의 배설물을 먹고 자란 커피냐고 물었다.

"물론이죠! 그래서 이렇게 커피 맛이 좋은 것 아니겠습니까?" 미스터 사와디가 고함치듯 대답했다.

이스완디는 좌중을 향해 내가 이곳에 온 것은 파만딘 프로젝트의 성공 여부를 살피기 위해서라는 점을 다시 한 번 일깨웠다.

"실패라고 판단되면 모두 함께 파만딘을 먹어 치우는 겁니다!" 한 농부가 입맛을 다시며 말했다. 그러자 한참 동안 웃음과 수다가 이어졌다. 파만딘 프로젝트의 성공을 원하는 사람이 많은지, 실패를 원하는 사람이 많은지 가늠하기 어려웠다.

우리는 숲속으로 갔다. 100m쯤 떨어진 곳에 작은 헛간이 있다. 줄에 묶인 어린 물소 파만딘이 그 안에서 기분 좋은 얼굴로 풀을 씹었다. 파만딘은 회갈색 털에, 커다란 눈망울이 촉촉하다. 물소치고는 아주 귀엽게 생겼다. 헛간 입구에는 '파만딘, 친환경 농업 프로젝트, 딘스빈스에 감사' 라고 손으로 쓴 표지판이 걸려 있다. 나는 헛간으로 들어 갔다.

'기업 스폰서십의 이점이란 바로 이런 거겠지.' 나는 파만딘의 머리를 쓰다듬으며 생각했다. 그리고 파만딘과 한참 동안 대화를 나눴다. 이것저것 질문도 해보았다. "대접은 제대로 받고 있니?" "이곳이 지낼 만하니?" "외롭지는 않니?" 농부들은 껄껄대며 웃었다. 내가 동물과 대화를 나누려 했기 때문이 아니라(그들도 동물과 대화를 나눈다), 내가 가요 말을 하지도 못하면서 파만딘이 대답하기를 바라기 때문이다. 다행히 미스터 사와디는 내가 파만딘에게 한 모든 질문의 답을 가지고 있었다.

우리는 커피 숲속을 걸으며 파만딘 프로젝트가 구체적으로 어떻게 실행되는지 살폈다. 미스터 사와디는 자신과 일꾼들이 원반만 한 파만딘의 배설물을 어떻게 수거하는지, 그것을 커피나무 주변 흙 속에 어떻게 묻는지 설명했다. 그들은 장부를 열어 모든 기록(배설물의 무게, 빈도, 날짜 등)을 보여주었다. 파만딘 비료를 이용한 커피나무의 수확량과 그렇지 않은 커피나무의 수확량을 비교한 수치도 보여주었다. 농경제학자 살림이 여섯 달은 확정적인 결론을 내리기에는 좀 짧은 기간이지만 분명 수확량이 증가했다고 말했다. 어쨌거나 파만딘 비료를 먹고 자란 커피나무는 분명 더 푸르렀고, 더 건강해 보였다. 이파리도 다른 커피나무들에 비해 크고, 훨씬 더 깊은 푸른빛을 띠었다. 나무 주변에 자라는 잡초도 훨씬 적었다. 파만딘이 그 잡초를 먹어 없앴기 때문이다. 일행 10여 명은 파파라치보다 가까이 우리에게 접근했다. 최종 결과가 어떻게 날지 궁금하기 짝이 없는 모습들이다. 프로젝트가 계속될까, 갈비 파티를 열까?

우리는 미스터 사와디의 거실로 돌아와 커피를 한 잔 더 마셨다. 모두 목을 길게 뺀 채 쥐 죽은 듯 최종 결정의 순간을 기다렸다. 나는 살림에게 파만딘이 제 역할을 해내고 있는 것 같다고 말했다. 살림의 아이디어는 훌륭하며, 이 프로젝트는 성공이라고 했다. 살림의 까칠한 얼굴에 환한 미소가 번졌다. 그는 거실에 앉은 사람들을 향해 자랑스럽게 소리쳤다. "프로젝 파만딘 베르잘란 쑥세스! 쑥세스!"

사람들의 얼굴에는 기쁨과 실망의 표정이 동시에 감돌았다. 뒤쪽에 앉아 있던 몇몇 사람들은 자기들끼리 잠시 밖으로 나가더니 곧 돌아왔다. 그중 우두머리인 듯한 사람이 한마디해도 괜찮겠냐고 물었다. 그와 그의 친구들은 인근의 다른 마을에서 왔는데, 그들도 물소를 받을 수 있는지 알고 싶다고 했다. 이왕이면 암컷과 수컷 물소를 쌍으로 달라고 했다. 그렇게 하면 물소의 자체 번식이 가능하기 때문에 프로젝트의 도움을 계속 받을 필요가 없지 않겠냐는 것이다. 암컷 물소들이 생산한 우유는 농부들이 먹거나 내다 팔 수도 있고, 잘하면 치즈도 만들 수 있을 것이라 했다. 우리의 작은 투자가 그렇듯 의미심장한 여러 가능성을 불러일으켰다는 생각에 나는 깊이 감동했다. 농부들은 즐거운 마음으로 돌아갔다.

파만딘 방문을 성공적으로 마친 뒤, 나는 잠시 워노사리의 커피 숲을 혼자 거닐었다. 여행할 때면 종종 하는 일이다. 그때마다 나의 삶과 활동에 대해 경건하게 돌아볼 수 있다. 그리고 이러한 여행을 통해 내 삶에 주어진 축복에 대해 생각한다. 그동안 나는 여러 지역을 여행하면서 재미있는 사람들도 만나고, 다양한 문화도 경험했다. 나는 사람들이 삶의 목표를 향해 전진할 수 있도록 도움을 주기도 했다. 그리고 그것들은 성과를 거둬왔다.

이리저리 걷다가 아주 커다란 커피나무를 발견했다. 9m는 족히 넘을 것 같았다. 사람 키만 한 주변의 다른 커피나무들이 난쟁이처럼 보일 정도다. 양팔로 줄기를 겨우 안을 수 있을까 말까 했다. 그 나무는 주변의 다른 커피나무들에게 그림자를 만들어주면서 열매도 맺었다. 나는 미스터 사와디의 집으로 돌아와 그 나무에 대해 물었다. 미스터 사와디는 나를 데리고 다시 그 나무로 가더니 쉰 살쯤 된 로부스타 커피나무라고 했다. 생산성을 기준으로 할 때 커피나무의 수명은 가지치기나 접목을 얼마나 잘 해주느냐에 따라 5년, 10년, 최대 20년 정도다. 50년 된 커피나무가 이렇게 열매를 맺는다는 것은 실로 놀라운 일이다. 주변을 돌아보니 크기가 비슷한 나무들이 꽤 있다. 우리는 고산지대에 위치한 로부스타 커피나무 원시림 한가운데 서 있는 것이다.

로부스타 커피나무는 아라비카 커피나무와 달리 해발 900m 이하 낮은 지대에서 주로 자란다. 서아프리카의 저지대 삼림 지역에서 처음 발견된 로부스타 커피나무는 1800년대 중반부터 상업적으로 재배되기 시작했다. 로부스타는 덥고 습한 기후에서는 잘 자라지만, 고도가 높은 곳의 쌀쌀한 밤 기온은 견디지 못한다. 로부스타 커피 열매는 아라비카 열매보다 크기가 작지만 카페인 함량은 30~100% 높고 쓴맛도 강하다. 인도네시아는 로부스타 커피의 최대 생산지로 군림해왔지만, 2000년을 전후하여 베트남에게 그 자리를 내줬다. 베트남이 로부스타 커피의 최대 생산지가 된 것은 베트남을 세계 경제로 끌어들이려는 월드뱅크 프로그램의 결과다. 불행히도 그 역효과는 엄청났다. 세계 커피 시장에는 값싼 베트남산 로부스타 커피가 넘쳐났고, 커피 값은 폭락했다.

1950년대부터 맥스웰하우스를 비롯한 미국의 거대 커피 제조 회사들이 생산비를 낮추기 위해 로부스타 커피를 사용하기 시작했다. 그와 함께 커피 맛도 떨어졌다. 1950년대와 1960년대에 걸쳐 커피 소비가 점차 줄어든 것은 바로 그 때문이다. 최근 들어 로부스타 커피는 에스프레소용으로 다시 부상하고 있다. 카페인 함량이 높고, 매력적인 거품이 생겨 유럽풍 에스프레소 커피에 제격이기 때문이다. 로스터들은 대부분 에스프레소용 커피를 아주 진하게 볶는다. 따라서 로부스타 커피의 단점이라 할 수 있는 특유의 쓴맛이 강한 볶음 향에 가려진다. 하지만 워노사리의 로부스타 커피나무는 다른 아시아 지역에서 자라는 로부스타와 달리 품질이 좋고 정갈하다. 튼튼하고, 생태학적으로 잘 자리 잡혔으며, 위엄이 있다.

"로부스타 커피를 마셔볼 수 있을까요?" "물론이죠." 우리는 다시 미스터 사와디의 집으로 갔다. 그의 아내가 숯불 위에서 로부스타 생두를 한 움큼 볶았다. 커피 맛은 정말 놀라웠다. 쌉쌀한 맛이 그리 강하지 않고, 수마트라 아라비카 커피와 마찬가지로 흙냄새가 났다. 아주 깊고 강렬한 맛이다. 나는 미스터 사와디에게 로부스타 커피를 판매하는지 물었다.

"판매하고 있습니다만, 몇 푼 받지 못해요. 로부스타니까요." 편견이란 바로 이런 것이리라. 좋은 커피는 좋은 값을 받아야 한다는 것이 나의 확고한 입장이다. 정식으로 인증된 유기농 밭에서 로부스타 커피나무가 자라고, 이곳 협동조합 역시 대안무역 인증 조합인 만큼 나는 이 로부스타 커피를 대안무역 유기농 아라비카 커피와 동일한 가격으로 100자루(약 700kg) 사겠다고 했다. 미스터 사와디와 협동조합 회원들은 놀라서 어안이 벙벙했다. 이는 인도네시아, 아니 아시아에서 최초로 대안무역 거래가 성사된 로부스타 커피다. 우리가 구매하는 것만으로도 마을 사람들의 그 해 커피 판매 소득이 세 배나 증가할 것이다. 훗날 이스완디가 내게 말해준 바에 따르면, 우리가 구매한 덕분에 그해에는 마을을 떠난 사람이 아무도 없었다고 한다. 내전의 폭력을 피해, 그들이 재배하는 로부스타 커피로 아무 소득을 얻지 못하는 데서 오는 좌절감 때문에 마을을 등지는 사람들이 꾸준히 늘어나는 상황이었다.

로부스타 커피에 흠뻑 취한 동안 나는 새로운, 그리고 아주 암울한 사실을 알았다. 수마트라 로부스타 커피 무역이 활발해지면서 부칸 바리산(Bukan Barisan)의 반대편 끝자락에서 전개되는 심각한 상황에 대해서다. 그곳의 국립공원 깊숙한 곳에는 멸종 위기에 처한 수마트라호랑이와 코뿔소, 코끼리들이 서식하고 있었다. 그곳은 고산 지대에서 자라는 나무들을 비롯한 각종 희귀식물의 주요 서식지기도 했다. 하지만 불법 로부스타 경작이 횡행하면서 그곳의 삼림은 빠른 속도로 제거되고 있다. 엄청난 면적의 밀림이 벌목되었다. 그곳에 서식하는 멸종 위기 동식물들은 머지않아 지구상에서 완전히 사라질 가능성이 높다. 양심을 팔아 치운 커피 생산업자와 무역업자들은 그곳에서 재배한 불법 로부스타를 인근 람풍(Lampung) 지방에서 합법적으로 재배한 로부스타 커피와 혼합한다. 그리고 그것을 크라프트(Kraft), 네슬레(Nestlé), 라바차(Lavazza) 등 미국이나 유럽의 대형 커피 기업에 속여 판매한다. 스타벅스에도 그렇게 판매할 것이다(스타벅스는 부인하지만).

이 이야기를 들은 후, 우리는 수마트라산 아라비카와 로부스타 커피를 섞은 제품을 만들기로 했다. 그리고 그것을 아주 진하고 강하게 로스트하여 '에이햅의 복수(Ahab's Revenge)'(에이햅은 허먼 멜빌의 소설 『백경』에 등장하는 주인공 선장의 이름—옮긴이)라고 이름 붙이기로 했다. 소설 속의 에이햅 선장은 세상을 악에서 구하려다 목숨을 잃지만, 내 커피 속의 에이햅 선장은 양심이 의심스러운 일등항해사 스타벅(Starbuck : 역시 소설 『백경』에 등장하는 인물로, 선장 에이햅과 갈등을 빚는다. 여기에서는 스타벅스 커피를 은유한 것이다.—옮긴이)을 향해 힘껏 비웃음을 날릴 것이다.

가요를 떠날 준비를 하던 중, 우리는 미국이 이라크를 침공했다는 뉴스를 들었다. 음식점의 TV는 조명탄과 폭탄 공격으로 대낮처럼 밝아진 바그다드의 밤하늘을 보여주었다. 미국이 왜 그런 짓을 하느냐고 묻는 사람은 많지만, 나를 향해 인상을 찡그리거나 불쾌한 말을 하는 사람은 없었다. 하지만 나를 바라보는 그들 모두 마음이 불편하고 복잡했을 것이다.

메단으로 돌아가는 도중 어느 작은 마을의 이슬람 음식점에 들렀다. 우리 모두 손가락으로 치킨카레와 채소를 먹었다. 음식이 너무 매워 마실 것이 필요했다. 정수된 물이 없을 것 같아 맥주를 주문했지만, 이슬람 규칙을 엄격하게 지키는 식당이라 술은 팔지 않았다. 할 수 없이 요구르트와 얼음을 섞은 음료 라시(lassi)를 마셨다. '아, 내가 왜 그랬을까?'

다시 차를 탔다. 5분쯤 지났을까. TV에서 본 바그다드의 폭격 장면이 내 뱃속에서 재방송되기 시작했다. 그 후 일곱 시간 동안 몇 번이나 차를 멈춰야 했는지 기억조차 나지 않는다. 메단으로 가는 길은 트럭들이 쉴 새 없이 오가는 도로고, 몸을 숨겨 일을 볼 만한 장소도 없다. 한번은 수많은 군중이 운집한 곳을 지났다. 다가올 총선에 출마하는 강력한 후보자 한 명을 지지하는 집회가 열리고 있었다. 수천 명이 도로를 따라 행진하고, 도로변에 노란색 깃발들이 나부꼈다. 나는 그중 한 깃발 뒤에 숨어 무사히 일을 볼 수 있었다.

메단 공항에 거의 도착할 무렵, 운전사 다니(Dani)가 라디오를 틀었다. GAM과 정부의 휴전이 끝났으며, 인도네시아 낙하산 부대와 육군 1만여 명이 방금 아체에 쳐들어갔다는 뉴스가 나왔다. 다니가 물었다.

"페랑(perang)을 영어로 뭐라고 하죠, 손님?"

"워(war)라고 합니다."

2004년 12월 26일, 인도네시아 정부와 GAM의 전쟁은 엄청난 쓰나미가 아체 지역을 산산조각 낼 때까지 계속되었다. 쓰나미 희생자 수십만 명에 대한 수색 작업을 공동으로 전개하면서 양측의 적대 행위는 일단 중단되었다. 쓰나미를 일으킨 바다 속 충격파는 부키트 바리산에 지진을 일으켰고, 수많은 건물과 수도 시설, 도로와 논밭을 초토화시켰다. PPKGO 조합원들 중 목숨을 잃은 사람이 두 명에 불과하다는 것은 그나마 다행이라 할 수 있지만, 비극은 거기서 끝나지 않았다. 가요 지역에는 고등학교도 몇 개 없고, 대학은 하나도 없다. 그래서 많은 농부들이 자식들을 반다아체(Banda Aceh)에 있는 학교로 유학 보냈다. 쓰나미가 휩쓸고 간 이후 몇 주 동안 살림은 미친 듯이 두 딸을 찾아다녔다. 다행히 두 딸은 무사했다. 그러나 다른 농부 13명은 살림만큼 운이 좋지 않았다. 잃어버린 자식들의 장례식장에서 퍼져 나온 울음소리가 타켄곤 언덕 굽이굽이에서 한참을 메아리쳤다.

많은 커피 회사들이 그랬듯, 딘스빈스에서도 구호 기금을 모금하여 1만 2000달러를 PPKGO에 보냈다. 정부를 통해 보낼 때의 번거로움을 피하기 위해서다. PPKGO 농부들은 쌀과 채소, 식수, 의복 등을 트럭에 가득 실어 쓰나미 피해 지역 농가에 전달했다. 그들은 GAM이 장악하여 외국인의 접근이 제한된 구역 안에 있는 피해 농가를 찾아가 구호 물품을 전하기도 했다. 평화를 사랑하는 PPKGO 농부들이 구호 활동에 여념이 없는 동안, 정부와 GAM 사이에는 수 세기 동안 계속된 갈등을 해결하기 위한 협상이 진행되었다. 평화 협정은 아체 지역에 좀더 많은 자치권을 보장하는 동시에, 자치정부에게 자연 자원을 관리하고 환경을 보존하는 데 좀더 주도적 역할을 할 수 있는 권한을 부여했다. 협정에는 아체 지역이 국가 경제의 이익을 좀더 누릴 수 있도록 보장하는 내용도 포함되었다.

농부들의 노력에 신이 보답이라도 한 것일까. 쓰나미가 휩쓸고 간 이듬해, 가요 지역의 커피 수확량은 사상 최대치를 기록했다. 살림은 쓰나미로 땅이 한바탕 뒤집혀 땅속 깊이 묻혀 있던 각종 미네랄과 영양소들이 위로 올라왔기 때문이라고 했다. 하지만 다른 의견도 있다. 코퍼레이티브 커피스 회원사 중 네 곳이 우리의 물소 프로젝트에 기금을 지원했다(이번엔 암컷 물소도 포함되었다!). 그리고 1년도 채 안 되어 농부들의 바람은 현실화되었다. 아기 파만딘이 여러 마리 태어났고, 물소 수는 두 배가 되었다. 루시아는 이 모든 것이 내 남성성의 영적인 힘 덕분이라 말했다. 살림과 나는 파만딘에게 모든 공을 돌렸다.

9

300인의 행진

파푸아뉴기니, 2004

승무원이 좁은 복도를 능숙하게 오가며 승객들에게 열대 과일 주
스를 따라주었다. 파푸아뉴기니의 수도 포트모르즈비(Port Moresby)에
서 고로카(Goroka)로 가는 에어뉴기니 701편에는 승객 12명이 탑승하
고 있었다. 낡디낡은 프롭 비행기는 울창한 삼림 지역 상공을 덜거덕
거리고, 딸꾹질하고, 때로는 상하좌우로 요동치며 날았다. 나는 창문
에 얼굴을 찰싹 붙인 채 아래를 내려다보며 그곳에 살고 있을 여러 부
족과 희귀 동식물을 머릿속으로 그려보았다. 뉴욕에서 자란 나는 『내
셔널지오그래픽』을 통해 파푸아뉴기니에 대한 사진이나 글을 여러 번
보고 읽은 적이 있다. 내가 비행하는 그 순간에도 저 아래 삼림에서는

콘서베이션 인터내셔널(Conservation International)과 몇 개 대학 연구자들로 구성된 연구팀이 신종 나무캥거루와 나비들, 지금껏 알려진 바 없는 새로운 식물군을 찾아내고 있었다. 약 7000년 전, 원시 유럽인들이 매머드를 사냥하고 나뭇가지로 동굴 벽에 그림을 그릴 때 파푸아뉴기니 사람들은 계단식 밭을 만들었다. 하지만 오스트레일리아에서 북쪽으로 조금 떨어진 곳에 위치한 이 광활한 섬에는 아직도 우리에게 알려지지 않은 지역이나 사람들이 아주 많다.

"와, 정말 대단하군!" 건너편 좌석에 앉아 있던 친구 데이비드가 탄성을 질렀다. 에미상 수상 경력이 있는 다큐멘터리 영화감독 데이비드는 세계 방방곡곡을 거의 안 가본 데가 없다. 하지만 그도 파푸아뉴기니는 처음이다. 나는 지금까지 파푸아뉴기니에 다녀왔다는 사람을 한 번도 만난 적이 없다. 나는 파푸아뉴기니 인사말 몇 마디라도 배우려고 워싱턴에 있는 파푸아뉴기니 영사관에 전화했다. 톡피신(tok pisin)이라 불리는 그곳 언어는 파푸아뉴기니에서 사용되는 800개 토속어와 독일어, 네덜란드어, 영어가 섞여 만들어졌다. 영사관 직원은 몇 가지 기본적인 표현을 가르쳐주고 나서 콧방귀를 뀌듯 말했다. "저는 톡피신이 뭐랄까, 엉터리 영어에 가깝다고 생각합니다."

데이비드와 나는 타협을 했다. 내가 여행 비용을 모두 부담하는 대신 그는 별도의 비용을 받지 않고 촬영하기로 한 것이다. 여행 초반인데도 데이비드는 벌써부터 우리의 타협에 크게 만족하는 기색이다.

우리를 이곳에 초대한 이기(Iggy)와 케카스(Kekas)가 고로카 공항으로 마중 나왔다. 이기는 머리를 **빡빡** 민 근육질의 30세 남성으로, 맨발에 낡은 티셔츠와 카고 반바지를 입었다. 그는 내가 이제껏 만나본 사람 중 발이 가장 크다. 이기는 이스턴 하일랜드(Eastern Highlands)와 심부(Simbu) 지역 원주민 커피 농부들을 조직하는 데 심혈을 기울이고 있다. 그 일은 결코 쉬울 리 없다. 이곳 사람들은 간섭을 아주 싫어하는데다 성질이 불같기로 유명하기 때문이다. 하지만 이기는 호탕한 성격에 웃음도 많아서 사람들을 조직하는 일에 제격이다. 그는 늘 부아이(buai)라고 불리는 빈랑나무 열매를 씹었다. 빈랑나무 열매는 마약 성분이 있으며, 아시아에서 애용된다. 부아이를 씹는 사람들이 늘 그렇듯, 이기 역시 잇새에 검붉은 진액이 스며들었다.

우리는 버드파라다이스호텔로 걸어갔다. 고로카의 보도블록을 따라 이기가 뱉은 검붉은 침 자국이 호텔까지 이어졌다. 고로카에서 굳이 하룻밤을 묵어야 할 이유는 없었다. 한밤중에 그곳에서 이스턴 하일랜드 마을까지 가는 것이 위험하기 때문이다. 이기가 대수롭지 않다는 표정으로 말했다. "해가 진 뒤에는 라스콜(raskol:강도)이 들끓거든요. 아무 차나 세워서 가진 걸 전부 빼앗아요. 때로는 목숨까지도."

케카스는 이스턴 하일랜드의 헹가노피(Henganofi)에서 농부들을 조직하는 일을 한다. 그녀는 유엔에서 회계사로 일한 남편을 따라 5년 동안 뉴욕에 거주한 적이 있다. 뉴욕에 사는 동안 그녀는 밖에 잘 나니지 않았다. 폭력 범죄가 너무 많아 무서웠기 때문이라고 했다. 그녀의 두 팔은 작은 문신으로 가득했다.

"예전 사람들은 얼굴에 문신을 했죠." 왼팔에 새겨진 이름을 손가락으로 문지르며 그녀가 말했다. "하지만 요즘 아이들은 얼굴이 아픈 걸 싫어해서 팔에 자기 이름이나 친구들 이름을 새겨요. 바늘과 숯을 이용하죠." 케카스는 나와 데이비드에게 문신을 새겨주겠다고 했지만 우리는 정중히 거절했다. 그렇잖아도 내 아내와 데이비드의 아내 모두 먼 미지의 땅을 여행하는 남편에 대해 수상쩍게 생각하는데, 의심의 불에 기름까지 부을 필요는 없지 않은가. 적어도 아직은.

케카스의 남편은 3년 전에 차 사고로 목숨을 잃었다. 위험하다 하여 우리가 가지 않은 바로 그 도로에서 발생한 일이다. 케카스는 홀로 세 아이를 키우고 있다. 아주 지적이고 현대적인 그녀는 헹가노피 농부들을 조직하고, 그들이 생산하는 커피의 품질을 높여 마을 사람들의 삶의 질을 높이고자 헌신적으로 일한다. 그녀의 딸 테레사(Theresa)와 아들 아브도(Avdoh)도 자리를 함께 했다. 열여섯 살, 열네 살인 두 아이는 퀸스 영어를 구사했다. 여기서 퀸스 영어란 영국 버킹엄 궁전 사람들이 쓰는 영어를 일컫는 것이 아니라 뉴욕 시 퀸스 구역 사람들이 쓰는 영어를 말한다. 테레사와 아브도는 아버지가 유엔에서 일하는 동안 주로 퀸스에서 시간을 보냈다. 아브도는 분석적 사고력이 뛰어나고, 뉴요커처럼 신랄한 재치가 넘친다.

어느덧 버드파라다이스호텔에 도착했다. 고로카에는 24시간 보안 요원을 배치하는 호텔이 두 곳 있는데, 그중 한 곳이 버드파라다이스다. 이기와 테레사는 저녁식사 때 다시 오겠다고 약속하고 떠났다. 나는 호텔방 문을 열었다. 깡마르고 벌거벗은 인디언 남자가 내 침대 맡에 앉아 있었다. "죄송합니다. 방금 샤워를 해서…" 그는 타월로 아랫도리를 감싼 뒤 방을 떠났다. 데이비드와 나는 각자 방에서 잠깐 쉬다가 호텔 바에서 다시 만났다. 퉁명스러운 오스트레일리아 여자는 방 열쇠를 잃어버렸다며 투덜거렸고, 누메아(Nouméa : 남태평양의 뉴칼레도니아 섬에 있는 해안 도시—옮긴이) 출신인 듯한 남자는 공항에서 렌터카를 기다리는데 그 차가 공항으로 오는 길에 라스콜을 만나 탈취됐다는 이야기를 나중에 들었다고 했다.

"경찰이 그들을 추격해서 결국 운전자를 총으로 쏴 죽였다는군요. 나중에 제가 그 차를 받았는데, 차 안이 총탄 자국이며 핏자국, 깨진 유리 조각으로 가득합디다." 그는 내게 몸을 기울이며 속삭였다. "솔직히 전 이곳 사람들을 좋아하지 않아요. 아주 폭력적이거든요."

바는 옥외에 있었다. 데이비드와 나는 맥주를 들고 바 안을 이리저리 거닐었다. 새와 곤충 소리 덕분에 주변에는 평화로운 분위기가 감돌았다. 손님도 별로 없었다. 하지만 멀리 한쪽 구석에는 체격이 아주 우람하고 야비하게 생긴 남자 네 명이 병맥주를 마시고 있었다. 이가 붉게 물든 생기발랄한 웨이트리스 아바르(Abar)에 따르면 그들은 협상 중재자로, '보상금 회의'가 열리기를 기다리는 거라고 했다.

"이곳에서는 문제가 있으면 '톡톡' 회의(tok-tok meetings : 영어 talk에서 유래한 단어 — 옮긴이)를 통해 해결한답니다. 중재자들과 함께 머리를 맞대고 앉아 톡하면서 상대에게 가한 욕설이나 상처에 대해 보상금을 얼마나 지불할지 결정하는 거예요. 아주 교양 있는 방식이라고 할 수 있죠." 구석의 네 사나이는 도저히 협상 중재자 같은 생김새가 아니다. 그러나 이곳은 매사추세츠의 평화로운 마을 애머스트가 아니지 않은가. 아바르는 고로카에 무슨 일로 왔느냐고 물었다. 내가 커피 농부들을 만나러 가는 길이라고 하자, 그녀의 눈이 반짝였다.

"저도 커피를 팔아요! 매주 촌에서 커피를 몇 kg씩 사다가 이곳 읍내에 가져와 팔죠. 돈을 많이 받지는 못하지만, 언젠가는 좀더 크게 장사하고 싶어요." 놀랍지 않은 일이다. 고로카에서는 거의 모든 사람들이 커피를 판다.

날이 완전히 어두워지고 얼마 후 호텔 담장 앞으로 자동차 두 대가 다가왔다. 우리는 이기와 케카스가 아닐까 하며 그쪽을 쳐다보았다. 성난 목소리가 들렸다. 협상 중재자 사나이들이 담장 쪽으로 달려갔다. 거리가 멀어서 그들의 모습을 자세히 볼 수는 없었다. 하지만 자동차 헤드라이트에 비친 사람들의 실루엣이 보이고, 고함 소리도 들렸다. 갑자기 치고받는 소리가 들리는가 싶더니 총성이 두 발 울렸다. 잠시 후 경찰 사이렌 소리가 어둠을 갈랐다. 누메아 남자가 우리 옆을 지나며 킬킬댔다.

"오늘 저녁 메뉴는 사람 고기겠군요."

20분쯤 지나자 상황이 모두 정리된 듯했다. 경찰차도, 협상 중재자 사나이들도 떠났다. 그리고 랜드로버 한 대가 호텔 안으로 들어와 멈췄다. 이기가 창밖으로 머리를 내밀며 미소 지었다. 난 조금 전에 무슨 일이 일어난 거냐고 물었다.

"토지 문제로 다툼이 있었죠. 그들은 오늘 밤 이곳에 모여 회의할 예정이었어요. 중재자들도 그것 때문에 이 바에 온 거고요. 상대편이 도착했는데 호텔 경비원들이 들어가지 못하게 막는 바람에 싸움이 시작됐죠. 그게 바로 우리식 전쟁이랍니다. 웰컴 투 파푸아뉴기니!" 그가 껄껄대며 웃었다.

"7000년 동안이나 이곳에 살았으면서 아직까지도 내 땅 네 땅 하며 싸운단 말입니까?" 내가 물었다.

"그게 말이죠, 1975년 독립한 뒤 인구가 두 배로 늘었어요. 토지 수요가 그만큼 늘어난 거죠. 내일 가보시면 알 거예요. 뿐만 아닙니다. 식민지 시절에 정부가 오스트레일리아를 비롯한 여러 나라에서 온 백인들에게 아주 많은 땅을 내줬어요. 백인들은 그것을 또 다른 사람들에게 팔기도 하고, 서류를 위조해서 소유주 이름을 바꾸기도 하고… 아무튼 아주 복잡해요. 사람들은 자기 씨족이나 문중 땅을 되찾으려고 아우성인데, 그게 보통 골치 아픈 일이 아니죠."

다음날 아침, 우리는 랜드로버에 음식과 물을 비롯한 몇 가지 필수품을 싣고 헹가노피로 떠났다. 고로카에서 멀리 남서쪽으로 희미하게 보이는 산들을 향해 이기가 열심히 운전을 했다. 산사태로 엉망이 된 도로를 수없이 지나야 했다. 거대한 동물이 산자락을 한 입씩 먹어 치운 듯한 형상이다. 1초라도 방심하면 순식간에 깊은 구덩이 속으로 곤두박질칠 것이다. 온전한 도로는 하나도 없다. 내 머리는 차가 덜커덩거릴 때마다 차 천장에 부딪혔고, 무릎은 대시보드에 찍혔다. 이스턴 하일랜드에서 포트모르즈비까지 직행하는 도로를 왜 건설하지 않느냐고 물었다.

"그런 도로가 만들어지면 농부들이 당장 수도에 몰려가 정부청사를 불태울 겁니다. 선거가 있을 때면 도로가 어느 정도 보수되기는 해요. 하지만 기껏해야 2년에 한 번이죠. 그래도 지금 이 도로들은 괜찮은 편이랍니다. 심부 지역은 훨씬 더 심하거든요." 이기가 담담한 말투로 대답했다.

헹가노피에 도착할 때까지 마을이라곤 전혀 눈에 띄지 않았다. 화전을 일구느라 나무들이 대부분 불타 사라진 산기슭은 사각형 밭으로 구획되었다. 흙더미 여기저기에서 오두막 일부가 삐죽삐죽 드러났다. 나뭇가지를 엮어 만든 벽이나 초가지붕들이다. 불에 타 잿더미만 남은 기슭도 여럿 있었다. 데이비드가 촬영을 하겠다며 잠깐 차를 멈추게 했다. 나도 차 밖으로 나가 스트레칭이라도 하고 싶었다. 이기가 내게 다가오더니 산기슭 위쪽을 가리켰다.

"저쪽에 오두막이 하나 보이죠? 저기 저쪽에 또 하나가 있고요. 이곳 사람들은 소규모 씨족 단위로 살아요. 심부 사람들과는 딴판이죠. 심부 사람들은 대규모 부족 집단을 이뤄 살거든요. 파푸아뉴기니는 지역마다 사는 방식이 완전히 달라요. 800여 개 작은 국가로 구성된 새로운 국가라 할 수 있죠. 언어도 제각각이고, 풍습도 제각각이고, 한마디로 크레이지(crazy)한 곳이죠." 이기가 껄껄 웃으며 고개를 가로저었다. 그는 오스트레일리아 브리즈번(Brisbane)에서 2년 동안 회계와 경영을 공부했기 때문에 자기 나라를 다른 나라와 비교해볼 수 있었다. 그는 예전에 어떤 남자와 함께 농부들을 조직하는 일을 한 적도 있다. 그런데 알고 보니 그 남자는 농부들의 돈을 밑천으로 술과 도박을 일삼았다.

"이 나라 전역이 변방의 개척지 같아요. 사람들 간에 의사소통도 어렵고, 회계 장부를 제대로 작성하거나 돈의 용처를 추적하는 것도 아주 힘든 일이죠. 그렇기 때문에 중개인인 양 나서서 글도 모르고 덧셈 뺄셈도 할 줄 모르는 농부들의 돈을 등쳐먹는 일이 아주 쉽답니다. 우리에겐 변화가 필요해요." 이기는 고개를 돌려 해를 바라보았다.

위쪽을 보니 불에 타버린 오두막이 몇 채 있었다. 시커먼 잔해가 무너진 검은 모래성 같았다. 나는 이곳 화전민들이 숲에 불을 질러 밭을 만들 때 실수로 집까지 태운 거냐고 물었다.

"그렇지 않습니다. 사람들은 불을 낼 때 아주 신중합니다. 저 오두막들은 씨족 간 싸움 끝에 불탄 겁니다. 지난달에 벌어진 일이죠. 한 씨족이 고로카에서 총잡이 몇 명을 고용했어요. 다른 씨족에게 혼쭐을 내주려고 말이죠. 총잡이들이 그 씨족을 공격해서 여섯 명이 다치고, 오두막이 전부 불탔어요."

나는 문득 이곳에 오기 전에 읽은 『세계의 민족들(Peoples of the World)』이라는 사진 책이 생각났다. 이스턴 하일랜드에 사는 부족들에 관한 정보를 구하던 중, 어느 마을 도서관에서 발견한 책이다. 사진 중에는 강 한가운데 있는 바위에 죽은 채 엎드려 있는 남자의 모습을 담은 것도 있었다. 그의 등과 다리에는 창이 열 개나 꽂혀 있었다. 아내에게는 차마 그 사진을 보여줄 수 없었다.

"이곳에선 창이나 화살로 부족 간 전쟁을 치르는 줄로 아는데요."

"아뇨, 이 근방에서는 그렇지 않습니다. 세픽(Sepik) 강 위쪽이나 좀 더 외지로 가야 창과 화살을 사용하는 부족들이 있습니다. 요즘에는 대부분 총을 쓰죠. 자동화기도 많이 등장합니다. M-16이나 AK-47 같은 거요.”

“이웃 간 싸움에 그런 중무기를 쓴다고요? 값도 무척 비쌀 텐데… 산속에 사는 사람들이 그런 돈을 어떻게 마련합니까?”

이기가 깊은 한숨을 내쉬었다. “많은 사람들이 마리화나를 재배해서 해안 도시에 팔아요. 현금 대신 무기로 대금을 받는 경우도 종종 있습니다. 돈 쓸 일은 별로 없지만, 무기는 아주 유용하죠.”

산등성이에 이르자 이기가 차를 오른쪽으로 꺾었다. 그러자 아주 평평한 황톳길이 나타났다. 그 길을 따라 몇 km 더 달렸다.

“농부들은 이 길을 모두 손으로 파서 만들었어요. 기계 장비 하나 없었지만, 정부가 도로를 놓아주길 기다리고 있을 수만은 없었죠. 한 2, 3년 걸렸어요. 비가 와서 매년 길이 만신창이가 되긴 해도 이 근방에서는 최고의 도로입니다.”

이기 말이 맞다. 우리는 그 길을 따라 사뭇 부드럽게 달렸다. 창자를 온통 흔들어대는 것처럼 험한 길을 달려온 터라 더더욱 편안했다. 길 위에 사람들이 눈에 띄기 시작했다. 그들은 우리가 달리는 방향으로 걸었다. 처음에는 여자나 아이들이 두세 명씩 짝을 이뤄 걷는 모습이 보이더니, 잠시 후 다섯 명에서 열 명씩 무리 지어 걸어갔다. 그들 모두 이기와 케카스에게 소리쳐 인사했다. 태워달라고 부탁하는 사람들이 많았지만, 우리는 손만 흔들며 갈 수밖에 없었다.

“모두 헹가노피에 가는 겁니다. 우리의 회합예요.” 케카스가 말했다.

아침에 길을 나선 이후 마을은 하나도 눈에 띄지 않았다는 사실이 불현듯 떠올랐다. 나는 케카스에게 저 사람들이 대체 어디에서 오는 길이냐고 물었다.

“사방에 흩어져 살아요. 여기까지 오는 데 족히 여덟 시간은 걸렸을 거예요."

"세상에! 미국 사람들은 400~500m 이상은 절대로 걷는 법이 없답니다." 내가 깜짝 놀라 말하자 케카스가 웃었다. "맞아요, 저도 뉴욕에 살아봐서 알죠. 하지만 이곳에선 모두 걷습니다. 다른 방법이 없기도 하고요. 누군가 만나러 가기 위해 하루 이틀 걷는 건 아무렇지도 않게 생각해요. 게다가 농부들은 선생님을 만난다는 생각에 아주 들떠 있어요. 그들은 커피 수입업자를 직접 만나본 적이 한 번도 없거든요. 선생님이 이곳을 방문하시는 것 자체가 그들에 대한 큰 존중의 표시로 받아들여지고 있어요. 한 번도 받아보지 못한 존중이죠."

헹가노피에 다가갈수록 길 양쪽에는 점점 더 많은 사람들이 걸어가는 모습이 보였다. 차가 또 다른 언덕을 막 넘어섰을 때, 데이비드와 나는 동시에 비명을 질렀다. 1000명도 넘는 사람들이 도로 양편에 줄지어 서 있었다. 그들은 같은 씨족 사람들끼리 모여 있었는데, 몇 개 씨족에서 왔는지 셀 수조차 없었다. 예복부터 평상복까지 의상도 아주 다양했다. 가슴을 드러낸 채 재와 나뭇가지로 대강 몸을 가린 여자들이 힘차게 발을 굴렀다. 발을 구를 때마다 발목에 달린 방울이 리드미컬하게 짤랑거렸다. 때 묻은 반바지를 입고 몸에는 숯을 잔뜩 칠한 소년들도 있다. 그들은 짧고 뾰족한 창을 든 채 찢어질 듯 환영의 노래를 불렀다.

차가 멈췄다. 이기가 이제부터는 걸어가야 한다고 말했다. 우리가 차 밖으로 나오자 군중은 우레와 같은 함성을 질렀다. 북소리와 피리 소리, 커다란 함성이 뜨겁고 건조한 헹가노피의 대기를 가득 메웠다. 기다란 꽁지머리를 하고, 커다랗고 무시무시한 검은 마스크를 쓴 근육질 남자 한 명이 천천히 우리에게 걸어오더니 아무 말도 하지 않은 채 돌아서서 가버렸다. 평상복을 입은 읍내 소상인 같은 남자와 여자들이 케카스와 이기에게 와서 인사를 했다. 그들은 톡피신어로 아주 빠르게 이야기했다. 하지만 이따금 단어 몇 개 정도는 알아들을 수 있었다. 아주 서툰 영어 같기도 했고, 주파수가 잘 맞지 않은 라디오 소리 같기도 했다.

"아피눈 트루(Apinun tru)!" (Good afternoon! : 안녕하세요!)

"웨어 블롱 디스펠라(Where blong dispela)?" (Where's his guy from? : 이 친구는 어디에서 온 거죠?)

"디스펠라 코민 롱 웨야 롱 히어(Dispela comin long waya long here)." (They came a long way. : 아주 멀리서 왔습니다.)

몇 개 다른 씨족 사람들도 앞으로 나와 우리를 환영했다. 그때마다 각자 독특한 춤과 노래와 의례를 펼쳤다. 10m 가까이 되는 모형 민물장어 한 마리를 들고 나온 그룹도 있다.

"이 사람들은 장어족이에요. 자신들의 조상이 민물장어라고 믿으며 장어신을 섬기죠. 동시에 선량한 기독교인들이기도 하답니다." 이기가 설명해주었다.

데이비드는 환상의 나라에라도 온 듯한 표정으로 이리저리 움직이며 눈에 보이는 것은 모두 필름에 담았다. 나는 데이비드에게 감탄했다. 그는 절대로 앞에 나서거나 참견하는 법이 없다. 조용히 이리 오고, 저리 가고, 사람들과 어울리고, 촬영한다. 누군가의 얼굴에 카메라를 들이밀거나 촬영을 이유로 행사의 흐름을 방해하는 일도 없다.

금관악기와 타악기로 된 밴드가 나왔다. 온몸에 시커멓게 숯을 칠한 남자와 소년 20명이다. 그들의 등이나 가슴에는 한결같이 '796'이라고 쓰여 있었다. 이기한테 저 숫자가 뭘 의미하느냐고 물었다. 자기 씨족의 암호나 주술적 상징, 혹은 모종의 영적 은유일 거라고 생각했다. 이기가 빈랑나무 열매를 뱉으며 대답했다. "별 뜻 없습니다. 그냥 796

일 뿐이에요.”

밴드는 반복적이고 리드미컬한 불협화음을 계속 연주했다. 미국 중서부 시골 학교의 밴드부 공연을 연상시켰다. 곧이어 여덟 살 정도 된 남자 아이들이 더없이 엄숙한 표정으로 나와 밴드 옆에 섰다. 그리고는 밴드 음악에 맞춰 엉덩이를 격렬하게 앞뒤로 흔들기 시작했다. 주먹을 불끈 쥔 두 손도 앞뒤로 사정없이 뻗었다 접었다를 반복했다. 성행위를 연상시키는 꼬마들의 갑작스럽고 격렬한 동작에 군중은 침묵으로 반응했다. 하지만 나까지 침묵할 수는 없는 노릇이다. 나는 앞으로 튀어나갔다. 그리고 꼬마들과 함께 허리가 끊어져라 엉덩이를 흔들었다. 그제야 사람들에게서 웃음과 환호가 터져 나왔다. 꼬마들은 밴드가 연주를 마칠 때까지 엉덩이 앞뒤로 흔들기를 계속했다. 그들은 춤이 끝나고 제자리로 돌아갈 때까지 특유의 엄숙한 표정을 한순간도 거두지 않았다.

환영 행사에 모인 사람들 중 많은 이들, 특히 10대 청소년늘 상당수는 나이키, 아식스 등 소위 ‘세계화 기업’들의 로고가 박힌 티셔츠를 입었다. 놀랄 일은 아니다. 그런 티셔츠를 만드는 공장들이 재고품을 외지에 내다 팔기도 하고, 여행객들이 현지 사람들과 물물교환 차원에서 티셔츠를 벗어놓고 가는 일도 다반사기 때문이다. 굳은 표정으로 정면을 응시하는 오사마 빈 라덴의 얼굴이 그려진 검은색 티셔츠를 입은 청년도 있었다. 나는 이곳 사람들이 알카에다의 우두머리를 우러러보느냐고 물었다.

“예? 그가 누군데요?”

“뉴욕 무역센터 폭파 사건의 배후로 지목된 사람 말입니다.” 내가 약간 놀라며 대답했다. 이기는 심드렁하게 어깨를 으쓱했다. “알카에다? 국제 테러리스트? 한 번도 들어본 적 없는데요. 이곳 애들도 마찬가지일 겁니다."

아마도 그 셔츠는 인도네시아나 말레이시아에서 만들어졌을 것이다. 그곳에서 이 사람 저 사람이 입다가 더 가난한 개발도상국으로 팔리는 중고 의류품에 섞여 이곳 파푸아뉴기니까지 흘러들었을 것이다. 미국 중고 의류품의 운명도 이와 마찬가지다. 미국 빈민들조차 입기를 꺼리는 낡은 옷을 구세군이나 플래닛 에이드(Planet Aid) 같은 단체들은 어떻게 처리할까? 물론 중고 의류 처리업체에게 판매한다. 이 업체들은 옷가지를 상태별로 분류한 뒤(비교적 덜 해진 청바지는 이쪽에, 아주 낡은 티셔츠는 저쪽에 하는 식으로), 각각의 옷더미를 컨테이너에 담아 멀리 제3세계 커피 생산지, 혹은 그보다 더욱 후미진 지역에 수출한다. 의류 더미를 담은 컨테이너가 도착하면 현지 업자들이 다시 한 번 옷가지를 살펴보며 자신들이 팔고자 하는 옷을 구매한다.

오전에 고로카 외곽을 지날 때 초대형 컨테이너가 몇 개 늘어선 것을 보았다. 중고 의류를 파는 곳이다. 끝없이 넓은 야외 시장도 몇 군데 지나쳤다. 대나무로 된 선반을 늘어놓고 낡디낡은 옷가지를 팔았다. 도시 밖에 사는 사람들 중 새 옷을 사는 사람은 전혀 없다. 이기는 이제껏 한 번도 새 옷을 가져본 적이 없다고 했다. 이번에 내가 공항에서 그에게 선물한 딘스빈스 티셔츠가 처음 갖는 새 옷이라고 했다(내가 그곳을 방문하는 동안 이기는 하루도 빠짐없이 그 옷을 입었다).

우리 뒤쪽으로 포도 덩굴과 이끼로 뒤덮인 의자 두 개가 등장했다. 의자 밑에는 긴 막대가 달려 있었다. 손님들을 의자에 앉혀 높이 들어올린 다음 언덕 위로 행진하기 위해서다. 데이비드와 나는 의자에 올라앉아 행진했다. 처음에는 기분이 무척 꺼림칙했다. 환영 인파 속에는 분명 "제기랄, 또다시 흰둥이를 왕좌에 앉히는구먼" 하고 끌탕하는 사람들이 있을 것이다. 하지만 이기가 이곳에서 백인을 이런 방식으로 영접하기는 처음이라며 나를 달래주었다. 웃고 환호성 지르는 군중 속에서 어떤 불만스런 표정도 발견할 수 없었다. 그들이 진정으로 우리의 방문을 환영하고 고마워한다는 생각이 들었다.

평평한 언덕에는 지붕까지 달린 대나무 연단이 설치되었다. 나는 언덕 아래쪽으로 사방을 둘러보았다. 어떤 건축물도 보이지 않았다. 헹가노피는 마을이라기보다는 하나의 느낌이다. 우리는 대나무 계단을 올라 연단 위로 안내되었다. 그리고 지역 인사들과 함께 나란히 의자에 앉았다. 내 왼쪽에는 헹가노피의 유일한 목사가 앉았다. 복음주의 기독교 목사인 그는 내 손을 잡아 힘껏 악수하면서 물었다. "유대인이시죠? 저도 유대인입니다!"

지역 인사들이 차례대로 우리를 위해 환영사를 했다. 커피를 재배하며 함께 일하는 주민들에 대한 칭송도 잊지 않았다. 질 좋은 커피를 생산하면 더 많은 돈을 벌고, 그만큼 가족을 잘 보살필 수 있다고 했다.

"유 루카우팀 코피, 나 코피 바이 루카우팀 유(Yu lukautim cofi, na cofi by lukautim yu!:커피가 우리를 지키는 것이 아니라 우리가 커피를 지킨다)!" 이 말은 우리 여행의 모토가 되었다.

몇몇 그룹이 연단 앞에서 공연을 펼쳤다. 한 그룹은 춤을 추며 커피나무 가지를 땅에 심었다. 나무에 물을 주고, 가지를 치는 모습도 춤으로 형상화했다. 동시에 내레이터는 커피나무의 일생을 노래로 들려주었다. 이 공연에 너무나 감동받은 한 청중이 연단 쪽으로 뛰어나왔다. 그리고 풀잎 치마를 들어 올리더니 음경을 이리저리 휘두르며 커피나무에 오줌을 뿌렸다. 이기는 즐거워 어쩔 줄 모르는 모습이었다. "저 사람은 지금 비옥한 대지를 축복하는 겁니다! 파푸아뉴기니 사람들은 정말로 땅을 사랑하거든요!" 데이비드는 미국에서 열리는 지구의 날 행사에 저 남자를 초청했으면 좋겠다고 했다.

곧이어 가짜 라스콜들이 나왔다. 그들은 방금 심은 커피나무에서 커피 열매를 훔쳐 가는 모습을 연기했다. 커피 도둑질이 큰 문제로 떠오르고 있다고 이기가 설명했다. 농부들이 돌아와서 라스콜들을 때려눕히자 청중은 환호성을 질렀다.

내가 연설할 차례다. 먼저 이기가 나를 소개했다. 이곳 농부들이 커피를 통해 좀더 많은 돈을 벌 수 있도록 돕기 위해 멀리 미국에서 온 사람이라고 했다. 나는 미리 배워둔 톡피신어로 인사말을 했다.

"아피눈 트루, 올 메리 나 만 블롱 파푸아뉴기니(안녕하십니까, 파푸아뉴기니 신사 숙녀 여러분)!" 청중에게서 우레와 같은 환호성이 터져 나왔다. 시작은 좋았다. 하지만 계속 톡피신어로 말할 수는 없었다. 본론은 영어로 이야기했다. 여러분이 협동조합을 조직하여 함께 일하면 중간상인을 거치지 않고 직접 수출업자와 로스터에게 커피를 판매할 수 있으며, 훨씬 더 높은 값을 지불받을 것이라고 했다.

"얼마나 더 많이 받을 수 있죠?" 청중 속에서 한 남자가 소리쳤다.

"그래요, 얼마나 더 받죠?" 다른 사람들도 물었다.

나는 머릿속으로 재빨리 달러를 키나(kina：파푸아뉴기니의 화폐 단위)로, 파운드를 kg으로 계산했다. 그리고 정확하지는 않지만 커피 생두 kg당 6~9키나를 받을 수 있을 것이라고 대답했다. 현재 이곳 농부들은 중간상인에게 kg당 1키나를 받는다고 케카스에게 들은 적이 있다. 그때부터 청중은 내 연설에 더욱더 귀를 기울였다. 한 마디 할 때마다 박수갈채가 터져 나왔다. 나는 이쯤에서 연설을 끝내야겠다고 생각했다. 저녁을 먹으며 좀더 '톡톡' 할 수 있을 것이기 때문이다. 나는 열심히 연습한 톡피신 문장으로 연설을 마무리하기로 했다.

"탕큐 트루. 탕큐 스트레이트. 미 톡톡 피니스 나우(Tank yu tru, tank yu straight. Mi tok-tok pinis now!：대단히 감사합니다. 이것으로 제 연설을 마치겠습니다)!" 나는 청중에게서 마지막 박수갈채가 터져 나오길 기대했다. 하지만 청중은 숨죽인 듯 꼼짝하지 않았다. 그들은 어느 때보다 빤히 나를 바라보았다. 이기가 내게 몸을 슬쩍 기울이며 속삭였다. "선생님은 방금 '감사합니다, 이제부터 제 페니스에 대해 말씀드리겠습니다' 라고 하셨습니다."

"피니스(pinis)가 '마치다(finish)' 라는 뜻이 아닙니까?" 나는 당황하여 어쩔 줄 몰랐다.

"얼추 맞긴 합니다만 발음이 부정확했어요. '핀-니스(pin-nis)' 라고 발음해야 하거든요."

"알겠습니다. 앞으로 절대로 잊지 않겠습니다. 그런데 이제 어떡하면 좋을까요?"

"글쎄요, 선택을 하세요. 이대로 끝내시거나, 선생님의 페니스에 대해 이야기하시거나. 이곳 사람들은 백인 남자의 페니스를 한 번도 본 적이 없거든요. 아주 궁금해할 겁니다."

"그건 좀 곤란하죠. 저녁이라도 먹은 뒤라면 모를까."

이기는 자리에서 일어나더니 청중을 향해 내 연설이 끝났다고 말했다. 박수갈채와 함성이 뒤따랐다. 물론 한편으론 실망의 빛도 역력했다. 이기가 나를 보며 미소 지었다. 그리고 청중에게 덧붙였다. "모두 아시겠지만, 장작에 불을 지필 때면 으레 시간이 꽤 걸리는 법입니다. 그런데 이따금 작은 바람이라도 불어준다면 불 붙이기가 한결 수월해지죠." 청중은 그렇다며 웅성거렸다. '흠, 틀린 말은 아니다. 그런데 갑자기 그 말은 왜?' "하지만 여기에 계신 미스터 딘은 작은 바람이 아닙니다. 그는 아주 큰 바람입니다!" 청중은 열렬히 환호했다. '796' 이 앞으로 나와 북과 꽹과리를 치고 나팔을 불면서 행사는 막을 내렸다.

이기와 케카스가 회의를 소집했다. 우리는 연단 뒤에 세워놓은 텐트

아래 앉았다. 회의가 시작되기 전에 목사가 짤막한 기도를 했다.

"하늘에계신주예수그리스도여커피를통해우리가좀더많은돈을벌수 있도록도와주소서."

"아멘." 모두 복창했다.

이기는 헹가노피뿐 아니라 그 외 지역에서도 농부들이 조직되어야 할 필요성에 대해 길게 이야기했다. 나는 농부들이 어떻게 커피나무를 심고 열매를 수확하며, 커피를 어떻게 가공하는지 많은 질문을 했다. 규모의 경제를 위해 협동 작업이 필요하다는 개념은 아직 그들에게 생소한 듯했다.

그곳에선 모든 커피 생산 과정이 가족이나 씨족 단위로만 진행됐다. 소규모 가족이나 씨족이 커피를 수확하고, 그 열매를 근처 강으로 가져가 발로 밟아 껍질을 벗긴다. 그리고 그것을 다시 집으로 가져와 말린다. 라스콜들이 그들의 유일한 현금 작물인 커피를 훔쳐 가지 못하도록 하기 위해 가족 구성원 모두 강에도 함께 가고 집 근처를 떠나지 않는다. 자동차나 트럭이 없기 때문에 커피 자루를 지고 몇 km씩 떨어진 대로변으로 나가 중간상인이 지나가기를 하염없이 기다린다. 때로는 길가에서 날을 지새우기도 한다. 가격 흥정이란 존재하지 않는다. 중간상인이 부르는 게 값이다.

나는 수확해서 커피 열매의 껍질을 벗길 때까지 얼마나 걸리는지, 커피 열매 한 자루의 껍질을 벗기는 데 얼마나 걸리는지, 커피 생두를 햇볕에서 얼마 동안 말리는지 등을 물었다. 농부마다 말이 조금씩 달랐다. 때때로 자기들끼리 언쟁을 벌이기도 했다. 가족마다 소요 시간이 다른 것 같았다. 나로선 일관성 있게 상황을 파악하기가 쉽지 않았다. 한 농부가 커피를 지고 산 아래로 내려가는 것이 얼마나 힘든지 하소연했다.

"그만 하게! 자넨 말이 너무 많아!" 다른 농부가 소리 질렀다.

"자넨 민주주의도 모르나? 저 사람은 자기가 하고 싶은 말을 할 권리가 있어!" 또 다른 농부가 소리쳤다. 몇몇 농부들이 서로 소리 지르고 삿대질하기 시작했다. 이기가 나를 보더니 웃으며 말했다.

"우리가 원래 좀 거칩니다."

"괜찮습니다. 토머스 제퍼슨(Thomas Jefferson)은 '자유란 시끄럽기 짝이 없는 바다와 같다. 유약한 자만이 독재의 고요함을 선호할 뿐이다'라고 말했죠."

"그래요? 제퍼슨이란 사람한테 꼭 전해주십시오. 저도 그 말에 전적으로 동의한다고요."

농부들이 갑자기 언쟁을 멈췄다. 불에 지글지글 그슬린 커다란 돼지 한 마리가 막대에 꿴 채 등장했기 때문이다. 우리 앞에는 넓은 돗자리가 깔렸고, 그 위에 얌과 토란을 비롯한 갖가지 채소와 과일이 놓였다. 저녁 시간이다.

이기는 오늘의 주빈이 돼지를 잘라 모든 참석자에게 나눠줘야 한다며 30cm 남짓 되는 수제 나이프를 내게 건넸다. 나는 돼지를 바라보았다. 돼지는 나를 바라보았다. 나는 마음속으로 이 행위가 나의 코셔(kosher: 음식물을 유대교 율법에 맞게 생산하고 조리하는 것—옮긴이) 라이선스에 해가 되지 않기를 빌었다. 이기가 속삭였다. "제일 좋은 부위는 반드시 이곳 우두머리에게 주세요. 안 그러면 모욕을 당했다고 생각할 겁니다. 이곳 사람들이 얼마나 사나운지는 선생님도 아시죠?"

'제일 좋은 부위? 갈빗살? 옆구리 살? 옆구리 살이라 해도 그곳이 정확히 어디지? 제일 좋은 부위란 나라마다 다르지 않을까? 보통 일이 아니군.' 사람들은 일제히 나를 바라보았다. 나는 아주 조심스럽게 나이프 끝을 돼지 갈비뼈 끝부분에 살짝 갖다 댔다. "노오…" 사람들에게서 부정적 탄성이 나지막하게 흘러나왔다. 이기도 머리를 가로저었다. "다시 한 번 해보세요. 하지만 이번엔 꼭 성공하셔야 합니다." 이기가 속삭였다.

나는 칼끝을 돼지 어깨 쪽으로 가져갔다. 사람들은 또다시 같은 반응을 보였다. 마지막으로 돼지 등에 칼을 댔다. "오호!" 사람들이 환한 얼굴로 고개를 끄덕였다. 식사 준비 끝.

나는 모인 사람들에게 고기를 나눠주었다. 하지만 케카스와 그녀의 아이들은 돼지고기를 정중히 거절했다. '종교적 이유' 때문이라고 했다.

"이슬람교도세요?" 내가 놀라서 물었다. 이슬람교도는 해안 지역에만 일부 산다고 들었기 때문이다.

"아니에요. 우리는 제7일 안식교도예요." 케카스가 대답했다. 종교들은 대부분 '세상 모든 영혼들을 내 종교로 끌어들이자' 는 것을 모토로 삼는다. 지난 100여 년 동안 파푸아뉴기니는 침례교, 모르몬교, 루터교, 신종 복음주의 교파 등의 교세 확장을 위한 각축장이 되어왔다. 특히 하계언어학연구소(Summer Institute of Linguistics, SIL)가 주도하는 신종 복음주의 교파는 가히 '복음주의 기독교 특수 기동대' 라 할 만했다. SIL은 성경을 소수 원주민들의 언어로 번역하여 원주민들을 개종시키는 것을 목적으로 하는 기관으로, 파푸아뉴기니에서 아주 활발히 활동했다.

"뉴욕에 살 때는 핫도그를 많이 먹었는데…." 케카스의 아들 아브도가 그리운 듯 말했다.

우리는 기름진 음식을 잔뜩 먹은 뒤, 커피의 생산과 유통 과정에서 단계별로 어떻게 협력 작업을 할지 논의했다. 커피 생두의 적정 발효 수준 등 어떻게 하면 커피의 맛을 일정하게 유지할 수 있을지에 대해서도 이야기했다. 나는 커피 껍질을 발로 밟아 벗기는 대신 다른 지역에서 사용하는 과피 제거기를 사용하는 것이 어떻겠냐고 제안했다. 손으로 작동하는 기계라 값이 싸기 때문에 마을에 한 대씩 들여놓고 함께 사용할 수 있을 것이라고 했다.

마을 사람들 역시 종전 방식을 고수해야 한다고 생각하는 것 같지는 않았다. 달리 방법이 없기 때문에 그렇게 해온 것이다. 갓 딴 커피 열매 한 자루를 껍질 벗겨 알맹이를 추출하는 데 여섯 시간이나 걸리다보니 처음 깐 생두는 맨 마지막에 깐 생두보다 발효가 많이 진행되었고, 커피의 품질이 고르지 않았다. 같은 해에 수확한 것으로 보이지 않는 것은 물론, 같은 지역에서 생산된 커피라고 믿기지 않기 일쑤다.

농부들은 내 말에 아주 많은 관심을 보였다. 그들은 50여 년 동안 이곳 산간 지대에서 커피를 재배해오면서 정부나 커피 업자들에게 거의 아무런 기술적 지원도 받은 적이 없다. 때문에 시장이 어떤 커피를 원하는지, 자신들의 커피를 좀더 매력적으로 만들기 위해 무엇을 해야 하는지 알 수 없었다. 그저 커피를 재배하고 수확하고 내다 팔 뿐이었다. 나는 농부들에게 다른 나라 커피협동조합 활동을 담은 사진을 보여주었다. 그들은 에티오피아의 이르가체프 농부들의 사진에 많은 관심을 보였다. 그들의 집이 자신들의 오두막과 아주 비슷한 모양이라며 좋아했다. 이르가체프 농부들은 집의 벽을 반만 세우고 밤이면 가축들을 집 안으로 들여 공기를 따뜻하게 한다고 말해주자, 아주 놀란 듯했다.

"원 세상에, 정말 원시적이군요!" 코에 구멍을 뚫어 멧돼지 엄니를 달고 허리에는 천 조각을 두른 남자가 말했다.

쿤디아와(Kundiawa)까지는 차로 한 시간 정도 걸렸다. 심부 지방 산기슭에 위치한, 작지만 북적북적한 변경 마을이다. 우리는 그곳으로 가는 도중에 울창한 열대우림 속 여기저기에 삼림이 완전히 벌목된 곳을 발견했다. 벌목된 곳마다 돌과 통나무로 구획이 표시되었다. 이기가 침통한 표정으로 인구가 증가하면서 생긴 현상이라고 말했다. 사람들이 생계용 작물을 재배하기 위해 나무를 모두 베고 밭을 일군다는 것이다. "인구 증가를 억제하고 사람들에게 어느 정도 수입을 보장해주지 않으면 파푸아뉴기니의 숲은 조만간 완전히 없어질 겁니다." 이기가 운전대를 움켜쥐었다.

우리는 아사로 밸리(Asaro Valley)도 지났다. 아사로 머드맨(Asaro Mudmen)으로 유명한 곳이다. 머드맨은 아사로 밸리의 전사다. 분쟁이 발생하면 그들은 복수 혈전을 위해 출동한다. 그때마다 아사로 밸리에서 하얀 진흙을 온몸에 바르고 거대한 진흙 탈을 뒤집어쓴다. 적에게 다가갈 때면 신비한 의식이라도 거행하듯 몸을 낮추고 아주 천천히 기어간다. 이들을 보고 공포에 떠는 사람도 분명 있을 것이다. 하지만 AK-47 소총 앞에서는 이들도 진흙 덩어리에 불과할 것이다. 이기는 이틀 뒤 열릴 커피문화축제에 머드맨들도 참석할 거라고 했다. 그 축제는 이기가 직접 조직한 것으로, 쿱(Kup)이라는 마을에서 열릴 예정이다. 고로카에서 멀어질수록 제대로 된 길을 찾아보기 힘들었다. 나는 쿱에서 열리는 커피문화축제는 헹가노피의 환영 행사보다 규모가 작을 것이라고 확신했다.

우리는 쿤디아와의 호텔에 여장을 풀었다. 말이 호텔이지, 오두막 몇 개를 나란히 세운 것에 불과했다. 그래도 호텔 입구에는 감전 장치가 달린 정문이 있었다. 호텔 옆에 있는 바에서 댄스파티가 열린다고 했다. 쿱에서 열릴 축제를 위한 기금 모금 행사이자, 심부 지역 다인 커피생산자협회(Digne Coffee Growers Association)의 출범을 알리는 행사다. 다인 커피생산자협회 역시 이기가 주도하여 만든 조직으로,

협동조합을 건설하기 위한 사전 단체다. 댄스파티에는 꽤 많은 사람들이 모였다. 지역민들이 쌍쌍으로, 혹은 혼자서 열심히 춤을 췄다. 밴드는 톡피신어와 영어를 섞어 레게와 디스코 등 여러 가지 음악을 훌륭히 연주했다. 종업원들은 끊임없이 맥주를 날랐다. 평화로운 밤이다. 하지만 협회 사람들은 15m 남짓한 거리인데도 나와 데이비드 단둘이 호텔로 돌아가지 못하게 했다. 뒷문으로 바깥을 살짝 구경하는 것도 허락되지 않았다. "밤에는 아주 위험해요." 그들이 엄중히 경고했다.

우리는 전형적인 오스트레일리아식 아침식사(토스트와 구운 콩, 시금치 통조림, 홍차나 인스턴트커피)를 한 뒤 쿱으로 출발하기 위해 짐을 쌌다. 이기가 오더니 출발이 조금 지연될 거라고 말했다. 어젯밤 댄스파티에서 생긴 일로 보상금 회의를 해야 하기 때문이라는 것이다. 술 취한 사람이 협회 사람들에게 돌을 던졌는데, 그것이 빗나가 어느 렌터카 옆구리에 맞았다고 했다. 렌터카 운전자는 협회 측에게 보상금을 받으려고 했다. 협회 잘못도 아닌데 왜 그러냐고 물었더니, 이기는 파푸아뉴기니의 법 체계에 대해 짤막하게 설명했다. "그 운전자는 협회 탓이라고 우기고 있어요. 차를 세워둔 곳 근처에서 댄스파티를 연 게 잘못이라는 거죠." 이기는 그리 오래 걸리지 않을 거라며, 꼼짝 말고 기다리라고 했다.

세 시간이 흘렀다. 불안해진 데이비드와 나는 경찰서까지 걸어가기로 했다. 호텔에서 한 블록쯤 떨어진 곳이다. 게다가 쿤디아와에 도착한 뒤 주변 경치 구경 한 번 못하지 않았는가. 쿤디아와의 도로는 포장되었고, 인도도 있었다. 10여 개 상점이 눈에 띄었다. 일반 잡화점이나 운송업체들인데, 한결같이 단단한 보안 장치를 갖췄다. 많은 사람들이 거리를 오갔는데, 그중 주민이 아닌 사람은 우리 둘뿐인 것 같았다. 거리는 빈랑나무 열매를 씹다가 뱉은 침 자국으로 온통 붉게 물들었다. 드라큘라 백작이 와서 봐도 놀라 자빠졌을 것이다.

경찰서 입구 주변에는 100여 명이 서성거리고 있었다. 다인 커피생산자협회 사람들도 몇 명 보였다. 그들은 우리를 보고 깜짝 놀라 달려왔다. 쿱의 지도자이자 협회 창립자인 마이클(Michael)이 이기를 데려왔다. 이기는 보상금 회의가 원만히 진행되고 있으며, 곧 끝날 것이라고 말했다.

이곳에 온 이상 이들과 함께 있어야 했다. 데이비드와 나는 붉은 물이 좀 덜 든 벽에 기대어 서서 기다렸다. 나는 '안내소'라고 쓰인 한쪽 벽에 다음과 같은 문구가 적힌 표지판을 보았다.

마술 행위

마술 행위를 벌였다는 이유로 많은 사람들이
고문당하거나 살해되고 있음.
법에 따르지 않은 응징 행위는 반드시 삼갈 것.
마술 행위를 벌이는 사람은 즉각 경찰에 신고할 것.

표지판 아래는 사진이 한 장 걸려 있었다. 온몸에 창이 꽂힌 채 강가 바위에 버려진 남자의 사진이다. 그때 어떤 남자가 인파 속으로 달려들었다. 그는 뭐라고 소리치면서 또 다른 남자의 머리에 주먹질을 하기 시작했다. 사람들은 자리를 비켜주며 싸움을 거들었다. 껄껄거리는 사람도 있고, 야유하는 사람도 있다. 안내소 뒤쪽에서 경찰이 달려오더니 때리는 남자에게 그만 하라고 타이르기 시작했다. 그의 등을 다독이기까지 했다. 잠시 후 남자는 구타를 멈추고 유유히 사라졌다.

잔뜩 얻어맞은 남자는 주변의 도움을 받아 가까스로 일어났다. 그의 얼굴은 빨간 물을 들인 으깬 감자 같았고, 안구 하나가 크게 돌출되었다. 그는 어기적거리며 길을 따라 걸어갔다. 어느 것이 빈랑나무 열매 얼룩이고, 어느 것이 그가 흘린 피인지 구별이 되지 않았다. 이기나 나오더니 모든 게 잘 끝났으며, 이제 쿱으로 떠날 수 있다고 말했다. 나는 방금 일어난 폭력 사건은 어떻게 된 일이냐고 물었다.

이기는 어깨를 으쓱하며 대답했다. "종교적 가르침에 아주 충실한 사람들일 뿐입니다. 성경에 나온 대로 하는 거죠. 눈에는 눈, 이에는 이. 글자 그대로요."

심부 지역 도로 사정에 대해 이기가 한 말은 사실이다. 쿤디아와를 떠날 때 건장한 남자 다섯 명이 랜드로버 뒷좌석에 함께 탔다. "차가 진흙탕에 빠지거나 다리에서 떨어질 경우를 대비해서 이 사람들을 데려가는 겁니다." 이기가 별것 아니라는 듯 말했다. 우리는 제일 안전하다고 알려진 다리에서도 거의 추락할 뻔했다. 다행히 가드레일이 철근으로 되어서 뒷좌석 유리창 하나만 부서졌다. 부서진 유리 조각들이 도우미 사나이의 팔뚝 위로 쏟아져 내렸다. 헹가노피로 가는 도로와 달리 이 도로는 진흙 수렁과 울창한 열대우림 속으로 이어졌다. 쓰러진 통나무로 얼기설기 만든 다리를 수없이 지나야 했고, 그때마다 바퀴가 미끄러져 나무 사이에 끼기 일쑤였다. 이기는 이곳을 '생태 체험 여행지'로 개발하면 좋을 것이라고 했다. 이 근처에 급류 뗏목 타기에 제격인 강이 여러 개 있다고도 했다.

"좋은 생각이군요. 이곳에서 뗏목 타기를 해본 사람이 있나요?"

"네, 있습니다. 작년에 오스트레일리아 사람 두 명이 여기서 뗏목을 타다 죽었죠. 위험한 바위도 아주 많고, 조금만 더 내려가면 죽음의 소용돌이도 많습니다."

"생태 체험 여행지 생각은 좀 미루는 게 좋겠네요, 이기."

"그럴까요?"

좁은 진흙길 한가운데서 사람들이 차가 지나가도록 길을 비켜주었다. 그들은 돼지 세 마리를 막대에 꿰어 운반하고 있었다.

"저 사람들은 결혼식에 가는 중입니다. 아주 큰 결혼식인가 봐요."

"그걸 어떻게 압니까?"

"돼지 세 마리짜리 결혼식이니까요."

그리 많은 사람들과 마주치지는 않았다. 하지만 어쩌다가 사람들과 마주칠 때마다 그들은 마이클에게 손을 흔들었다. 마이클이 저 사람들 모두 쿱 커피문화축제에 가는 길이라고 했다. 문화축제는 파푸아뉴기니에서 가장 인기 있는 지역민 행사다. 여러 종족이 한곳에 모여 장기나 특산품을 뽐낸다. 이번 축제는 심부 지역에서 처음 열리는 커피문화축제다. 산등성이를 오르자 엘리바리 산(Mount Elibari)의 깎아지른 듯한 바위가 보였다. 그 산 건너편에는 외국인이 소유한 금광과 구리광이 땅을 헤집어놓았다. 그 광산을 통해 파푸아뉴기니의 광물 자원이 대량으로 유출되는 반면, 엄청난 유독 물질은 그곳에 방치되었다.

마침내 쿱에 도착했다. 16만 2000m²에 달하는 들판에서 8000명이나 되는 사람들이 우리를 기다렸다. 파푸아뉴기니의 텃새 풍조 모양의 높은 머리 장식을 하고, 키나 조개 목걸이를 두르고, 풀잎 스커트(엉덩이를 살짝 덮는다는 뜻으로 '아르세그라스[arse-gras]'라고도 불린다)를 걸친 남녀 수백 명도 눈에 띄었다. 아사로 머드맨도 50여 명 있었다. 그들은 한 사람의 어깨에 놓인 트랜지스터라디오의 음악에 맞춰 춤을 추었다(라디오를 멘 머드맨의 다른 어깨에는 창이 걸려 있었다). 모든 이들이 깃털과 흙, 동물로 몸을 장식했다. 남녀노소 모두 쥐 가죽과 매 깃털, 뱀 가죽, 그 외에도 정체를 알 수 없는 수많은 장식물로 몸을 두르고 있었다. 장식물은 각 부족의 생태 환경을 반영했다.

깃털 머리 장식에 멧돼지 이빨을 코에 달고, 배에 왕(王)자 근육이 있는 건장한 전사들이 우리에게 걸어왔다. 공식적으로 우리를 영접하기 위해서다. 그들은 우리를 향해 창을 휘두르며 환영의 노래를 불렀다. 젊고 어여쁜 여자 둘이 가슴을 드러낸 채 데이비드와 내게 다가왔다. 그들은 몸에 돼지기름을 바르고, 얼굴엔 식물에서 추출한 갖가지 물감과 재를 칠했다. 그들은 축제 내내 우리 곁을 지켜줄 '안내자'다. 쿱의 지도자 조(Joe)는 우리에게 즐겁고 편안하게 이 축제에 참여하기 바란다고 말했다.

"우리 모두 당신을 진심으로 환영합니다! 그래서 당신을 우리 댄스 팀의 일원으로 받아들이기로 했습니다." 춤을 무척 좋아하는 나는 즉시 그 제안을 수락했다. "좋습니다! 그럼 지금부터 당신 몸에 돼지기름을 바르고 물감도 칠하겠습니다. 특별히 제작한 풍조 머리 장식도 쓰십시오! 옷을 나 벗고 머리 장식을 얹으시죠!" 조는 사람들에게 돼지기름을 준비하도록 지휘했다. 데이비드가 나를 응원했다. 그는 재미있어 죽겠다는 표정이다.

"헤이, 브라타(brata:브라더)! 잘 해보게. 카메라도 준비 끝!"

"저… 고맙습니다, 조. 참으로 영광스러운 일입니다. 그런데 발가벗는 일만은 그냥 넘어갈 수 없겠습니까? 그 대신 멧돼지 이빨 목걸이를 두르면 어떨까요?"

사람들이 모두 박장대소했다.

"알겠습니다. 목걸이로 대신하겠습니다." 조는 조금 실망한 듯했으나 여전히 활기찼다. 나의 안내원인 사랑스런 리타(Rita)가 멧돼지 이빨 목걸이와 화환을 목에 둘러주었다. 청중은 크게 웃으며 "우우우우!" 하는 소리를 냈다. 이기는 이곳 사람들은 박수 치는 대신 "우우우우우" 한다고 말해주었다. 그들의 '우우우우우'는 아주 정교하다. 동시에 시작해서 점점 목소리를 크게 하며 동시에 정점에 이른다. 소리로 된 파도가 점차 밀려오며 한순간에 힘껏 해안을 때리는 것 같다. 마이클은 빙긋이 웃으며 내가 두른 멧돼지 이빨 목걸이는 결혼식에 쓰이는 것이라고 했다. 사람들이 크게 웃은 것도 그 때문이라는 것이다. 리타가 수줍은 듯 미소 지었다. 그러자 이번에는 이가 몇 개 남지 않은 나이 든 여자가 가슴을 다 드러낸 채 데이비드의 팔을 움켜잡았다. 데이비드는 빠져나가려고 버둥댔지만 여의치 않았다.

"축제에서 다시 만나세, 브라타!" 내가 데이비드를 향해 외쳤다. 그의 '신혼여행'이 무사하기를 빌었다.

들판 곳곳에서는 부족민들이 자기들끼리 어울려 춤추고 노래했다. 10여 개 언어가 경쾌하게 대기에 울려 퍼졌다. 전사들로 구성된 남자들이 노래 불렀다.

우리는 이 땅의 사나이들
우리는 밭에 나가 커피를 수확해야 하네
이렇게 우리는 가족을 먹여 살린다네!

갈댓잎 스커트를 입고 온몸에 물감을 칠한 여자들이 화답했다.

우리는 커피의 어머니들이라네!

들판 한가운데 쿱 커피문화축제를 위한 스타디움이 세워졌다. 바나나 껍질을 꼼꼼히 엮어 만든 2m 남짓한 임시 울타리로 무대를 두른 스타디움이다. 그것을 세우는 데만 꼬박 사흘이 걸렸다고 한다. 대나무로 만든 연단도 있었다. 오늘과 내일 이틀 동안 많은 연설과 공연이 치러질 것이다. 다인 커피생산자협회 사람들은 참가팀들에게 1키나씩 받기로 했다고 말했다. 참가자들에게 큰 부담이 되는 액수도 아닐뿐더러, 그 돈이면 무대 설치와 축제 준비에 애쓴 사람들에게 조금이나마 사례를 지불할 수 있기 때문이다. 우리는 수많은 원주민 공연을 구경하면서 천천히 무대 쪽으로 걸어갔다. 그중에는 파푸아뉴기니식 프로레슬링을 하는 부족도 있다. 두 팀으로 나눠 몽둥이로 상대를 내려치는 척하는, 농 반 진 반의 게임이다. 대부분 익살스럽고 과장된 몸짓이지만, 실제로 크게 얻어맞아 경기장 밖으로 옮겨진 사람도 있다. 두 팀은 한참 동안 서로 잡으려고 온 들판을 뛰어다니기도 했다. 그때마다 구경꾼들은 웃고 소리 질렀다. 원주민 밴드들은 연신 기타 연주를 했다. 한 번도 조율한 적이 없는 기타 같았다. 타악기 연주자들은 커다란 대나무 줄기를 찰싹찰싹 두드리며 특유의 '보잉~ 보잉~' 하는 리듬을 만들어냈다.

땅을 파서 만든 구덩이에서는 뜨거운 돌에 얹힌 돼지들이 모락모락 익어가고 있다. 여자들은 땅콩과 오렌지, 토바코, 신문지에 만 마리화나를 팔았다. 태어나서 한 번도 백인을 본 적이 없는 사람들은 호기심에 가득 찬 눈으로 우리를 곁눈질했다. 키가 185cm나 되는데다 무비 카메라를 든 데이비드는 특히 그들의 관심을 끌었다. 쿱 전체가 음식과 축하연으로 들썩였다. 사람들 모두 커피나무 가지로 된 장식을 몸에 달았다.

케카스가 인파 속에서 우리를 발견했다. 그녀는 우리와 다른 차로 몇몇 헹가노피 농부들과 함께 이곳에 왔다. 그녀가 기분 좋게 웃으며 말했다. "선생님이 떠난 후 농부들은 밤새도록 아주 많은 이야기를 나눴어요. 선생님이 말씀하신 사람들을 조직하는 방법이라든가, 함께 협력하는 방법 등에 대해서요. 우리에겐 아주 새로운 주제죠. 우리나라에선 모두 개별적으로 일하거든요. 이제는 함께 일하자, 그렇게 해야 한다고 결론 내렸어요. 농부들은 지금 아주 신이 났어요!"

케카스는 황급히 우리 곁을 떠났다. 연단 근처의 테이블에서 커피를 끓이기 위해서다. 나는 이번 축제에 사용하려고 다인 커피생산자협회와 헹가노피 이름이 박힌 트라이벌 아로마 커피(Tribal Aromas Coffee) 몇 봉지를 가져왔다. 이곳 사람들은 갓 끓인 원두커피를 한 번도 마셔본 적이 없다고 했다. 인스턴트커피조차도 거의 마셔보지 못했다. 지금 케카스는 파푸아뉴기니 최초의 딘스빈스 커피 시음회를 준비하고 있다. 농부들이 커피 맛을 보기 위해 케카스 주변으로 모여들었다. 그녀는 커피를 따라주며 농부들에게 품질관리의 중요성을 비롯한 각종 기술적인 사항들에 대해 말해주었다. 불꽃처럼 열정적인 모습이다.

대나무로 만든 연단에 올라가면서 나는 이 모든 사람들이 대체 어디서, 어떻게 이곳으로 왔느냐고 물었다.

"걸어서 왔죠. 일주일을 꼬박 걸어 이곳에 도착한 사람들도 있습니다. 여기서 이틀간 머문 뒤 다시 일주일을 걸어 집으로 가는 겁니다."

"축제가 있다는 걸 사람들이 어떻게 알았죠?" 이곳에는 TV도 없고, 신문은 마리화나를 말아 피우는 데 사용하는 것이 고작이기 때문이다.

"모두 브라타 케네디 덕분입니다." 이기가 웃으며 말했다.

브라타 케네디는 파푸아뉴기니에서 가장 인기 있는 라디오 진행자이자 디제이다. 서른 살 정도 된 대단한 미남으로, 달콤하고 부드러운 목소리로 유명하다. 그는 한 라디오 방송국에서 매일 밤 방송을 진행하는데, 파푸아뉴기니 인구 500만 명 중 400만 명이 밤마다 그의 방송을 듣는다고 한다. 그는 쿱 커피문화축제에 참석했다. 이 축제가 고원지대 사람들을 위한 아주 근사한 일이라고 생각했기 때문이다. 브라타 케네디는 동포를 무척 사랑하며, 자신의 인기를 그들을 가르치고, 즐겁게 해주고, 격려하는 데 십분 활용했다. 그는 기꺼이 이번 축제의 사회를 맡기로 했다. 그는 축제가 부드럽게 진행되는 데 크게 공헌했다.

정치인도 대거 참석했다. 이토록 많은 사람들이 모이는 경우가 흔치 않아 사람들에게 자신을 알릴 중요한 기회라고 생각한 것이다. 그들은 다인 커피생산자협회를 적극적으로 지지한다는 연설을 빠뜨리지 않았다. 자신들이 협회와 긴밀한 관련이라도 있는 듯한 발언도 심심찮게 했다. 정치인들은 농부들에게 좀더 많은 커피를 재배하고, 좀더 협동하라고 강조했다. 그들 중 일부는 협박과 욕설에 가까운 발언도 일삼았다. "커피를 재배하지 않으려는 자들, 부끄러운 줄 아시오! 그런 자들은 뭔가 문제가 있는 작자들이오!" 이런 식이다. 어떤 정치인은 훈계했다. "마을에서 좋은 평판을 유지하려면 커피를 재배해야 합니다. 그렇지 않으면 일개 라스콜로 여겨질 뿐입니다!" 또 다른 정치인이 덧붙였다. "쓸 만한 이부자리를 깔고 자고 싶습니까? 밭으로 나가 커피를 심으세요!"

어떤 발언자들은 지역 발전이 더디게 진행되는 것은 정부의 무능함 때문이라고 비난했다. "정부는 참으로 어리석습니다. 농부들에게 전혀 관심을 기울이지 않는다고요. 멜라네시아(Melanesia) 사람들은 자기들끼리 공무원 자리를 나눠 갖고 커다란 빌딩도 지으며 잘 먹고 잘 삽니다. 그런데 우리 농부들은 이게 뭡니까? 우리 고조부들이 살던 때와 뭐 하나 달라진 게 있습니까?"

좀더 구체적이고 중요한 사안을 언급한 발언자도 있다. 전국여성협회에서 온 한 여성은 여성과 아이들이 좀더 존중되어야 하며, 이웃 간의 다툼을 폭력으로 해결하려는 관행은 중단되어야 한다고 역설했다. "이웃 간의 폭력은 곧 커피를 파괴하는 행위입니다. 여성과 아이들은 폭력의 가장 큰 피해자입니다. 여성과 아이들의 권리가 존중되어야 합니다. 평화 없이는 발전도 없습니다!"

국회의원 알폰수스 윌리(Alfonsus Willie)는 누구의 환영도 받지 못했다. 윌리 의원은 빈랑나무 열매에 물든 새빨간 치아에 눈은 흰자위가 샛노랗고, 체구가 어마어마하게 큰 남자다. 사람의 생김새에 대해 이렇게 말하는 것은 매우 부적절하며 잘못된 태도인 줄은 나도 잘 안다. 하지만 윌리 의원은 그야말로 고릴라 같다. 제인 구달(Jane Goodall) 옆에서 등을 있는 대로 구부리고 앉은 고릴라 말이다. 그는 경찰 지프를 타고 축제장에 등장했다. 지프 문짝에는 이렇게 쓰여 있었다.

> 이 차량은
> 국회의원 알폰수스 윌리께서
> 확보해주신 기금으로 장만되었음

윌리 의원이 마이크를 잡자, 무대는 순식간에 썰렁해졌다. 그는 목에 핏대를 세우며 자신이 이 지역사회를 위해 얼마나 많은 공헌을 했는지 말하기 시작했다. 자신이 열심히 기금을 확보하여 만든 도로로 여러분이 커피를 시장에 내다 팔 수 있다는 것, 망가진 교각을 수리한 것도 모두 자기 공이라는 등 끝없이 늘어놓았다.

"그만 입 좀 닥치시지!" 누군가가 소리쳤다. 청중이 웃음을 터뜨렸다. "우우우우우!"

"우린 저 백인 남자 이야기를 듣고 싶다고요!" 또 다른 누군가가 외쳤다.

'흠, 민주주의… 토머스 제퍼슨이 자랑스러워하겠군.'

윌리 의원은 사태를 부드럽게 처리했다. 그는 발언을 재빨리 마무리 지었다. 브라타 케네디가 그에게 감사하다고 말했다. 의원이 무대를 내려가자 연단은 활기를 되찾았다. 브라타 케네디는 다음 순서로 인기 밴드 돕도이트(Dop Doit : 개똥벌레)의 연주가 있겠다고 말했다. 청중은 뛸 듯이 환호했다. 수천 명이나 되는 사람들이 갑자기 바나나 잎으로 된 무대 울타리로 달려들었다. 사흘 동안 만든 울타리가 무너지는 데 는 1분도 걸리지 않았다.

그 광경을 보며 이기가 한숨을 내쉬었다. "사람들이 정말 돕도이트 의 연주를 듣고 싶은가 보네요. 브라타 케네디도 좀더 가까이서 보고 싶을 거고요. 다 그런 거죠." 그는 빈랑나무 열매를 뱉으며 의자 등받 이에 몸을 기댔다. 순간, 의자 다리가 대나무 연단을 뚫고 내려가면서 이기가 벌러덩 자빠졌다. "우우우우우!" 청중이 소리 질렀다.

돕도이트 밴드의 리더 제리(Jerry)는 턱수염이 텁수룩하고, 카우보 이 모자에 형사 콜롬보 같은 트렌치코트를 입었다. 밴드는 레게, 주크, 마코사 등 수많은 장르의 음악을 연주했다. BBC와 해적판 CD가 지난 10여 년 동안 이곳에 전파한 모든 음악이 소개된 듯했다. 돕도이트는 훌륭한 밴드다. 청중은 신나게 춤을 추었다. 아이들은 제자리에서 펄 쩍펄쩍 뛰었고, 머드맨들도 느릿느릿 움직이며 장단에 몸을 맡겼다. 대단한 공연이다.

연주가 한창 진행되는데 갑자기 데이비드가 벌떡 일어나더니 무대 위에서 춤을 추기 시작했다. 그가 긴 팔과 다리를 멋지게 휘두르며 춤 을 추자 청중은 비명을 질렀다. 그가 돌아서서 나를 보며 말했다.

"자네 순서네, 브라타!" 뺄 수는 없는 노릇이다. 직업 정신을 발휘해 야 한다. 난 최선을 다해 몸을 흔들었다. 하지만 데이비드의 멋진 춤에 는 근처에도 가지 못했다. 연주가 끝나자 브라타 케네디가 우리에게 다가왔다. 그의 얼굴엔 놀라움이 가득했다.

"백인들도 춤출 줄 아는군요. 전혀 몰랐습니다." 그가 탄복하며 말했다. 그와 이기가 청중에게 다시 한 번 나를 소개했다. 또 한 차례 '톡톡'을 할 시간이다. 나는 구름처럼 많은 사람들을 둘러보았다.

"아피눈 트루, 올 메리 나 만 블롱 파푸아뉴기니…" 나는 청중에게 커피를 재배하는 사람들이 얼마나 되느냐고 물었다. 반이 훨씬 넘는 사람들이 손을 들었다. 나는 뭔가 아주 엄청나고 신나는 일이 곧 파푸아뉴기니에서 일어날 것이라고 말했다. 세상에는 아직 잘 알려지지 않았지만 그들이 생산하는 커피는 훌륭하며, 앞으로 그들의 지역사회 발전에 결정적 열쇠가 될 것이다. 금광도, 구리광도, 목재 산업도 커피에는 견주지 못할 것이다. 그런 산업들은 크게 육성되었다. 하지만 그 결과가 어땠는가. 엄청난 환경 파괴와 저임금으로 얼룩졌다. 땅에서 밀려난 사람들은 알코올중독자가 되었다. 커피는 그런 산업들과 다르다. 커피를 통해 가족을 먹여 살릴 수 있다. 커피 품질을 개선하고 유지할 방법을 익힌다면, 바깥세상과 직접 교역할 수 있는 통로만 찾는다면 말이다.

"유 루카우팀 코피, 나 코피 바이 루카우팀 유!" 그들이 강력한 농민 조직을 건설한다면 지역사회에 여러 가지 다른 이익도 가져올 수 있을 것이다. 조직적 활동을 통해 의료, 마이크로크레디트, 교육 등을 크게 개선할 수 있을 것이다. 나는 이것을 확신한다. 여러 나라에서 이러한 운동이 성공한 것을 보았기 때문이다. 이곳 파푸아뉴기니에서도 성공할 것이다. "여러분이 할 일은 질 좋은 커피를 재배하고, 강력한 조직을 건설하고, 여러분의 문화를 튼튼히 지키는 것입니다. 제가 할 일은 여러분의 문화와 커피를 미국에 알리는 것입니다. 여러분과 제가 함께 일하면 모든 미국인이 곧 여러분의 커피를 맛볼 것입니다. 그리고 이렇게 말할 것입니다. '디스펠라 코피 엠 스윗 모아 옛(이 커피 정말 맛 좋은걸)!' 이라고 말입니다."

"우우우우우!"

밤이 되었다. 낮에 연단에 선 사람 중 하나가 나를 찾아왔다. 모두 함께 일하면 더 많은 돈을 벌 수 있다고 연설한 사람이다. 그는 탐욕스런 중간상인을 제거해야 한다고 목청을 높였다.

"농부들은 중간상인을 건너뛰어야 합니다. 제가 그 일을 도울 수 있을 것 같습니다." 그는 내게 타이프로 친 편지 한 장을 내밀었다. '농부들의 커피를 제가 모두 구입한 뒤 당신에게 판매하면 어떨지 제안하고자 합니다.' 이기는? 마이클은? 다인 커피생산자협회는? 나는 의심에 가득 차 물었다.

"그 사람들은 농부들에 대해 저만큼 알지 못합니다. 저는 모든 농부들이 제게 커피를 팔도록 만들 수 있습니다. 전 이 근방에서 아주 중요한 사람이거든요." 그는 함께 음모라도 꾸미듯 목소리를 낮추며 말했다.

다음날 아침, 축제에 모인 사람들 중 반 이상이 가버리고 없었다. 이기에게 어찌 된 일이냐고 물었다.

"어젯밤에 술 취한 두 사람이 싸움을 시작했는데 말이죠, 각자 일가 친척을 불러 모아 큰 패싸움으로 번지고 말았어요. 많은 사람들이 놀라서 당장 짐을 챙겨 집으로 돌아갔습니다."

그래도 축제는 계속되었다. 춤과 노래가 이어졌다. 젊은이들의 연애와 도덕에 대한 연극도 있고, 커피 재배법에 관한 연극도 있었다. 전날보다는 조금 흥분이 가라앉았지만, 아주 평화로운 하루였다.

오후가 되자 마이클이 마을을 둘러보러 가자고 했다. 그는 그곳 커피가 어떻게 재배되고 수확되는지 보여주고 싶다고 했다.

"우와게(Uwage) 마을과 비(Bi) 마을을 방문한 백인은 이제껏 한 명밖에 없습니다. 아주 사람 좋은 선교사죠."

"그 사람은 지금 어디에 있습니까?"

"죽어서 땅에 묻혔습니다."

열대우림 속에서 차로 갈 수 있는 길은 얼마 되지 않았다. 길은 험하고, 다리는 점점 좁아졌으며, 강폭은 점점 넓어졌다. 무르(Mur) 마을부터는 차에서 내려 걸어가기로 했다. 마이클은 앞으로 여러 마을을 지나야 하는데, 그때마다 각 부족에게 정중히 인사해야 한다고 했다. 몇 km를 걸었다. 마을 사람들은 우리와 마주칠 때마다 먼저 소리쳐 인사했다(어쩌면 경고였을 수도 있다). 마스크를 쓰고 창을 든 부족 지도자도 만났다.

"이곳은 엔두카(Enduka) 부족의 땅입니다.""이곳은 쿠마이(Kumai) 부족의 땅입니다." 마이클이 부지런히 알려주었다. 부족 지도자들을 만날 때마다 우리는 몇 분 동안 멈춰서 우리가 누구인지, 왜 이 땅을 지나는지 설명했다. 그들은 환영의 노래를 부르며 통행을 허락해주곤 했다. 반디(Bandi) 부족, 다게(Dage) 부족, 나우로(Nauro) 부족, 콤카네(Komkane) 부족… 마을은 계속 이어졌다. 한 번은 무거운 커피 자루를 이고 산에서 내려오는 가족과 마주쳤다. 마이클은 그들에게 얼마나 걸어야 하냐고 물었다. 여덟 시간 정도 걷는다고 했다. 그래도 그들은 운이 좋은 편이다. 반대편 산 쪽에 사는 사람들은 도로에 닿을 때까지 보통 이틀 넘게 걸어야 한다. 도둑이 커피를 훔쳐 가지 못하도록 밤에는 커피 자루를 베고 잠을 청한다. 일단 도로변에 도착하면 트럭이 지나갈 때까지 기다린다. 누군가 트럭에서 내려 커피를 사줄 때까지 기다리는 것이다. 흥정은 없다. 주는 대로 받을 뿐이다. 돈을 받으면 가까운 스토아(stoa : 가게)에 가서 쌀이며 식용유 따위를 산다. 그 짐을 지고 다시 산으로 올라간다. 이것이 바로 그들이 세계 경제에 참여하는 방식이다.

그들은 결코 예외적인 경우가 아니다. 파푸아뉴기니의 산간벽지 마을 농부들은 이와 같이 산과 강을 건너고, 진흙 구덩이와 산사태를 뚫으며 커피를 도로변까지 가져온다. 그리고 장사치를 기다린다. 파푸아뉴기니 커피 농부들은 대부분 이런 식으로 커피를 판매한다. 상인들은 농부들이 어디에서 기다리는지 잘 안다. 특히 스토어 근처라면 틀림없다. 그 커피는 수많은 다른 중간상인을 거쳐 레이 항(Lae Port) 선창가로 옮겨진다. 그곳에서 모든 커피들이 한데 섞여 큰 자루에 담긴다. 그리고 독일과 네덜란드를 향해 떠난다. "우리 커피가 외부 세계에 알려지지 않은 것은 바로 이 때문이죠." 마이클이 말했다.

그중에서도 마라와카(Marawaka) 커피 농부들이 사는 곳은 특히 멀다. 동남쪽 해안에서 650km나 떨어진 벽지 중의 벽지다. 그곳의 농부들은 커피 자루 옆에 앉아 마냥 하늘을 쳐다본다. 보름 넘게 하늘을 뒤덮고 있는 두터운 구름이 걷힐 날만을 기다리는 것이다. 어느덧 구름이 걷히면 선교비행재단(Missionary Aviation Fellowship, MAF)에서 운영하는 낡디낡은 소형 비행기 한 대가 활주로에 착륙한다(그 활주로는 SIL이 만든 것이다. 역시 선교사들은 '협동'에 대해 꿰고 있다). 비행기는 지역 선교사들에게 공급할 몇 가지 물자를 내려놓은 뒤 농부들의 커피를 싣고 한 시간을 비행하여 헤넨투(Henentu)로 간다. 가장 가까운 포장도로가 있는 곳이다. 커피는 헤넨투에 있는 공장에서 가공되고 자루에 담겨 레이 항으로 운반된다. MAF는 다른 운반 수단이 없는 농부들을 위해 연간 800톤에 이르는 커피를 수송해준다는 것을 재단 홈페이지에 아주 자랑스럽게 게재하고 있다. 하지만 그들이 밝히지 않는 사실이 있다. 수송해주는 대가로 커피 1kg당 자그마치 50센트를 농부들에게 물린다는 사실이다. 농부들이 비행기 연료비와 인건비를 모두 지급하는 셈이다. 농부들이 최종적으로 손에 넣는 돈은 운이 아주 좋은 경우라 해도 kg당 1키나(약 40센트 — 옮긴이)에 불과하다.

하지만 늘 운이 좋은 것은 아니다. 활주로에 앉아 비행기를 기다리는 동안 커피는 계속 발효되고, 시간이 좀더 지나면 썩어서 쓸모없어진다. 아시아에 대형 쓰나미가 몰아쳤을 때가 바로 그런 때였다. 높은 산간 지역까지 바닷물이 밀려온 것은 아니지만 쓰나미의 영향으로 기후 패턴이 바뀌어 악천후가 계속됐다. 길이 엉망일뿐더러 MAF 비행기도 뜨지 못했다. 상당수 벽지 농부들이 그 해 수확한 커피를 몽땅 잃었다. 농부들은 썩은 커피를 활주로에 버려두고 집으로 돌아가야 했다. 농부들이 자급자족할 수 있는 형편이라면 그다지 심각한 상황이 아닐 수 있다. 그러나 2년 동안 아무런 현금 소득을 거두지 못했다면 이만저만한 문제가 아니다.

마라와카 농부들은 처절한 결정을 내렸다. 비행기가 오지 않으니 커피를 지고 걸어서 산맥을 넘자. 그것은 파푸아뉴기니 역사상 최대 규모 장거리 도보 커피 운송 작업이라는 기록을 남겼다. 남자 300명, 그리고 그와 맞먹는 여자와 아이들이 최고 40kg이 넘는 커피 자루를 지고 6일 밤낮을 걸었다. 험준한 바위산도 넘고, 가파른 절벽과 아찔한 용마루도 지나야 했다. 수많은 진흙 밭과 강물도 건넜다. 등과 목과 이마에 골고루 힘을 나누기 위해 머리끈을 수없이 고쳐 매야 했다. 그들은 대부분 중도에 포기했다. 누구든, 얼마를 제시하든 커피를 사겠다는 사람만 마주치면 팔아넘겼다. 썩어 못쓰게 된 커피를 길에 내던지고 빈손으로 집에 돌아간 사람도 적지 않다.

몇 개 부족 마을을 더 지난 뒤 20명 남짓한 남자들을 만났다.

"이요오오오! 이요오오오!" 그들은 한목소리로 노래하며 우리를 향해 뛰어왔다. 그리곤 나를 번쩍 들어 어깨에 올린 뒤 진흙 밭과 개천과 바위로 뒤덮인 땅을 800m 가까이 쉬지 않고 달렸다. 이윽고 그들이 나를 내려놓았다. 그곳에선 풍조 깃털 머리 장식과 멧돼지 엄니를 코에 단 사람들이 모여 춤을 추고 있었다. 우와게에 도착한 것이다. 몸집이 우람한 추장 레오(Leo)가 우리를 맞이했다. 우리는 간단한 인사말을 나눈 뒤 다시 한참을 걸었다. 산림을 벌목해 만든 어느 개간지에 도착했다. 개간지 양쪽에는 오두막이 한 채씩 있고, 그 중앙에는 고목으로 만든 테이블이 있었다. 사방에 얌과 바나나, 카사바, 멜론 밭이 펼쳐졌다. 레오 추장은 데이비드와 내게 우와게 전통 방식으로 극진히 손님 접대를 하고자 했다.

"열세 살에서 열일곱 살 사이의 이곳 여자들 중 아무나 마음에 드는 여자를 한 명씩 고르십시오. 열세 살이 되지 않은 여자는 아직 여자라 할 수 없고, 열일곱 살이 넘은 여자들은 곧 혼인을 하니까요." 나는 감사하다고 인사한 뒤 데이비드와 나는 아내가 있으며, 다른 아내를 얻으면 그들은 아마도 우리를 죽이려 들 것이라고 말했다.

"아내가 한 명밖에 없다고요?" 레오가 놀란 얼굴로 물었다. "저는 두 명 있습니다. 한 명은 비 마을에 살죠. 저는 땅이 두 필지 있습니다. 한 필지에 아내 한 명씩인 셈이죠."

레오의 논리에 맞춰 이야기할 수밖에 없었다. "저는 땅이 한 필지밖에 없거든요." 나는 탄식하듯 말했다. 레오가 딱하다는 표정으로 내 어깨를 토닥였다. 이렇게 가난한 사나이가 도대체 우리 마을을 위해 무슨 일을 해줄 수 있을까 의아해하는 눈치였다.

50명 정도 되는 사람들이 모여들었다. 우리는 두 오두막 사이에 둘러앉았다. 남자도, 여자도, 심지어 아이들까지도 모두 떡 벌어진 근육질이다. 그들은 산속 깊은 마을에서 자급자족하며 살기 때문에 커피값이 폭락하더라도 크게 영향을 받지 않았다. 여러 커피 생산지에 가

봤지만 이렇게 건강한 사람들을 만난 건 처음이다. 한 노인이 내게 와서 반갑게 인사했다. "길이 험한데 이곳까지 와주셨군요. 정말 기쁩니다. 내가 개라면 꼬리를 흔들며 선생님의 얼굴을 사정없이 핥았을 겁니다. 환영합니다!"

나는 테이블 앞에 마련된 자리에 청중을 향해 앉았다. 한쪽 오두막 옆에 비닐로 만든 쌀 포대 몇 개를 엮은 것이 세워져 있었다. 세 면은 막혔고, 한 면은 밭 쪽으로 뚫렸다. 내 표정을 보더니 이기가 말했다. "선생님과 데이비드 씨를 위해 화장실을 만들어놓았군요."

그렇게 고마울 수가 없었다. 사실 난 그 순간 너무나 급한 상황이었다. 소변이라면 수천 명 앞에서도 문제없다. 몸을 등지고 일을 볼 수만 있다면 말이다. 하지만 지금은 소변이 문제가 아니었다. 넘버 투. 큰일을 봐야 했다. "걱정 마세요. 다 알아서 준비해놓았을 겁니다." 이기는 건너편 오두막 쪽을 보더니 소리 질렀다. "여보세요! 미스터 딘이 화장지가 필요하다는군요!"

잠시 후 레오의 우와게 부인 릴리엔(Lilien)이 다가왔다. 키가 크고 마른 그녀는 오래된 듯한 두루마리 휴지를 들고 있었다(지금은 땅에 묻힌 바로 그 선교사가 쓰던 것이리라). 릴리엔은 보물이라도 되는 양 조심스럽게 휴지를 들고 와서 테이블에 놓았다. 그리고 내게 미소를 지었다.

"감사합니다. 잠깐이면 됩니다." 내가 나지막이 중얼거렸다.

"헤이, 브라타! 우리가 지켜볼 것이네!" 데이비드가 놀려댔다.

나는 쌀 포대로 된 임시 칸막이로 들어갔다. 모든 눈이 내게 쏠렸다. 심지어 몇몇 꼬맹이들이 아예 칸막이 안으로 들어와 나를 지켜보았다. 나는 땅에 판 조그만 구멍에 엉덩이 각도를 맞춰 쪼그리고 앉아야 했다. 행여 똥이 묻지 않도록 바지는 허벅지 끝까지 말아 올렸다. 이런 자세로 품위를 잃지 않고 휴지를 사용한다는 것은 거의 재난에 가까웠다. 톡피신어로 '저리 가!'를 어떻게 말하는지 익혀두지도 못했다. 아마도 '콤 유 비하인(come yu behain)' 정도 될 것이다. 하지만 이방인이 바지를 벗은 채 잘 알지도 못하는 말로 그곳 아이들에게 소리를 지른다는 것은 옳지 않은 일이라는 생각이 들었다. 하여 나는 그들을 향해 개가 짖듯 짤막하게 울부짖었다. "백 오프(back off: 물러서)!"라는 소리를 개 버전으로 냈다고 할 수 있을 것이다. 그것을 너무나 재미있어한 아이들은 달려 나가더니 친구들을 더 데려왔다. 그리고 나를 향해 개처럼 짖으며 화답했다. 서로 짖어대는 것이 미국인들의 괴상한 용변 의례라고 짐작하는 듯했다. 이 시련 중에 그나마 유일한 위안이 된 것은 다음 차례가 데이비드라는 점이다. 나는 다시 품위를 챙겨 테이블로 돌아왔다.

돼지 한 마리, 온갖 놀라운 채소와 과일로 가득한 저녁식사를 끝내자 날이 어두워졌다. 나는 얌을 주식으로 먹는 아프리카에서 쌍둥이들이 많이 태어난다는 연구 결과를 읽은 적이 있다고 말했다. 마이클과 레오는 무척 재미있어했다. 그리고 그곳에 모인 사람들에게 쌍둥이가 있는 가족이 얼마나 되는지 물었다. 반 정도 되는 사람들이 손을 들었다. 이윽고 등잔불이 밝혀졌다. 우리는 어떻게 협동조합을 건설하고 운영할 지, 그렇게 하면 그들이 받는 커피 값이 어떻게 달라질지 오랜 시간 이야기했다. 한 사람 한 사람 돌아가며 자기 생각을 말했다.

"그들은 우리를 식인종이라고 부릅니다. 50년 동안 커피를 재배했지만 우리에게 돌아온 건 한 푼도 없고, 우리의 삶을 바꿔놓은 것도 없습니다. 앞으로는 좀 달라질 것 같다는 생각이 드는군요."

"평생 동안 그들에게 커피를 바쳤지만 그들이 우리에게 준 건 아무 것도 없어요."

"전쟁은 이제 필요하지 않아요. 필요한 건 돈과 개발입니다."

나는 세계 곳곳의 커피 농부들이 그동안 어떻게 스스로 조직해왔는 지 한참 동안 이야기했다. 새로운 씨앗을 뿌려 이삭이 자라고 수확을 하듯, 그 조직들도 그렇게 성장해왔다고 말했다. 처음에는 거의 빈손 으로 시작했지만 지금은 커피 가공소와 트럭을 마련했으며, 심지어 은 행까지 스스로 만든 농부 조직도 있다고 했다. 우리는 커피의 품질에 대해서도 의견을 나눴다. 농부들은 지금처럼 커피 열매를 강으로 가져 가서 한 줌씩 발로 밟고 손으로 쳐서 껍질을 벗기는 대신 수동 기계를 이용하고 싶다고 말했다. 어느 할머니는 이렇게 말했다. "나는 이제 강가까지 가는 것도 힘듭니다. 자식들이 없다면 커피 열매를 일일이 이로 까서 열매를 발라내야 할 처지예요." 노인 중 몇 명은 지금의 방 식도 괜찮다고 주장했지만, 대세는 아니었다.

내가 한 마디 할 때마다 농부들은 "와아아아아!"를 연발했다. 나는 신이 났다. '이쯤 되면 여자들의 역할에 대해서도 얘기해볼 수 있겠 군.' 이곳에 오기 전, 케카스가 내게 한 말이 있다. 여자들도 커피를 재 배하고 가족을 돌보며 뼈 빠지게 일하지만, 의사 결정에는 거의 참여하 지 못한다는 것이다. 나는 농사와 관련된 은유를 사용하여 말했다.

"여자들이 마을 일에 참여하지 않는 것은 밭을 반만 경작하는 것이 나 마찬가지입니다." 희미한 등잔불 속에서 여자들이 미소 지었다. 하 지만 적극적인 지지를 표현하는 사람은 아무도 없었다. 돌처럼 차가운 침묵만 감돌았다.

"시간이 좀 필요한 일일 겁니다." 이기가 심드렁하게 말했다.

공식적인 회의가 끝났는데도 사람들은 대부분 자리를 뜨지 않았다. 우리는 커다란 모닥불 주위에 둘러앉아 딘스빈스 커피를 마시며 대화 를 계속했다. 커피를 너무 많이 마시고, 너무나 많은 대화를 나눠선지 잠이 오지 않았다. 소변이 마려웠다. 레오와 나는 함께 숲으로 갔다. 나란히 서서 볼 일을 보다가 하늘을 바라보며 레오에게 오리온성좌에 대한 전설을 들려주었다. 그리고 이곳 사람들의 별들에 대한 이야기를 물었다.

"우리에겐 별들에 관한 이야기가 없습니다. 하늘에서 어떤 이야깃 거리도 보지 않아요." 난 그 말이 믿기지 않았다. 하늘과 별자리에 관한 이야기가 없는 문화는 한 번도 경험해보지 못했다. 해안가에 사는 폴리네시아(Polynesia) 사람들에겐 하늘에 관한 아주 복잡한 신화가 있다. 이곳 멜라네시아 종족에겐 그런 이야기가 없다고? 모닥불로 돌아온 나는 사람들에게 다시 한 번 물었다. 누구도 하늘에 얽힌 이야기를 알지 못했다. 숲이 너무나 울창해서 이들의 문화 속으로 밤하늘이 그다지 중요하게 스며들지 못한 것이라는 생각이 들었다. 레오가 마을에서 가장 나이가 많은 노인에게 이것에 대해 물었다.

"하늘에서 어떤 그림이 보인다면 그건 필시 악마가 우리를 혼란에 빠뜨리기 위해 그린 것일 게야!"

"저 노인은 복음주의 기독교인입니다." 레오가 살짝 귀띔해주었다.

우리는 사흘 동안 그곳에 머물며 주변을 돌아보고, 협동조합 조직 문제와 코퍼레이티브 커피스와 협력 문제 등에 대해 논의를 계속했다. 이기는 우리의 방문이 아주 성공적이라고 평했다. 그는 빠른 시일 안에 정식으로 협동조합을 조직할 수 있으리라 확신했다. 우리는 향후 조직될 협동조합을 대안무역 레지스트리에 가입시키는 문제에 대해서도 이야기했다. 셋째 날이 저물 때쯤 나는 거의 탈진 상태가 되었다. 너무 많이 걷고, 너무 많이 말했기 때문이다. 우리는 무르 마을로 돌아가기로 했다. 걸어온 길을 되짚어 가면서 마지막으로 삼불가 와구알 (Sambulga Wagual) 마을에 들렀다. 이기가 우리에 대한 소개말을 했다. 나는 서 있을 기력도 없는 상태라 이기에게 내 대신 연설을 해달라고 부탁했다. 이기는 지금까지 최소한 열다섯 번은 내 연설을 통역했으니 충분히 나를 대신할 수 있을 것이다.

"알겠습니다. 그렇게 하죠." 이기는 약 10분 동안 톡피신어로 엄청 빠르게 연설을 했다. 마을 사람들은 이따금 툴툴대기도 하고, 환호를 보내기도 하고, 손에 든 창을 나를 향해 열렬히 흔들기도 했다. "자, 끝났습니다. 선생님이 방문한 것을 마을 사람들이 아주 기뻐하고 있습니다."

"그럼 이제 갈 수 있는 거죠?" 나는 약간 주저하며 물었다.

"물론이죠. 선생님이 한 말씀 하시면 곧 떠날 수 있습니다."

내 오른쪽에서 나지막이 낄낄대는 소리가 들렸다. 데이비드다. 그는 풀밭에 누워 풀잎을 오물거리고 있다. "헤이, 브라타! 다시 자네 차례군. 내가 아니니 얼마나 다행인지 몰라." 데이비드는 풀밭을 꼭 껴안으며 안도의 숨을 내쉬었다.

"자네, 두고 보게. 반드시 복수하고 말 테니까." 나는 바지에 붙은 불개미 몇 마리를 털어내며 간신히 몸을 일으켰다.

"아피눈 트루, 올 메리 나 만 블롱 파푸아뉴기니!" 기대에 찬 마을 사람들 앞에서 뭔가 새로운 것을 말할 에너지가 없다는 데 너무나 미안한 생각이 들었다. 여러 마을을 방문하며 그곳 사람들과 나눈 이야기에 대해서는 이들도 익히 들었을 것이다. 이들에게 그 이상 무엇을 줄 수 있을까? 나는 기운을 내어 브레인스토밍을 했다.

"신사 숙녀 여러분, 저는 멀리 미국에서 여러분께 드릴 특별한 선물을 가져왔습니다!" 청중이 눈을 반짝였다. 이기와 데이비드도 의아한 표정이었다. "제 친구 데이비드가 여러분을 위해 커피댄스를 선사하기로 했습니다. 세계적으로 유명한 그의 커피댄스입니다!" 청중은 소리 지르고 발을 구르며 창 끝을 데이비드에게로 향했다. 나는 자리에 앉았다. 삐져나오는 웃음을 참을 수가 없었다.

데이비드가 앞으로 걸어 나가며 내 귀에 속삭였다. "나쁜 자식."

"어쨌든 자네 차례야." 나는 풀밭에 누워 그를 지켜보았다.

데이비드의 춤은 완벽했다. 청중은 박수를 치며 그 마을 최고 인기 가요를 불렀다. 데이비드는 연신 엉덩이를 흔들며 긴 팔다리를 뱀처럼 흐느적거렸다. 때로는 오리걸음도 걸었다. 그는 마을 사람들이 영원히 잊지 못할 최고의 커피댄스를 선사했다.

그날 오후 우리는 쿤디아와로 돌아왔다. 짐을 싸고 고로카로 간 뒤 수도 포트모르즈비로 가는 비행기를 타기로 되어 있었다. 브라타 케네디는 우리가 그곳에 들르면 자신의 라디오 프로그램에 출연해달라고 말한 적 있다. 수백만 청취자들에게 우리의 메시지를 전달할 좋은 기회라는 것이다. 나는 이기를 아시아개발은행 사람들에게 소개해주고 싶었다. 농부들이 조직을 만들고 나면 아시아개발은행에서 소액 대출을 비롯한 경제적 지원을 해줄지도 모른다는 생각이 들었기 때문이다. 헹가노피와 다인의 커피협동조합을 정식으로 등록하기 위한 서류도 준비해야 했다. 이기는 하루 이틀 정도만 포트모르즈비에 머물 수 있다고 했다. 어서 집으로 돌아가 갓 태어난 아들 '딘 주니어'를 보고 싶다는 것이다. 우리가 산악 마을을 방문할 때 왜 잠시 집에 들르지 않았냐고 물었다.

이기는 깊은 한숨을 쉬며 말했다. "그게 말이죠, 지난달에 부족 간 싸움이 벌어져 제가 사는 마을이 완전히 불탔습니다. 모두 어디론가 뿔뿔이 흩어진 상태입니다."

"어쩌다가 그 지경이 된 겁니까?"

이기는 섹스와 배신, 복수, 살인 등이 얽히고설킨, 길고 복잡한 이야기를 들려주었다. "지금 그들은 보상을 위한 톡톡을 진행하고 있어요. 빨리 돌아가서 저도 톡톡에 참석해야 합니다."

"이런 질문을 해도 될지 모르겠지만, 마을 하나가 얼마나 됩니까?"

이기는 잠시 생각했다. "글쎄요, 오두막 30채 정도에 가축 우리며 밭이 꽤 있었으니까 400달러 정도 되겠죠."

나는 오래전에 이란의 농촌 지역 사람들과 일한 적이 있다. 그곳 사람들은 수도 테헤란을 페르시아어로 '외국'이라 불렀다. 포트모르즈비는 심부 지역의 산간벽지 마을과 천양지차다. 정부 건물과 상점들이 밀집한 도심은 그리 넓지 않았다. 사실 한 뼘 정도에 불과하지만 그 높이는 대단했다. 정부 건물들은 가파른 언덕 꼭대기에 드높이 자리 잡았다. 발아래 모든 것들을 굽어보며 감시라도 하는 것 같았다. 우리가 포트모르즈비에서 가장 먼저 할 일은 이기에게 신발을 사 신기는 것이었다. 돈키호테라 해도 이 같은 엄청난 임무는 중도에서 포기하고 말았을 것이다. 천신만고 끝에 초대형 슬리퍼 한 켤레를 발견했다. 스모 선수의 옆구리 살이 팬티 위로 터질 듯 비집고 나와 늘어지듯, 이기의 두 발은 슬리퍼 옆으로 하염없이 불거져 나왔다.

미국 국무성과 모든 여행 안내 책자들은 포트모르즈비에서는 절대로 야간에 호텔 밖으로 나가선 안 된다고 여행객들에게 경고한다. 아니, 아예 포트모르즈비에는 가지 않는 것이 좋다고 경고한다. 하지만 내게는 아주 매력적인 곳으로 보였다. 술집마다 멋들어진 차림새로 여러 언어를 구사하는 사람들이 가득했다. 파푸아뉴기니가 태평양 인근 모든 인종의 해상 무역 중심지라는 점을 고려할 때 이는 자연스런 일이다. 사람들은 한결같이 친절하고, 여자들은 아주 멋지며, 맥주는 몸이 저리도록 차갑다. 내 고상한 취향을 충분히 만족시키고도 남았다.

아시아개발은행을 비롯한 몇 개 기구와 진행한 회의는 아주 성공적이었다. 이기의 슬리퍼도 잘 버텨주었다. 브라타 케네디와 진행한 라디오 프로그램은 파푸아뉴기니 전역에서 농부들의 열렬한 환호를 받았다고 나중에 이기가 알려주었다. 우리는 이기를 공항까지 배웅했다. 작별 인사를 나누던 중 이기는 이번에 우리와 함께 여행하면서 국회의원에 입후보해볼까 생각했다고 말했다. 국회의원이 되면 라스콜을 근절하고 농부들을 보다 효과적으로 도울 수 있을지 모른다는 것이다. 국회의원이 되면 날마다 신발을 신어야 할 뿐만 아니라, 알폰수스 월리 의원과 함께 경찰 지프를 타고 다닐 텐데 괜찮겠느냐고 물었다. 그는 고개를 절레절레 흔들었다. 그리곤 슬리퍼를 하늘 높이 걷어찬 뒤 비행기 트랩에 오르며 말했다.

"안 되죠. 그 정도의 가치는 없다고 봅니다."

우리가 방문한 지 1년이 채 안 되어, 트라이벌 아로마스(Tribal Aromas)라는 단체가 탄생했다. 그것은 이스턴 하일랜드와 심부 지역 커피협동조합들을 묶는 연합 단체다. 협동조합들은 대안무역 레지스트리 등록을 위한 심사를 받았고, 유기농 인증도 받았다. 그들은 우리가 그곳을 방문하기 전보다 두 배 이상 많은 소득을 올리고 있다. 아시아개발은행은 심부 지역 농부들을 대상으로 소액 대출 프로그램을 실시하고 있다. 우리는 마라와카 활주로를 통해 수동 과피 제거기 14대를 보냈다. 딘 주니어는 통통하고 행복하게 잘 자라고 있다. 발이 아주 크다고 한다.

에필로그

　'정의'란 어떤 한 가지 공식으로 국한되지 않는다. 무역뿐만 아니라 사회 모든 분야에서도 마찬가지다. 대안무역이나 인간의 삶의 질을 개선하기 위해 벌이는 모든 사회운동은 운동의 과정에서 그 가치가 보다 분명하게 드러난다. 이 책에 등장한 커피 농부들, 등장하지는 않더라도 우리와 함께 하는 많은 커피 농부들과 일할수록 그들의 사회와 생활 환경, 그들의 경제를 둘러싼 역동성에 깊이 빠져든다. 한 발 한 발 내디딜 때마다 좀더 인간적이고 정의로운 관계로 나아가기 위해 우리가 반드시 고려해야 할 여러 가지 모습이 드러난다. 그들의 문화를 하나하나 경험할 때마다 우리의 삶은 더욱더 풍요로워진다. 이 책에 쓰인 이야기들은 아주 길고, 결코 끝나지 않을 여정의 처음 몇 걸음일 뿐이다.

　2007년, 우리는 커피 무역과 관련한 두 가지 중요한 협약을 체결했다. 하나는 에티오피아가 각 커피 산지의 이름(이르가체프, 하라르, 시다모 등)에 대한 사용권을 갖도록 인정하는 상표권 라이선스에 관한 협약이다. 이 협약의 초안은 에티오피아 정부가 작성했지만, 우리와 많은 논의를 거친 끝에 커피 농부들의 이익을 좀더 적극적으로 대변하도록 수정한 다음 공식화되었다. 우리는 이 협약을 통해 에티오피아 커피에 대한 인식과 판매가 확대되도록 힘껏 노력하고 있다. 우리의 적극적인 설득 작업으로 스타벅스를 비롯한 다른 커피 회사들도 이와 유사한 협약을 맺어나갈 것으로 보인다.

다른 하나는 페루 북부에 위치한 오로 베르데(Oro Verde) 협동조합과 맺은 장기 대안무역 협약이다(협약 체결식에는 팡고아의 에스페란사도 증인으로 입회했다). 이는 커피 업계 최초로 체결된 장기 대안무역 협약으로, 우리는 농부들의 요청에 따라 장기적으로 함께 일한다는 것이 구체적으로 무엇을 의미하는지 상세히 문서화했다. '장기 대안무역 협약'이라는 표현이 그럴듯한 광고 문구에 머무는 일을 방지하기 위해서다. 이 협약에는 커피의 가격, 품질, 거래 물량 등에 관한 세부 내용뿐만 아니라 우리가 페루에서 함께 운영할 로스팅 시설과 카페에 대한 내용도 포함되었다. 공동으로 전개할 환경·사회사업 프로그램이 포함된 것은 물론이다. 우리는 거래하는 모든 협동조합과 이러한 협약을 맺어나갈 계획이다. 나는 우리의 이러한 노력이 '관계'에 대한 대안적 사고방식을 제시해주기를 희망한다. 그리고 다른 사람들도 충분히 동참할 수 있는 대안이기를 희망한다.

이 책을 집필하기 시작할 무렵부터 우리는 커피 농부의 자녀들에게 장학금을 지원함으로써 그들이 자국이나 해외에서 더 많은 교육 기회를 얻을 수 있도록 여러 가지 프로그램을 진행해왔다. 현재 하지 후세인의 딸 레히마는 아디스아바바에서 대학에 다니며, 파푸아뉴기니에서 온 테레사와 아브도는 이곳 매사추세츠에서 고등학교에 재학 중이다. 모든 커피 농부의 자녀들이 교육을 받으려면 아직도 먼 길을 가야겠지만, 일단 출발선을 나선 것은 분명하다.

과테말라에서 우리는 '커피 토크(Coffee Talk)'라는 라디오 프로그램을 성사시켰다. 이 프로그램은 컬처럴 서바이벌(Cultural Survival)이라는 비영리 원주민 인권 단체의 지휘 아래 수백 개 원주민 지역 라디오 방송국을 통해 방송되고 있다. '커피 토크'는 커피 농부들이 경험과 기술을 서로 교환할 수 있도록 다리가 되어주며, 전문가와 후원자들을 불러 모아 유기농법, 무역, 정치 등 농부들이 알고 싶어하는 모든 것을 들려주고자 한다.

질보다 양을 한층 더 중시하는 오늘날, 사회운동의 '가치'를 가늠하기란 무척 어려운 일이다. 따라서 우리가 이룬 위와 같은 협약이나 사회운동 프로그램은 유엔에서 매년 발행하는 세계 협약 현황 목록에서는 찾아볼 수 없다. 하지만 우리는 국내외 농부들과 협력함으로써 무역 정책과 무역 관행에, 더 나아가서 정치와 문화 전반에 의미 있는 변화를 이루고자 노력한다. 우리는 대학과 교회에서 강연을 통해, 때로는 라디오와 TV 출연을 통해 우리의 활동에 대해 알리고 있다. 우리의 메시지를 널리 전하기 위해 유투브(YouTube)를 이용하기도 하고, 저 멀리 산간벽지의 봉화를 이용하기도 한다.

커피 생산지에서도 커피 농부들이 직접 주도하는 사회운동이 점차 활발해지고 있다. 대안무역 운동은 그 대표적인 사례다. 라틴아메리카 농부들은 정보를 공유하고 함께 전략을 개발하며 스스로 보다 굳건히 지켜나가기 위해 라틴아메리카와 카리브해 영세농기구(Latin American and Caribbean Coordinator for Small Producers, CLAC)라는 단체를 조직했다. 에스페란사, 메를링, 케카스와 같은 여성들 역시 커피 생산지에서 전개되는 여러 운동에서 주도적인 역할을 펼치고 있다. 커다란 변화가 시작되는 것이다.

나에게 '자바트레킹'은 개인적이면서도 사회적인 탐구를 의미한다. 상황은 개선될 수 있다는 것, 사람들은 좀더 솔직해질 수 있고, 타인을 좀더 존중하고 사랑할 수 있다는 것, 삶은 좀더 흥미로울 수 있다는 것을 안 지금, 나는 어느 때보다 마음이 편안하다. 세계화라는 강풍에 날려 여러 문화들이 파괴되고 사라지는 상황을 보는 것, 연필 한 자루 혹은 공책 한 권이 없어서 아이들의 삶이 활짝 꽃피지 못하는 모습을 보는 것은 고통스러운 일이다. 자바트레킹은 내게 이러한 현실과 관계 맺도록 해주었고, 내가 할 수 있는 방식으로 나의 책임을 다하도록 해주었다. 내가 하는 일은 아주 자그마한 것에 불과하다. 하지만 나이 많은 인도네시아 농부가 충고한 말을 나는 잊지 않는다.

"저 여러 불꽃들 속에 당신의 불꽃을 보태십시오."